EL TERCER NACIMIENTO DE ULISES

LIBRO SEGUNDO

LA MUJER CANÍBAL

Autor: Jose Docavo Alberti
Título: El tercer nacimiento de Ulises. Libro Segundo. La Mujer Caníbal
Cubierta: Sanata
Diseño: Carlos Martí
Primera edición. Mayo 2013
ISBN: 978-84-616-4600-5
Editado en España.

A María José Sarrate y Fernando Carredano, por salvarme de un naufragio seguro. A Ascensión Moreno, Jonas Spolander, Aurora Calzada y Ana Viña, por leer los borradores hasta el final y por sus acertados comentarios. Y por supuesto, a Daniel y Pepón Verdú, por haber estado ahí desde el principio.

Aviso para navegantes

Este libro que ahora sostienes en tus manos es la segunda entrega de la saga El tercer nacimiento de Ulises y, como tal, ha sido concebida para leerse después de la primera, lo que no significa que eso sea lo que haya que hacer. Para esas personas que deseen saltarse el orden cronológico de publicación, será necesario saber que, según den la vuelta a esta página, el final de *El Gran Ojo*, la novela predecesora, será desvelado y con ello se habrá roto parte de su magia. Por lo demás, después de leer la sinopsis que encontrarás a continuación y en la que sucintamente se explica lo que ha pasado hasta ahora, creo que esta segunda parte será entendible en sí misma, sin necesidad de más aclaraciones.

Todos los personajes y situaciones son pura ficción. Si al leer la novela alguien se pudiera sentir molesto por las irreverentes críticas hacia la jerarquía eclesiástica, sólo puedo decir que no ha sido mi intención el ofender a nadie. Sí veo necesario sin embargo remarcar, por si alguien tuviera todavía alguna duda, que lo escrito aquí son únicamente unas cuantas palabras, sencillas pero sobre todo inocuas, mientras que la realidad del mundo que habitamos y que se repite ahí afuera cada día es muchas veces trágica. Demos importancia a lo que de verdad la tiene y no sólo al mundo etéreo de nuestros ideales.

Y una vez dicho esto, espero que disfrutéis de la lectura.

Sinopsis de lo acaecido en la primera entrega: EL GRAN OJO

Ulises, gracias a sus conocimientos y extraordinarios poderes, con el objeto de salvar a la Tierra de nuestro maltrato e irresponsabilidad, ha logrado proyectar la imagen de un Gran Ojo sobre la superficie de la luna y provocar con ello un pulso electromagnético que ha dejado estériles a todas las mujeres. Sólo Elena, alertada por la vaca Ramita y ayudada por Héctor, conserva todavía la capacidad de engendrar nuevas vidas. Carmen, Fransuá, Pierre, Alain y Jacqueline, reunidos en la ciudad de Rouen, pudieron hallar el pergamino a tiempo y descubrir cómo Elena podría escapar a las ondas fatales. Hacía más de diez siglos, el monje Odilon de Bernay ya lo había predicho, y ahora, en la costa de Lugo, encerrada en una tuneladora a más de treinta cinco metros bajo el nivel del mar, Elena espera poder ser muy pronto rescatada por Héctor.

¿Conseguirá Ulises al final su propósito?

Prefacio

La luz que desprendía la Luna era pálida y hueca, los rayos emitidos por su núcleo de plata caían sobre la atmósfera como hebras de nieve, tapizando con frialdad el tiempo, y también disfrazándolo con un manto de incertidumbre y muerte. Entonces, justo a la medianoche, Ulises proyectó la imagen del *Gran Ojo* sobre su superficie. Y después concentró sobre el Cráter Copérnico la energía mental de los seis mil quinientos millones de personas que miraban incrédulas. Y luego la Luna se paró y el núcleo de la Tierra se contrajo. Y tres horas más tarde un pulso electromagnético que atravesó la corteza y el manto dejó estériles a todas las mujeres. Así de sencillo y así de fulminante; en todos los aspectos parecía que Ulises había conseguido liberar al planeta de un final prematuro. Y tal vez también de una agónica muerte.

En el piso de Rouen, Pierre, Fransuá, Alain y Jacqueline, después haber asistido pasmados al fenómeno, intentaron por todos los medios localizar a Carmen, pero todas las comunicaciones estaban colapsadas.

En el canal estatal de televisión no hablaban de otra cosa. Desde el mismo momento del suceso, *Tele France* retransmitía en un bucle sin fin la imagen del *Gran Ojo*. La presentadora del noticiario, sin haber podido todavía salir de su estupor, repetía sin cesar las siguientes palabras:

«Ya lo han visto señores y señoras, a las doce en punto la imagen de un ojo gigantesco ha hecho su aparición sobre la blanca luna. Después, tras parpadear tres veces a intervalos exactos de trescientos segundos, la imagen se ha terminado desvaneciendo tal y como llegó. Por su seguridad les rogamos que no salgan de casa y que en todo momento mantengan sintonizada esta señal. Les mantendremos al corriente de lo que está pasando.»

Y luego, con la mirada perdida en el vacío, tras sumirse durante unos instantes en un insondable pensamiento, volvía a repetir justo las mismas frases de manera mecánica, como si fuera una muñeca parlante con el disco rayado.

Durante más de una hora en todas las cadenas se limitaron a dar esta escueta noticia acompañada de imágenes en las que el *Gran Ojo* se veía a distintas distancias. Las autoridades seguían recomendado a la gente no salir a la calle. Decían una y otra vez que hasta entonces nadie había sido capaz de dar explicación al extraño fenómeno, al igual que había sucedido con el brillo de la luna de tres noches atrás. Instaban a mantener la calma y afirmaban rotundamente que el gobierno se estaba preparando para tomar medidas.

Y así continuaron las dos horas siguientes, intentando localizar a Carmen y escuchando la televisión sin apenas hablarse.

«En Cuba, Fidel Castro ha declarado que tiene pruebas fehacientes de que la imagen ha sido una maniobra subversiva de los imperialistas —decía la presentadora de *Tele France* con la voz temblorosa—. En Estados Unidos quinientas mil personas se han reunido en torno al monumento a Washington para pedir por la paz mundial. En el Vaticano el Papa ha salido al balcón de la Plaza de San Pedro y ha comenzado, rodeado de multitud de fieles, el rezo del rosario. En China las autoridades están difundiendo la noticia de que es todo parte de su ambicioso programa espacial y que el pueblo no debe preocuparse. Pakistán e India amenazan con declararse mutuamente la guerra. Israel reclama que el ojo es una señal divina dirigida a su pueblo. Las redes telefónicas y la red global siguen colapsadas; se ruega a la población que se abstenga de hacer uso de ellas y se limiten a escuchar la información transmitida por los canales oficiales de radio y televisión.»

Luego, a las dos y cincuenta y seis minutos, se escuchó un profundo lamento. Las luces se apagaron durante un tiempo tan breve que pareció que había sucedido en su imaginación. Y después un silencio de muerte se cernió sobre el mundo. La presentadora de *Tele France* miraba desconcertada a la cámara, pero no se le ocurría nada que pudiera decir; una honda tristeza la había poseído y sin saber ni cómo ni por qué, en aquel mismo instante sintió unas ganas enormes de deshacerse en lágrimas. Y entonces, no pudiendo evitarlo, como si ella fuera la encargada de hacerlo en nombre de todos sus congéneres, lloró sin consuelo e irremediablemente.

Y mientras esto ocurría, allí arriba, la Luna, que había asistido a estos acontecimientos de manera impasible, empezaba a intuir que algo extraño pasaba.

PRIMERA PARTE
Lunes, Martes y Miércoles

Capítulo 1

Yiwika

Un poco después de que hubieran terminado de suceder los increíbles hechos hasta ahora contados, al otro lado del mundo, en la aldea de *Yiwika*, los jefes y ancianos del más valeroso de los clanes de la tribu de los *Wani* se rascaban la barba pensativos y se miraban las caras de forma circunspecta. Lo hacían porque acababan de presenciar cosas alucinantes de las cuales habían oído hablar hacía mucho tiempo pero nunca creyeron. Lo hacían porque el *Gran Ojo* había aparecido, y porque su párpado había parpadeado, y también porque la Luna se había detenido y el núcleo de la Tierra contraído.

Todo esto ocurrió en la mañana del séptimo día del séptimo mes de la era del triángulo, a los setenta años de haber tenido lugar el vaticinio. Y fue por aquellas razones que aquellos ancianos de caras sombrías decidieron reunirse. Y fue por todo lo que pasó más tarde que aquella reunión se llegó a conocer con el paso del tiempo como *la asamblea donde todo cambió*.

Porque efectivamente, al cabo de una sola hora, dentro aquel *honai*, bajo un techado cónico trenzado a base de hojas verdes de palma de sagú, apiñados en torno a las ascuas del incienso sagrado, siete hombres adornados con pinturas de guerra se alineaban alrededor de un círculo de sangre. Como símbolos de su saber, en la cabeza lucían tocados de plumas amarillas y rojas. Como muestras de su valor, por las fosas nasales les asomaban aplanados colmillos de jabalíes salvajes. Con el propósito de proteger sus almas de los malos espíritus, se cubrían los flácidos penes con los duros *kotekas*; unas fundas alargadas fabricadas con la corteza hueca de un calabacín. Y estando allí dentro aquellos seis hombres esperaron sin prisa a que hablara su líder. Y después de un prolongado y espeso silencio Yali Mabel comenzó diciendo:

—Mi abuelo, el gran Yali Mabel, ya nos dijo que esto iba a acabar ocurriendo y yo no hacía otra cosa que reírme de él; por eso ha llegado el momento de pedirle perdón.

Entonces, Yali Mabel, haciendo como que juntaba las manos formando un gran cuenco y abriendo dilatadamente su boca hizo el gesto ostensible de tragarse sus burlas. Después, tras contener el aliento durante unos segundos y escudriñar uno por uno a los demás miembros de la asamblea, continuó diciendo:

—Esta madrugada el *Gran Ojo* se ha manifestado y como consecuencia un gran cambio ha tenido lugar. No me detendré aquí a detallar cómo en los últimos años nos hemos dedicado a expoliar a la *Madre* de sus frutos sagrados, pues es de sobra conocido por todos. No podemos tampoco aducir que fueron los extranjeros los que nos indujeron a alterar nuestras buenas costumbres, pues yo fui el primero que desde un principio caí seducido por sus falsas promesas. Antes de eso mi vida era muy apacible. El *koteka* me protegía de los malos espíritus y vivía holgadamente de los frutos del campo. En los días propicios, armados de lanzas, íbamos al bosque y cazábamos cerdos. Después de matarlos y arrancarles los dientes preparábamos fiestas en las que comíamos ingentes cantidades de carne. Y luego pulíamos sus blancos colmillos para adecentar nuestros negros rostros. Además, cumpliendo con la *ley de los muertos*, una vez cada siete lunas nos cubríamos el cuerpo con pinturas de guerra y luchábamos con las tribus vecinas en cruentos combates. Yo siempre destaqué de entre mis contrincantes y como recompensa una bella mujer me hizo su compañero. Con ella charlaba de temas muy profundos y también fornicaba. Y gracias a nuestras conversaciones después de algún tiempo nuestro mundo cambió. Pero luego dejé de escucharla para oír otras voces y al igual que vosotros erré mi camino. Y es por esta razón que esta madrugada el *Gran Ojo* ha brillado, y es por ello también que dentro de muy poco ninguna mujer podrá concebir; este es el premio que el ser humano se ha ganado con su comportamiento. Sin embargo nosotros aún podemos resarcir nuestras faltas. Para ello hemos de contactar con la *Mujer Caníbal* y *completar el rito*. Ella en estos momentos descansa protegida bajo el manto de tres veces el peso de la sangre auténtica del mundo. Muy pronto saldrá a la superficie y quedará expuesta a múltiples peligros. Somos siete guerreros y nuestras esposas nos ordenan partir sin más demora en busca de los sueños. Sólo de esta manera el mundo podrá recobrar su equilibrio, y tal vez su cordura también.

Capítulo 2

Navegando en un barco muy grande

Y mientras esto ocurría en un lugar lejano, Ulises, todavía en el silo, ignoraba que muy cerca de allí existía una grieta por la que se habían escapado unos cuantos ratones. Sin que nadie pudiera sospecharlo en esos momentos estaban escondidos en el vientre de Elena, sumergidos a treinta y cinco metros bajo el nivel del mar, en el interior de la cámara estanca de una tuneladora. Llevaban encerrados cerca de doce horas, bajo la creciente amenaza de morir asfixiados. Ya sólo disponían de una vía de escape: una puerta de acero reforzado asegurada con pernos especiales que por el otro lado estaba recubierta por tres metros de arena. Elena necesitaba ayuda. «¡Menudo lío en el que estoy metida! —se decía a sí misma—. Sé que Héctor lo tiene todo bajo control, pero la situación no está ni mucho menos para tirar cohetes.» Y tenía razón. Había poco tiempo y muchas cosas que debían ser hechas.

Desde el momento en el que los pilotos tuvieron que cortar el suministro eléctrico, Elena, que ahora se alumbraba con un potente foco, se había sumido en el temor y el pánico. La luz de su linterna en vez de sosegarla creaba unas sombras vaporosas y extrañas, como si aquel lugar además de por ella estuviera también habitado por monstruos. Allí dentro el tiempo latía tan despacio que a medida que pasaba delante de sus ojos hacía que su corazón albergara más dudas; el barco que habría de venir a buscarla tendría ya que oírse, pero no se oía nada. La soledad empezaba a aplastarla y no podía dejar de repetirse las mismas angustiosas preguntas: ¿qué estaría pasando?, ¿habría Ulises logrado sus propósitos o se trataba todo de una inmensa locura?

No tenía que haberse separado de Héctor, no tenía que haberse dejado convencer por el monje Odilon, ¿no había sido acaso lo suyo un ataque de demencia senil? Qué más daba si un ojo gigantesco había aparecido; ella quería continuar con su vida de siempre y olvidarse de todo. Ahora que había provocado la inundación del túnel y que la obra entera se había echado a perder, huiría muy lejos, dejaría el trabajo y se irían navegando en un barco muy grande allí donde nadie los pudiera encontrar y donde los designios de Ulises no pudieran cumplirse. Pero, ¿existía tal sitio?

Mientras Elena seguía sumida en la congoja la embarcación pilotada por Héctor se dirigía veloz hacia el emplazamiento donde estaba la máquina. Lo acompañaban Carmen, Víctor y Arcolino. En cuanto alcanzaron la baliza, Héctor le quitó gas a los motores y mandó echar el ancla.

—Chavales, ha llegado la hora —dijo mientras los pilotos terminaban de ajustarse los trajes—. Cuando estéis en posición Carmen accionará la bomba. Como no sé cuándo llegará vuestro relevo, tendremos que limitar al máximo los tiempos de descompresión y de descanso.

—Haremos lo que sea necesario —respondió Arcolino.

—Recordad, si falla el intercomunicador, un tirón del cabo para parar y dos para volver a arrancar el motor de la draga —añadió Carmen, que agarrada al asa de la cabina trataba de olvidarse del mareo que estaba a punto de licuarle el cerebro.

—¿Cuánto tiempo estaremos abajo?

—Veinticinco minutos trabajando, cuatro para subir y una parada de seis a cinco metros para descomprimir. Después descansáis tres cuartos de hora y otra vez a la carga. Imagino que Daniel estará ya aquí para cuando salgáis. ¡Hale!, darle candela que a vuestra ingeniera le quedan menos de tres horas de aire.

—Tranquilo jefe, tu mujer volverá sana y salva —le contestó Víctor a sabiendas de lo frustrado que se sentía por no poder él mismo sumergirse debido al mal estado de su ojo.

Después de las dos primeras inmersiones los pilotos habían logrado retirar casi toda la arena que recubría la entrada de la tuneladora. Sus relevos deberían haber llegado ya, pero un problema con el motor de su lancha se lo había impedido.

—Ya lo habéis oído —dijo Héctor tratando de dominar los nervios—, tendréis que bajar vosotros otra vez. Elena dispone tan sólo de una hora; veinte minutos para descansar y luego otra vez al agua.

Estaban agotados. Acababan de subir y ni siquiera habían podido recobrar el aliento. Debajo de sus trajes tiritaban de frío y el café y la comida de la parada anterior apenas les había servido para recuperarse. Sin embargo, cuando hablaron lo hicieron total convicción:

—Te aseguro que lo conseguiremos, ¿verdad socio?

—Por supuesto que sí.

—Estoy convencida de que lo lograréis —añadió Carmen mientras a duras penas contenía las arcadas que el mareo le estaba provocando.

A las siete de la mañana, justo cuando comenzaba a amanecer y terminaba ya la larga noche que según los vaticinios Elena debía pasar allí encerrada, volvieron a bajar. Después de retirar los últimos quince centímetros de arena pudieron al fin vislumbrar la compuerta. Sólo era posible abrirla desde dentro y en cuanto se hiciera el habitáculo quedaría inundado. Para no ahogarse Elena tendría que conectar primero el extremo de su regulador al compresor del barco. Para ello, al oír la señal abriría la válvula y esperaría a que asomara un cabo. Tras atar el racor de conexión, los buzos tirarían de él y lo acoplarían a la fuente de aire.

¡Bang, bang! —escuchó por fin a través de la pared de acero— «¡ánimo!, ha llegado el momento», pensó mientras abría la llave y un poderoso chorro de agua comenzaba a entrar en la cámara estanca. En cuanto vio la cuerda, ató el extremo de su regulador y dio un golpe para avisar de que ya estaba lista. Unos segundos después de ver cómo desaparecía a través de la válvula sintió que la presión llegaba hasta su mascarilla; la primera parte del plan había funcionado, ahora tenían que pasar deprisa a la segunda.

Armada de la llave especial Elena comenzó con las tuercas. Eran cuatro en total. Con la ayuda de un martillo empleó cinco minutos para aflojar las dos de la parte de arriba. La válvula seguía abierta y el nivel del agua continuaba subiendo. Para trabajar con más comodidad se puso el regulador y se ajustó las gafas. A continuación procedió con la tercera tuerca. Después de una serie de golpes logró que se aflojara, pero debido al esfuerzo la máscara se le había empañado. Estaba muerta de frío y no podía ver nada. Aun así no cejaba en su empeño. Tras ponerse las gafas a modo de visera, pasó a la cuarta tuerca. «¡Joder!», gritó cuando se aplastó el pulgar con el golpe que debía haber sido el definitivo. Se le había caído el martillo y un intenso dolor hacía que no pudiera pensar con claridad.

Comenzaban a fallarle las fuerzas y una especie de desaliento le atenazaba el alma, pero entonces, diciéndose que ese no era momento para lamentaciones, se imaginó por enésima vez que estaba en una obra en medio de una gran avería: «lo primero de todo es intentar recuperar el mazo», pero al darse la vuelta para buscarlo lo hizo con tan mala suerte que le dio un golpe a la linterna y el cristal se rompió. Al instante todo se quedó a oscuras. El agua le llegaba a la altura de los hombros y los nervios habían provocado que se tragara un poco. La misma angustia que había sentido antes de que llegara el barco la envolvió sin piedad, pero esta vez multiplicada por treinta. El estropicio del dedo la seguía matando y el estómago se le había revuelto. Para tranquilizarse quiso ponerse de nuevo el regulador, pero al tantear alrededor suyo no pudo encontrar nada, sólo agua inaprensible que se escapaba entre sus largos dedos. Se acordó de Héctor y de Dios, y después de toda su familia, y también de lo lejos que se encontraban todos. Pasaron dos minutos; le quedaba sólo una estrechísima cámara de aire antes de que se inundara todo. Estaba a punto de sufrir un ataque de pánico. Entonces, en un último brote de consciencia, se acordó de Ramita: «vamos amiga, haz algo y sácame de aquí...», pero la vaca no hacía ningún amago de querer auxiliarla. Sin embargo, a la vez que pensaba en ella, una corazonada iluminó su mente. Con ambas manos palpó a ciegas el lugar donde se suponía que estaría la última de las tuercas; «¡está floja!»; al parecer su dedo no había sido lo único en recibir el golpe. Aunque a esas alturas el agua la cubría por completo y estaba congelada, Elena se las pudo arreglar para ella sola desmontar la compuerta. Un minuto más tarde se hallaba en el exterior con los buzos ayudándola a subir hacia la superficie. Una vez la sacaron del agua y estando ya en cubierta, Héctor y Carmen la abrazaron con fuerza y los pilotos estallaron en vítores.

Sólo habían pasado doce horas desde que la habían dejado encerrada en la máquina, pero parecía que hubieran pasado doce años. Tales fueron las emociones y tan extraños los hechos que habían sucedido en ese tiempo que ya nada podría ser lo mismo. Para bien o para mal el mundo se había transformado, y aquellas cinco personas por supuesto también.

Capítulo 3

Diario del Mundo: lunes

El lunes por la mañana, en Rouen, la capital de la Alta Normandía, soplaba una brisa templada procedente de las tierras del sur. Pierre, Alain, Fransuá y Jacqueline seguían instalados en el piso del centro. Durante todo el tiempo que llevaban allí, las noticias sobre la gran imagen no habían dejado de sucederse una detrás de otra. Después de más de dieciocho horas, la presentadora de *Tele France*, con la cara pálida y llena de maquillaje, continuaba informando:

«Una vez sofocados los últimos estallidos de violencia en el Norte de África y de que en Polonia haya sido levantada la ley marcial, parece que las cosas poco a poco vuelven a la normalidad y regresa la calma...»

Ya entrada la tarde, Fransuá, desesperado por no haber podido localizar a Carmen, lo acabó consiguiendo. Al parecer se hallaba junto a Lourdes en la casa de Héctor. Durante el breve lapso que pudieron hablar Carmen le alertó del giro que habían tomado los acontecimientos: por la mañana temprano Ramita les había revelado que Carlos del Río se había unido a la causa de Ulises y que Héctor y Elena se habían marchado a toda prisa con la vaca montada en un remolque; la policía ya estaba tras su pista y querían cruzar lo antes posible la frontera con Francia. Luego, antes siquiera de que Fransuá hubiera podido decirle que la echaba de menos, se cortó la llamada.

Al dejar de oír su voz se había quedado consternado, mirando el teléfono con rabia y pensando que la situación en vez de arreglarse como habían pensado estaba comenzando a ponerse peor. No podía creerlo; Carlos del Río, la persona que había localizado a Ulises, se había puesto de su parte. Algo muy raro tenía que haber pasado para que un agente de la ley se aliara con un hombre que pretendía aniquilar el mundo. Ulises debía de ser más poderoso de lo que imaginaban. Antes de que Carlos se fuera, Héctor se lo había avisado, pero no había hecho caso. Y encima Carmen se encontraba tan lejos, ahora que parecía que también lo añoraba; no es que después de su despedida se hubiera hecho ilusiones, pero se sentía tan bien cuando estaba con ella que para él eso sólo bastaba. Cuando se dio cuenta de que los demás esperaban sus noticias con ansia, Fransuá reaccionó y les puso al corriente de los últimos hechos. Pierre balanceaba su silla y escuchaba perplejo. Jacqueline se había arrojado sin tapujos en los brazos de Alain. Durante la hora siguiente analizaron entre todos cómo estaban las cosas. Para las siete de la tarde ya habían urdido un plan. Ahora era fundamental localizar a Elena, pero ni su teléfono ni el de Héctor parecían estar operativos; con muy buen criterio ambos habían decidido desprenderse de ellos.

Y mientras esto ocurría, allí arriba, la Luna, entre vapores blancos y velados misterios, miraba sorprendida y escuchaba perpleja. Durante milenios había observado a aquellos hombres y todavía seguía sin poder comprenderlos. Conocía los secretos de la vida. Había asistido a su providencial creación en el océano. Desde su posición privilegiada contempló cómo había nacido el primer ADN. Una tira pequeña e indefensa sumergida en un medio tremendamente hostil, enrarecido por una atmósfera de gases perniciosos. Una tira diminuta de código de vida que había logrado vencer al invencible segundo principio de la termodinámica. *Ella* sabía muy bien que la ley matemática de la probabilidad le auguraba un futuro imposible. Sin embargo la Luna miró aquello y lo iluminó con un rayo de su humilde esperanza. Y entonces el milagro se materializó.

Poco a poco un mundo que durante eones había sido monocromo y violento se tiñó de multitud de verdes, amarillos y azules, todos ellos amables. Las plantas invadieron la dura superficie. El aire se hizo respirable y pequeños animales aprendieron a campar por sus respetos, explorando un mundo inexplorado, habitando un planeta que hasta entonces había sido una masa inhóspita de crepitante fuego. Ante este hecho, *ella*, que se sabía demasiado pequeña como para albergar algún tipo de vida, estaba satisfecha. El mar escuchaba sus secretos y movía la masa de sus aguas al compás que marcaba su música insonora. El Sol iluminaba su rostro adolescente surcado por cráteres antiguos. Su luz apaciguaba en la noche el temor de moradores de bosques y montañas. Y luego aparecieron los fabulosos hombres y las bellas mujeres. Al principio reinaba la concordia, pero muy pronto ellos quisieron dominar el planeta, demacrando su faz con las huellas de sus temibles pasos, y también calcinándola con el fuego de su ambición constante.

Pero hacía tres noches algo muy extraño había sucedido. Durante el antepenúltimo giro de la Tierra, la cara de la Luna, su cara, que debía haber permanecido aún entre las sombras, se iluminó durante un breve lapso no medible en su escala del tiempo. A partir de ese instante, aunque el mundo había vuelto a su aparente estado, todo fue muy distinto; la Luna era consciente de que una fuerza oculta se había despertado.

En efecto, al cabo de tres noches una imagen cubrió su anaranjado rostro. Se trataba sin duda de un ojo de mujer. El iris azulado formaba un círculo perfecto y en su pupila negra se veía el reflejo del mundo. Cuando el párpado gigante se cerró, vio cómo había cuatro mil millones de personas mirándola. Poco después ya eran seis mil quinientos. Aunque la Luna notaba que esa fuerza mental la sacudía, ésta aún no había logrado alterar su equilibrio, arraigado en un antiguo sistema conformado de planetas y soles. Pero entonces el párpado cayó por vez tercera y Ulises utilizó la lupa de su mente.

Una fuerza descomunal penetró por la boca del Cráter de Copérnico. Los rayos mentales concentrados impactaron su núcleo de magnesio. Y la Luna no pudo hacer otra cosa que sucumbir a su inmensa potencia, la cual provocó que durante una milésima de nanosegundo de la escala terrícola del tiempo su rotación cesara. Sus entrañas de carbono y silicio se vieron sometidas a fuerzas desconocidas hasta entonces. El vórtice gravitatorio se había enroscado en lo más profundo de su intrincada alma. Y entonces, sin *ella* realmente pretenderlo, como atacada por un mareo repentino, vomitó las ondas invisibles que salieron en dirección al planeta que la tenía anclada en la existencia. Luego todo se quedó en calma y la imagen se fue. Al principio la Luna se quedó sorprendida y preguntándose qué había sucedido, pero poco después, cavilando despacio, comenzó a sospechar lo que estaba pasando.

Capítulo 4

La caverna de los siete sueños

Poco después del mediodía, los siete hombres, tras haber reflexionado en silencio sobre lo que tendrían que hacer, salieron del *honai* y enfilaron el sendero que les conduciría hasta la aún lejana *Caverna de los Sueños*. Siete horas de camino les separaban de su suelo sagrado. En él, durante siete noches, habrían de yacer uno tras otro aguardando a *los sueños*. *Los siete sueños*, entretejidos, constituirían una revelación. Y después esperarían a la *Mujer Caníbal*. Ignoraban quién era, pero sabían que hasta que apareciera cantidad de peligros acecharían sus decididos pasos. Por eso, de tanto en tanto, a medida que avanzaban entre las tenues sombras de los callados árboles, comprobaban las fundas de sus flácidos penes; tenían la certeza de que mientras llevaran sus *kotekas* ningún espíritu podría dominarlos.

Yali Mabel encabezaba el grupo. Su negro cuerpo absorbía hasta el último rayo de luz que llegaba hasta él. Sólo el *koteka* y los blancos colmillos que le sobresalían de sus fosas nasales reflejaban el sol. Eran los amuletos que avisaban al resto de la selva de que su portador era un ser omnisciente, un guerrero que atacaría sin piedad ante la oposición de cualquier enemigo. Sin embargo, esta vez aquel hombre no había salido ni en busca de comida ni sediento de sangre. Los otros seis miembros de la asamblea lo seguían de cerca. Avanzaban con determinación, como si fuera una comitiva fúnebre camino del entierro de un pariente cercano. Primero transitaron la senda que discurría paralela al arroyo. A medida que remontaban su cristalino curso las aguas se volvieron cada vez más salvajes, como alertándoles de un peligro inminente. Tras dos horas de marcha dejaron el sendero y se adentraron en el espeso bosque hasta llegar a las *fuentes saladas*. En sus aguas salobres se lavaron las plantas de los pies según el ritual. Después, depurados del polvo del camino, siguieron avanzando.

Escalando las escarpadas laderas del valle de Baliem coronaron la cuerda del circo que formaban las cimas de sus montes. Sus bravos corazones latían al ritmo de la muerte. En las zonas sombrías, retazos de niebla acurrucados trataban de esconderse de los rayos del sol, como niñas desnudas que por primera vez se azoraran henchidas de vergüenza. Yali Mabel y sus hombres siguieron caminando durante dos horas más por el filo traidor de las montañas. Al llegar a una roca con forma de triángulo cambiaron el rumbo y comenzaron un pronunciado y rápido descenso. El camino había dejado de existir. Se guiaba por un mapa conformado de palabras antiguas recibidas hacía muchos años de la boca de su honorable abuelo, al que nadie creyó. Avanzaba con voluntad de hierro, sin dudas, sin el menor atisbo de sensiblería o temor.

Una intrincada maraña de árboles y arbustos se oponía a su intrépido avance, como indicándoles que no era lícito que estuvieran allí, en esa parte inhóspita de la jungla del tiempo, donde la existencia se convertía tan sólo en espacio vacío. Un vacío a través del cual Yali Mabel continuó la marcha sin rendirse, abriéndose paso a fuerza de rasgarse la piel de sus huesudos brazos. El olor de la sangre se mezclaba con la humedad del bosque y se esparcía a través de la selva, como si fuera una invitación específica para fieras salvajes. De pronto, como surgido de la infinita nada, apareció el *mūgumu*, la higuera gigantesca bajo la cual se abría la caverna. Era un árbol atípico en aquel territorio y estaba allí plantado de una manera extraña, como si fuera un baobab en medio de un planeta reinado por un niño diminuto. Un hálito de niebla lo rodeaba entero, como si estuviera encerrado en el centro irrefutable de una pompa de solución acuosa de jabón.

Yali Mabel se detuvo a sus pies. Con un simple gesto de su rostro indicó a los ancianos que se sentaran alrededor del tronco. A su señal los siete hombres entonaron un cántico de múltiples matices. Sus voces formaron un sonido gutural que al escucharse por encima del bosque creó una capa de plomo retorcido. Inmediatamente una puerta en forma de triángulo se abrió. Yali Mabel se levantó, y como si se tratara de la mismísima entrada de su choza cruzó confiado el umbral de corteza. Los demás por supuesto lo siguieron. En su interior olía a humedad y a orines de caballo, aunque bien pensado también habría podido tratarse del olor de las babas de un perro aquejado de rabia. Sin embargo este pensamiento no les arredró y siguieron la marcha.

Pronto llegaron a un rellano que les condujo hasta la boca de una galería. La galería tenía la altura de un hombre pequeño. Rayos esféricos de luz se colaban por los poros del terreno y creaban con sus contornos un ambiente espectral. El pasillo se inclinaba ligeramente hacia adelante, haciendo que en su avance los hombres penetraran cada vez más en la profunda tierra. Tras haber recorrido una distancia prudencial la angosta galería se transformó en una espaciosa estancia. Estaba iluminada por un solo rayo de luz que penetraba por el centro del techo y bajo cuya incidencia se encontraba la calavera aplastada de una vaca. En su perímetro, distribuidos de forma equidistante, había siete nichos excavados en la roca pulida. La caverna era acogedora y cálida, y para entonces su repugnante hedor se había transformado en algo parecido a un suave aroma de café recién importado de Colombia.

De un tubo fabricado con bambú Yali Mabel sacó siete ascuas del incienso sagrado, dejando una al pie de cada una de las siete oquedades. Entonces los hombres desenrollaron sus pequeñas esteras y se sentaron cada uno en su sitio, esperando en silencio la anhelada llegada de la primera noche. Y cuando el rayo de luz dejó de incidir sobre la calavera, el primer hombre cayó fulminado y fue poseído por *el sueño*.

Omar Mabel se hallaba en mitad de un campo de amapolas. Hacía mucho calor y calientes chorretones de sudor le surcaban el rostro. Aunque el turbante le protegía de los rayos del sol le daba la impresión de que su cabeza estaba a punto de estallar, como si fuera una mina antipersona esperando las orugas de un tanque de la ISAF, o más probablemente, el paso silencioso de una niña de camino a un colegio. Vestía pantalones de algodón holgados en las piernas y ajustados en torno a los tobillos. Una típica camisa afgana de color gris ceniza y un gastado chaleco sin botones le cubrían el escuálido torso. Sobre su pecho se cruzaban las inconfundibles correas de un viejo subfusil AK-47.

Los ojos de Omar escrutaban el aire intentando adivinar por dónde atacaría su enemigo. Su enemigo no respetaba las leyes de la guerra. Se encubría con un uniforme de apariencia legal tejido en un mundo de violencia moderna. Su intención no consistía en instaurar la paz ni en crear una sociedad equitativa y justa; simplemente pretendían robarle la cosecha. Iban tras las ochenta toneladas de bulbos de adormidera blanca de alta calidad que custodiaba Omar, cantidad suficiente para producir seis mil quinientos kilos de heroína purísima; el esfuerzo de cinco mil personas trabajando de sol a sol durante muchos días.

El convoy apareció por el oeste. Antes de que hubiera podido reaccionar el silbido de una carga de mortero le acarició el turbante. Al instante siguiente su cuerpo se desmembró en pedazos: Omar Mabel había muerto. Al poco tiempo un soldado metió sus trozos mutilados en una gruesa bolsa que cargaron en un camión militar. Debajo de lo que quedaba de él se amontonaba la mercancía que tan celosamente había protegido. El calor dentro del camión y de la bolsa era terrible. «Lo de estar vigilando bajo el sol era un juego de niños comparado con esto —pensaba Omar con sus sesos desechos—, no sé a qué viene la puta manía de usar bolsas de plástico. En fin, qué se le va a hacer, por mucho que a uno le toque los cojones hay que joderse con lo que a uno le toca, aunque bien mirado, mis cojones solo Alá sabrá por dónde andan.» Mientras se atribulaba con estos pensamientos la sangre de Omar rezumaba de sus heridas frescas y se iba acumulando en la parte baja del morral mortuorio. Como consecuencia del traqueteo del camión y de la chapuza que había hecho el soldado encargado de recoger sus restos, el cierre de la bolsa saltó y su sangre se desparramó sobre la cosecha de bulbos que tenía debajo.

En ese momento, dentro de la caverna, en un mundo distinto, la calavera aplastada de la vaca brilló con una luz azul fosforescente y sus cuencas vacías absorbieron los húmedos vapores despedidos por los ojos de aquel primer anciano, que no eran otra cosa que sus terribles *sueños*.

Cuando el convoy alcanzó el secadero su sangre ya se había mezclado con el látex opiáceo de las plantas. Allí Omar pudo descansar durante un rato. Aunque el ambiente era fresco estaba mareado, como si en un momento de descuido alguien le hubiera administrado algún tipo de droga. Con el tiempo la resina se convirtió en un polvo blanco que después mezclaron con cloroformo en unos grandes cántaros. «Qué sueño tengo — se decía Omar—, no sé qué demonios me sucede; en la aldea yo siempre he sido un tipo vivaracho pero aquí solo me apetece acostarme y dormir.» Luego diluyeron la mezcla en alcohol y en el fondo de los recipientes se precipitaron pequeños cristales de morfina. Tras varios procesos químicos que a esas alturas ya no recordaba, Omar fue testigo de una transacción comercial a gran escala.

Montones de billetes se alineaban junto a montones de paquetes de un polvo aún más blanco que el primero. Los generales entregaron los polvos y los banqueros les pagaron con sus billetes verdes. Después Omar se sumió en un silencio sin memoria. Cuando quiso darse cuenta sus esencias corrían en forma de heroína por la venas de un yonqui de Manhattan. Había vuelto a morir y no entendía por qué. Él era negro como cuando nació y en torno a su féretro se habían reunido también un montón de caras negras. Las caras eran rechonchas y ovaladas. En ellas no reconocía a ninguno de sus seres queridos. Al principio parecía que se encontraba en un mundo terriblemente hostil, pero tras observarlos con detenimiento se percató de que aquellos rostros mostraban una compasión casi infinita hacia su cuerpo recién amortajado. Omar seguía pensando que estaba bajo el efecto de algún tipo de droga. Quería gritar e informar al mundo que se encontraba vivo, pero le fue imposible. Sus músculos no querían responder a las órdenes que enviaba su mente. Mientras tanto los billetes verdes habían sido ingresados en una cuenta bancaria del estado. Con ellos se pagaron las nóminas del mes de abril de los soldados y la última remesa de mísiles. De esta manera se pudieron enviar más armas y más efectivos para lograr la paz. Omar vio como cerraban la caja del ataúd con una tapa de madera de pino. El pino era un árbol con el que él no guardaba ninguna relación. Aun así, la oscuridad de aquel material era tan negra como la más negra de las oscuridades. Omar Mabel no entendía nada, pero sabía que se encontraba muerto.

Cuando la claridad volvió a penetrar por la abertura del techo de la cámara, el primer hombre abrió los ojos. Sus seis compañeros lo miraban de frente y en silencio. La calavera aplastada de la vaca apagó sus luces y los siete ancianos se volvieron a sentar en sus nichos a la espera de la segunda noche. Este había sido *el primer sueño*.

Capítulo 5

Un jabalí salvaje

En la costa gallega el lunes amaneció con un cielo limpísimo, como si alguien lo hubiera acabado de extraer de un envoltorio reluciente y sin mácula. Sobre la mar tranquila, en el barco de Héctor, después haber agotado las expresiones de júbilo al reunirse de nuevo, todos permanecían callados. El sol había salido no hacía mucho tiempo y el espectáculo y la tensión vividos invitaban de forma natural a momentos de introspección y calma. Héctor manejaba la rueda del timón, y mientras asía con ambas manos el volante metálico pensaba en los recientes hechos y se preguntaba qué caminos les pondría por delante el destino en los próximos días.

La imagen del *Gran Ojo* se había colocado en su memoria en un lugar lejano, como si en vez de sólo unas horas antes hubiera ocurrido hacía muchos años, cuando aún era un niño y todavía vivía con sus padres en India. Recordó las calles de Bombay; unas calles impregnadas de olores y de ruidos, atestadas de gente y de vehículos, plagadas de tenderos y mendigos, sembradas de basura, y por las noches, salpicadas de hombres y mujeres durmiendo en las aceras. Y también recordó los sábados en Pune, vistiendo una túnica dorada y jugando al escondite entre los altos castaños y los ceibos. Y luego se acordó de cómo, según la milenaria tradición maratí que uno de los maestros del *ashram* enseñaba, en las claras noches le hacían preguntas indiscretas a su amiga la Luna. Le preguntaban todo tipo de cosas, pero *ella* nunca daba respuestas, o al menos no las que ellos pensaban que daría. Y entonces, nadando en sus recuerdos, Héctor se dio de bruces con el sueño de siempre; aquel que en esos años había tenido innumerables veces y que sólo ahora había acabado recordando:

En aquellos entonces soñaba con una gran caverna situada en un lugar recóndito en medio de la jungla. Cada noche, un jabalí salvaje con dos grandes colmillos se acercaba a su cama y le susurraba con palabras exactas el camino que debía seguir. Con estas instrucciones y con suma cautela Héctor sorteaba amenazas y evitaba peligros. Una vez en la entrada se metía por una estrecha puerta tallada en el inmenso tronco de un árbol parecido a un baobab. Después de recorridos unos cientos de metros, alzaba la mirada y a través de una enorme abertura practicada en el techo descubría el Gran Ojo encima de la cara de su amiga la Luna. Y ésta, con su alargada voz, pues al hablar le gustaba muchísimo estirar las vocales, le decía un secreto que ya no recordaba.

Después de haber dejado a Elena encerrada en la tuneladora, Héctor se había devanado los sesos durante varias horas. Pensaba con razón que si quería salvarla tendría que cuidar multitud de detalles. Conocía la máquina, pues era él quien iba a encargarse de sacarla del agua. Por suerte, antes de cerrar la compuerta, se le había ocurrido comprobar las botellas. Como se había temido se encontraban vacías. En el último instante, justo al límite para inundar el túnel, Héctor había podido preparar un regulador especial que luego podrían conectar al compresor del barco. Después, mientras hablaba con Elena a través del circuito de vídeo, hizo algunas llamadas.

En una de ellas le pidió a su amigo Daniel que preparara todo y que luego consiguiera otra lancha y más gente para hacer los relevos. Con tanto ajetreo, hasta pasadas las once, Héctor apenas tuvo tiempo de pararse a sentir otra cosa que no fuera la pura necesidad de organizarlo todo. Pero después, una vez la imagen del *Gran Ojo* se hubo desvanecido y mientras esperaba la hora señalada por Aquémenes para ir a buscarla todo su mundo pareció derrumbarse. Tenía la impresión de que los hechos recientes iban a dar al traste con la cotidianidad que tanto le gustaba compartir con Elena. Y por ello se encontraba perdido; porque la mujer que amaba había sido designada por un rey antiguo para salvar el mundo. Él la rescataría, de eso no cabía duda, pero ¿qué pasaría después?, ¿significaría eso el fin de su relación? Héctor no lo sabía, pero se imaginaba que ya no sería posible continuar con su vida de antes.

Estas eran sus reflexiones cuando justo antes de que dieran las ocho atracaron el barco. Elena, perdida también en sus cavilaciones y mesándose el cabello todavía mojado iba sobre cubierta envuelta en una manta. De repente algo le llamó atención y se puso de pie; no era capaz de distinguirla bien, pero podría jurar que aquella silueta era la de Ramita. Entonces, antes de que Arcolino hubiera terminado de amarrar las escotas y de que nadie más se hubiera dado cuenta, de un salto gigantesco alcanzó el pantalán y salió disparada al encuentro de su querida amiga. En cuanto la vaca se percató de que iba hacia ella, sin más dilación y como si acabaran de separase no hacía ni un minuto, comenzó a emitir los extraños sonidos que sólo Carmen, Héctor y la propia Elena podían entender, y mientras lo hacía, como era tan típico en ella, unas hebras de hierba silenciosa se asomaban por entre sus romos e inmaculados dientes:

—Como os iba diciendo, en aquellos largos y aburridos inviernos...

—¡Qué alegría verte! —dijo Elena mientras los demás corrían a su encuentro—, ya me imaginaba que no andarías muy lejos, pero venga, cuéntanos qué ha pasado.

El animal, al que seguía sin gustarle que la interrumpieran, miraba a su alrededor con suma sorpresa; ahora se preguntaba más que nunca cómo había sido posible que aquellos seres con esas cabezas tan redondas y esos cuerpos tan escuchimizados hubieran podido hacerse con las riendas del mundo. Siendo tan oronda esto para ella no tenía sentido. «Si al menos pudieran comer hierba…pero ni de eso parecen ser capaces. En fin, no creo que esta situación vaya a durar ya mucho», pensó retomando enseguida su discurso:

—Como os iba contando, aquellos largos y aburridos inviernos que pasábamos dentro del cochambroso establo me enseñaron a amar la libertad y el verde de los campos. Es cierto que la ganadería intensiva de la cual yo también formo parte ha contribuido en gran medida a que las cosas se os hayan escapado de las manos, y por eso, en un acto de responsabilidad, he decidido unirme a vuestras pobres huestes, al igual que Carlos, sin vosotros saberlo, se ha unido al hijo de aquel que, una tarde ventosa, asistió primero a mi muerte y luego a mi resurrección. Creedme cuando os digo que…

¿Qué estás diciendo, que Carlos se ha unido a Ulises? —dijo Héctor cortándola en seco—; ya le advertí al muy desgraciado que ni arrancándose un ojo podría detenerle. Las cosas se están poniendo realmente feas. Mi amor, será mejor que nos marchemos de inmediato.

—¡Eso era justo lo que os quería decir! —replicó Ramita bufando, que ante las interrupciones había decidido hacer valer sus derechos en vez de abandonarse a la melancolía—, si hubieras tenido más paciencia y me hubieras dejado hablar ya sabrías hace rato que Elena, tú y yo debemos desaparecer cuanto antes. Ya os diré después, si es que lo considero oportuno y no me molestáis, adónde habremos de dirigirnos.

Al oír las palabras de la vaca, Elena y Héctor se miraron incrédulos. Sabían que Ramita tenía malas pulgas pero no se imaginaban que estando las cosas como estaban se fuera a tomar sus interrupciones tan a la tremenda. Entonces, cuando para tranquilizarla Elena se disponía ya a pedirle disculpas, se escuchó la voz de Carmen:

—Rami, ¿no estarás pretendiendo decir que tengo que volverme a separar de mis amigos, verdad? No me siento capaz. Por favor dime que puedo acompañaros.

—Lo siento muchísimo Carmen, pero no está en mi mano modificar lo que no puede ser modificado. Tú has de permanecer y Elena se tiene que marchar, y no hay vuelta de hoja. Además, tu misión, al igual que cuando estabas en Francia, será muy importante. Así que nada, id despidiéndoos de una vez y preparando el remolque que se nos hace tarde. —Y dicho esto Ramita se puso a mirar el cielo luminoso, como si estuviera esperando el descenso de un globo con turistas.

Al oír la respuesta de la vaca, Elena abrazó a Carmen con fuerza. Ella también deseaba quedarse a su lado, pero sabía que si no seguían sus instrucciones al pie de la letra podrían correr un gran peligro. A esas alturas no parecía que Ulises se fuera a andar con bromas. Diez minutos más tarde ya habían enganchado entre todos el Ford Focus al remolque del velero de Héctor. Un poco después, tras una emotiva despedida, la pareja y la vaca se pusieron en marcha, y entonces Ramita a viva voz les contó lo siguiente:

«*El día en que yo nací, una cálida tarde, durante una tormenta de granizo…*»

Y mientras lo hacía, sin ellos percibirlo y al mismo tiempo que el primer anciano soñaba en la caverna, una luz fosforescente iluminó por primera vez sus ojos ovalados desprovistos de párpados.

Capítulo 6

Una dosis eléctrica de trescientos amperios

—Ya está hecho Carlos. Gracias a ti muy pronto Ricksman y sus amigos podrán comenzar a transmitir al mundo las consecuencias de lo que ha sucedido —dijo Ulises al tiempo que le miraba con una mirada fría pero cautivadora.

—Espero que cuando la gente descubra lo que ha pasado no impere la locura, aunque bien pensado las cosas difícilmente podrían ir peor —respondió el director del CNI en un tono sombrío.

—Eso nadie lo sabe. A partir de ahora el ser humano deberá decidir qué desea hacer con el poco futuro que le queda...

Pero antes de que Ulises hubiera podido terminar de decir lo que estaba diciendo, un gran estruendo hizo que las paredes del silo retumbaran con fuerza. Como del Río pudo identificar enseguida se trataba de la descompresión producida por las aspas de un grupo de helicópteros acercándose a gran velocidad.

A los pocos segundos, por debajo del rugir de sus motores, se escucharon también los sonidos de varios vehículos blindados; sin duda se encontraban ya en el interior de la finca. Carlos pudo reconocer a la perfección el siseo agudo y característico de los rotores de cola de los Black Hawk que se hallaban detenidos en el aire. Era muy probable que las tropas de asalto estuvieran ya en esos momentos descendiendo hasta el suelo. Muy pronto, desde el interior de la sala pudieron escuchar las órdenes que daban los soldados; estaba bien claro que de momento no iban dirigidas hacia ellos. Entonces el agente recordó cuando él, junto con su unidad, había llegado hasta allí por primera vez no hacía muchas horas. Les había sido imposible aproximarse al silo; tanto era así que ni siquiera lo habían podido distinguir. Era como si en el lugar en el que debería haber estado el edificio se encontrara un hueco vacío que violentara las leyes de la física. Sin embargo, las unidades de intervención rápida, conscientes de lo que había pasado con anterioridad esta vez habían venido preparadas; no tardando mucho tiempo alguien comenzó a hablar por un potente sistema de megafonía que con seguridad podría escucharse a muchos cientos de metros de distancia:

—¡Señor San Juan! —decía una voz inflexionada con un eco áspero— será mejor que se entregue de inmediato y libere a su rehén, de lo contrario le lanzaremos gases. A partir de ahora tiene exactamente un minuto para salir de ahí.

A todo esto Ulises permanecía en calma sentado en el sofá. Desde su posición continuaba mirando a su invitado, como si ajeno a todo ese jaleo no entendiera lo que estaba pasando.

—¿Es que no lo has oído?, en cincuenta segundos nos van a gasear —le espetó Carlos alarmado.

—No hay por qué preocuparse, pero si lo prefieres sal ahí y diles que vamos a entregarnos.

—¡Deténganse! —gritó el policía mientras salía al exterior—; San Juan me acaba de decir que se quiere rendir.

Pero su grito llegó demasiado tarde, porque en cuanto Carlos abrió la puerta ya todo se había terminado. Allí afuera ya no quedaba nadie. Ya no había vehículos, ni soldados, ni órdenes; el sonido de los motores y el silbido de las aspas se habían apagado de repente y todo había sido inundado por un silencio mudo, como si todos aquellos instrumentos de guerra hubieran sido transportados hasta otro lugar en el interior de un gran saco negro.

Y eso era efectivamente lo que había hecho Ulises. Porque desde el momento en que había tenido lugar su tercer nacimiento y había adquirido conciencia de su enorme poder, éste no había dejado de crecer. En la medida en que releía los cuadernos de su padre, Ulises iba encontrando nuevas claves de cómo aquel había logrado su propósito. Al parecer, tras haberle insuflado la vida después de haber nacido muerto, continuó con sus investigaciones y obtuvo hallazgos que por falta de oportunidad y tiempo aún no habían podido relatarse.

Lo primero que Ulises supo aquella noche fue que en su primer nacimiento había nacido muerto. Lo segundo que averiguó fue que, gracias a sus queridas vacas, su padre pudo hacerse con el poder de darle la vida a un cuerpo que la había perdido y que así lo había hecho con el suyo en una noche en que se desataba una fuerte tormenta. Y lo tercero que supo era que si deseaba poder realizar sus verdaderos sueños debería pasar otra vez por el mismo proceso. Y por eso aquella misma noche Ulises se electrocutó a sí mismo con una toma de fuerza que su padre había instalado en un sótano secreto, y del que, al ser secreto, hasta entonces no tenía constancia. Y fue entonces cuando comenzó a adquirir de verdad sus poderes.

Esto, que a primera vista podría haberle sonado a cualquiera como a una completa locura de su progenitor, no fue así en absoluto en el caso de Ulises. Porque desde que aquella tarde abriera la caja que su padre le había dejado a su abogado supo que allí estaba encerrado su futuro. Y también su pasado. Y por eso se aplicó una dosis eléctrica de mil voltios y trescientos amperios, una dosis lo suficientemente fuerte como para achicharrar a una granja entera de gallinas y pollos.

Y fue así como pudo doblegar el arco del tiempo, y también desdoblarse en sus sueños, y también fabricar rayos de pensamiento con los que someter a cualquier mente débil. Y desde ese momento su poder no había dejado de crecer, y cuando notaba que todavía le quedaba algo en lo que seguir ahondando se bajaba allí abajo y se ponía los cables en medio de la frente. Y ahora lo que había hecho era crear un bucle temporal con su conciencia y trasladar el silo y sus alrededores a un tiempo paralelo donde no ocurría nada, donde toda la finca era paz y silencio y donde los botes rellenos de gases asfixiantes sólo encontraban en su trayectoria un edificio que ya no existía.

Cuando al cabo de cinco horas el aluvión de bombas cesó y los soldados se dieron por vencidos, Ulises volvió a colocar las cosas en su sitio, en un flujo temporal diferente, en el que los seres humanos estaban enfrascados en destruir a un planeta que ya no era suyo. Allí el tiempo también había pasado y el sol ya se encontraba a punto de salir. No obstante, durante todo ese intervalo, Ulises y Carlos habían seguido conversando. Éste, después de haber visto la facilidad y la forma increíble en que se había zafado de la trampa, se daba cuenta de que aquel era sin duda un ser extraordinario, y según le iba presentando de manera nítida y sin fisuras los argumentos para obrar como había obrado más se iba convenciendo de que debía ponerse de su lado. Y entonces se decidió por fin a confesarle todo.

—Ulises, tengo que decirte algo muy importante. Se trata de la chica. Mucho me temo que, advertida por la vaca y siguiendo las instrucciones del monje normando Odilon de Bernay, hayan podido completar la profecía y la mujer haya salido indemne. No quiero que le hagas daño pero ella puede hacer que tus planes fracasen.

—¿La profecía?, ¿de qué me estás hablando? Explícate.

Y entonces Carlos del Río procedió a relatarle a Ulises la historia completa del pergamino y de cómo en él se vaticinaban los prodigios que él había obrado ya y la manera en que los efectos del pulso podrían ser neutralizados.

—Vaya, vaya, así que la vaca Ramita se ha desentendido del código que mi padre le dio y se ha pasado, si me permites llamarlo de esta forma, al otro bando. No te preocupes, ya sospechaba yo que algo tramaba. No me sorprende escuchar que Héctor y Elena decidieran aliarse con ella. De todas formas te aseguro que no les haré daño, aunque por supuesto esos óvulos tendrán también que desaparecer. Ni que decir tiene que a partir de una sola mujer el ser humano tardaría miles de años en volver a ser una amenaza, pero ni eso lo puedo permitir, puesto que de existir en vosotros la más mínima esperanza no se llevaría a cabo el cambio de nivel de consciencia. Nadie se toma en serio nada hasta que de verdad se enfrenta con la muerte.

—No creo que te sea difícil; Elena debe estar todavía encerrada en la máquina. ¿Quieres que dé la orden para que los detengan cuando Héctor la rescate y regresen al puerto?

—¡De ninguna manera! Eso es algo que únicamente me corresponde a mí. Ahora mismo me voy a buscarla, pero antes hay una última cosa que quiero que hagas: coge el teléfono, llama a tu amiga Lourdes Santos y dile que estás aquí conmigo y que te dejaré libre sólo si accede a venir a buscarte; ella va a ser también una pieza importante de este rompecabezas —y en cuanto terminó de hablar, abrió la puerta del silo, salió al exterior, se montó en su coche y se fue al encuentro de la mujer que todavía portaba en su vientre el futuro del mundo.

Mientras conducía, Ulises, con el ceño fruncido, meditaba en silencio sobre la existencia de la profecía que Carlos le había revelado: «¿quién podría haber vaticinado unos hechos de los ni yo mismo era consciente hasta hace escasas semanas? Mi padre sin duda no puede haber sido el responsable. Me parece que hay fuerzas que están interviniendo en todo esto y de las cuales aún no tengo constancia. No importa, no pienso permitir injerencias externas que puedan poner en peligro mis ambiciosos planes.»

Capítulo 7

Ío

«Ío, la más próxima de las lunas de Júpiter, es el único satélite del Sistema Solar que tiene algún tipo de actividad volcánica. Su caso es en verdad muy extraño, puesto que, al ser sólo algo mayor que nuestra propia luna, no posee la suficiente cantidad de masa como para haber retenido durante su formación ninguna fuente de calor interno. Por poner un claro ejemplo, todo el magmatismo de la Tierra, incluyendo las más violentas erupciones volcánicas, está producido por el efecto de las elevadísimas temperaturas de su núcleo metálico. El calor que se disipa a través del manto y la corteza provocan no sólo el movimiento ascendente del magma fundido, sino también todo el dinamismo de la tectónica de placas que causa el desplazamiento de los continentes y los grandes seísmos. La Tierra es un planeta vivo gracias, entre otros muchos factores, a los 6.700°C de su núcleo de hierro. ¿Qué hace entonces que Ío posea más de cuatrocientos volcanes en activo y que sus erupciones alcancen los casi quinientos kilómetros de altura?

La respuesta es sencilla a la par que compleja, y es que Ío, en su viaje alrededor del planeta que lo tiene atrapado, se ve sometido a una colosal deformación producida por la atracción que experimenta el satélite desde dos direcciones opuestas; por un lado la de su planeta madre, Júpiter, y por otro la de sus dos lunas hermanas, Europa y Ganimedes, que hacen que se produzca primero un achatamiento y justo a continuación un alargamiento de sus ejes, con diferencias de longitud que alcanzan los cien metros. El efecto es similar a aplastar una y otra vez una pelota de goma; al cabo de varios ciclos comienza a calentarse de forma tan brutal que puede llegar incluso a fundirse. El calor generado en Ío de esta manera tan curiosa produce un magmatismo subsuperficial que da lugar a volcanes más altos que el propio Everest. Hace ya *más de tres décadas, a finales de los setenta, la sonda Voyager 1 tomó estás fotografías tan interesantes que ahora os voy a mostrar...»*

James Ricksman, director del MDSCC de la NASA, *Madrid Deep Space Communications Complex*, estaba impartiendo con estas palabras su conferencia trimestral de Geología Planetaria en la Facultad de Ciencias Geológicas de Madrid a última hora de la mañana del día en que más tarde, sin que él ni casi nadie pudiera sospecharlo, la luna terrestre se transformaría en un enorme ojo que dejaría al mundo alucinado. Cuando iba a dar paso a la siguiente imagen de su presentación, que mostraba la erupción del volcán Loki situado a más de 700 millones de kilómetros de la Tierra, dos compatriotas suyos entraron en el aula. Ricksman, tras charlar brevemente con ellos, se disculpó ante su alumnado y abandonó la clase acompañándolos. Lo llevaron en un coche del cuerpo diplomático hasta la embajada de su país, en la calle Serrano número setenta y cinco. Una vez apeados del vehículo y traspasado el umbral de una de las puertas laterales de acceso, lo condujeron hasta el interior de una sala en un profundo sótano.

Allí estaban esperándolo el embajador, al que conocía desde hacía varios años, dos hombres del ejército con los uniformes repletos de medallas y a los que jamás había visto antes, y una mujer cuyo rostro recordaba pero no así su nombre ni las circunstancias en que quizás hubieran sido presentados.

—Querido James —intervino el embajador antes de que Ricksman, con cara de estar sumamente molesto, pudiera decir nada—, lamento haber tenido que sacarte de tu clase de manera tan atropellada pero los hechos nos obligan a actuar con cautela y sobre todo con rapidez. Espero que sabrás disculparme.

—Déjate de rodeos Thomas, no estoy aquí para oír gilipolleces. Quiero que me expliques ahora mismo qué es lo que sucede. ¿Se trata de algo relacionado con Ulises San Juan, verdad?

—Efectivamente —dijo la mujer en un tono impertinente—. Pero permítame primero que me presente; me llamo Karen Stevens y soy la jefa de seguridad de la embajada, y dicho sea de paso, también la responsable de todos los norteamericanos que trabajan y viven en este país, incluyéndole a usted.

—Me alegro de saber que no corro ningún peligro —replicó Ricksman con sorna—, pero no entiendo qué es lo que quieren saber de mí. Lo que sé se lo conté a del Río y me imagino que si ustedes estaban al tanto de la conversación ya habrán averiguado todos los detalles.

—Por supuesto que sí —dijo uno de los militares—, pero ¿por qué cree usted que la pasada noche el señor San Juan penetró en el complejo sin ser detectado y a pesar de que estaba siendo vigilado por dos agentes nuestros? Y no sólo eso, sino que además, como averiguaron más tarde desde la base modular de Houston, reposicionó los telescopios sin autorización para hacer unas observaciones muy minuciosas sobre la luna. También utilizó los ordenadores para realizar unos complejos cálculos que después borró. ¿Opina usted que esta es la forma de actuar de alguien que no tiene nada que ocultar?

Ricksman, que en su vida se habría podido imaginar que su subordinado hubiera hecho todo eso sin autorización, tardó algunos segundos antes de responder.

—¿Cómo dice?, ¿qué San Juan ha hecho qué? —No entendía nada, llevaba años trabajando con aquel hombre y ni una sola vez había visto que tuviera un comportamiento errático o sospechoso, de hecho era la persona del centro en quien más confiaba—. Me sorprende mucho lo que me cuentan, no tenía ni idea. ¿Y para qué querría hacer eso?

—He ahí la cuestión querido Watson, digo, querido James —interrumpió el embajador intentado con esa broma rebajar la tensión—. Esperábamos que tú nos lo pudieras aclarar.

—No tengo ni idea, pero tal vez pueda averiguarlo.

—¿Y cómo es eso? —pregunto Karen Stevens.

—Desde hace poco más de un mes toda la actividad de los ordenadores es copiada en tiempo real y enviada a un centro de seguridad de datos. Aún no había informado del tema a mis empleados y por tanto Ulises debía ignorarlo. Sus cálculos, cualesquiera que éstos hayan sido, deben de estar allí guardados a buen recaudo.

—¿Ah sí?, ¿Y por qué nadie nos ha facilitado antes esa información?

—¿Cómo podría yo saberlo? —contestó James esquivando su mirada—. En fin, si lo desean puedo hacer que nos manden las grabaciones, pero les advierto que sólo las podré interpretar en el centro espacial.

—Por supuesto —respondió Karen—. Tenga el teléfono y llame ahora mismo por favor.

A las cinco de la tarde estaban todos reunidos en la sala de control del telescopio. Después de haber cargado la información en el ordenador central esperaron con impaciencia a que Ricksman analizara la interminable columna de números y extrañas fórmulas que aparecían en la pantalla. Al cabo de veinte minutos James se dirigió a ellos con estas palabras:

—No he terminado de sacar mis conclusiones, pero lo que sí puedo decirles es que el señor San Juan, primero ha reorientado el telescopio y después ha puesto a trabajar durante gran parte de la noche al ordenador central para que calcule la distancia que separa un punto concreto de la geografía española del Cráter de Copérnico, que como todos ustedes ya sabrán es uno de los accidentes de la luna que mejor se ven a simple vista. El otro, el de aquí abajo, por las coordenadas que leo, debe estar situado en algún lugar de la costa noroeste de la península. Eso señores es lo que ha estado haciendo, pero que me aspen si pudiera imaginarme para qué querría esa información tan insólita. Ahora soy yo el que está empezando a intrigarse de verdad. Supongo que ustedes creen que Ulises está relacionado de alguna manera con el extraño brillo de la luna de hace dos noches, ¿no es así?

—Sí, y lo que usted acaba de decirnos nos lo confirma. El CNI está tratando de localizarlo, pero hasta el momento sin éxito. Haga el favor de calcular el punto exacto al que se refieren esas coordenadas, y le ruego que se dé prisa.

—Por supuesto —dijo Ricksman. En cuanto introdujo los dígitos correspondientes a la latitud y a la longitud del lugar en el ordenador, en el mapa de la pantalla apareció un punto cercano a la costa de Lugo, situado unos diez kilómetros tierra adentro. Los dos militares confirmaron con un gesto.

—En efecto, se trata de la finca que pertenecía a su padre. Anoche fue hasta allí una unidad especial de la policía española, pero no encontraron a nadie. Horas más tarde el Secretario de Estado nos contó una milonga sobre un extraño campo mental que protegía el lugar, y el propio Ministro nos ha jurado que están poniendo todo patas arriba para encontrar a su científico, pero que no hay ni rastro de él hasta el momento.

—¡Qué extraño!, aunque un tanto callado Ulises nunca me ha parecido el tipo de persona que tuviera algo que ocultar. Quizá la muerte de su padre le haya afectado más de lo que yo pensaba.

—No tenemos ni idea de qué tipo de persona es, pero necesitamos ponernos en contacto con él lo antes posible y que nos explique lo que está sucediendo. Para empezar podemos acusarlo de haber utilizado recursos del gobierno sin autorización, y eso por no hablar de conspiración u otros cargos mucho más graves. De momento no hemos denunciado los hechos, pero si es necesario lo haremos. ¿Cuándo ha sido la última vez que lo llamó? —preguntó el segundo militar.

—Ayer por la tarde, pero tampoco hubo respuesta, ¿quiere que lo vuelva a intentar ahora?

—Por favor.

Ricksman entonces sacó el móvil de su chaqueta e hizo la llamada, pero aunque daba la señal de que la comunicación se había establecido nadie atendió el teléfono. Tampoco saltó el contestador automático, simplemente, al cabo de diez o doce tonos, la llamada se cortó.

—Bien, señor Ricksman, por ahora no le necesitamos más. No obstante le rogamos que esta noche se quede a dormir en el complejo, es posible que queramos localizarlo; mucho nos tememos que lo del brillo de la luna pueda volver a repetirse.

—Como ustedes digan. Supongo que al menos me dejarán ir a casa a cambiarme de ropa y recoger todo lo necesario para pasar la noche.

—Por supuesto, mis hombres lo acompañarán y lo traerán de vuelta. Mantenga su teléfono operativo. Y ahora permítanos retirarnos.— Y sin más preámbulos, todos, incluso el embajador, se marcharon de la sala sin volver a dirigirle la palabra.

Cinco minutos antes de la medianoche, Ricksman, después de haber regresado al centro espacial con sus acompañantes, se encontraba en su despacho. Sumido en lejanos pensamientos estaba revisando las fotografías tomadas por la sonda *Voyager 1* hacía más de treinta años y que aquella mañana no había podido terminar de mostrar a sus alumnos.

Desde que era pequeño Júpiter le había fascinado. En primer lugar le encantaba su nombre; los antiguos, quizá sospechando ya que era el más grande de todos los planetas del Sistema Solar, se lo habían dado en honor al más poderoso de los dioses romanos. En segundo lugar le asombraban sus fantásticas proporciones; con once veces su diámetro tenía un volumen mil trescientas diecisiete veces mayor que el de la Tierra, aunque su masa, debido a su condición de planeta gaseoso formado sobre todo por hidrógeno y helio, fuera *tan solo* de trescientas dieciocho veces la del nuestro. A los once años, un día de navidad, Santa Claus le trajo a James como regalo un pequeño telescopio, y con él, desde las planicies del medio oeste americano, se dedicaba en vez de a dormir a observar sus asombrosas y cautivantes lunas.

Júpiter tenía cuatro satélites principales. Fueron descubiertos por Galileo y bautizados más tarde con los nombres de cuatro de los amantes mitológicos del dios romano que le daba su nombre: Ío, Europa, Ganimedes y Calisto. En aquel entonces James ignoraba casi todo lo que ahora sabía sobre Ío, pero fueron aquellas observaciones las que le llevaron a estudiar, hacía ahora más de treinta años, Astronomía y Astrofísica en la universidad de Berkeley, en San Francisco.

Un año después de que comenzara sus estudios, las sondas *Voyager 1* y 2 fueron enviadas al espacio desde Cabo Cañaveral, en Florida, con dieciséis días de diferencia. Aunque la *Voyager 2* fue lanzada primero, la *Voyager 1*, al seguir una trayectoria más rápida, llegó antes a Júpiter, más o menos un año y medio después de su lanzamiento.

Durante su fase de acercamiento al planeta, la nave había tomado más de 19.000 fotografías, de las cuales las más sorprendentes de todas fueron sin duda las de Ío. En estos momentos la sonda seguía operativa y estaba a más 15.000 millones de kilómetros de la Tierra, en una zona denominada Heliopausa, donde los vientos solares perdían su velocidad y comenzaba el espacio interestelar, fuera ya de la influencia gravitatoria de nuestro Sol.

Cuando James miraba absorto por enésima vez la foto de la erupción del volcán Loki y su tenue aureola sobre la superficie de Ío, sonó su móvil. Se llevó un susto de muerte; no podía ser buena señal que lo llamaran a esas horas. Enseguida se puso el aparato en la oreja y con voz entrecortada balbució:

—¿Sí dígame?

—Ricksman —dijo una voz de mujer al otro lado—, soy Stevens, tienes que ir a la sala del telescopio principal y observar lo que está pasando con la luna.

James, al oír el tono de alarma de su voz, decidió seguir sus instrucciones al pie de la letra. Cuando ya se había levantado y puesto la chaqueta con el ánimo de salir, lo llamaron también por el teléfono interior con un asunto urgente; al parecer algo muy extraño estaba sucediendo y se requería su presencia en la sala principal. En cuanto salió al exterior, lo que allí vio le dejó boquiabierto, exactamente igual que al resto de sus seis mil quinientos millones de congéneres. Luego se fue corriendo hasta el observatorio.

Después de que el *Gran Ojo* se hubiera desvanecido, Karen Stevens lo volvió a llamar. Le dijo que no se moviera de allí; en breve se presentarían ante él los dos militares que había conocido por la mañana y que iban ya de camino en un helicóptero de la base americana de Torrejón de Ardoz. Escuchar la voz de la mujer de alguna manera lo reconfortó; le alegraba saber que lo que había visto no había sido una alucinación colectiva de él y sus colegas.

La visión había sido indescriptible y sobrenatural, y se trataba, fuera de toda duda, de un fenómeno que iba más allá de todo lo plausible: un ojo de mujer gigantesco había iluminado la luna durante quince minutos y había parpadeado tres veces a intervalos exactos. Al principio no lo podía creer; pensaba que se trataba de un sueño y que dentro de muy poco un despertador se encargaría de traerle de nuevo a la normalidad. Pero no fue así, en absoluto. Las caras del resto de su equipo así lo confirmaban; aquellos rostros no podían mentir ni que hubieran sido un elenco de actores y actrices de renombre. Diez minutos más tarde, James escuchó el sonido de un helicóptero aterrizando en el helipuerto del complejo.

—¿Qué opina usted de lo que ha visto señor Ricksman? —le dijo uno de ellos cuando fueron conducidos hasta su despacho.

—¿No creen ustedes que ya es hora de que me digan sus nombres?, por lo que intuyo es probable que tengamos que vernos durante algún tiempo —dijo él de lo perplejo que todavía estaba y sin saber qué otra cosa podría responder.

Los dos hombres guardaron silencio. Luego asintieron.

—Tiene usted razón. Estamos en el mismo bando y es mejor que nos llevemos bien. Soy el capitán Pedro Ruiz —dijo en un perfecto inglés el que en un principio se había mostrado más simpático—, y mi colega es el mayor Michael Carman.

—¿Y bien? —insistió Ruiz.

—Qué quieren que les diga, me parece un hecho tan insólito que no creo que podados encontrar explicación. Más bien me inclino a pensar que…, pero antes de que hubiera podido terminar la frase sonó su teléfono. Al escucharlo los tres dieron un respingo. James, sin pedir la autorización previa de los militares ni disculparse, aunque extrañado por lo intempestivo de la hora, sacó el móvil del bolsillo y aceptó la llamada.

—¿Sí, dígame?

—Ricksman, soy Carlos del Río. Estoy con Ulises San Juan —dijo una voz sin titubeos.

Al oír aquellas palabras el rostro del americano se quedó blanco como la porcelana; aquella noche no estaba ganando para sorpresas, de eso no cabía duda. De entre todas las llamadas posibles esa era la única que no se esperaba. ¿Carlos del Río junto a Ulises? La verdad es que cada vez entendía menos lo que estaba pasando. ¿El director del CNI español llamándolo precisamente a él?, ¿a santo de qué habría podido tener tal ocurrencia? Cuando Ricksman pudo al fin reaccionar, miró a Ruiz y a Carman y les hizo una seña ostensible para que entendieran que al otro lado de la línea tenía a la persona que estaban buscando.

—Señor del Río, me imagino que ustedes dos han sido testigos de excepción de la aparición del *Gran Ojo* y que me llaman por ese asunto, ¿no es así? —preguntó James cuando se recobró.

—Cierto.

—Espere un segundo que voy a poner el manos libres, aquí hay unas personas que están muy interesadas en escuchar lo que usted tenga que decir. —Por supuesto los dos militares entendían el castellano a la perfección.

—Naturalmente —respondió Carlos—, el mundo necesita saber lo que voy a contarles.

Y entonces el director del CNI les explicó una por una las razones de por qué Ulises había proyectado sobre la luna la imagen del *Gran Ojo* y cuáles habían sido las terribles consecuencias de sus actos.

Después de haber escuchado los detalles, el mayor Carman, acostumbrado a impartir órdenes, le pidió a del Río que le pasara de inmediato con el Sr. San Juan. Haciendo caso omiso de sus demandas, Carlos le dijo que todavía no había llegado el momento para eso. Primero —le aclaró en un tono que no admitía discusión—, tendrían que convencerse de algún modo de que todo aquello no era ni la broma pesada de un imbécil ni la invención absurda de un demente, para lo cual sería necesario que hicieran algunas averiguaciones por su cuenta. Luego guardó silencio. Al otro lado de la línea los tres hombres del despacho se habían quedado helados, como si la temperatura de la habitación hubiera descendido de pronto hasta los veinte grados bajo cero. Pasaron dos minutos. Después, cuando la mudez se hizo ya tan espesa que el teléfono parecía que se hubiera convertido en una bomba nuclear a punto de activarse, se escuchó por fin la grave voz de Ulises:

—Señores, no tenemos nada más que decir. No nos busquen ni intenten encontrarnos; todos sus esfuerzos serían vanos e inútiles. Pronto tendrán noticias nuestras.

Y sin que se hubiera escuchado ningún otro sonido, los tres supieron que había cortado la comunicación, porque en ese instante el despacho de Ricksman quedó envuelto en un remoto e infinito vacío, como si ellos mismos fueran los tripulantes de la sonda *Voyager 1* que, viajando en el interior de su estrecho habitáculo, estuvieran a punto de traspasar los límites del Sistema Solar.

Capítulo 8

Diario del Mundo: martes

La segunda mañana, en Rouen, a esas horas soplaba un vientecillo suave procedente de las viñas del este. La noche anterior, la presentadora de *Tele France* había podido por fin descansar unas horas. Recogida en su casa se había ido a la cama y había dormido abrazada a su novio. Al principio, por mucho que había intentado olvidarse de lo que había pasado, mientras él la besaba, ella seguía repasando noticias; una ristra interminable de frases alarmantes se le aparecía a modo de pantalla en la imaginación, e incapaz de evitarlo sus labios se movían a su antojo y leían palabras, como lo haría una estudiante de teatro memorizando un texto. Su compañero, aunque no lo creyera, con el objeto de ayudarla a regresar de su ensimismamiento, la acariciaba el pelo y le decía que todo estaba bien, que las cosas muy pronto volverían a sus cauces normales.

Aquel segundo día en que llegó a su casa con la cabeza llena de disparates él la trató de nuevo con dulzura e hicieron el amor, y después se tuvo que vestir y volver a marcharse. A esa hora se encontraba en un camerino retocándose. Tenía unas pestañas muy largas y bonitas y unos ojos oscuros y ovalados. Algunas veces, al cerrar sus delicados párpados, daba la sensación de que estaban heridos, atravesados por alguna señal de tipo místico, como si perteneciera en verdad a una logia cuya misión fuera salvar la Tierra. Pero eso sólo ocurría en breves ocasiones. Aquella mañana, cuando se sentó de nuevo en el plató nadie pudo ver nada; tal vez sería la sombra de sus ojos que tapaba la realidad que había por detrás de las otras mentiras. Y precisamente así, a base de mentiras, el mundo aquella mañana comenzaba otra vez a adquirir rapidez.

«Las comunicaciones y las redes sociales, aunque sobrecargadas, ya estaban funcionando. Los mercados de valores y los bancos, que el día anterior habían decidido permanecer cerrados, abrieron de nuevo sus ventanas —había dicho la chica—; no había síntomas de ningún *crash* bursátil ni de que la gente fuera a correr espantada a sacar sus ahorros. En África, los hombres seguían siendo pobres y las mujeres y los niños tampoco tenían nada que llevarse a la boca. En Asia, los gobiernos habían sido claros: las fábricas debían continuar produciendo a su ritmo de siempre, la demanda crecía y era muy necesario seguir suministrando. En Oriente Medio y Rusia, los pozos seguían bombeando petróleo a razón de setenta y cinco millones de barriles, como si todos juntos formaran un enjambre de moscas que estuvieran chupándole la sangre al cadáver de un buey.»

Y después de contar todas estas noticias por fin llegó la noche y todos se acostaron.

Y mientras esto ocurría, allí arriba, la Luna, seguía inmersa en sus introspecciones. Al final había comprendido la verdad: alguien extraño la había violentado y amparándose en sus propias razones había castigado a los seres humanos. «No es que yo esté especialmente en contra de lo que ha sucedido, pues la verdad, la Tierra, a la que siempre procuro mostrar mi mejor cara, desde hace ya algún tiempo que se viene quejando. Pero una cosa es que no esté de acuerdo con lo que está pasando y otra bien distinta es que consienta en que me manipulen —continuaba reflexionando la Luna para sí—. Tengo que meditar en todo esto. Por el momento no voy a intervenir. Me voy a limitar como siempre a mirar desde lejos, como si fuera sólo una despreocupada *convidada de piedra*.»

Y en el piso del centro, Alain y Jacqueline habían decidido pasar la noche juntos en la casa de ella. Fransuá se encontraba todavía con Pierre. A esa hora pensaba en hacer las maletas; se iría de viaje, pero lo que ignoraba era que no sería con destino a su casa.

Capítulo 9

El segundo sueño

Yali Mabel había nacido en *Yiwika* rodeado de armas. La razón para ello era que en su clan desde siempre se encontraban en guerra con las tribus vecinas, y que su guerra no era una guerra cualquiera, sino que era una guerra que duraba ya siglos y que nadie sabía cómo había empezado, y que nadie quería que llegara a su fin.

Una vez cada siete lunas los hombres del pueblo se reunían al atardecer en torno a la explanada que había adyacente a los campos, y allí practicaban con lanzas, y con arcos y flechas. Y al día siguiente salían sin falta a vengar a sus muertos; lo hacían porque esa era su forma de vida y porque creían que era la mejor manera en que podían morir.

Desde que era pequeño Yali Mabel adoraba las armas. Tanto era así que con sólo diez años ya mató a un enemigo, confirmando con ello que para ser un hombre no había otra opción que matar a otro hombre. Y luego, como era mandado por la *ley de los muertos* en un rito caníbal comió carne humana. Y fue así como Yali Mabel cumplió con su pueblo al igual que su padre, y cuando éste murió le tocó ser el líder porque se había ganado el respeto de todos. Yali Mabel tenía tan sólo veinte años cuando esto ocurrió, pero sin duda alguna estaba preparado para guiar a su gente a través de los tiempos cambiantes que se avecinaban.

Hacía pocos ciclos, sobre los años treinta del marco temporal en que ocurre esta historia, que los primeros hombres con pieles que no eran oscuras pisaron sus tierras. Aquellas personas, a pesar de no llevar una funda en el pene y de estar habitadas por los malos espíritus, no eran sus enemigos. Pero esa vez se quedaron muy poco y en menos de lo que duraba una luna se marcharon de allí para no regresar.

Aquellos fueron tiempos dudosos. De acuerdo a la tradición cada mujer elegía un guerrero y se unía con él. Mientras sus hijos y maridos morían en sangrientas batallas ellas trabajaban los campos. Durante generaciones habían vivido así, pero las mujeres sabían que aquello no podía durar; su mundo no era justo y según la profecía muy pronto sus costumbres se irían transformando, y cuando ya no quedara nada de lo que su pueblo una vez había sido verían la señal. Y entonces los hombres tendrían que encontrar la caverna y *soñar*. Y ahora aquello ya había sucedido, y sus sueños ya iban por la segunda noche.

Calixto Mabel llevaba casi novecientos años muerto. Durante ese largo período dispuso de mucho tiempo para meditar. Por fortuna para la humanidad lo hizo con tanto ahínco que al final se dio cuenta de que toda su vida había sido un cúmulo de continuos errores. Y estos errores, que no habían sido unos errores cualquiera, le hicieron revolverse y salir de su tumba. Mucho más cómodo para él habría sido abandonarse a la negrura indolora de los sueños eternos, o haberse unido a las algarabías frecuentadas por un buen montón de fantasmas errantes, o haberse olvidado de que existía un mundo más allá de la muerte. Pero no lo había hecho.

En vez de eso, una mañana de octubre se despertó en una cama con columnas de plata, adornada con doseles de Leonardo da Vinci y equipada con un flamante colchón de fibra de látex; según sus cálculos, aquello debía tratarse sin duda del último grito en la tecnología del santo descanso. Pero aquello no tenía la menor importancia. Y es que Calixto Mabel no había vuelto a la vida para regodearse con los dispendios que le proporcionaba su ascendencia real, sino para clarificar de una vez para siempre que cuando vivió, él sólo había sido un pobre diablo. Por eso aquella mañana, en cuanto se hizo de día, se fue direc-

tamente a hablar con el Santo Pontífice, sucesor suyo por una línea de auspicio reglada por normas ambiguas, repletas de puntos oscuros y de contradicciones. Pero esta vez Calixto Mabel había venido al mundo dotado de un cuerpo transparente, y por ello, para hacerse notar, se vistió con sus ropas de gala; luego, en señal de poder, se colocó en la cabeza una mitra ceñida por tres coronas altas y doradas; y por último, blandiendo su báculo con determinación, introdujo en su dedo el antiquísimo anillo pescatorio y se dirigió con pasos firmes hacia sus aposentos.

Sus pies, carentes de sandalias, no hacían ruido ninguno al caminar por los largos pasillos. La guardia suiza, al igual que antaño, se inclinaba a su paso. Encontró al nuevo Papa durmiendo una pequeña siesta, descansando también en un colchón ultrasofisticado. Al lado de su cama una bandeja de oro mostraba los vestigios de su frugal almuerzo, consistente en pequeños canapés de foie adornados con briznas de caviar y huevas de salmón. El olor de los fiordos noruegos y de los mares rusos aún se percibía en el ambiente. Una copa de fino cristal se perlaba con su frío de hielo, pero estaba vacía. Al parecer su dieta era muy sibarita. Entonces, Calixto Mabel se colocó a la vera de su lecho y le propinó con su báculo un fuerte golpe en toda la cabeza, ante el cual el Papa ineludiblemente tuvo que despertarse. Pero cuál sería su sorpresa que al hacerlo vio frente a sí a un hombre transparente con ropas honorables. Y fue por eso que al instante cayó de rodillas a sus pies.

—Soy Calixto II —dijo Calixto Mabel—, confieso que cuando hace casi novecientos años, en el primer Concilio de Letrán, instauré el celibato, anulé de pleno derecho los matrimonios de los clérigos y declaré pecadores a todos los que los habían oficiado, no lo hice por amor ni por servir a Cristo, sino para proteger las propiedades de la Iglesia y sus riquezas. Ahora me he levantado de mi tumba y he revisado de cabo a rabo los archivos, pudiendo comprobar que todo lo que pone ahí es una sarta de mentiras añadidas a las mentiras que yo había dicho ya: no existe el pecado, ni el infierno, ni la vida eterna de la que tanto hablas. Cristo no se cabrea porque folles o mientas o blasfemes, porque a Él todas esas cosas le traen sencillamente sin cuidado. Lo único que quiere

es que la gente siga los impulsos que les dictan sus amplios corazones, que amen y que sean dichosos. Y es que Él no exige ninguna contrapartida a cambio de sus dones, ya que esto iría en contra de su naturaleza. Y ahora vengo a informarte de que Dios ha decidido prescindir de tus santos servicios.

»Yo soy el mensajero que viene de más allá de tu conciencia para comunicártelo y para asegurarse de que son cumplidos al punto Sus designios: ¡Levántate de ahí pedazo de vago! ¡Duermes cómodas siestas y comes manjares impagables mientras tus seguidores se mueren en las calles! ¡Tu gran barriga hace honor a la falsedad de las cosas que dices y a lo perverso de las leyes que dictas!

Mientras escuchaba todo esto, el Santo Pontífice seguía arrodillado y temblaba. Con una mano se cubría el chichón que le había salido en medio de la frente y con la otra se asía las solapas del camisón de seda. Desde esa posición no se atrevía ni por asomo a mirar hacia la alta mitra desde donde partían aquellas contundentes palabras. Por lo que le había parecido intuir, allí no se escondía ningún rostro, sino que sólo había un insondable hueco, un hueco desde el que se escuchaba la auténtica verdad acusadora. Por eso, cuando hizo acopio del valor suficiente, el Papa preguntó:

—¿Y qué quieres que haga? ¿Crees que dándome un fuerte golpe en la cabeza lo vas a arreglar todo? ¿Qué puedo yo hacer a estas alturas? Soy un títere en manos de una curia y de una sociedad que demanda mentiras. Yo sólo soy aquel que impide que sus vidas se revelen vacías. Tienes que comprenderlo, por favor márchate de una vez, ¡tú ya no perteneces a este tiempo ni puedes entender nuestros problemas!

—¡Cállate! No te he pedido que me hables. Ha llegado la hora de confesar al mundo la verdad. ¡Quítate ahora mismo el camisón y sal al balcón en calzoncillos! La plaza de San Pedro aguarda tus palabras. Pero primero tendrás que convocar a los fieles por radio; diles que acudan por millones, ya que ha sido el mismísimo Dios quien te ha revelado las razones de por qué hace dos noches asistimos al espectáculo de ver un ojo gigantesco prendido de la luna.

Entonces, el Sumo Pontífice obedeció a Calixto II y convocó a los fieles para el día siguiente por la tarde. Mientras tanto, el segundo anciano se revolvía en su oquedad de piedra sin saber exactamente en dónde se encontraba. Su piel negra resplandecía dentro la caverna, emitiendo destellos azules y absorbiendo vapores. La calavera aplastada de la vaca brillaba con luz fosforescente.

Y cuando los fieles fueron reclamados y se disponían al día siguiente a asistir sin saberlo al milagro de ver al Papa en calzoncillos, a muchos miles de kilómetros un chorro de luz penetró por el techo de la cueva e hizo que el segundo hombre despertara. Cuando lo hizo, seis pares de ojos negros lo miraban. Allí sentados y en silencio esperaban pacientes la llegada de la tercera noche.

Capítulo 10

Un baño turco repleto de vapores

El martes por la mañana, después de haber abandonado el puerto, Ramita, Elena y Héctor llegaron hasta un camping situado en la costa atlántica francesa. Habían tenido que conducir durante la mayor parte del día y de la noche y al llegar estaban agotados. Enseguida ocuparon un pequeño bungaló no muy lejos del mar y junto al cual se extendía una verde pradera. Sentados en el exterior, mientras descansaban de su largo viaje en un banco de madera de roble, Elena y Héctor hablaban en voz baja. Entretanto, tumbada un poco más allá, la vaca rumiaba su hierba silenciosa.

Elena estaba consternada; así que ella era la única mujer del planeta que conservaba la capacidad de engendrar una vida. No lo podía creer. Confinada en la máquina y protegida por treinta metros de columna de agua no había sentido ni sufrido los efectos del pulso, pero ¿cómo había sido eso posible?, ¿en virtud de qué principios había sucedido?, ¿no podría ser, caso de que Ramita estuviera en lo cierto, que hubiera otras mujeres en iguales o parecidas circunstancias? Quizá la tripulante de algún submarino destacado en mitad del Pacífico también se habría librado de las ondas fatales, o quizás una submarinista profesional trabajando en las profundidades del nuevo muelle del puerto de Manila. Se negaba a creer que ella fuera la única. Y no sólo se negaba a creerlo, sino que tampoco deseaba que en su vientre estuviera encerrado el futuro del mundo.

Mientras Elena le daba vueltas a sus pensamientos, Héctor, sentado a su lado, le pasaba el brazo por encima de los hombros y la apretaba contra su cuerpo con calidez. Al igual que en la mañana anterior el cielo estaba claro y limpio, como en un día de primavera normal y corriente. Algunas gotas de rocío permanecían en la superficie de la mesa que tenían enfrente y, a su trasluz, los rayos del sol se descomponían en una amalgama microscópica de colores dulcísimos, como si fueran pequeños pastelillos distribuidos sin orden por un panadero de buena voluntad. La brisa portaba el sabor salado del aire de la mar. Ramita, aplicada a mascar su insípida comida, miraba silenciosa el borde de las olas, como si en sus espumas blancas se encontraran los secretos remotos de miríadas de peces que no tenían nombre.

—Héctor, yo no quiero ser la única madre del planeta.

—Elena, cariño —contestó él apretándola aún más entre sus brazos—, sé cómo te sientes, pero Rami ha dejado entrever que existe aún la posibilidad de devolver a las demás mujeres, a través del que tú todavía posees, el poder de engendrar. ¿No crees que sería injusto privar al mundo de esa oportunidad?

—Quizás el mundo tiene lo que merece.

—Es muy posible, pero tal vez las cosas estén a punto de cambiar.

—¿Y qué te hace pensar así?

—¿Cuánto tiempo crees que la gente puede tardar en darse cuenta de que ninguna mujer se va a quedar encinta? Entonces, si no se desata la violencia, llegará un momento de reflexión profunda en el que cada persona repensará completamente su sistema de vida. Después de todo, quizás Ulises haya venido aquí para salvarnos y hasta él mismo todavía lo ignore.

—Quizás —replicó Elena con voz melancólica mientras apoyaba despacio la cabeza en el hombro de su compañero. Entonces sus pensamientos se volvieron a marchar hacia un lugar lejano, como si estuvieran cansados del presente y desearan dar un largo paseo por el tiempo. Se acordó del día en el que, contando tan sólo quince años, tuvo que irse sola a aquella clínica.

Estaba embarazada y no estaba preparada para tener un hijo. Nunca se lo contó ni al chico con el que se había acostado ni a Héctor ni a su mejor amiga. Esa era una carga y un recuerdo que no estaba dispuesta a compartir con nadie. Y ahora la vida le ponía en una tesitura donde otra vez tendría que elegir. No sería lo mismo, pero por algún motivo pensaba que los dos hechos estaban conectados. Pero Elena, no queriendo pensar en todo eso, siguió con sus recuerdos: y entonces recordó cómo después de aquello sólo hizo lo que le dio la gana. Dejó de ir al colegio en contra de sus padres, pues nadie la había prevenido del trago que había tenido que pasar. Y por eso le había soltado todas esas palabras a su querida madre, a bocajarro y sin contemplaciones. A partir de ese día Elena comenzó a pasar mucho tiempo deambulando por las calles del centro de Madrid, hiciera frío o calor, lloviera o se le secara la garganta. Por las tardes estudiaba las materias del cole en la sala de cualquier biblioteca, pero por las mañanas Madrid se había convertido en su laboratorio: se colaba en las sesiones matinales del cine por su cara bonita; charlaba interminablemente con los dependientes de la calle Libreros; remaba en las barcas del Retiro con algún solitario estudiante de la universidad y se besaba a hurtadillas detrás de los quioscos de bebidas calientes. Desgranando estas cosas Elena continuaba sumida en esa añoranza del pasado. Pasó un buen rato antes de que ninguno de los dos rompiera ese silencio. Después, la voz de Héctor la sacó de las brumas de su imaginación, como si alguien la hubiera rescatado del interior de un baño turco repleto de vapores.

—Será mejor que nos metamos dentro, hay algo importante que te quiero decir —y entonces Héctor la miró con sus ojos saltones llenos de compasión y también de deseo.

Elena, al verle sonrió; reconocía esa expresión y nada más sentirla un calor familiar la recorrió. Antes de entrar en la cabaña levantó la mirada y vio cómo Ramita seguía aplicada en mascar su comida. Después se dejó llevar hasta la cama e hicieron el amor muy despacio, como a cámara lenta; la prisa en esos lances no solía ser buena compañera. Mientras tanto, en el exterior Rami miraba al infinito. Si Elena se hubiera fijado bien, habría visto la luz fosforescente que iluminaba por segunda vez sus grandes ojos negros desprovistos de párpados.

Cuando volvieron a salir al exterior el sol ya no brillaba. Las farolas amarillas del camping arrojaban su desigual iridiscencia sobre las caravanas y las casitas de madera de pino. Observadas desde la distancia, parecían pequeños soles que fueran modificando la intensidad de su brillo de acuerdo al cambiante estado de su ánimo. Al otro lado de la valla, en el prado de hierba oscura, se recortaba la silueta de la vaca. Recostada en el suelo, con la cabeza descansando al lado de su voluminoso cuerpo, daba la impresión de que ella también estuviera agotada.

Sin decir nada a nadie se marcharon caminando hasta el pueblo cercano, que distaba un kilómetro y pico de aquel lugar secreto. Sólo Pierre sabía dónde estaban. O al menos eso pensaban ellos. Ramita les había contado las consecuencias que había tenido el pulso y también que Carlos del Río y Lourdes Santos estaban ahora del otro lado del tablero. Ignoraban por qué. Podría haber muchas razones o ninguna. Daba igual. Especular no serviría de nada. Era muy posible que estuvieran bajo los efectos de los rayos de Ulises pero quizá la explicación no fuera tan sencilla. Lo importante era que iban tras ellos y que estaban poniendo en peligro no sólo sus dos vidas, sino también el destino de todos sus congéneres.

Con toda seguridad ya estarían buscándolos. Tanto Lourdes como Carlos eran expertos en mover los hilos adecuados y contaban con todo el respaldo de la ley. Por eso lo primero que hicieron cuando Ramita les puso al tanto de los hechos fue tirar sus teléfonos y acudir a su amigo Daniel. Le pidieron su caravana y ocultaron el coche y el remolque dentro de su garaje. Por suerte era lo suficientemente grande como para albergar a una vaca. Tuvieron que romper el tabique interior y sacar parte de los pequeños muebles, pero una vez hechos los ajustes quedó espacio bastante. Para hacer entrar al animal desmontaron uno de los paneles. Luego fueron a una finca cercana a coger una bala de paja y con ella le prepararon un confortable lecho. A Ramita todo aquello le pareció requetebién; nunca había viajado de esa forma y le hacía ilusión. Sobre las doce del mediodía se pusieron en marcha. No sabían a dónde dirigirse pero seguro que se irían muy lejos, tal vez incluso tanto como para llegar al extremo del mundo. Rami, en una de sus largas monsergas y tras muchos rodeos, les había indicado que consideraba conveniente que llamaran a Francia, a la casa de Pierre.

Para entonces algunos teléfonos ya habían comenzado a funcionar. Se pararon en una gasolinera y tras una larga espera pudieron por fin hablar con él. Tras explicarle en qué circunstancias se encontraban Pierre les dio la dirección de un camping de la costa. El dueño era amigo suyo de la infancia y no tendrían que dar nombres ni rellenar pesados formularios. Allí estarían seguros. Les pidió que no lo volvieran a llamar; él les avisaría a través de su amigo. Entonces Elena y Héctor, haciéndose relevos, condujeron casi sin detenerse hasta aquel lugar apartado y secreto. O al menos todo lo secreto y apartado que podría estar un lugar para ellos.

Al dirigirse al pueblo habían decidido que sólo hablaría él; al fin y al cabo Héctor había nacido en Francia y todavía conservaba un más que correcto acento parisino. Nadie sospecharía que eran dos españoles si ella se mantenía con la boca cerrada. Cuando llegaron a la villa todo estaba desierto. Los habitantes parecían haber sido engullidos por una gran ballena. No se oía ni un alma. Tras vagar sin rumbo durante unos minutos se metieron en el único restaurante que encontraron abierto. La mujer que había detrás de la barra al principio los miró con recelo, pero luego suavizó su expresión y los invitó amablemente a que pasaran. Dentro del local la temperatura era muy agradable. En un rincón se escuchaba el crepitar del fuego. De las paredes colgaban cuadros que representaban paisajes campestres, y en cada esquina, clavadas en el duro ladrillo, unas pobres lámparas arrojaban su miserable luz, como si no fueran capaces de alumbrarse ni siquiera a sí mismas.

Se sentaron en una mesita muy cerca del hogar. Tras saludar a la pareja de ancianos que constituía la única clientela, Héctor pidió dos cafés muy calientes y algo de comer. Mientras esperaban hablaban en voz muy bajita de lo que Rami les había contado.

—Entonces, ¿estás segura de que quieres seguir adelante?

—Sí, estoy segura.

—¿Aunque todavía ignores de qué se trata? Ramita hasta ahora no ha dicho ni mu. Sólo nos ha informado de que tal vez exista una manera de devolver el poder a las mujeres, pero ni siquiera nos ha confirmado que ese poder se trate del poder de dar vida.

—Por eso precisamente, porque tal vez eso no sea lo único que importe.

—Me gustaría saber a qué espera para decirnos más. No creo que aquí estemos a salvo durante mucho tiempo.

—Tratándose de esa vaca tan caprichosa seguro que no lo hace hasta que otra vez estemos con la soga alrededor del cuello —respondió Elena acordándose todavía de las peripecias que había pasado en la tuneladora.

—Tienes razón. Sin embargo, hasta ahora siempre ha escogido el momento oportuno. Lo de Carlos nos lo dijo al instante, y lo de Pierre justo cuando estábamos llegando a la frontera y ya empezábamos a no saber adónde dirigirnos.

—Sí, eso es verdad.

En ese instante les trajeron los cafés y los platos de pasta. El hambre que tenían era de tal magnitud que en poco menos de cinco minutos habían acabado con toda la comida. Después de pagar la cuenta se levantaron, se sacudieron las migas y se dirigieron de nuevo hacia su bungaló.

Cuando llegaron a la entrada del camping, el dueño les estaba esperando con un mensaje urgente. Pierre Montier había llamado por el equipo de radio especial que un amigo común le había hecho llegar hacía algunas horas. Gracias a su tecnología anticuada de antes de la Segunda Guerra sus conversaciones eran indetectables. Pierre le había comunicado que la Interpol había emitido una orden de busca y captura con sus nombres y apellidos, unas fotografías recientes y una descripción del coche en el que supuestamente todavía viajaban. Valía más que no se movieran de allí, al menos por ahora —les decía el dueño del negocio mientras bajaba discretamente las persianas de la recepción —, ni siquiera para acercarse al pueblo. Todavía no habían descubierto que habían cambiado su vehículo por una caravana, pero seguro que lo harían muy pronto; una cosa así no se podía ocultar durante mucho tiempo, y en cuanto lo hicieran comenzarían a buscarlos en todos los cámpines de Francia.

—¡Joder Henri! —dijo Héctor al oír sus palabras—, no pensábamos que la cosa fuese a ir tan rápido. Hemos metido la pata bien metida. La encargada del restaurante nos ha visto. Como muestren nuestras caras en la televisión o vayan por allí, estaremos perdidos.

—Tranquilos amigos, en este pueblo nadie habla con la policía. Y por Agnes no os preocupéis, tiene cara de pocos amigos pero no dirá nada. Llevamos veinte años siendo colegas y confía en Pierre igual que yo. Me acaba de llamar para decirme que veníais de vuelta. Ahora lo que tenemos que hacer es deshacernos cuanto antes de vuestra caravana.

—Bueno, nuestra no es. Nos la han prestado. ¿Qué piensas hacer con ella? —dijo Elena en español con cara sombría.

—Pues una gran fogata para asar sardinas —bromeó Henri—. No mujer, sólo vamos a florearla y a cambiar las matrículas. Ya verás cómo por la mañana no la reconoce ni su padre. Llevo toda mi vida metido en este camping y sé lo que me hago. Para empezar llevarla por favor hasta la nave que tengo al otro extremo. Ahí es donde hago las reformas.

Efectivamente, Elena y Héctor pudieron comprobar por ellos mismos que en un par de horas aquella caravana no se parecía en nada a lo que había sido. En primer lugar, Henri puso placas de matrícula holandesas. Después cambió las chillonas cortinas interiores por unas más discretas. La puerta, que era redondeada en su parte superior, la hizo rectangular. Para ello utilizó una sierra eléctrica y unas piezas que tenía desguazadas al fondo de la nave. En ocasiones los dueños de los vehículos dejaban de pagar la cuota anual y ya no regresaban. Entonces Henri los desmontaba y los vendía por partes. No era muy legal pero era un buen negocio. Por último, cambió los cristales de las ventanas por unos más oscuros y le puso dos grandes pegatinas que representaban una pradera llena de tulipanes. Cuando terminó lo miró satisfecho; había logrado con creces su propósito. El conjunto había quedado bastante bien y no llamaba la atención demasiado. Después aparcaron la roulotte en uno de los extremos de la finca y anotaron su entrada en el registro con una fecha de hacía varios meses. Los supuestos dueños eran una pareja de holandeses obesos que vivían a las afueras de la ciudad de Ámsterdam. Por las mañanas, antes zamparse un desayuno opíparo, regaban con suma atención las flores que adornaban sus ventanas sin derramar ni una sola gota de agua por fuera de los tiestos. Seguro que sería una pareja muy simpática, y seguro que a esas horas ni se imaginaban que tuvieran una preciosa caravana tan cerca del océano.

Para la una de la madrugaba, Héctor y Elena descansaban de nuevo dentro del bungaló esperando la llegada del día para seguir hablando con Ramita, lo cual sucedió en cuanto se acostaron, se durmieron y volvieron de nuevo a abrir los ojos. Al despertarse ya era miércoles y la vaca miraba a través del cristal de su habitación, como queriendo comunicarles algo que fuera muy urgente. Al verla, los dos se vistieron con rapidez y salieron al exterior.

—¿Qué tal has pasado la noche? —dijo Elena, que era la que solía comenzar las conversaciones.

—Muy bien, gracias —contestó ella con indiferencia— pero esa es una pregunta que en estos momentos no tiene relevancia ninguna. Como bien sabéis, a mí lo que me gusta es ir directa al grano, expresión que viene muy a cuento en mi curioso caso, pues cuando a un ente de naturaleza cuadrúpeda como yo se le da a elegir entre una bala de paja bien seca, un motón de hierba bien fresca o un pesebre bien repleto de maíz, siempre elegirá éste último por ser mucho más nutritivo, lo que muestra una vez más que vuestro lenguaje se alimenta en muchas ocasiones de nuestras experiencias.

»En fin, lo que os decía, que el hecho de que siempre escojamos el grano y de que yo en particular esté tan gorda es debido, ni más ni menos, a que en esta gran panza que aquí veis tengo que dar cabida a cuatro estómagos. Sí, sí, habéis oído bien, no a uno ni a dos ni a tres, sino a cuatro. Por eso fue necesario echar abajo el tabique de la caravana para que yo pudiera entrar. No es capricho mío ser así, pero incluso si lo fuera tampoco habría nada de malo en ello. Soy muy consciente de que la publicidad que os ametralla el cerebro sin parar os hace creer que la gordura no es hermosa y que es poco sana, y aunque rebasados ciertos límites esto pueda ser cierto, la verdad es que el argumento no es utilizado por los publicistas de forma caritativa sino, muy por el contrario, de forma interesada y cruel, lo que lo convierte en algo bastante pernicioso. Dicho esto me gustaría reconducir por sus fueros esta conversación que tan amigablemente estamos manteniendo y deciros que...

Elena y Héctor, que ya estaban preparados para esta eventualidad, habían traído consigo ropa de abrigo y alimentos suficientes para un buen desayuno, y mientras se miraban de manera cómplice y comían, seguían escuchándola.

—Ni que decir tiene —continuó diciendo Ramita— que mis cuatro estómagos tienen cada uno una importante razón de existir. Por ejemplo, el retículo y el rumen son esenciales para la fermentación de esta hierba tan fresca que ahora veis salir entre mis dientes, y a ellos se deben mis famosas flatulencias que tan flaco favor hacen a la capa de ozono y a la atmósfera. Luego están el omaso y el abomaso, que, aunque yo misma no sé muy bien en qué consisten, hacen que mi organismo funcione con la precisión de un reloj suizo de los antiguos. Y digo de los antiguos porque hoy en día sólo se fabrican cosas inservibles. Por poner un ejemplo, en la aldea de *Yiwika*, a donde tú Elena dentro de poco tiempo tendrás que dirigirte, fabrican desde tiempos inmemoriales lanzas y flechas y todo tipo de instrumentos que heredan de padres a hijos durante generaciones, y también de madres a hijas. Allí la diferencia sexual es un tema que ya resolvieron hace tiempo...

Al oír estás palabras, Elena dio un respingo en su banco. —¿La aldea de qué? —preguntó alarmada.

La vaca entonces paró su discurso en seco y miró a Elena extrañada, como si hubiera visto un ovni en pleno día. A ella le parecía que su pronunciación era exquisita y no entendía muy bien qué parte de la frase no había quedado clara. «*Yiwika* —pensaba la vaca—, es un nombre de lo más simple. No sé por qué diablos me hace esa pregunta.» Sin embargo, como Ramita ya empezaba a entender la manera tan estrambótica de pensar de las personas, se imaginó que lo que de verdad había hecho saltar a Elena de su asiento era la afirmación de que ella debía ir allí, cosa que al parecer le había cogido desprevenida. Cuando la vaca terminó con todas estas cavilaciones, miró de nuevo a Elena, dio un profundo suspiro y tratando inútilmente de cerrar los ojos le dijo al punto:

—Elena, aunque no hace tanto que nos conocemos yo creo que ha pasado el tiempo suficiente como para no tener que andarnos con rodeos, y por eso lo único que te digo es que tienes que darte el piro cuanto antes. Has de estar allí como muy tarde a las doce de la noche del domingo. Cuando llegues, alguien te encontrará. Mientras tanto, Héctor tendrá que quedarse aquí conmigo. Y eso es todo lo que puedo deciros. Ahora me voy a tumbar un rato a la Bartola, que por cierto era una compañera mía a la que el padre de Ulises acabó liquidando: ¡qué mundo más injusto! —y diciendo esto Ramita se dio la vuelta, caminó unos cuantos pasos en dirección al prado, se tumbó y, tal como había dicho, se dispuso a dormir a pierna suelta.

Héctor y Elena se miraron otra vez atónitos. Aquella vaca con sus cuatro estómagos era sin duda una caja de sorpresas.

—La aldea de *Yiwika*, pero ¿dónde demonios estará eso?, ¿y para qué tendré que ir allí? Por dios Héctor, ya empezamos de nuevo con los acertijos, ¿no podría explicar las cosas todas de una vez como cualquier persona normal? Joder, esto no va a acabar nunca; ahora parece que me toca a ir a Yiwika, dónde quiera que esté y por las razones qué sea. Imagino que por el tipo de nombre no se encontrará a la vuelta de la esquina, más bien me suena a que esté en África, ¿no lo crees tú así?

Héctor, que durante todo ese rato había permanecido callado y con una media sonrisa en la boca, dijo de pronto:

—No, Elena, no está en África. Está en la isla de Nueva Guinea, en la provincia indonesia de Papúa, y yo he estado muy cerca de allí.

Capítulo 11

La torreta de un submarino ruso

En el *Madrid Deep Space Communications Complex*, después de que Ulises hubiera cortado la comunicación, el despacho de Ricksman quedó sumido en un silencio espacial y lejano. Pasados unos minutos, en cuanto Ruiz y Carman se hubieron recobrado de su estado de shock se pusieron en contacto con el Pentágono. Para ello utilizaron las frecuencias de prioridad del ejército, pues las redes convencionales seguían colapsadas.

Cuando al otro lado del Atlántico los mandos de los dos militares escucharon lo que Carlos del Río les había trasmitido por teléfono, se quedaron atónitos; «¿cómo podía ser que un solo hombre hubiera logrado dejar a toda la humanidad estéril?, ¿en virtud de qué principios lo había conseguido?», les habían preguntado sabiendo que no conocían las respuestas. Sin embargo, por muy increíble que aquello pareciera al final les creyeron; después de todo la visión del *Gran Ojo* les había predispuesto a aceptar cualquier cosa.

Tras media hora de deliberaciones su comandante en jefe les ordenó que llamaran a su embajador en España. Era necesario que las autoridades locales detuvieran con urgencia a Ulises San Juan. Una vez que el diplomático fue informado, éste se puso de inmediato en contacto con el Ministro del Interior; parecía ser que el ejército español ya estaba en vías de cumplir los deseos de los americanos. Debido a la ausencia de noticias de Carlos del Río y a la vista de los extraordinarios acontecimientos que habían tenido lugar, dos unidades especiales iban ya de camino y en menos de media hora asaltarían la finca. «Por descontado que le mantendremos informado de todo lo que vaya ocurriendo.

Cuente con que haremos todo lo posible por detener a San Juan, y por supuesto también por rescatar a nuestro hombre», le había dicho al final de su conversación.

Una hora después de haber hablado con sus mandos del Pentágono, Ruiz y Carman, que seguían en el MDSCC, recibieron una llamada en la que se les informaba de que los datos disponibles corroboraban la veracidad de las afirmaciones que el jefe del CNI había hecho en nombre de Ulises. A partir de la aparición del *Gran Ojo*, que había tenido lugar a las cuatro de la tarde hora local de la costa este de Estados Unidos, en un buen número de clínicas de fertilidad habían reportado un 100% de fracasos en sus intentos de fecundar óvulos en sus laboratorios, circunstancia que ninguna de ellas había experimentado jamás hasta la fecha. Y fue precisamente desde ese momento cuando la alarma comenzó a cundir entre las agencias de inteligencia de todo el planeta; estaba claro que si no actuaban rápido y los rumores llegaban a la prensa, el pánico global se desataría con suma rapidez. Desde entonces estaban tratando por todos los medios de ocultarlo, aunque sabían de sobra que una cosa así no se podría mantener en secreto durante mucho tiempo.

Mientras todo esto sucedía en las últimas horas de la madrugada del lunes, Lourdes Santos, que había contestado la llamada que Carlos del Río le había hecho a instancias de Ulises, mantenía con él esta conversación:

—Joder, Carlos, ¿qué es lo que me estás contando?, después de que ese hombre haya según tú esterilizado a toda nuestra especie ahora me dices que tengo que confiar en él e ir hasta su casa. ¿Para qué me necesita a mí? Sin duda se trata de una trampa.

—No lo sé Lou. Imagino que quiere que escuches tú también sus argumentos.

—¿No te habrás puesto de su lado?

—Te pido por favor que vengas. Cuando estés aquí te lo explicaré todo, te lo prometo. Confía en mí.

Al otro lado del teléfono la mujer se quedó pensativa: «Tal como están las cosas creo que no tengo más remedio que correr el riesgo y acceder.»

—Está bien, voy para allá. Indícame el camino.

Entonces Carlos le explicó detalladamente cómo llegar hasta la finca. Jaume, que había llegado la noche anterior y estaba a su lado, se había quedado espantado al escucharla. ¿Así que Elena era la única mujer que podría concebir y ahora Lourdes se marchaba a ponerse al alcance del culpable? No lo podía creer, pero cuando vio la mirada de Lourdes supo que no podría hacer nada para impedir su marcha.

—Ya lo has oído. Me tengo ir —le dijo al padre de Héctor—, cuando hables con tu hijo dile lo que sabes y consigue que él y Elena se escondan en un lugar seguro. Más vale que lo arregles antes de irte a buscar a tu exmujer a Barcelona; conoces a mucha gente y no creo que resulte difícil. —Pero antes de que pudiera replicar, Lourdes recogió sus pertenencias y desapareció de su vista como una exhalación.

Al cabo de unos segundos, convencida de que hacía lo correcto, Lourdes se marchaba camino de la finca de Ulises con una furgoneta que había tomado prestada de la obra. Poco después de las nueve y media de la mañana, cuando los rayos del sol asomaban ya por entre los lejanos árboles, llegó a los límites de la verja exterior. Al levantar la vista la mujer se topó con una escena propia de los filmes de guerra: dos unidades especiales del ejército rodeaban el perímetro vallado; soldados de miradas amenazantes y fuertemente armados, un sinfín de vehículos blindados y varios helicópteros posados en tierra que parecían grandes mosquitos, convertían aquel lugar verde y bucólico en una llanura de violencia latente. Tras unos momentos de duda y al ver que nadie intentaba detenerla o preguntarle cuáles eran sus intenciones, pues ellos se hallaban ahora también bajo el hechizo de la mente de Ulises, cruzó la entrada y siguió avanzando con su coche por el camino de tierra. Lo hacía con lentitud y mucha dificultad. Allí dentro todo era un caos; las profundas huellas de los carros herían el suelo hundiendo el terreno y levantando todo rastro de vegetación. El olor húmedo de la tierra se mezclaba con los vapores del keroseno recién quemado, arrojando al aire un aroma dulzón que apenas le permitía respirar. Botes de humo vacíos y carcasas de bombas lacrimógenas se esparcían por el suelo como si hubiera tenido lugar una batalla campal entre enemigos bien surtidos de armas.

Conteniendo la respiración, continuó conduciendo hasta pasar por una curva pronunciada donde había un pequeño bosquecillo de zarzas y espinos que parecía intacto. Allí estaba el silo. Aparcó la furgoneta junto a la entrada. Las pisadas de las anchas ruedas de un vehículo todoterreno de gran cilindrada aún se veían frescas sobre la hierba mojada. Lourdes se bajó del coche y se dirigió hacia la puerta. Antes de abrirla miró hacia el cielo. En la azotea, por encima de la terraza acristalada, sobresalía lo que parecía ser una lanza de bronce en cuyo extremo había una bola de cobre del tamaño de un puño; por alguna razón extraña, el conjunto le recordó la torreta de un submarino ruso atrapado entre los hielos de la Antártida. Luego dio un paso hacia adelante y penetró en el silo.

Después de subir por una escalera tortuosa se encontró frente a Carlos. Bastó con mirarle a los ojos durante una fracción de segundo para que Lourdes entendiera con claridad lo que estaba pasando.

—Así que ahora vas de la mano de Ulises, y supongo que me has hecho venir para convencerme de que me ponga de vuestra parte, ¿no es eso?

Carlos agachó la cabeza y apartó la mirada.

—Lo lamento de veras Lou. No espero tu comprensión, pero no pienses que estoy en contra tuya; te amé demasiado como para olvidarlo.

A Lourdes, que había llegado hasta allí con una convicción incuestionable, esta respuesta le pilló con la guardia baja. Una ola de sentimientos antiguos se había apoderado de su alma y estaba comenzado a resquebrajar su ánimo. Sin duda, su flanco izquierdo, allí donde anidaba el corazón, no estaba preparado para oírle hablar de esa manera. Luego, en un tono que dejaba claramente entrever su desazón, acabó contestando:

—¿No sería mejor que nos fuéramos de aquí para discutirlo? Sé que Ulises te está manipulando.

—No, Lourdes, aquí estaremos bien.

—¿Y por qué me lo cuentas ahora? No comprendes que lo nuestro nunca tuvo futuro.

—Eso no es verdad, te estuve esperando durante muchos años. En Yugoslavia un día me salvaste la vida y a las pocas semanas era yo el que deseaba morir.

Mientras Carlos hablaba, su voz se iba impregnando cada vez más de una tristeza hueca, como si estuviera hablando desde el interior de un barco abandonado. Se notaba de forma palpable que su corazón se había desgarrado y que lamentaba su traición, sin embargo, no por ello pensaba dejar de hacer lo que se había propuesto.

—Al lado de Ulises he comprendido muchas cosas; tengo que ayudarlo a pesar de que esto signifique que por primera vez estemos en bandos diferentes.

Al tiempo que escuchaba, Lourdes lloraba entrecortadamente. Nunca se había permitido reconocerlo, pero sabía que después de tantos años no había sido capaz de olvidarle del todo. Sólo ahora se había convencido de que debía haber dejado a su marido cuando lo pudo hacer; siendo todavía joven y estando enamorada. Cuántos errores y cuánta la certeza de que ya no había manera de enmendarlos. Luego, secándose las lágrimas y recuperando parte de su aplomo, le dijo:

—No voy a permitir que le hagas daño a quién no tiene culpa; dile a ese hombre que a mí jamás me podrá convencer. — Entonces, justo en el momento en que Lourdes terminaba de pronunciar esas palabras, Ulises hizo su aparición. Su pelo negro brillaba en el umbral como lo harían las crines de un caballo salvaje y sus ojos refulgían como los de un felino.

—Vengo del puerto. Según me han contado sus amigos, Elena, Héctor y la vaca se han marchado hacia el este. Necesito encontrarlos y para ello requiero de vuestra habilidad. Ramita también aprende y cubre sus cuadrúpedos pasos con un velo de confusión y tiempo.

Al oírle decir estas palabras, Lourdes, con un gesto enérgico, comenzó a mover la boca para exigirle que los dejara ir, pero en cuanto le miró a los ojos no fue capaz de hacerlo y las palabras murieron en sus labios.

Entonces Ulises, sin decir nada, la invitó a sentarse en el sofá. Lourdes aceptó, y cuando lo hizo pensó que aquel sofá era el sofá más cómodo del mundo.

Capítulo 12

Un libro bien gordo

Tras haber pasado toda la mañana hablando con Ulises en el silo de su padre, Carlos y Lourdes cogieron la furgoneta y se marcharon de camino a Madrid. Mientras Lourdes conducía, uno de los rayos de pensamiento de Ulises atravesaba la luna delantera y se insertaba justamente por el iris de su ojo izquierdo. Carlos entretanto hablaba por teléfono y precisaba órdenes, todas ellas destinadas a dar con el paradero de Elena Moncada y de su compañero.

Después de haber realizado varias llamadas al CNI, el director de la agencia pudo hablar por fin con el Ministro del Interior. Éste, que al principio se había quedado sorprendido al escuchar la voz de del Río, no tardó en explicarle que hacía unas horas que ya estaba al corriente de los hechos. Al parecer, treinta minutos después de la aparición del *Gran Ojo*, el embajador americano le había llamado para informarle de la conversación que Ricksman había mantenido con Ulises, tras lo cual había ordenado que la policía y el ejército buscaran con todos los medios a su alcance a San Juan y a su rehén, que ahora, para su gran sorpresa, había aparecido y le hablaba desde el otro lado de la línea.

En la misma conversación, el responsable de Interior le dijo también a Carlos que dos militares americanos se habían unido a la búsqueda. Sospechaban que Ulises se encontraba en la finca de su padre, aunque al enviar allí a las unidades especiales les había sido imposible penetrar el campo mental que defendía el perímetro. Por lo visto habían probado con todo tipo de tácticas, e incluso, después de haberle lanzado advertencias verbales con un gran megáfono, habían bombardeado el lugar con gases lacrimógenos sin tener resultados. Entonces, llegado este punto, Carlos le habló de Elena Moncada y de Héctor Serra. Le contó que aquellas dos personas guardaban importantes claves sobre lo que había pasado y que era necesario encontrarlos de manera inmediata. Por razones que resultaban obvias, del Río se guardó para sí la información crucial de que Elena era la única mujer sobre la Tierra que podría quedarse embarazada.

Como consecuencia de esta conversación, a las nueve de la noche del lunes, la policía española emitió una orden de busca y captura de una pareja acompañada de una vaca gallega. No podrían ir muy lejos; los tres constituían una familia bastante peculiar. Sobre el mediodía del día siguiente, la misma orden, junto con dos fotografías recientes de los jóvenes, era emitida a través de todos los canales de la Interpol.

Y mientras sucedían estos acontecimientos, en un lugar no muy lejano, rodeado del campo donde su padre solía pasar las tardes esperando la llegada de potentes tormentas, Ulises leía cómodamente en su sofá esperando noticias. Sus fuertes manos sujetaban un libro bien gordo. La melena le caía a plomo sobre los hombros, como si fuera un pesado manto mojado por la lluvia. A su derecha, en una mesita sobre la que también descansaba una lamparilla, había un vaso *duralex* de los antiguos. Estaba vacío, pero aún desprendía un ligero aroma a manzanas fermentadas y sus recientes efluvios inundaban la tranquilidad del espacioso cuarto. El libro que tenía en las manos trataba de la vida de un héroe. Hacía ya muchos años que lo había leído por primera vez. En aquel tiempo, cuando aún era un niño y todavía ignoraba que en su primer nacimiento había nacido muerto, su padre le tenía internado en un centro religioso de Foz, población costera de la misma provincia que su pueblo. Y fue allí, encerrado entre esas cuatro paredes llenas de crucifijos, donde por vez primera leyó el libro que ahora sostenía de nuevo entre sus grandes manos.

Después de tanto tiempo, a medida que avanzaba otra vez en la desconsolada hondura de sus páginas, comprendía de una forma totalmente distinta al hombre solitario del que hablaban. Sus maestros le contaron que se trataba de un caballero loco al que la lectura le había perturbado la razón. Una buena mañana, pertrechado de una vieja armadura y montando en un flaco rocín, decidió aventurarse en la extensa llanura y dedicarse a *desfacer* entuertos y a defender a damas y a doncellas.

Así luchó contra molinos que parecían gigantes, así acuchilló cueros de vino tinto derramando su sangre verdadera, y así, en su insano delirio, conquistó, a golpes de singular espada, incontables ínsulas y reinos. En cierto sentido Ulises compartía el mismo destino que el Quijote. El pobre hidalgo era también un loco inmerso en una realidad de locura y violencia. ¿Quién se atrevería a señalar que lo uno era peor o más demente que lo otro? ¿Quién podría decir que sus acciones eran injustas o malvadas? ¿Quién que aún estuviera en su sano juicio condenaría a Ulises por salvar el planeta? Él era un *Geólogo Andante* — pensaba mientras iba leyendo—, o mejor dicho un *Astrónomo Andante*, y su misión sagrada había sido ya puntualmente cumplida. Su amada Dulcinea era la Madre Tierra y su fiel escudero un formidable séquito de animales y plantas, como si él mismo fuera Noé al mando de su arca.

Cuando llegó la noche, tras haber despachado casi trescientas páginas del libro, recogió sus cosas, apagó la lamparilla y subió a la azotea. Allí, en lo que ahora era un estoico despacho y en lo que antes había sido el laboratorio en el que fue engendrado, se sentó en una silla y contempló la luna. La agradable temperatura de la tarde había dado lugar a una apacible noche, y Ulises, guiado por el deseo de respirar un aire renovado, abrió los ventanales. La Luna, que había comenzado con la fase gibosa de su cuarto menguante, le miraba impasible, sin permitir que ninguna emoción transluciera su anaranjado rostro. Ulises por su parte observaba el Cráter de Copérnico, el mismo que unas horas atrás había recibido la energía mental de millones de mentes. Parecía más blanco y pálido que nunca. Quizá las paredes esféricas habían sido dañadas por su potente lupa y Ulises en cierto sentido le pedía perdón, como intuyendo que aquel astro de cuerpo inanimado pudiera tener también sentimientos oscuros y encubiertos rencores.

Más tarde, sentando en esa misma posición, refrescado su rostro por la suave brisa de la agradable noche, cerró los ojos y penetró en el inquietante mundo de *los sueños*. Deseaba conocer quién o qué podría haber vaticinado las acciones que él estaba resuelto a llevar a buen término. En aquel universo su mente vagó por muchos territorios, encontrándolos a todos rebosantes de vida. Al mando de su arca navegó sin reparos por las aguas abiertas del Atlántico Norte hasta avistar Terranova y el Cabo de Farvel; después puso rumbo al Caribe y costeó sus diminutas islas; luego, bajando por la costa de Brasil se topó con los helados hielos de la Tierra de Fuego; y desde allí, cruzando el Océano Índico y después el Pacífico, llegó hasta la Gran Barrera de Coral, maravilla entre las maravillas. Una vez en sus aguas puso el pie en tierra firme y se adentró en el bosque. En un principio todo aparecía en calma; caminaba seguro y sin contradicciones. Sin embargo, muy pronto algo alteró su sueño y le hizo detenerse.

Al prestar atención se dio cuenta de que lo que percibía era como una vibración, algo así como una anomalía que como él mismo tenía la capacidad de doblegar el tiempo y cuya fuerza constituía un poder. Un poder que Ulises podía claramente intuir pero que por algún motivo no era capaz de descifrar: en un lugar remoto siete hombres avanzaban por la callada jungla y se dirigían con voluntad de hierro hacia una gran caverna. Sin duda aquella cueva se trataba de un lugar importante, equivalente en el mundo real a algo así como a un palacio magnífico. Entonces, Ulises agudizó su mente e intentó averiguar qué se tramaba allí, en ese espacio recóndito alejado del tiempo, donde las influencias, los cargos y el dinero no tenían valor. Sin embargo no pudo conseguirlo. Cada uno de aquellos siete hombres se protegía con un tótem sagrado. Tenían forma alargada y eran duros y secos. Quizá se parecieran a la corteza hueca de un calabacín, pero no era seguro. Para poder saberlo tendría que despertar y abandonar el mundo de los inciertos *sueños*.

Capítulo 13

El tercer sueño

La mujer de Yali Mabel lo había escogido porque en su mirada había algo distante, algo profundo y hermético que le indicaba que aquel era un hombre distinto. No lo había elegido porque fuera más valiente que nadie, ni tampoco por haber dado muerte a enemigos temidos, ni por haber sido capaz de acertar con su lanza al jabalí más fiero. Lo eligió porque cuando pasó a través del rito de comer carne humana, en vez de sentirse orgulloso, sin él darse cuenta, sintió repulsión. Y es que Yilvu, que como toda mujer acataba las normas pero odiaba la guerra, en su pequeño gesto vio el atisbo de una gran esperanza.

Yilvu Mabel era bastantes lunas mayor que cualquiera de las otras mujeres, y por eso tenía derecho a escoger la primera, porque así lo dictaban las normas desde el albor del tiempo. Ella había sido capaz de esperar muchos años hasta estar convencida. Y al ver ese día el rostro de Yali comiendo esa carne apestosa de un hombre ya muerto, supo que iba a ser él y se levantó. Con su mano derecha le arrojó hacia sus pies el *koteka* que había fabricado ella misma con su primera sangre. A continuación, con su mano izquierda se tapó blandamente los ojos. Y luego esperó; el hombre no estaba obligado a aceptar su propuesta, pero ella sí estaba obligada a no mirarlo para no interferir en una decisión que ya no era suya.

Cuando Yali vio que una mujer le había arrojado aquel amuleto dejó de comer. En esos momentos estaba rebañando la muñeca de un hombre. Aunque comer esa carne le asqueaba muchísimo, Yali Mabel no pensaba permitir por nada del mundo que se le notara, al menos de una forma consciente. Y por eso, después de tirar orgulloso el resto del hueso a los perros, alzó la mirada. Había tenido suerte. Yilvu, la mujer más hermosa y la más deseada le había arrojado el tótem que le protegería de ahora en adelante de los malos espíritus. Hasta ese momento su alma había estado vagando por lugares perdidos, sitios oscuros de los que de haber muerto no habría conseguido escapar en la vida. Pero ya estaba a salvo. Y no sólo porque a partir de entonces pudiera llevar una funda en su pene, sino porque la amaba, y justamente por aquella razón fue valiente y mató a tantos hombres. Yali estaba contento, y después de mirarla durante un largo rato y observar cómo Yilvu desfallecía esperando, Yali se levantó, cogió el calabacín que ella misma había hecho, se lo puso alrededor del pene y caminó a su encuentro. Luego agarró sus manos, y tras ver su mirada se marcharon al bosque.

Pero eso había sucedido hacía mucho tiempo, en un tiempo donde él aún no estaba perdido y donde aquellos hombres del color de la luna hacía muchos años que no habían venido. Pero luego acabaron volviendo y él se dejó seducir por sus falsas promesas. Y por eso allí estaba, metido dentro de la caverna con otros seis hombres y esperando a *los sueños* de la tercera noche.

Me llamo María Mabel y nací libre. Primero vine al mundo como una oruga a franjas negras, amarillas y blancas; después, pasadas dos semanas, me convertí en crisálida; y por último, al cabo de unos días, me volví translúcida y me transformé, por obra y gracia de un código genético, en una preciosa mariposa monarca. Al principio pensé que había tenido suerte, pues pertenezco a esa generación especial que vive mucho tiempo y que realiza el famoso viaje de ida y vuelta. No sé qué os podrán contar mis compañeras, pero la mía es una historia dura.

Comencé a volar en Canadá y fuimos hasta México, y luego, como si aquello no hubiera sido suficiente, querían que regresara. ¡Cinco mil kilómetros de nada para ir y otros tantos para volver a casa! ¡Qué paliza! Pero con todo, eso no es lo peor: ¡volar siempre constituye una inmensa delicia! Lo peor es tener que detenerse cada noventa millas debido al hambre y a la inmensa fatiga. Y digo lo peor porque cada vez que cerraba mis portentosas alas y ponía mis patas en la tierra me convertía ipso facto en mujer.

La primera vez que sucedió me encontré trabajando en un campo recogiendo patatas. Tenía una gran azada entre mis manos y una cesta a la espalda. No llevaba guantes y hacía mucho frío. La piel de mis dedos estaba desollada y el canasto, cargado hasta los topes, me hacía doblar el espinazo hasta rozar el suelo. Cuando acabé la jornada laboral de doce horas me pagaron dos dólares y medio y me proporcionaron un catre de madera y una sopa caliente. La sopa estaba tan aguada que incluso podía ver mi cara negra reflejada en el fondo de la mugrienta taza. Mientras intentaba dormir, en la barraca de al lado, se escuchaban los cantos de los hombres. Por la mañana reemprendí el vuelo aliviada y recorrí otras noventa millas. Luego tuve que detenerme.

La segunda vez que me pasó era una niña blanca. Por lo que vi después y por lo que he podido calcular debería tener entre nueve y diez años. Mi padre, borracho en su butaca, le reclamaba la cena a gritos a mi madre. Como no se la supo servir de acuerdo a sus demandas le golpeó en los brazos con su bate de béisbol. El bate era el de su equipo favorito y le tenía muchísimo cariño, tanto era así que sólo lo utilizaba con mi madre. Luego me sentaba en sus rodillas y me decía que no me preocupara, que esas cosas pasaban entre adultos. Y entonces me restregaba su sucia lengua por la cara. Y luego me era imposible quitarme su repugnante hedor. Cuando llegó la mañana también reemprendí el vuelo. Esta vez me las apañé para no tener que detenerme hasta haber recorrido casi el doble de millas. Es increíble lo que una llega hacer para evitar sufrir.

La tercera vez me convertí en una mujer oriental. Tendría veintiocho años, vestía ropas lujosas y estentóreas, llevaba zapatos de tacón afilados y me adornaba con joyas y pulseras. El hombre que me tocó esa noche tendría sesenta y cinco años. Una cartera rebosante de billetes le abultaba en el pecho; en su interior llevaba también varias fotografías recientes de sus hijas. Se acababan de graduar en la universidad y aparecían sonrientes junto a él. En contraste, a su derecha, la madre lucía una cara muy seria, como si aquellas personas fueran de otro planeta. El hombre, a pesar de parecer normal, era en verdad un cerdo. Después de penetrarme con su polla minúscula y de correrse a los treinta segundos me obligó a beberme su orina y se cagó en mi vientre. A cambio me prometió que hablaría bien de mí a mis explotadores. Yo, como aún les debía un montón de dinero, tuve que agradecérselo. Esa noche tuve suerte y nadie me pegó. Tan solo me volvieron a violar en silencio. Por la mañana bien temprano abrí otra vez mis alas. Seguían siendo igual de bellas pero ya comenzaban a pesarme. No imaginaba yo que ser mariposa era tan duro, o mejor dicho, no imaginaba yo que ser mujer fuera tan espantoso. Ese día alcancé casi doscientas millas. Me habían informado de que por allí las gentes eran justas, que había democracia e igualdad de derechos y que no tendría por qué temerle a nada. Desde aquellas alturas el lugar era lindo y, altamente fatigada y hambrienta, no tuve más remedio que volver a bajar.

Yo, que había ido allí tan sólo a descansar, me encontré levantada a las seis menos cuarto. Tuve que despertar sin ayuda a todos mis hijos y vestirlos. Luego preparé el desayuno, y mientras lo devoraban, hacía las meriendas. Cuando ya estaba metiéndolas en bolsas, mi marido irrumpió en la cocina y me pidió que le planchara la elegante corbata; le había salido una arruga y se le hacía muy tarde. Después llevé a los niños al colegio de pago. Cuando a las nueve acabé llegando a la oficina mi jefe me abroncó porque todavía no tenía preparados los planos. «Arquitecta Mabel —me dijo—, le comunico que de seguir así no le será posible llegar a ningún sitio.» Al rato me llamaron de la escuela; uno de mis hijos se había roto un diente y tuve que marcharme. Por supuesto aquellas horas serían descontadas de mi nómina. Por la noche, agotada, después de haber hecho las cenas y acostado a los niños mi marido se acercó por detrás con ganitas de juerga. Yo, como era una mujer libre que vivía en una democracia en la que reinaba la igualdad de derechos, le mandé sin remilgos a tomar por el culo, pero él no me hizo caso. Antes de que se hiciera de día me marché volando por los aires. Aquella vez recorrí diez mil millas de una sola tacada, pero por desgracia lo hice en una dirección equivocada.

Cuando bajé me pusieron un burka. Allí, la sola visión de mi cuerpo constituía un delito. No podía ir a ningún lado sola. No tenía voz, ni voto, ni conciencia, pero por supuesto si podía ser la esclava de un hombre, y también aguantar sus palizas, y también satisfacer sus deseos infames. Cuando por la mañana abrí mis alas éstas todavía seguían siendo bellas, pero ya no disponía de más fuerzas y en cuanto remonté el vuelo volví a caer a tierra. Allí morí aplastada por la rueda de un camión militar que llevaba un cargamento robado de adormideras blancas.

En ese instante los ojos del tercer anciano se abrieron en la oscura caverna. Este había sido el *tercer sueño*.

Capítulo 14

El caballero de la triste figura

Cuando de madrugada Ulises salió de los sueños en los que él mismo había hecho de guía, tan sólo un puñado de rayos de sol comenzaba a asomar por entre las espigas de los prados cercanos, como si fueran una avanzadilla de espías precediendo a una horda invasora armada de orgullosas antorchas. Al abrir finalmente los ojos, Ulises se acordó una vez más del Caballero Andante. Éste, a pesar de ir siempre acompañado de su fiel escudero, era un ser solitario e incomprendido que hablaba en un lenguaje que correspondía a un pasado remoto; por mucho que con sus grandilocuentes palabras le explicaba al infeliz de Sancho su forma de percibir el mundo, siempre lo interpretaba de una manera rústica, reduciendo las elevadas torres de sus fantasías a montones de escombros hechos de frases sencillas y simplezas.

Ulises admiraba al caballero de la triste figura pero era consciente de que en realidad se trataba de un loco. Aun así pensaba que sus motivaciones eran puras y eso lo convertía para él en un ser especial, un ser mucho más digno de respeto y consideración que el más cuerdo de los reyes del mundo. A veces, uno ama a alguien a sabiendas de que se está encaminando a la catástrofe. A veces uno ama a alguien a sabiendas de que sería mejor no amarle. O no amarla.

Una vez, Ulises, hacía ya muchos años, cuando todavía estaba en Madrid estudiando el segundo año de carrera en la universidad, creyó que se había enamorado. La chica curiosamente se llamaba Penélope, igual que en la Odisea de Homero. Ella era mayor que él, quizás un par o tres de años. Coincidieron en una sola clase. Al parecer, de la misma manera que le había sucedido con otra serie de indistintas materias, aquella se le había atragantado y la repetía por tercera vez consecutiva. La asignatura en cuestión tenía por título Estratigrafía y Geología Estructural y trataba sobre el estudio y la interpretación de las rocas sedimentarias y de sus estructuras. A Penélope escuchar todo aquello le aburría de manera mayúscula. Ella se había metido a estudiar la carrera sólo porque desde que era pequeña los volcanes la habían cautivado. Cuando veía en la televisión sus humeantes chimeneas y los lagos de espesa lava de sus grandes calderas, caía hipnotizada; el fuego que habitaba en aquellos lugares le abrasaba por dentro. Tenía la sensación de que de llegar a encontrarse alguna vez al borde de uno de esos inmensos cráteres, se arrojaría allí abajo sin dudarlo para mezclarse con el hirviente gas y las rocas fundidas. Estaba segura de que una vez pasara a formar parte de aquel magma caliente podría viajar hasta el mismísimo centro de la Tierra, lugar en el que acabaría encontrando fabulosos diamantes y animales prehistóricos que ya no existían. Sin embargo, aquellas ilusiones que habían alimentado sus fantasías de niña se chocaron con los libros de texto: grandes y aburridos tomos de Cristalografía que había que aprenderse de memoria; manuales interminables de Mineralogía con nombres imposibles; tratados sobre Física; fórmulas de Estadística sobre hechos altamente improbables; y cómo no, toda clase de cosas que según ella ni venían a cuento ni tenían nada que ver con lo que ella quería.

Penélope, a principios del segundo semestre se sentó al lado de ese chico moreno que parecía atemorizar sin pretender hacerlo a muchos hombres y a todas las mujeres. Quizá fuera su mirada felina, o quizá su cabellera negra que aparentaba ser más densa incluso que el mercurio; ella no lo sabía, pero sí sospechaba que aquello se trataba de cosas infundadas. Por eso antes de que empezara la clase se sentó a su derecha, bien pegada, como si no hubiera sitio en ninguna otra parte de aquel inmenso aula.

Ulises, mientras esperaba la llegada de la profesora, tomaba notas en una libreta con forma de triángulo. Aquello a ella le chocó; le parecía muy poco práctico tener que escribir líneas torcidas que confluían todas en un punto final. Mirada de cerca, su caligrafía era impecable, como la que se aprende en los colegios de curas a base de mamporros. Las letras, ordenadas en tan peculiar espacio, parecían insectos deseosos de volver a sus casas justo antes de una fuerte tormenta. Nada más sentarse, el aroma del hombre la envolvió y ya no fue capaz articular palabra. Sus suaves efluvios la transportaron a un lugar sinuoso, donde el ganado vacuno pastaba a sus anchas y donde la humedad y la lluvia velaban el aire con sus canciones blancas, con un ritmo tan pausado que parecía que todos los seres estuvieran bailando. Al sentarse a su lado, a pesar de que continuaba escribiendo, Ulises también pudo percibir las fragancias de ella. Su olor era igual que el olor de una atmósfera limpia, una atmósfera compuesta sólo por gases nobles, una atmósfera de un mundo en el que sólo habitaban criaturas que tenían intenciones honestas. Y él tampoco supo pronunciar palabra ninguna.

Al rato, la profesora llegó e impartió su clase de manera anodina. Durante cincuenta y cinco minutos estuvo explicando la naturaleza de los yacimientos de hierro y carbón de una zona cercana a la ciudad de Perm, situada en el centro de Rusia. Cuando terminó, recogió eficazmente sus cosas y se marchó en silencio. Al poco tiempo, cuando en la clase ya no quedaba nadie, Ulises cogió de la mano a Penélope y se fueron al parque. Allí hablaron de innumerables temas, allí se besaron y allí se dieron sus primeros abrazos. Después, una vez recogidos en casa, se entregaron a lo que ellos pensaron que sería el amor. Junto a Ulises, Penélope sintió por primera vez en su vida el fuego equivalente a un millón de volcanes activos. Junto a Penélope, Ulises pensó que había encontrado algo que hasta ese momento se le había negado, algo que él nunca podría comprender, porque sin todavía saberlo del todo no formaba parte de su naturaleza. Y fue precisamente por eso por lo que la dejó, porque él no estaba destinado para lo que están destinadas las personas normales.

Pero todo eso no tenía ahora la menor importancia. Ahora él se había convertido en una fuerza capaz de destruir y también en una fuerza capaz de proteger. De hecho hacía las dos cosas a un tiempo, movido por una voluntad que se salía de los convencionalismos y de lo que era ordinario. No se movía ni por la ambición, ni por el poder, ni por la moral, sino que se movía por un sentido del equilibrio cósmico que era inapelable. Y alguien en algún lugar manejaba unos hilos que aún no comprendía y estaba intentando contrarrestar su acción, y eso Ulises no estaba dispuesto a consentirlo.

Al otro lado del mundo, donde los días sucedían de noche, siete hombres se habían reunido en una cueva y pretendían restablecer el estatus perdido. Para ello se valían de *los sueños* y de las predicciones de sus antepasados. Se protegían con tótems poderosos. Mientras los llevaran, Ulises no podría intervenir, a menos que se fuera hasta allí y les viera las caras. Y eso era justo lo que se proponía. Pero primero quería encontrar a la chica. Intuía que estaba involucrada en esa maniobra y que era una pieza clave sin la que este proceso no podría acabar. Sabía que Elena estaba con la vaca y que ésta se había arrancado los párpados con el fin de hacerse indetectable. No importaba. Había otras maneras de encontrarlas a ambas y ahora era el momento de ponerlas en marcha.

Ya era martes. El día anterior Ulises había ido hasta el puerto para decirle a Elena unas cuantas verdades, pero no la encontró. Al parecer, alertados por aquel animal, ella y Héctor se habían ido con Ramita prendida de un remolque con dirección al este. Ulises estaba seguro de que la encontraría. Además, por si acaso, a instancias de Carlos del Río una orden de busca y captura había sido emitida por la Interpol hacía sólo unas horas y estaban tras su pista. Ulises sabía que disponía de tiempo. Los hombres de la caverna todavía necesitaban unos días para poder soñar; era parte del rito y no había forma de poder evitarlo. Y eso era todo lo que había podido percibir a través de sus sueños. Lo demás continuaba velado, oculto a su mirada precisa, como si hubiera hojeado una revista donde las páginas interiores estuvieran pegadas; podía ver los titulares pero la historia principal permanecía escondida, atrapada por un pegamento tenaz que no deseaba desprenderse. Y él necesitaba conocerla. Y por eso había cogido sus cosas y se había montado en su todoterreno.

Mientras viajaba en su vehículo, Ulises admiraba extasiado la belleza de aquellos parajes. No tardando mucho tiempo esa misma carretera por donde ahora circulaba sería reconquistada por la vegetación. Una vez que el último ser humano hubiera muerto ya nadie se ocuparía de su mantenimiento. Incluso mucho antes, cuando pudieran comprobar por sí mismos la futilidad de su esfuerzo y la necedad de tener siempre que estar en movimiento, dejarían de hacerlo. Si miraran a su alrededor se darían cuenta de que la mayor parte de la biomasa terrestre permanece siempre en un punto fijo. No se desplaza ni va a ninguna parte. Se limita a enraizarse en la tierra y a esperar que sea *ella* la que traiga comida, alimentos y agua.

«Cuando el ser humano no esté aquí, esta carretera ya no tendrá sentido y será literalmente borrada del mapa», pensaba para sí. Durante las primeras horas de viaje había hablado en varias ocasiones con Carlos del Río. Al parecer, éste estaba casi convencido de que Héctor, Elena y la vaca habían cruzado la frontera con Francia en algún momento de la noche anterior. Ya no viajaban en el Focus ni llevaban un aparatoso remolque a las espaldas. A través de un amigo de Héctor se habían agenciado una caravana de gran tamaño, suficiente como para transportar en ella a un animal voluminoso con cuatro estómagos. Carlos sabía que estaban recibiendo ayuda desde Rouen, y por eso había puesto el piso de Pierre Montier bajo vigilancia. Ayudados por los servicios de inteligencia franceses, desde la madrugada del martes seguían minuciosamente sus movimientos y los de sus huéspedes. Por suerte para la pareja y la vaca las conversaciones con Henri no habían sido detectadas. Ni tampoco una visita muy oportuna que Pierre le había hecho a un amigo al principio de la noche del lunes.

A Ulises todas esas medidas le parecían muy bien, pero él tenía sus propios recursos. Tan pronto como fue puesto al corriente de que los estaban ayudando desde Francia decidió que quería hablar en persona con Montier. Y por eso se había montado en su todoterreno y se había puesto en camino. Tras conducir toda la noche y buena parte de la mañana, Ulises llegó por fin a la ciudad de Rouen.

A la una y media se presentó en la casa de Pierre. Carlos le había dado la dirección exacta. Cuando llegó a la finca el portero sesteaba en una incómoda silla dentro de un pequeño cubículo de paredes mugrientas. La mitad superior de su cuerpo sobresalía por encima del mostrador. Parapetado allí detrás, la cabeza le colgaba hacia un lado como si alguien le hubiera dejado *KO* con un palo de golf. Tenía el pelo grasiento y vestía un sucísimo mono. Alrededor de las axilas se observaban gruesas marcas de sudor, como si fueran los vestigios de una laguna que se hubiera secado. Cuando Ulises pasó por su lado, el hombre, sin dejar de dormir, eructó. Un olor fétido inundó toda la extensión del vestíbulo. A todos los efectos el portero desplegaba una táctica perfecta de vigilancia: estaba claro que sus eructos, activados por lo que parecía una célula infrarroja de proximidad, convertían su pequeño reino en una fortaleza.

Ulises sin embargo hizo caso omiso de sus artimañas y subió las escaleras hasta el tercer piso sin prestarle atención. Una vez delante de la puerta llamó con los nudillos. Por lo general evitaba los timbres, pues no era amigo de ruidos estridentes. Al otro lado reinaba el silencio. Parecía que allí no había nadie. Los veleros en miniatura del salón de Montier tampoco emitían sonido ninguno, como si estuvieran navegando por unos mares que se encontraran en completa calma. Pasaron dos minutos. Ulises permanecía sin moverse y sin pensar en nada enfrente de la puerta. Aunque estaba deseoso de hablar con Pierre no estaba embargado por la urgencia. Las cosas seguían su curso y él se amoldaba a las circunstancias, como un kayak que viajara a través de peligrosos rápidos.

Entonces, en vez de volver a golpear, decidió utilizar el timbre. Con los mismos dedos que la tarde anterior le habían ayudado a sujetar el grueso volumen del Quijote, presionó el botón. En efecto, un sonido altamente desagradable emergió de alguna parte llegando hasta lo más profundo de sus tímpanos. A Ulises aún le costaba entender por qué la gente se empeñaba en usarlos. Mientras pensaba todo esto, al otro lado, Fransuá, que estaba aún dormido por haberse acostado muy tarde, al escucharlo así de sopetón se pegó un susto de muerte. Abrió de golpe su ojos negros y se agarró con ambas manos al colchón, como temiendo que fuera a comenzar un gran terremoto. Sin embargo, después del único timbrazo, el silencio volvió a reinar allí dentro. Fransuá no sabía qué hacer. Pierre le había contado la noche anterior que estaban siendo vigilados y que él mismo debía marcharse muy temprano a encontrarse con su amigo Guillaume.

Al parecer había ideado una manera para deshacerse de sus seguidores y esperaba que funcionara bien. También le dijo que si no volvía se fuera caminando hasta la estación y cogiera el primer tren. Él ya no podría hacer nada por ayudarlos, así que era mucho mejor que se volviera a casa. Pero Fransuá no esperaba que alguien llamara. Pierre tenía llave y no le había anunciado ninguna visita. Decidió que no abriría la puerta. Quizá fuera el apestoso del portero queriendo reclamar una deuda, o quizá fuera un empleado que venía a hacer la lectura del gas. En cualquier caso ninguno de aquellos asuntos era de su incumbencia. Permanecería allí, agarrado al colchón sin hacer ruido hasta que se marcharan. Después terminaría de hacer las maletas y se iría lejos de todo aquel peligro. Le hubiera gustado poder ayudar a Héctor y a Elena, pero eso era algo que ahora mismo se escapaba de sus posibilidades. Él era un simple estudiante que había leído mucho sobre unas profecías y eso era lo único que podía ofrecer. Por mucho que Carmen le hubiera hecho ver todo lo que valía y aunque se sintiera por primera vez enamorado sabía que no podía contar con ningún otro mérito y que debía marcharse a cuidar de sus padres.

Ulises, que seguía acechando la puerta en silencio, escuchó los sonidos de Fransuá moviéndose encima de la cama. El somier emitía una especie de *ñic ñic* metálico, como cuando alguien intenta acostarse sin hacer ruido pero no lo consigue. Entonces, a modo de orden, Ulises habló en voz alta con su voz penetrante:

—¡Ábreme, necesito hablar contigo, quienquiera que seas!

Lo dijo en castellano, sin molestarse en intentarlo en francés. En realidad las palabras eran lo de menos. Fueron la inflexión y el tono de su voz los que, vibrando primero a través de la puerta y después a través del aire y los tabiques del piso, llegaron hasta el cerebro de Fransuá e hicieron que se levantara y, como si esperara la visita de la mismísima Carmen, se encaminara con rapidez a la entrada y la abriera. Al hacerlo, sin él esperarlo, sonó una explosión sorda. Una densa nube de gas blanco lo cubrió todo. El chico no pudo reaccionar. Ni tampoco el hombre que quería interrogarlo. Fransuá perdió la conciencia y cayó al suelo en redondo. A Ulises le ocurrió algo similar, pero sólo perdió el conocimiento.

A los pocos segundos, Alain y Jacqueline, que habían permanecido escondidos en el rellano del piso superior, escucharon como los dos cuerpos caían al suelo a plomo. Enseguida bajaron el tramo de escaleras, metieron a Ulises dentro del piso y se dedicaron a atarlo y amordazarlo lo mejor que pudieron. Aunque la dosis había sido alta, imaginaban que dispondrían de un tiempo limitado; ignoraban el efecto real que podría tener el gas en aquel ser extraño. Ulises, que vio sin poder hacer nada cómo la nube blanca le arrebataba la conciencia física, veía lo que estaba pasando desde plano subjetivo de los sueños. Desde allí no podía intervenir en el mundo concreto, pero sí podía hacer otras cosas.

Mientras aquel hombre y aquella mujer lo ataban, él investigaba la mente dormida de Fransuá. Allí vio donde se escondían Héctor y Elena y allí también vio lo que Pierre pretendía hacer para ayudarlos. No estaba preocupado, pues aquellas dos personas no tenían la intención de destruir su cuerpo. Sólo pretendían neutralizarlo por el tiempo que ellas consideraban justo. Su moral les impedía infligirle algún mal. Aprovechando la circunstancia, Ulises introdujo una pequeña anomalía temporal en la mente del chico. Cuando se despertara sería su navegante. A partir de entonces podría seguir sus movimientos. Ulises estaba seguro de que le conducirían hasta Pierre y los otros, y con suerte incluso hasta donde Elena se fuera a dirigir. «En cualquier caso —pensaba mientras su cuerpo permanecía dormido—, de una u otra manera acabaré encontrándola, y entonces todo habrá terminado.»

Entretanto Alain terminaba con Ulises, Jacqueline le inyectó a Fransuá un reactivo para liberarle de los efectos del gas. Durante la noche, mientras dormía abrazada a Alain, Ramita se le había aparecido en forma de mujer y le había avisado de que aquel hombre se dirigía hacia el piso de Rouen. También le había dicho que estaban siendo vigilados, aunque esto último ya lo sospechaba Pierre desde el momento que había hablado con Carmen y supo que Carlos los estaba buscando. En cuanto despertó, Jacqueline se fue a casa de Pierre y le contó su sueño. Como Fransuá aún estaba dormido y conocían su costumbre de no levantarse hasta muy entrada la mañana decidieron no ponerle al corriente. Más tarde, sirviéndose de esta eventualidad, fue Guillaume, el amigo que Pierre había ido a visitar, el que propuso la idea de ponerle de cebo. No era muy elegante pero sí necesario. Él fue también el que proporcionó los medios materiales para preparar la trampa y poder así retener a Ulises hasta que Héctor y Elena estuvieran lejos y en un lugar seguro.

Y allí estaba ahora Jacqueline, junto al capullo de Alain que se había salido otra vez con la suya y la había vuelto a seducir, poniendo en práctica sus planes. Al principio habían pensado que lo mejor sería irse de allí y esconderse pero sabían que les sería imposible. La vigilancia era demasiado estrecha. Los servicios secretos sabían que Pierre estaba en contacto con Guillaume y que éste pretendía darles identidades falsas, aunque ignoraban todavía el lugar en el que se escondían la pareja y la vaca. Así que lo pensaron mejor y decidieron intentar otra cosa; tratarían de poner a Ulises fuera de circulación por unas horas. Justo las necesarias. Era muy arriesgado pero en ese momento no veían opción.

Jacqueline sostenía la jeringuilla con la aguja hacia arriba. Aunque le temblaban las manos, acertó con la vena a la primera. Fransuá se despertó en menos de un minuto. Aunque aturdido pudo levantarse y marcharse con ellos. Los tres se metieron en el coche de Alain. A poca distancia otro vehículo les seguía los pasos. El portero de la finca mientras tanto respiraba en su silla de manera apacible, como si en su cuerpo sus propios eructos tuvieran un efecto benéfico. Arriba, en el tercer piso, Ulises continuaba dormido. Desde allí vigilaba; su conciencia acompañaría a Fransuá dondequiera que fuera.

Capítulo 15

Diario del Mundo: miércoles

El miércoles, en Rouen, a esas horas reinaba calma chicha y ningún viento soplaba desde ninguna parte. Los rumores que la noche anterior habían comenzado a circular ya habían dejado de ser sólo rumores. La tercera mañana después de la noche en que la gran visión tuvo lugar, la presentadora de *Tele France* informó lo siguiente:

«Estimados congéneres, se ha confirmado lo que a estas horas ya todo el mundo sabe; que ninguna mujer podrá jamás volver a concebir. Parece ser que el *Gran Ojo* ha sido después de todo un gran castigo en vez de una gran bendición. No se sabe quién es el responsable, pero se sabe que ha sido el pulso electromagnético que sucedió a la imagen lo que lo ha producido. En estos momentos las autoridades y los investigadores de todo el planeta están trabajando para intentar resolver esta crisis. Esperan poder atrapar muy pronto a los culpables y encontrar un remedio. Rogamos que mientras tanto y en la medida de lo posible continúen con su vida de siempre.— *Después de todo —reflexionó la chica para sí—, aunque no sea lo mismo, se puede seguir follando normalmente, se lo aseguro yo que soy un mujer moderna y exenta de prejuicios.—* Volveremos a informar dentro de media hora —continuó diciendo con suma seriedad—. Muchas gracias por su amable atención.»

La presentadora por supuesto hablaba en serio cuando pensaba que se podía seguir follando sin problemas. Ella misma había estado toda la noche aplicada a semejante fin. Su compañero, que esos días no había ido a trabajar y se encontraba en casa, se deshacía por ella. La chica había llegado al domicilio a media tarde, angustiada y con la cabeza atiborrada de noticias sombrías. Él, imaginándose su estado y sabiendo que el sexo podría ayudarla, le preparó, primero un buen baño caliente con espuma y después una cena a base de pato laqueado y rollitos estilo tailandés. Para beber abrieron, a pesar de encontrarse en La France, una buena botella de cava catalán. De postre se tomaron unas fresas con nata. Con estos ingredientes, para las doce y media ya habían olvidado los problemas del mundo. Ella, al ver a su amante a la luz de las velas, pensó que era muy mono y que tenían suerte de poder estar juntos, y leyendo en voz alta sus deseos se acercó hasta su silla, se sentó a horcajadas sobre sus duras piernas esculpidas a base de carreras y le cubrió la cara de besos y caricias.

Su mente volaba lejos de las pantallas, ajena al devenir de los hechos inciertos que vendrían, sintiendo cómo el fuego le abrasaba la piel a través de las medias, deseando que aquel miembro viril la penetrara ahí mismo, encima de la silla de madera de teca. Y fue así como todo ocurrió. Después de un rato largo de tocarse los cuerpos por todos los rincones se arrancaron la ropa y se quedaron de pie, la una frente al otro, más desnudos que cuando salieron del vientre de sus madres. Por fortuna, desde la última avería el sistema de calefacción no había vuelto a fallar y la casa estaba de lo más calentita. Entonces, él se puso de rodillas en la alfombra y se dedicó sin prisa a tocarle aquel lugar sedoso en medio de las piernas.

Con sus manos, delicadamente, abrió aquella línea apretada y caliente. Al sentir su contacto una carne rosada apareció; húmeda y expectante, y también tersa y pálida como una mariposa. El sexo de la chica palpitaba en silencio, y con su silencio pedía a gritos que calmaran su sed. Entonces él, anhelando cumplir sus deseos más íntimos, aplicó allí sus labios. Su lengua lamía aquellos pliegues perfectos y su boca sorbía el calor que le abrasaba el alma, como si fuera un bálsamo destinado a aliviar una herida sangrante. Mientras tanto ella, embargada por una felicidad y un placer apenas conocidos, no dejaba de gemir y de invocar a los dioses de todos los olimpos. Su cosa rosada no paraba de producir fluidos, como si fuera una fuente de amor inextinguible. A la vez, el dulce y ácido aroma de su sexo se esparcía en oleadas elípticas que lo dejaban al borde del abismo. Luego se levantó y se quedó de pie. La chica, a la que comenzaban ya a flaquearle las piernas se tuvo que sentar. Después, sin dejar de mirarlo y de pensar que era una suerte haber llegado tan pronto aquella tarde, le cogió la polla con la mano derecha e inclinándose un poco se la metió en la boca. Su glande agradeció su gesto y se expandió allí dentro aún más de lo que ya lo estaba. En repuesta, ella se lo lamió con fuerza desde todos los ángulos posibles. Su mano iba de delante hacia atrás con ritmos diferentes, notando los latidos y el calor de su verga, adaptándose a sus cambiantes formas, escuchando su lenguaje especial que le contaba a ella sola sus deseos secretos; ahora un poco más rápido, ahora con espasmos más largos, ahora quédate quieta, ahora aprieta bien fuerte y ahora chúpame bien, hasta que notes que estoy a punto de explotar de placer.

Cuando los dos ya tuvieron bastante, él tomó su lugar. Se sentó encima de la silla de teca con la cosa bien tiesa, como si se tratara de un cohete en plena cuenta atrás. La piel de su bálano era tersa y finísima, de un color rojo oscuro que brillaba en medio de las sombras y que emitía un calor sobrehumano, como si su energía vital viniera del futuro, de la unión inminente de sus candentes almas. Ella, abriendo sus generosos muslos y sus anchas caderas, se acopló encima de su miembro. Su vagina lo engulló con orgullo, como si aquella cosa fuera en realidad un polluelo cegato. Parecían hechos el uno para el otro, como un molde que sólo es feliz cuando encuentra su envés. Estando allí sentados ella le rodeó con sus brazos, y mientras se movía con infinito y delicado amor, le besó apasionadamente. Sus lenguas se volvieron a encontrar, y era tanto el deseo acumulado que ya no disponían de espacio suficiente. Así se pasaron media hora, sin prisa y sin urgencia, sin necesidad de acelerar lo que no tenía que ser acelerado. Sus gargantas emitían gemidos capaces de curar heridas muy profundas, e intuyendo que aquello era algo de una cualidad fuera de lo común, se miraban con dulzura a los ojos, enseñándose sus blancas sonrisas y sus negras pupilas. Después se abandonaron a sus cuerpos y trenzados en una sola hoja se fueron a la cama. A eso de las cuatro estaban ya dormidos. A eso de las cinco los rumores del mundo comenzaban a despertar al mundo. A eso de las seis ella tuvo que salir disparada al trabajo. Lo hizo con el cuerpo renovado, como si todas sus células hubieran atravesado a la vez un campo de energía sideral, una malla de fuerza primigenia o un cúmulo de nebulosas blancas. A las siete estaba diciendo las verdades que ya hemos escuchado. A las ocho volvió al plató con una nueva retahíla de noticias, las cuales decían lo siguiente:

«Las expresiones de incredulidad ante la terrible noticia de que la humanidad no podrá perpetuar su existencia se suceden desde todos los sitios. Todo el planeta parece consternado. En China las autoridades insisten en que ellos no han sido los causantes. Reconocen que su programa para reducir la natalidad era muy ambicioso, pero no hasta el punto de querer hacer desaparecer a todos los humanos. Con certeza —dicen los chinos convencidos—, dentro de veinte años seguiremos necesitando peones en las fábricas. El mundo religioso es unánime; consideran que la esterilización ha sido un castigo divino por el ambiente permisivo y la promiscuidad. Desde Roma hasta Bagdad los imanes y los curas abogan por la oración obligatoria y por el celibato decretado por ley. El Papa ha convocado por radio a sus fieles para que esta tarde acudan masivamente al Vaticano. Desde su balcón tiene previsto hacer unas declaraciones importantes. Pide con vehemencia que todas las televisiones retransmitan el acto. Al parecer,, Su Santidad ha sido visitado en sus sueños por un descendiente directo de San Pedro y esta tarde pretende revelarnos su credo. En Estados Unidos, sus habitantes, para dar ejemplo de lo que es la unión entre los pueblos, han decidido guardar una jornada completa de silencio. Irán a trabajar como personas normales y corrientes pero sin hacer ruido, con calma, olvidándose de los mercados de valores y de los rifles que tienen en sus casas. En Europa parece que no están por la labor de seguir con la farsa. La gente está cansada de bailar al son de los magnates y anuncian toda suerte de movilizaciones. En África, el hambre y el sida continúan asolando la tierra, como si el continente perteneciera a un planeta escindido gobernado por un cisne blanco, opresor, pretencioso y cruel en extremo. En India y Sudamérica las madres y los padres se abrazan a sus hijos e hijas como si fueran diamantes encontrados en mitad de montañas de mineral estéril. De la noche a la mañana son los héroes del mundo, criticados ayer por no tomar medidas de control, felicitados hoy por ser los pueblos que sin duda heredarán la Tierra. Los bancos y la bolsa están desconcertados. Esperaban un derrumbe total; largas colas para sacar dinero, compras masivas de metales preciosos, condonación de deudas soberanas. Sin embargo parece que no ha cundido el pánico. Ellos mismos no saben si esto es bueno o si por el contrario se trata de un mal síntoma de cara a la preservación de su modus vivendi y cuotas de poder; muchas veces la calma es el síntoma que precede a una gran tempestad.

»Por otro lado, las investigaciones continúan para intentar solventar el problema —decía mientras se acordaba de cómo, hacía solamente unas horas, su pareja le había sorbido hasta la última gota que salía por su sexo sedoso hinchado de placer—. Un equipo de científicas rusas afirma poder reprogramar una célula humana para que recomience el programa embrionario y para que, una vez implantado en el interior de una mujer, éste se lleve a término en el útero, produciendo así un ser completamente nuevo. Es verdad que este ser sería a todos los efectos un clon del sujeto donante, pero no por ello dejaría de tener su propia identidad jurídica y orgánica. En este caso no se requiere que ningún óvulo sea fecundado, pues la información genética completa proviene de la célula madre. Dadas las circunstancias —afirma el equipo de investigadoras—, entendemos que a estas alturas es una noticia muy esperanzadora para la humanidad.»

Según leía estas últimas líneas, la presentadora pensaba que eso sería una verdadera lástima. Ella siempre había querido tener hijos y de hecho había decidido que dentro algunos meses, cuando su trabajo le diera un poco de respiro, se pondría a ello junto con su amorcito. Sin embargo, el hecho de imaginar que podría traer al mundo a una persona que ya hubiera nacido le hacía sentir nauseas. Por alguna razón aquello le parecía abominable, semejante a que un padre se acostara con su hija pequeña, y por descontado que no pensaba participar en tal infamia. A pesar de ello, como lo haría cualquier buena profesional, mientras hablaba impedía con eficacia que su expresión o el tono de su voz delataran sus propios sentimientos, y de esta manera continuó impasible con su ristra de notas:

«En oposición a estas afirmaciones, el equipo de biólogos y genetistas que logró la clonación de la oveja *Dolly*, así como el Instituto Francés de Innovación Reproductiva y muchos otros especialistas en la materia —seguía diciendo con la voz más neutra de que era capaz—, niegan categóricamente que esto sea posible. Según ellos, la clonación sólo es viable partiendo de un óvulo en perfectas condiciones, al cual se le ha sustituido el núcleo para aportarle la mitad de la información genética que le falta y que, en condiciones normales, provendría de una célula reproductiva masculina. Afirman también que, incluso haciéndolo de esta forma, la probabilidad de que se lleve a término un embarazo exitoso es de una entre un millón; el resto —siempre según los científicos— produciría zigotos defectuosos, abortos prematuros o fetos con malformaciones de carácter severo. Al margen de las consideraciones éticas o religiosas, que quizá podrían quedar en el ámbito de lo estrictamente personal, dicha experimentación sólo podría conducirnos a la degeneración irreversible de la especie, y esto, en todo caso, sería mucho peor que nuestra simple desaparición —decía el comunicado de los mencionados firmantes.»

Cuando terminó de pronunciar esta última alocución, la presentadora respiró aliviada para sus adentros; no le apetecía lo más mínimo tener que vivir en un mundo lleno de gente sospechosa. Ella deseaba ser madre por encima de todo, pero no por ello estaba dispuesta a traicionar sus principios más íntimos. Desde siempre había sabido que aquel trabajo en la televisión sería transitorio. En poco tiempo compraría con su pareja una casa en la costa normanda y se irían a disfrutar del mar. Querían formar una familia. Él había estudiado leyes y tenía un empleo en un renombrado bufete de abogados, pero pensaba igual.

A la una de la tarde se tomó un descanso para ir a comer. Fue con una compañera del estudio. Con ella, cansada ya de las desgracias que afligían al mundo, habló de lo que había hecho la noche anterior con su pareja. Las dos, mientras daban cuenta de sendas ensaladas en la cafetería, rompían con su buen humor la tensión del ambiente.

Mientras tanto, Alain y Jacqueline, tras haber gaseado a Ulises, escapaban en coche con el pobre Fransuá. El joven apenas se había terminado de reponer del susto y aún le dolía la cabeza. Un vehículo de la agencia francesa les seguía los pasos, pero sabían que no les pensaban detener.

El lunes por la noche, tras recibir la llamada de Elena, habían puesto en marcha toda la operación. Después de discutir algunas cosas con Alain y Jacqueline, Pierre se fue a ver a un buen amigo suyo. Se llamaba Guillaume y era uno de los mandos de la policía local de la ciudad. Ambos se conocían desde los tiempos en que los dos vivían en París. Durante una década completa, Guillaume Tarry había trabajado para el programa europeo de protección de testigos. Con el paso del tiempo se había convertido en uno de los mayores expertos en fabricar vidas imaginarias. Estas vidas, creadas por él a partir de la nada por medio del papel y de la burocracia, acababan siempre transformándose en vidas contantes y sonantes. Con ellas cientos de familias e individuos aislados habían aparecido así de pronto en un barrio a las afueras Zúrich, París o Montreal, o en cualquier otra parte insospechada. Gente que huía de la venganza por haberse puesto de parte de la ley. Después de diez años de éxitos, un día como otro cualquiera, alguien fue y asesinó a sangre fría a una mujer y a su hija afincadas en unas de sus vidas fantasma. Y como consecuencia Guillaume lo abandonó todo y se fue a trabajar con Pierre a Normandía. Y allí se hicieron más amigos de lo que ya lo eran.

Ya estando en Rouen, en varias ocasiones habían proporcionado nuevas identidades a algunos inmigrantes ilegales, sobre todo a mujeres maltratadas a las que el sistema no estaba por la labor de proteger. Actuaban al margen de la ley cuando la ley no quería actuar. Y decidieron que esta era otra de aquellas ocasiones. Por si las moscas, Guillaume siempre guardaba algunos de estos triunfos en la manga; vidas fabricadas de aire y ocultas en el doble fondo de su armario ropero, por detrás del último cajón de la derecha, lleno hasta rebosar de calcetines y de prendas de invierno.

Después de que Pierre le explicara los hechos a Guillaume, éste, a pesar de que no acababa de creérselos, estuvo de acuerdo en que dos de esos ases fueran para Héctor y Elena. Dadas las circunstancias sin duda debían esconderse; el camping no sería seguro durante mucho tiempo. Para ello requerirían documentación nueva y fondos suficientes. Los pasaportes estaban preparados, a falta por supuesto de las fotografías recientes que tendrían que colocar en ellos, pero necesitaban darles una apariencia actual y eso siempre se hacía en el último instante. Los tendría listos para el miércoles, es decir, dentro de un día y medio. Héctor, que había nacido allí, viajaría bajo la identidad de un joven francés dedicado al teatro. Elena lo haría como una norteamericana de origen mejicano en viaje de placer y negocios. Para ella, acostumbrada desde pequeñita a modular la voz, sería muy fácil imitar el acento chicano. Por supuesto los dos deberían modificar su aspecto; teñirse el pelo, cambiar de peinado y también el color de sus ojos. Para hacer esto los irían a buscar al camping el miércoles una vez que hubiera oscurecido y desde allí los conducirían a un estudio fotográfico situado en las inmediaciones de París. Por la mañana del jueves, los dos por separado aunque en el mismo avión, podrían seguir con su viaje, probablemente hacia México o hacia algún lugar de Sudamérica. Sin embargo los planes tuvieron que cambiar. El martes por la noche Jacqueline había sido visitada en sus sueños por Ramita bajo una apariencia de mujer y la había advertido; Ulises se hallaba de camino hacia Rouen e iba a llegar pronto.

Después de ir a ver a Pierre y de montar la trampa con la bomba, huyeron en un coche y se fueron a casa de Guillaume. Los agentes de inteligencia franceses sólo los vigilaban; no tenían órdenes concretas para detenerlos ni para interrogarlos, pues sabían que tenían influencias y podrían montar fácilmente un escándalo. Habían pinchado sus teléfonos y escaneaban las frecuencias de sus móviles. También vigilaban sus mensajes a través de la red. Querían averiguar dónde escondían a la pareja española y a la vaca. Por alguna razón saber su paradero era muy importante para algunas personas, «seguro que tendría algo que ver con la imagen del ojo de dos días atrás», pensaba el equipo que había sido designado para llevar a cabo la misión, sin embargo, nadie les había informado.

Pero Tarry y Montier hacía tiempo que habían aprendido a escabullirse de la vigilancia de instrumentos modernos. Para ello utilizaban frecuencias de radio que ya nadie escuchaba, emitidas con cachivaches comprados en tiendas de reliquias. Trasmisores de la Segunda Guerra con un valor incalculable para tales momentos.

El mismo lunes, antes de que se hubiera desplegado la red de vigilancia sobre ellos, Guillaume le había hecho llegar uno de aquellos aparatos al dueño del camping de la costa. Y a hurtadillas, cuando era necesario, se comunicaban en voz baja con él. Lo hacían a través de unas ondas pasadas de moda pero que como antaño cumplían de manera perfecta su función; silenciosas, veloces, y por suerte también indetectables.

Más avanzada la mañana, cuando ya estaban todos reunidos en la casa de Tarry, Pierre llamó a su amigo Henri y le puso al corriente de los acontecimientos. Éste a su vez le contó las últimas noticias de Ramita: la vaca le había dicho a Elena que debía darse el piro ella sola hacia *Yiwika*, y que Héctor, por no se sabía qué razones, debía quedarse allí. Y esta fue la conversación que mal que bien mantuvieron en voz muy bajita y con interferencias. Y aunque era verdad que la policía no podía escucharlos, unos grandes oídos que eran mucho más viejos y más poderosos sí podían hacerlo.

—*No me jodas Henri —había dicho Pierre—, ya está todo preparado para México. Qué te crees, que esto es como plantar una tienda de campaña en cualquier parte. Esa chica está en peligro y no podemos andarnos con chorradas.*

—*¿Y qué quieres que haga yo? —replicó el amigo—, en cuanto a la decisión del lugar yo no soy más que un cero a la izquierda.*

—*No lo sé —dijo Pierre —, ya es bastante difícil hacer que cruce el charco como para encima intentar enviarla al otro extremo del mun-*

do. ¿Cómo demonios piensa esa vaca que vamos a conseguir un visado a Indonesia en menos de veinticuatro horas?, ¿se ha vuelto loca o qué?

Por supuesto Henri no estaba capacitado para contestar esas preguntas. Él era un simple transmisor de mensajes. Por eso, cuando oyó todas estas objeciones, se fue a buscar a Héctor. Parecía que tenía algún tipo de plan.

Efectivamente, tras ponerse a la radio, Héctor le contó a Pierre que durante su años embarcado en el Laura Maersk había visitado sin necesidad de visa varios lugares que no pertenecían a la ruta del portacontenedores y a los cuales no estaba autorizado a viajar. Entre estos lugares se hallaba la provincia indonesia de Papúa, situada en la isla de Nueva Guinea.

Al parecer las aduanas de los pequeños aeropuertos eran bastante más permeables que las de los internacionales, sobre todo teniendo los contactos apropiados. Él lo había conseguido a través de una conocida que era agente de aduanas en el aeródromo de Cape Don, a ciento cincuenta kilómetros de Darwin, ciudad situada en el norte de Australia. Desde allí, volando sobre el mar de Arafura se podía llegar a *Yiwika* en apenas dos horas. Si como le había dicho Pierre, el pasaporte de Elena era norteamericano ésta podría volar como turista hasta Darwin sin tener un visado. Un vuelo hasta Australia llevaría muchas horas, pero la vaca le había dicho que tenía hasta el domingo antes de que dieran las doce de la noche. Si reaccionaban rápido todavía podrían conseguirlo.

Pierre al principio puso muchos reparos, pero habida cuenta de la situación en la que se hallaba el mundo se avino otra vez a seguir las instrucciones de Ramita. Elena, acompañada según habían acordado entre todos por Fransuá, saldría la mañana del jueves desde Ámsterdam con su nueva identidad hacia Australia, pasando en su camino por Singapur. Por suerte para ellos un colaborador de Henri había encontrado y comprado dos billetes para un vuelo de la línea australiana Qantas Airways que hacía una sola escala y que tardaba *tan sólo* veinte horas.

Con el cambio de horario, llegarían a Darwin el viernes por la noche. Una vez allí todo tendría que estar preparado para que pudieran embarcarse con destino a Papúa y llegar hasta *Yiwika*. «Cuando llegue a la aldea alguien la encontrará», había dicho Rami sin inmutarse. Incluso sufriendo un retraso importante llegarían antes de la noche del sábado, o como muy tarde el domingo por la mañana hora local. Cuando la vaca hablaba, ellos no tenían otra opción que seguir sus designios. Así estaba hecho últimamente el mundo.

El miércoles, unas horas antes de lo previsto, una furgoneta blanca llegó al camping donde se escondía Elena para llevarla hasta el estudio fotográfico. Ésta ya se había despedido de Héctor y de Ramita y esperaba en la recepción con la única compañía de una bolsa de ropa. Cuando Henri entró en el edifico y le dijo que ya habían llegado, salió al exterior. Aunque Fransuá la acompañaría en el lugar de Héctor no había llegado a tiempo para ir a buscarla. Se verían una hora más tarde en el laboratorio. Para Elena sería mucho mejor viajar acompañada. Aún no se conocían personalmente, pero en algún sentido ya habían compartido muchas vicisitudes.

Casi a la misma hora en que la furgoneta llevaba a Elena camino del estudio para hacerse las fotos, la presentadora de *Tele France* se quitaba las medias en el cuarto de baño de su casa. Estaba agotada pero tenía unas ganas enormes de volver a hacer el amor con su novio en la silla de teca, «o quizás esta vez —pensaba mientras hacía un ovillo con los pantis—, lo haremos mejor en la encimera de haya que acabamos de poner en la cocina.»

La noticia de que no podría ser madre le había creado en el alma una especie de hueco. Ella se imaginaba que allí dentro ahora mismo tenía un sistema completo de galerías cársticas[1], excavado en la roca a fuerza de milenios por un río rugiente y que no tenía piedad. Aquel sistema de paredes pulidas era inconmensurable y no había substancia suficiente en el mundo para poder llenarlo. Su sed era infinita, y como lo sabía sólo pensaba en hacer el amor hasta caer rendida, hasta que todas sus células de tanto vibrar de lujuria y placer se olvidaran de que habían nacido para multiplicarse, para perpetuar a través de otra vida un código genético insertado al principio del tiempo, cuando aquella primera tira de ADN se creó en el océano bajo la mirada atenta de la preciosa Luna. Su pareja, que aunque no era mujer también sentía su tristeza, la abrazó con ternura durante mucho tiempo, arrullándola con música de sonidos pacíficos, hablándole en silencio de un lugar y un futuro donde, a pesar de que no existirían las risas de los niños, todavía quizá sí podría seguir existiendo el amor.

Mientras tanto, aquella misma tarde, en un lugar helado a miles de años luz de aquellos sentimientos y a miles de kilómetros de allí, Yuri Salísnikov meditaba en silencio. Estaba en una casa situada en medio de la taiga no muy lejos de la ciudad de Perm, en el corazón de lo que antes era la Unión Soviética, al mismísimo pie de los Urales, la cordillera más antigua del mundo. Allí había nacido y allí probablemente iba a morir. Desde su mesa, iluminada por un sol ya cansado, miraba a través del cristal una hilera de sombras de abetos infinita. A su lado las aguas negras del río Kama descansaban en paz, como si se creyeran que aquellos árboles fueran en realidad soldados a su cuenta.

Yuri parecía preocupado pero nada más lejos. Tan sólo buscaba la manera. Lo que habían estado repitiendo desde por la mañana en la televisión él ya lo conocía desde la noche antes. Buscaba la manera de sacarle partido. Su olfato le decía que aquello encerraba un valor y esperaba noticias. Y cuando él es-

peraba noticias una red formidable se ponía a buscarlas desesperadamente. Una red de extorsión y violencia que no escatima-
ba sus esfuerzos, que siempre estaba alerta y que nunca dormía.

La noche anterior uno de sus zares lo había llamado desde
Washington. En el Pentágono había un lío tremendo con aquello
del ojo. Al parecer las pistas conducían a un lugar en España. Sin
embargo, a pesar del secreto absoluto que quisieron guardar no
pudieron hacerlo. Y es que entre sus cinco muros existía un resquicio. Un resquicio pequeño creado en los tiempos de la guerra
fría. Un resquicio minúsculo donde sólo un ratón avezado podría esconderse durante tanto tiempo. Un resquicio a través del
que Yuri escuchó hablar de Ulises y de lo que éste había hecho.
Y por eso esperaba. Y por eso miraba a través del cristal los abetos del bosque. Allí afuera había algo que sólo él podía oler aunque aún no lo viera. Ignoraba qué era, pero disponía de poder y
dinero bastantes para averiguarlo.

Y también mientras tanto, escondida en el cielo, la Luna se vestía
de seda para susurrar por primera vez el nombre de un hombre.

Capítulo 16

Una bolsa de ropa

Dentro de la furgoneta blanca, Elena viajaba acompañada de dos personas y una bolsa de ropa. Las dos personas eran sendos colegas de Guillaume que la guiaban hasta el estudio fotográfico donde, una vez reunidos con Fransuá, pretendían adquirir nuevas identidades y nuevas apariencias. La bolsa de ropa era una simple bolsa de ropa corriente llena de prendas básicas. Al mismo tiempo, Fransuá, sentado en el interior de otro vehículo y siguiendo una trayectoria convergente, miraba aturdido a través de la luna trasera; aún se encontraba mareado tras haber sido cogido en medio de la emboscada de sus propios amigos. Cuando le explicaron lo que había pasado, en vez de molestarse esbozó una sonrisa; estaba contento de que al final con su ayuda Ulises estuviera dormido y maniatado, y lo que era aún mejor, lejos de donde estaban ellos y sin posibilidad de que fuera a seguirlos. Sin embargo estaba equivocado; Ulises sí podía seguirlos, aunque por el momento no se hallaba muy cerca. Por fortuna para ellos la dosis de gas había sido elevada y entre lo que su cuerpo se tardó en despertar y pudo liberarse de todas sus ataduras, le llevaban casi cuatro horas de ventaja.

Ambos vehículos llegaron al estudio sobre las tres y media de la tarde. Una vez en el interior, el que parecía ser el responsable de todo aquel tinglado, tras sentar a Elena en una silla le cortó y le tiñó el cabello. El hombre trabajó en un silencio rotundo pero eficaz, como si la ausencia de ruido fuera el motor que alimentara sus movimientos precisos y elásticos. En menos de veinte minutos había terminado con la transformación. Después de aplicarle algo de maquillaje y unas lentillas negras, dejó que se mirara al espejo.

Elena se quedó sorprendida. Ella misma pensaba que era otra persona. Aquel hombre había realizado un trabajo excelente. Pero aunque sabía que por fuera nadie la reconocería, Elena era consciente de que por dentro seguía siendo la misma. Por mucho que ahora pareciera mejicana llevaba todavía en su vientre los únicos óvulos que podrían unirse a un espermatozoide y crear una vida. Una vida a partir de la cual la especie humana podría quizá comenzar otra vez su andadura de manera pacífica y cambiar con ello el destino del mundo.

Y precisamente porque existía esa pequeña posibilidad, Elena había decidido hacer caso a la vaca y marcharse sin Héctor. Por muy equivocado que estuviera el ser humano ella no estaba en disposición de dictar su sentencia de muerte. Aunque no le agradaba ser la única mujer que podía traer hijos al mundo y menos aún estaba segura de desear ser madre en esas circunstancias, no podía rehuir esta eventualidad. Y mucho menos la de poder restablecer, de acuerdo con las revelaciones de Ramita, el equilibrio que había sido alterado por Ulises. Comprendía sus argumentos, y en algunas ocasiones incluso pensaba que se trataban de argumentos legítimos, pero eso no le daba el derecho a negarse. Desearía no haber sido ella la persona escogida, pero sobre eso ya no había remedio. Así que ahí estaba, en una tesitura en la que por primera vez en su vida no tenía la posibilidad de elegir su camino. Éste estaba trazado de antemano y ella no podía salirse del dibujo, como si su existencia en esos momentos fuera un mandala que tuviera que ser terminado antes de la llegada de un lama importante.

Mientras estaba allí sentada mirándose al espejo, Elena se dio cuenta de que la tan ansiada independencia no era en realidad más que una palabra hueca, una prisión con apariencia de chalet adosado. Y es que tan forzada había estado por sus circunstancias para hacer otras cosas como lo estaba ahora por los actos de Ulises; no había diferencia ninguna, era todo lo mismo. «En realidad una no elige nada —concluyó Elena para sí con cierta tristeza—, pero puede elegir en qué actitud afrontar el instante presente que se le avecina, porque fuera de eso, todo son fantasías.»

Cuando los dos estuvieron listos, pues al mismo tiempo otra persona se había encargado de Fransuá, pasaron a la habitación en la que les tomaron las fotografías. El revelado lo hicieron allí mismo de manera instantánea. Cuando las impresiones salieron por el extremo abierto de la reveladora, uno de los dos hombres que habían acompañado a Elena y que usaba unas gruesas gafas de montura de pasta las cogió y se las llevó a un cuartito minúsculo donde había una mesita repleta con todos utensilios que usaría un falsificador. O al menos eso es lo que imaginó Fransuá al verlo desaparecer por una estrecha puerta.

El joven, que ya se había repuesto de los gases, cuando se miró al espejo y vio que su cara ovalada y sus ojos oscuros ya no eran los que solían ser antes, se quedó fascinado. En el fondo él siempre había deseado convertirse en un héroe. Y por eso leía tanto sobre las profecías, porque soñaba con que en algún momento podría hacer algo para salvar el mundo. Y aunque sabía que esta tendencia a lo fantástico era sólo un intento de escapar al continuo reproche al que se veía sometido por parte de sus padres, le apasionaba hacerlo. Y ahora, mientras miraba aquel nuevo rostro, supo de golpe que aquellas críticas eran sólo mentiras, mentiras heredadas durante generaciones por toda su familia y que nadie había tenido el valor de negar. Pero Fransuá estaba ahora decidido a lograrlo, o mejor dicho, en realidad ya lo había logrado, porque él había sido ya partícipe de unos hechos que hacían que su vida mereciera la pena, fuera cual fuera el destino del mundo.

Al cabo de otros veinte minutos se abrió la puerta por donde había desaparecido el hombre de las gafas. Tras salir con los pasaportes en la mano, se los entregó al que había ejercido las funciones de peluquero y que parecía ser el jefe del negocio. Sin ni siquiera echarles un vistazo aquel hombre les dijo a Elena y a Fransuá que había llegado el momento de partir; irían al aeropuerto a coger un vuelo con destino hacia Ámsterdam. Allí pasarían la noche en un hotel. A la mañana siguiente, bien temprano, embarcarían en otro avión que los llevaría primero a Singapur y luego a Darwin. El hotel lo tendrían que pagar en metálico, como todos sus gastos a partir de ese instante. Para ello el tipo les entregó un grueso fajo de billetes y una tarjeta utilizable en la mayor parte de los cajeros automáticos del mundo. El saldo actual era de diez mil dólares, lo bastante como para pasar una buena temporada por Papúa. El dinero se lo entregó a Elena y la tarjeta a Fransuá. Todo esto se hizo con rapidez, profesionalidad y sin necesidad de agradecimientos; aquellos hombres cumplían los deseos de alguien a quien debían mucho y no hacían preguntas ni trataban de mostrarse simpáticos, y tampoco estaban dispuestos a escatimar esfuerzos.

Al aeropuerto se fueron en el mismo coche en el que había viajado previamente Fransuá. Aunque había anunciadas grandes movilizaciones ciudadanas para esa misma tarde, estaba previsto que tuvieran lugar en las calles y plazas principales, por lo que no esperaban encontrar demasiado tráfico en su camino alejado del centro.

En efecto, en los aledaños de París no había casi coches circulando y reinaba una atmósfera acre; no todos los días se levantaba el mundo con la noticia de que la especie humana se encaminaba hacia un fin prematuro. Y es que digerir esta información no resultaba en absoluto fácil. Y suponemos que por ello, a las cuatro y media de la tarde, el coche en el que viajaban Elena y Fransuá apenas encontró tráfico rodado y que también por ello pudieron alcanzar la terminal sin ningún contratiempo.

Según el panel informativo el próximo vuelo a Ámsterdam saldría al cabo de treinta y seis minutos. Se dirigieron con rapidez al mostrador de Air France. Mientas caminaban, Elena ya no llevaba a cuestas su bolsa de ropa; ésta había sido sustituida por un elegante maletín de viaje *Samsonite,* como el que llevaría una persona en viaje de negocios que no tuviera nada que ocultar y en la que sólo encontrarían papeles, ropa interior femenina y artículos de higiene normales con los que nadie en su sano juicio intentaría el secuestro de una aeronave en pleno vuelo.

Por seguridad, el hombre que los había conducido hasta allí los acompañaría también hasta Ámsterdam. Después sería mejor que continuaran ellos solos su camino hacia *Yiwika.* Tras obtener las tarjetas de embarque en uno de los puestos de la aerolínea francesa, los tres se encaminaron hasta el control de seguridad más próximo que por suerte pudieron cruzar sin incidentes. A continuación se fueron hasta la puerta indicada en los billetes. Allí esperaron la llamada del vuelo.

Al mismo tiempo que ellos aguardaban junto a la puerta de embarque, en el piso de Rouen, Ulises, una vez despierto y su cuerpo liberado, tomaba decisiones. Por el rastro temporal que iba dejando el joven sabía que Fransuá se había parado en una de las terminales del aeropuerto Charles de Gaulle de París. Se imaginaba que muy pronto cogería un avión y que ya no disponía de tiempo material para alcanzarlo. No sabía si Elena se encontraba con él, pero intuía que sí. Ulises necesitaba ayuda si quería atraparlos. Fue entonces cuando llamó a Carlos del Río por teléfono y le ordenó que mandara a alguien al aeropuerto a detenerlo antes de que pudiera irse, y también a la mujer si es que estaba con él. No le agradaba la idea de involucrar a una justicia que no era la suya, pero se daba cuenta de que ahora el reloj marchaba demasiado deprisa. Una fuerte intuición le decía que Elena corría otros graves peligros, unos peligros que eran humanos y que partían de personas con motivaciones de carácter violento. Para esas personas nada era bastante y estaban dispuestas a hacer cualquier cosa. Era por ese tipo de individuos, y porque la humanidad se regía por sus cruentas leyes, que Ulises se había visto obligado a intervenir con medidas tan drásticas. A estas alturas, el planeta no sería salvado con palabras amables. Pero eso no significaba que Ulises estuviera dispuesto a que corriera la sangre ni a entregar más comida a los que estaban hartos. Eso él no estaba dispuesto a permitirlo. Ulises condenaría al mundo, pero jamás le haría daño a un ser como Elena. Tan sólo deseaba evitar que sembrara la vida. Y por eso trataba de encontrarla lo más pronto posible.

Después de haber hablado con Ulises, Carlos llamó a sus homólogos en Francia, los que a su vez llamaron al responsable de los gendarmes aeroportuarios de París. Aunque no lo podían saber a ciencia cierta, los agentes franceses le dijeron al director de la policía aduanera que una mujer española sobre la que había una orden internacional de detención se hallaba en esos momentos en el aeropuerto, y que intentaba coger un avión bajo una identidad falsa y una apariencia distinta a la mostrada en la fotografías de la Interpol. «Quizá —habían añadido—, hasta podría ir disfrazada de hombre.» También le comunicaron que la chica podría estar viajando o bien sola o bien acompañada por otra persona, aunque era posible que incluso estuviera integrada dentro de un grupo mayor constituido por varios individuos. «De cualquier manera —le aclararon al hombre con vehemencia—, Elena no estará acompañada por la vaca.» Este aviso, que en una situación normal habría parecido un chiste de mal gusto, no lo era en absoluto, sino que obedecía a que aquel hombre, con el paso de los años, se había ganado cierta fama de persona inoperante.

Para evitar fallos, la agencia de inteligencia había enviado dos unidades hacia el aeropuerto. Calculaban que llegarían en unos treinta minutos. Lo harían en vehículos de campo, puesto que de haber utilizado helicópteros habrían tenido que paralizar todo el tráfico aéreo. Por eso, antes de terminar la conversación con el director de los gendarmes, le dieron el número de la puerta de embarque en la que presumiblemente se encontraba la mujer sospechosa; su misión sería sólo la de retener la aeronave y vigilar para que nadie se moviera de allí mientras ellos llegaban.

Para obtener el número de puerta correcto Carlos había recurrido al centro de información geográfica de su agencia en Madrid. Desde su despacho les pidió que traspusieran lo más rápida y exactamente posible al plano de la terminal del aeropuerto Charles de Gaulle las coordenadas que Ulises le había facilitado y que correspondían a la posición de la anomalía temporal que había insertado en la mente de Fransuá. Éste llevaba diez minutos sin moverse del mismo lugar, por lo que suponían que se encontraba ya en las inmediaciones de la puerta de embarque. En cuanto tuvo toda la información, el director de la policía aeroportuaria dio las instrucciones oportunas a sus agentes.

Para la hora en que Elena, Fransuá y el hombre del estudio estaban a punto de acceder al avión, los gendarmes ya sabían el número de vuelo y su destino. Al mismo tiempo que cuatro policías de paisano se dirigían hacia la puerta en cuestión, desde la comisaría del aeropuerto el comandante del avión recibió la orden de no despegar bajo ningún concepto. Permitirían el embarque del pasaje para no poner en guardia a Elena Moncada y a sus acompañantes, pero no la dejarían dar ni un solo paso más. Se trataba de una cuestión de seguridad nacional de carácter urgente.

Capítulo 17

Las auroras de Júpiter

Desde que los dos militares abandonaron el centro espacial unas horas después de que Ulises hubiera cortado la comunicación telefónica, la actividad en el *Madrid Deep Space Communications Complex* había sido febril. James Ricksman no se había movido del observatorio en todo ese tiempo y seguía trabajando de manera incansable. Aparte de que su gobierno le había ordenado de forma taxativa investigar el mecanismo por el cual había sido posible que los óvulos humanos de todo el planeta dejaran de ser viables, él mismo, como científico, se había impuesto esa misión como un reto personal y apremiante. Ulises San Juan, con el que había trabajado codo a codo durante cinco años, había conseguido de manera inexplicable detener la rotación de la luna por una fracción de tiempo infinitesimal, afectando con ello al núcleo de la Tierra y haciendo que éste se contrajera, produciendo así un breve pero letal pulso electromagnético. Y eso era todo lo que Ricksman había podido averiguar hasta el momento.

Por un lado, él y algunos de sus colegas llevaban casi tres días estudiando minuciosamente los cálculos que Ulises había realizado la noche previa a la aparición del *Gran Ojo*, y por otro, un equipo de investigadoras del centro estaba analizado con detalle los datos de los sensores y sismógrafos que su agencia y otro montón de organismos internacionales tenían repartidos a lo largo y ancho de todo el planeta, desde el Círculo Polar hasta la Antártida y, en ambos sentidos, desde el Meridiano de Greenwich hasta el Antimeridiano de Cambio de Fecha que atravesaba el Pacífico. Toda esta información mostraba sin lugar a dudas que una anomalía gravitacional había producido los efectos ya descritos hasta la saciedad. Pero, ¿qué clase de energía había sido utilizada por Ulises para conseguir esto? —se preguntaba Ricksman mientras se sujetaba la cabeza con ambas manos—, e incluso en el caso de haber podido disponer de ella, ¿cómo habría conseguido manipularla para hacer que la luna se parara? Por muchas vueltas que le daba al asunto, James no podía sacar ninguna conclusión del fondo de su mente, como si ésta, en vez de un contenedor para ideas brillantes, fuera un balón de reglamento que se hubiera pinchado.

Por supuesto no era la primera vez que James no encontraba la respuesta a alguna de sus múltiples preguntas, pero con certeza sí era la primera ocasión en que no sabía por dónde seguir investigando. Él y todo su equipo se encontraban en un callejón sin salida, y por mucho que buscaran y rebuscaran en todas direcciones no eran capaces de hallar ninguna puerta. «Todos los millones de dólares invertidos por el gobierno en la educación de los cerebros más sagaces y en la fabricación de los aparatos más complejos no han servido en este caso para nada —pensaba James—. Más valía que se los hubieran gastado en comprar lavadoras, al menos de esa manera viviríamos en un mundo más higiénico.» Con estos ánimos andaba Ricksman el miércoles por la tarde y con estos ánimos, después de tomar una cena ligera en la cantina del centro, decidió irse a dormir por unas horas.

A eso de la medianoche, James abandonó el edificio principal para dirigirse a su habitación situada en el ala destinada al personal de seguridad. Cuando salió al exterior ya hacía bastante fresco. Aunque el centro se encontraba dentro del término municipal de Robledo de Chavela, en realidad la población más cercana era Navas del Rey. Situada a 711 metros sobre el nivel del mar, en las estribaciones occidentales de la Sierra de Guadarrama. Allí, la vegetación dominante era la encina y el monte bajo compuesto por una mezcla de jaras y pequeños arbustos de plantas aromáticas. Aquella noche de primavera el aire estaba impregnado de sus francos olores, era puro y daba gusto respirarse. Cada bocanada que tomaban de él los pulmones de Ricksman era equivalente a varias sesiones de entrenamiento intensivas en un gimnasio caro. Sus células notaban con exactitud el recorrido que hacía el oxígeno a través de sus venas, y cuando éste se ponía a su alcance se arrojaban sobre él como bestias hambrientas, como si adivinaran que aquel gas limpísimo fuera un manjar que escasearía muy pronto. Al tiempo que respiraba, James miraba la Luna en su tercera noche del cuarto menguante y le decía con tono circunspecto:

—¿Serías tan amable de contarme qué es lo que ha sucedido?, ¿cómo es posible que alguien haya podido detenerte?

Por supuesto Ricksman mantenía esta conversación a sabiendas de que era inútil esperar ni una sola respuesta. Lo hacía porque así lo había hecho a menudo con Elsa. Y también con sus hijas gemelas. Durante más de un milenio, los ancestros toltecas de su mujer, procedentes del actual estado mexicano del Yucatán, habían conservado aquella tradición y ella se empeñaba en seguirla junto con su familia.

Le hablaban a la Luna y le preguntaban toda clase de cosas. Secretos y acertijos que de alguna manera incomprensible *ella* lograba adivinar, aunque nunca se dignara a contestar con palabras auténticas. Siempre usaba metáforas, variaciones de la luz y las sombras que arrojaban sus cráteres inmensos, sus bahías y mares, y también sus desiertos. Sus hijas ahora estudiaban en América y su mujer hacía tiempo que se había marchado. Murió de manera silenciosa, tal y como siempre había vivido, amándole hasta el último instante, reconfortando su alma con palabras preciosas. Hasta que un día la enfermedad se la llevó, o mejor dicho, la convenció para que se marchara, porque ella todo lo que hacía lo hacía con amabilidad.

Aquella noche de septiembre en la que Elsa murió, Ricksman creyó que le sería imposible continuar viviendo, pero al final lo hizo. Crio a sus dos hijas hasta que decidieron irse al otro lado del mar para estudiar lo mismo que su madre, y él, cuando pensaba que ya no podía más y hacía el gesto de arrojar la toalla, recibía, invariablemente, un toque de atención; la Luna en esos casos lo solía mirar con una mirada severa cargada de dulzura, como si fuera una madre reprendiendo a su querido hijo.

Pero esa noche, aunque como solía *ella* no se había dignado a contestarle, a James, quizá debido a los recuerdos y a las incertidumbres, le daba la impresión de que tenía una cara distinta y de que esta vez sí estaría dispuesta a contar sus secretos. Pero aunque eso era precisamente lo que *ella* quería, Ricksman, como estaba cansado, se dispuso a dormir, y sin pretenderlo también se dispuso a soñar.

Una tarde, hacía ya muchos años, cuando aún era un joven estudiante en el campus de Berkeley, decidió que quería viajar por el espacio y llegar hasta Júpiter, y para ello ideó un plan magistral. Era el 3 de septiembre y las hojas habían comenzado ya a adquirir el color del otoño. En la bahía, el vano colgante del Golden Gate chirriaba bajo el peso de los flamantes coches. Sus tirantes de acero, anclados a dos altas torres, emitían agudos aullidos por el efecto de la brisa marina que a esas horas arreciaba obstinada.

Mientras ultimaba sus planes, Ricksman miraba desde el balcón de su cuarto la silueta del puente y se preguntaba qué sería de él en el futuro, cuando el tiempo lo acabara cubriendo con su implacable manto. A la mañana siguiente, bien temprano, James cogió un avión y voló hasta Melbourne, una pequeña ciudad de Florida al norte de Miami. En su maleta de mano llevaba un traje de la NASA que había robado en el laboratorio de la universidad. Nada más aterrizar se subió a un taxi que lo condujo hasta las cercanas instalaciones espaciales de Cabo Cañaveral. Una vez en la puerta, disfrazado de técnico y con documentación falsificada, se introdujo subrepticiamente en la rampa de lanzamiento del cohete Titán III, diseñado para transportar a la sonda Voyager 1 hasta la estratosfera y cuyo despegue estaba programado para el día siguiente, 5 de septiembre de 1977.

Por suerte, James, que era bastante flaco, pudo acomodar su cuerpo en el estrecho habitáculo de la pequeña nave. Y también por suerte nadie se percató de su terrible audacia. Y también pudo sobrevivir al lanzamiento y a la ausencia de aire. Y quince meses más tarde, una vez su mirada se había comenzado a cansar de la triste negrura y su corazón a aburrir del inmenso silencio, pudo por fin contemplar las enormes auroras boreales de su querido Júpiter, y también los volcanes de Ío, al que le traía saludos de su amiga la Luna y de la que hacía millones de años que no sabía nada. Y entonces comprendió que su viaje merecía la pena. Y luego James continuó su camino hasta llegar donde los vientos solares se paraban, y después hasta el lugar donde la gravedad del Sol dejaba de sentirse...

Y cuando estaba a punto de abandonar los límites de este espacio lejano, un murmullo cercano dentro de su cabeza lo sacó de su sueño:

—*Ricksmaaan, despiiiertaaa...*

Capítulo 18

La cordillera más antigua del mundo

Bastante después de la época en que había tenido lugar el lanzamiento de la *Voyager 1*, en la Facultad de Ciencias Geológicas de Madrid donde Ulises y Penélope estudiaban, justo durante aquellos días en los que habían trabado relación, la profesora de la asignatura que tenían en común había dedicado varias clases a hablar sobre la cordillera de los Montes Urales. Según explicaba, esta hilera poco escarpada de montañas se extendía sobre una larga llanura de 2.500 km de longitud que abarcaba desde el mar de Kara, próximo al Círculo Polar, hasta las estepas del norte de la frontera de Kazajistán, situadas entre los mares interiores soviéticos Aral y Caspio.

La cordillera se formó —de acuerdo con lo que contaba la profesora adjunta—, como consecuencia de la colisión entre el supercontinente de *Laurussia* y un pedazo de tierra recién emergida que se conocería más tarde con el nombre de Siberia. Dicha colisión había ocurrido hacía 250 millones de años, circunstancia que convertía a este conjunto de estratos replegados en la cordillera más antigua del mundo. Además, y esta era la razón por la que la docente se extendió durante varias clases en el tema, asociados a sus montes existían una gran cantidad de yacimientos de carbón, hierro y petróleo, y también de otros cuarenta y cinco tipos de minerales y de piedras preciosas. Tanto era así que, según evidencias arqueológicas, desde los tiempos de la antigua edad de los metales los seres humanos se habían dedicado ya a explotar estos ricos recursos. Sin embargo, no fue hasta la llegada de la revolución industrial y de la subsecuente invención del ferrocarril, que se comenzaron a formar a su alrededor los potentes conglomerados de la industria extractiva y manufacturera y las grandes metrópolis. Y fue de esa manera cómo nació Perm, ciudad conocida además de por sus minas por dar nombre al Pérmico; período geológico que se identificó allí por primera vez y que se encontraba presente en sus rocas y estratos. Todos estos datos y otros muchos, también interesantes, la profesora se los sabía de carrerilla, pero lo que ignoraba, y especialmente porque no era un tema que fuera de su incumbencia, era que Yuri Salísnikov había nacido allí, y como lo ignoraba, aquel era un hecho que no le contó a Ulises, ni tampoco por supuesto a Penélope.

Yuri era el hijo menor de Mijaíl Salísnikov, un proletario bolchevique de origen mogol que había participado en la revolución contra la autocracia zarista y contra el gobierno provisional del estado burgués que la sustituyó. Por aquel entonces, Mijaíl trabajaba como entibador en una de las minas de carbón de la ciudad de Perm. En 1923, poco antes de la muerte de Lenin y con Stalin ya autoproclamado Secretario General del Comité Central del Partido Comunista de todas las Rusias, Salísnikov pasó a formar parte del aparato local del gobierno, dedicándose a partir de entonces y en exclusiva a las labores organizativas de las fábricas. Su compañera Olga, que no tenía inquietudes políticas de ningún tipo por haber carecido de tiempo y de oportunidades, tuvo diez hijos con él; tres mujeres y siete varones. Pero Olga Petrova, a pesar de que era una mujer fuerte y voluntariosa, no vivió para verlos crecer, pues murió de una fuerte hemorragia en 1936, el día en que dio a luz a su último hijo. Y era por eso por lo que podría afirmarse que Yuri Salísnikov había sido siempre, desde el mismísimo día de su nacimiento, un hombre sanguinario.

De la infancia de Yuri sólo se conoce que ya desde muy pequeño se trataba de un chico violento. Tal vez sería la muerte de su madre y la ausencia de su padre lo que lo provocaron, o tal vez el ambiente hostil de pobreza y de frío, o tal vez los abusos que recibiera de su hermano mayor; no se sabía muy bien, pero el caso es que según los que lo conocieron entonces así era: callado, de mirada inteligente, violento, y también implacable. El primer dato que se podía confirmar a ciencia cierta de la vida de Yuri era que, siendo todavía adolescente, fue reclutado por el Comisariado del Pueblo para Asuntos Internos o NKVD, que ya en aquellos tiempos pasó a conocerse como NKGB, MGB y finalmente, en 1954, como KGB: Comité para la Seguridad del Estado, o lo que era lo mismo, el servicio de inteligencia política de la URSS.

En el KGB, Yuri Mijailovich Salísnikov era también conocido con el nombre de Yuri Kravich, que significaba el sanguinario. Durante muchos años fue uno de los más brutales ejecutores de la policía política y como tal asesinó a cientos de elementos subversivos y enemigos del partido y de la patria. Por lo general, Salísnikov acataba las órdenes de sus superiores sin mover ni una sola pestaña, con eficacia y con absoluta discreción cuando se requería, actitud que mantenía muy satisfechos a los dirigentes del KGB pero que también le reportó infinidad de enemigos. Y por eso Kravich, calculador y frío, a la vez que cumplía su órdenes y sin que casi nadie lo notara, no sólo se libraba calladamente de los adversarios de su pueblo, sino también, e incluso con más ahínco, de los suyos personales. Y fue así como Yuri, poco a poco pero con decisión, fue escalando por la tortuosa escalera del partido y de la KGB hasta que a los treinta y tres años, en plena guerra fría, se sentó por sus méritos en el sillón del jefe del 1er Alto Directorio, dedicado a las operaciones de inteligencia en el extranjero.

A principios de los años setenta, sentado en esa cómoda pero inestable silla, Yuri comenzó a tejerse una red de contactos alrededor del mundo que primero lo harían inmensamente rico y que después, tras la caída del muro comunista y la posterior desmembración de la Unión de Repúblicas, lo ayudarían a convertirse en uno de los hombres más poderosos del país. Y entonces dejaría de ser conocido como Yuri Salísnikov para serlo con el nombre de *Kravich el silencioso*, pues no necesitaba decir nada para hacer que la sangre comenzara a correr.

Y por eso aquella tarde Yuri miraba a través del cristal de su mansión de Perm y esperaba noticias. Su red de información de Washington había averiguado que, de una manera inexplicable y fantástica, Ulises San Juan, un empleado de la NASA en Madrid, había sido el responsable de la aparición del *Gran Ojo* hacía tres noches, provocando con ello, según lo que increíblemente indicaba su espía del Pentágono, que a partir de ese instante ninguna mujer pudiera volver a concebir, condenando así a la especie humana a su extinción completa.

Pero en realidad a Kravich aquellas noticias apenas le habían alarmado. Desde que tenía conciencia de sí mismo sabía que iba a acabar muriendo, al igual que prematuramente lo había hecho su madre y tantos otros alrededor de él. Y también sabía que el mundo, ayudado por sus corruptos líderes y gente de su clase, se dirigía sin poder remediarlo hacia el desastre y la devastación. Y ambas cosas le traían de verdad sin cuidado, y esta nueva noticia en realidad también. Para Yuri lo que era importante de todo aquel asunto era que había averiguado, así de pronto, que existía un ser en algún lugar con un poder que él también deseaba tener.

A sus más de setenta años ya había conseguido todo lo que una persona podría conseguir. Hacía tiempo que ya sólo actuaba por inercia y por mantener una posición que en caso de perderla acabaría con él de manera humillante. Pero la realidad era que Yuri Mijailovich no tenía ilusiones. No había querido tener hijos, aunque tal vez tuviera muchos de las muchas mujeres a las que había violado, o de las que había comprado como esclavas y después arrojado a las calles de la prostitución, o de las que había seducido con dinero para luego abandonarlas a su pobre destino. Es más, sin duda tendría muchos, pero ninguno había sido deseado y con ninguno tenía relación y ni lazos afectivos. Y por eso vivía retirado en aquella mansión, dedicado al silencio y al estudio, rodeado de árboles y libros, y por supuesto también de su guardia personal, armada hasta los dientes y dotada de unas medidas de seguridad ultramodernas; tan ultramodernas que también escuchaban con oídos antiguos y pasados de moda.

Y esas orejas antiguas le habían ayudado a indagar ciertas cosas que Carlos y Ulises ignoraban. Porque la red de Yuri, desde el momento en que se había puesto en alerta el martes por la noche, había averiguado multitud de detalles. Sabían ya que por alguna causa aún no desvelada, el CNI español y la CIA, asistida por mandos del Pentágono, iban tras la pista de una pareja de origen español, Elena Moncada y Héctor Serra, y también de una vaca. Al parecer, los tres juntos habían huido a Francia en una caravana y sobre ellos se había dictado una orden internacional de busca y captura. También pudieron descubrir, a través de los canales de inteligencia oficiales y a los que gracias a su dinero tenían amplio acceso, que unos tales Pierre Montier, antiguo alcalde de Rouen, y Guillaume Tarry, responsable en el pasado del programa de protección de testigos francés y del cual sabían muchas cosas, estaban ayudando a que esas dos personas y la vaca no fueran arrestadas.

A partir de esta información y gracias a sus viejos equipos de escucha de la Segunda Guerra, la red de información de Yuri pudo averiguar antes que nadie que la pareja se escondía en un camping y que pretendía adquirir nuevas identidades para escapar de Europa. Toda la operación se iba a realizar en un estudio fotográfico situado en un barrio alejado del centro de París y con el que Tarry había mantenido en las últimas horas insistentes contactos.

Por otro lado, sus informadores estaban también al corriente de que todos los esfuerzos por detener a Ulises San Juan habían sido en vano. Diversos intentos de asalto a su finca de Lugo habían fracasado. A pesar de haber utilizado equipos pesados y gases asfixiantes y de que tenían fundadas sospechas de que el hombre se escondía allí durante los ataques, no habían conseguido detenerlo. Ulises continuaba estando en un paradero inaccesible, y lo que era aún más extraño, se comunicaba misteriosamente por teléfono con Carlos del Río, director de la agencia española y que parecía estar conchabado con él al margen de las autoridades y de la propia CIA. Sin lugar a dudas en todo aquello se encerraba un misterio profundo, un misterio que hacía que Yuri tuviera el deseo de volver a nacer para desentrañarlo.

Y por eso miraba a través del cristal los abetos del bosque, porque aquella hilera infinita de guardianes del tiempo le inspiraba nostalgia. Nostalgia de una vida pasada llena de obstáculos a los que había vencido con una voluntad hecha de hierro y muerte, como si se tratara del interior voraz de un horno siderúrgico, donde el carbón encendido fundía las esperanzas del acero más noble. Así había sido él y así había sido su vida, y en su corazón no había ni un solo resquicio donde se albergara la duda o el arrepentimiento, aunque no así la soledad y el hastío. Pero parecía que Ulises había llegado al mundo con la única misión de rescatarlo, pues para Yuri Salísnikov, lo demás no tenía importancia. Aquel ser especial, después de haber dejado al mundo estéril, iba urgentemente tras los pasos de una simple mujer, y eso le hacía saber a Yuri que aquella mujer constituía un valor; un valor cuyo valor se empezaba a imaginar y que tal vez podría llegar a ser incalculable. Y por eso los buscaba a los dos. Y además no tenía miedo de encontrarse con ellos.

A las cuatro y treinta y cinco minutos de la tarde del miércoles, justo después de que Elena y Fransuá hubieran abandonado el estudio fotográfico con pasaportes nuevos, tres hombres de Salísnikov llegaron a la entrada. Y una vez allí no se tomaron la pequeña molestia de llamar; derribaron la puerta con un solo golpe de su ariete y entraron empuñando sus armas automáticas. Dentro había sólo dos hombres; uno de ellos barría con cuidado el cabello que había desparramado por el suelo; el otro, sosteniendo unas gafas de montura de pasta, salía en ese momento por el estrecho umbral de una puerta pequeña.

Cuando ambos miraron a los ojos de esos hombres armados supieron que hicieran lo que hicieran ellos ya estaban muertos. Y por eso, para no dejarse atrapar estando todavía con vida y sabiendo que no lo lograrían, corrieron en busca de sus armas. Y en efecto, las órdenes enviadas a sus piernas no tuvieron el tiempo de materializarse; unos cuantos silbidos silenciosos que habían atravesado el aire se las habían llenado de plomo renegrido y de sangre viscosa, y también de un dolor indistinguible. Y aunque antes de morir no quisieron hablar lo tuvieron que hacer, pues aquellos hombres les dijeron que de otra manera matarían a toda su familia, y ellos sabían que aquellas palabras contenían tanta verdad como dolor contenían sus sangrantes heridas. El que parecía el dueño de todo aquel tinglado murió con el pelo de Elena sellándole los labios, y el que tenía las gafas con montura de pasta lo hizo con los ojos saltados de sus cuencas, como si le estuviera echando un último vistazo a un documento falso.

A las cinco y veinte, cuando Elena, Fransuá y su acompañante acababan de pasar sin incidentes el control de pasajeros, los tres hombres iban ya camino al aeropuerto. Durante el trayecto, con una tarjeta de crédito sin límite de crédito, compraron tres billetes de primera clase para el primer vuelo con destino hacia la capital de Holanda.

Cuando los tres hombres de Yuri llegaron a la terminal ya se habían despojado de sus armas y de cualquier otro objeto metálico que fuera sospechoso. Pasaron el control de los gendarmes por el escáner de prioridad para viajeros VIP, pues ellos para la sociedad eran personas distinguidas y limpias. Diez minutos antes de la salida del vuelo, cuando ya casi todo el pasaje había sido embarcado, incluyendo a Elena y a sus dos compañeros, los tres llegaron a la puerta D71 del vuelo AF 8240 de Air France con destino hacia Ámsterdam. En cuanto comprobó sus tarjetas de embarque, la azafata los dejó pasar con una encantadora y brillante sonrisa. Los tres hombres accedieron entonces al avión. A pesar de que uno de sus contactos en París les había confirmado que allí no habría policía, mantuvieron sus ojos bien abiertos, atentos a la más mínima señal de advertencia o peligro, pero tras echar un experto y rápido vistazo se dieron perfecta cuenta que allí dentro no había ningún gendarme vestido de paisano.

Alguien en algún sitio había cometido un error a propósito o algo parecido, porque, ni aquel piloto había recibido instrucciones para no despegar, ni aquella era la puerta de embarque transmitida por Carlos, ni por supuesto los agentes estaban vigilándola. Muy por el contrario éstos se hallaban apostados cien metros más allá, en una puerta con nombre diferente, acechando un aparato con un destino bastante más lejano y cuyo piloto sí había recibido la orden de no iniciar ninguna maniobra. Quince minutos más tarde, el avión dentro del cual viajaban Elena, Fransuá, su acompañante y los hombres de Yuri, ya había despegado y todos ellos a esas horas estaban en el aire, volando hacia una ciudad llena de bicicletas y canales, y también de gente sin escrúpulos.

Al mismo tiempo, en la misma Terminal 2 del aeropuerto, en el exterior de la puerta D61 donde el vuelo de Air France AF 8278 esperaba para salir con destino a la ciudad de México Distrito

Federal, cuatro policías de paisano esperaban la llegada de las unidades especiales de la agencia francesa. El comandante de la aeronave, aunque había encendido los motores, había recibido órdenes específicas para no despegar. El pasaje mientras tanto se miraba nervioso, como temiendo que algún problema técnico les fuera a impedir reunirse con sus seres queridos. Entre ellos por supuesto no se encontraba Elena, ni tampoco Fransuá, ni los hombres de Yuri; alguien la había cagado al traducir el número de la puerta al francés, o quizás se tratara de otro de los errores del director de la gendarmería que de tanto en tanto daba instrucciones falsas a cambio de un buen fajo de billetes procedentes de una mansión de Rusia, situada cerca de la ciudad de Perm, justo al pie de los Montes Urales.

En el mismo momento en que el avión despegó llevando a Fransuá dentro, Ulises, que ya iba de camino a París en su todoterreno, supo que había fallado algo. Y supo también que Elena corría un peligro terrible; estaba claro que él no podía confiar en la organización de la justicia humana. Pero no le importaba. Seguiría los pasos de la chica de cerca. Estaba convencido de que ella iba con Fransuá metida en ese avión con destino hacia Ámsterdam. Ese era el rumbo que inconfundiblemente había tomado el aparato, y ese era el rumbo que Ulises seguiría en el próximo vuelo. Para ello no necesitaría ni billete ni pasar un control, bastaría con sonreírle a los guardias y mostrarles sus manos que sólo llevarían un grueso libro escrito hacía muchos años, cuando los caballeros andaban por el mundo rescatando a princesas.

Capítulo 19

Algo que no fue un sueño, sino un vaticinio

El día a partir del cual Yali Mabel dejaría de ser tratado en *Yiwika* como un hombre sabio no había sido como un día cualquiera. Aquella misma tarde había nacido Yali Mabel, el hijo de su hijo, su nieto, y como era mandado por la *ley de los muertos*, después de festejarlo y comer hasta hartarse la carne de un cerdo, se fue a su cabaña. Y estando dormido esa noche soñó, aunque aquello no fue en absoluto un sueño cualquiera, sino un vaticinio.

Antes de darse cuenta se encontró justamente en la orilla del mundo, muy cerca de un mar que abrigaba una costa angulosa. Allí no habitaba la selva sino más bien prados verdes sembrados de hierba, de una hierba silenciosa y oscura. Y también había vacas, aunque él en su vida no había visto ninguna. En aquel mundo extraño Yali Mabel deambuló durante muchas horas sin encontrar a nadie de su mismo color. Allí todas las personas eran blancas de tez y nadie llevaba *koteka*, al igual que los hombres que no hacía muchas lunas habían visitado su aldea. Ocultaban su cuerpo con ropas desgastadas y sucias, como si esa segunda piel fuera mejor que la suya, pero nadie le hablaba, es más, nadie lo miraba siquiera, como si se tratara de un objeto intangible y dudoso.

Intentó hacerles gestos y lanzarles palabras, pero no respondían. Cansado de ese juego aburrido Yali Mabel se sentó en una tapia al lado de un antiguo camino. Allí cerca una yegua daba de mamar a su dócil potrillo, aunque Yali tampoco había oído nunca nombrar a esas bestias. De tanto en tanto se escuchaban explosiones y ruidos, pero en esa tormenta no había agua descendiendo del cielo. Y es que Yali Mabel ignoraba que en ese país se encontraban en guerra. Después de un buen rato

Yali cerró los ojos; estaba cansado y deseaba dormir, y así lo iba a hacer cuando sin tardar mucho tiempo escuchó una voz que le hablaba y decía:

—*Hola Yali Mabel, veo que estás muy lejos de tus lejanas tierras y que estás aburrido de que nadie te escuche. ¡Te doy mi enhorabuena!, pues en ese sentido compartimos destinos y eso en todo caso constituye un alivio* —dijo la vaca de un solo tirón y sin apenas dejar espacio entre las frases. Luego, después de emitir un breve suspiro, continuó diciendo—: *Te aseguro amigo mío que a este respecto quien diga lo contrario miente como un bellaco, pues la desgracia ajena es siempre un consuelo de lo más conveniente, ya que sin ella no podríamos saber lo verdaderamente afortunados que somos. ¿No lo crees tú así?* —le preguntó Ramita con la clara intención de que el hombre saliera de su gran estupor.

Porque efectivamente Yali Mabel estaba estupefacto, y por varias razones; en primer lugar ese animal le hablaba, lo que era sin duda un hecho inaudito; en segundo lugar lo hacía diciendo su nombre y como si supiera de quién se trataba, lo que no era ya sólo un hecho inaudito sino que además era un hecho increíble; y en tercer lugar, aparte de hablarle, es que Yali Mabel la podía entender, lo cual ya no era sólo un hecho increíble sino alucinante. Sin embargo, incluso entendiéndola, al principio a Yali le pasó lo mismo que le pasaría a Elena setenta años más tarde: que no podía salir de su asombro. Y por eso calló largamente, como si ese idioma le sonara a algo así como a chino. Pero Yali, que provenía de un mundo que no había perdido todavía el contacto con el estado mágico de la naturaleza, por fin comprendió que esa vaca le hablaba y que quería decirle algo muy importante. Y en cuanto lo hizo, después de abrir los ojos y asegurarse de que llevaba bien atado el koteka, le dijo sin ningún titubeo:

—*Imagino vaca que si me has hecho venir hasta aquí será porque tienes que decirme algo serio. Dime de inmediato y sin circunloquios qué quieres de mí, animal parlante* —le espetó Yali Mabel a Ramita, acostumbrado como estaba a dar órdenes y a matar individuos.

Rami, cuyo carácter distaba mucho de la chabacanería y solía ser comprensiva, no se quiso tomar las palabras de Yali Mabel a la tremenda. Sin embargo la vaca no tenía ninguna intención de traicionar sus principios más básicos, que le impedían, pese a afirmar rotundamente lo contrario, ir directa al meollo de las cosas. Y por eso le contestó de forma educada:

—Yali, perdona que te diga pero yo tengo un nombre igual que tú, y aunque entiendo que todavía lo ignoras te aseguro que no es de mi preferencia que te refieras a mi bovina índole con el simple adjetivo de animal parlante. Me llamo Ramita, pero como comprendo que pueda sonarte extraño, antes de nada me gustaría relatarte la historia que dio origen a este singular nombre: pues resulta que, el día en que yo nací, durante una tormenta de granizo...

Y ya se disponía Ramita a contar otra vez el famoso episodio de su madre y el árbol cuando, Yali Mabel, enfurecido porque la vaca no había seguido sus órdenes al pie de la letra, le arrojó su lanza con toda la energía que su brazo fue capaz de suministrarle al arma. Por fortuna para Rami, en aquel mundo tan alejado de sus lejanas tierras Yali apenas tenía fuerza. Tal vez fuera por la extrema distancia a la que se encontraba de su casa, o tal vez porque se hallaba en realidad dormido, eso nadie lo sabe, pero el caso es que un tiro que en otras circunstancias hubiera sido fácil, lo falló estrepitosamente y su lanza se fue a quebrar contra la vieja tapia. Yali, que no se esperaba tal error, pues en su poblado era conocido por su gran puntería, al ver su lanza quebrada imaginó que aquel animal sería en realidad un gran dios disfrazado de vaca, por lo que sin dudar un instante se tiró al suelo e imploró:

—¡Oh grandiosa Rami!, te ruego que perdones mi ofensa. ¿Qué puedo hacer para resarcirte de mi atrevimiento? Dímelo por favor, aunque si ése es tu deseo lo hagas con un gran rodeo.

Ramita se quedó por un instante sin saber qué decir. Como por aquel entonces la vaca aún conservaba sus párpados, cerró un instante sus ojos y emitió otro suspiro, como dando a entender que contra aquel *enemigo era necesario armarse de una enorme paciencia. Después, volvió a abrir los ojos y dijo estas palabras:*

—Está bien Yali, tú lo has querido, te lo diré a bocajarro y sin paños calientes...—y entonces le contó de un tirón, sin pausas y con toda clase de pelos y señales la historia de los tiempos en los que su nieto, su pueblo y el resto de la gente perderían el rumbo y la memoria. Y le contó también que un día verían un Gran Ojo en el cielo y que después de que ocurriera el gran cambio, siete hombres de su clan, incluyendo su nieto, deberían buscar la caverna y soñar. Le habló del mũgumu y de la roca y de la puerta en forma de triángulo. Y cuando terminó, sin despedirse si quiera o dirigirle ninguna otra palabra, Ramita se dio la vuelta sin más y se puso a comer una buena porción de esa hierba silenciosa y oscura.

Y entonces Yali Mabel, estando aún dentro de su cabaña, se despertó y le contó a su hijo lo que había soñado, pero éste no le creyó en absoluto. Sin embargo su mujer si lo hizo. Aun así, debido a que la historia era de lo más fascinante, su hijo, aunque no la creyera, se la contó innumerables veces a su vez a su hijo, y aunque éste tampoco la creyó su mujer si lo hizo. Y al cabo de los años resultó que fue cierta, y por eso su nieto ahora estaba encerrado con otros seis hombres en aquella caverna, arrepentido y esperando la llegada de la siguiente noche, que era la cuarta noche.

Capítulo 20

Diario del Mundo: jueves por la mañana

La mañana del jueves en Rouen soplaba un vendaval con aguacero como no se había visto durante muchos años. En el piso del centro ya no se refugiaba nadie. La tarde anterior, después de que Ulises hubiera sido gaseado, lo dejaron allí dentro encerrado a su suerte. A pesar de los ruidos y todo el ajetreo, el portero de la finca no había abierto los ojos; ante tanta actividad prefería pasar inadvertido, como si fuera un saco de patatas abandonado en medio de unos huertos. El hombre vivía siempre con el temor de que le fueran a endilgar alguna tarea incómoda, y por eso evitaba lavarse, para crear entre él y los vecinos un muro opaco, infranqueable y fétido, como los mismos eructos que de manera eficaz desplegaba ante la llegada de personas extrañas.

Mientras el portero disimulaba, Ulises salía por la puerta caminando deprisa hacia su coche en busca de su móvil. Eran casi las cinco. Aunque su cuerpo hasta hacía muy poco no había reaccionado, su mente en todo momento había estado siguiendo los pasos de Fransuá. Y por eso sabía que estaba ahora en las inmediaciones del aeropuerto Charles de Gaulle de París con el claro objetivo de coger un avión y alejarse de él. Y porque sabía que ya no disponía del tiempo material para alcanzarle había hablado con Carlos, para que él intentara impedir que se fueran muy lejos, porque si se marchaban tal vez la chica quedaría expuesta a peligros latentes que flotaban en el ámbito de esa atmósfera seca y sin viento que reinaba en la tarde, y porque si contrariamente Carlos lograba detenerlos él no tendría por qué implicarse en un mundo violento, donde la sangre corría como si fueran las aguas oscuras de un manantial maléfico, y donde los hombres eran incluso más ruines que una raza de hombres.

Ulises sólo deseaba hablar con Elena e invalidar sus óvulos, lo demás eran asuntos que no le concernían. Pero muy pronto supo que Carlos y toda su organización no lograron hacerlo, y por eso ahora iba camino también del aeropuerto, acelerando al máximo, exprimiendo todas las prestaciones del motor de su todoterreno, desafiando las leyes de Bernoulli y de la aerodinámica, y sobre todo creando con su mente un carril de espacio y de tiempo paralelo en la autopista que le permitía circular sin obstáculos y al margen de la ley. Necesitaba abordar un avión con destino a la ciudad de Ámsterdam. Y de ninguna manera estaba dispuesto a no llegar a tiempo.

En efecto, la policía francesa había fallado estrepitosamente, y al parecer otra vez por culpa del director de la gendarmería, aunque él juraba y perjuraba que había dado el número de la puerta correcta. Después de impedir que despegara el avión con destino hacia México DF y de que las unidades especiales identificaran a todos los viajeros, se dieron cuenta de que allí no estaba la pareja ni nadie que tuviera nada que ver con ella; todos se habían desvanecido delante de sus ojos con destino a un destino cualquiera de los muchos hacia los que los aviones de la última hora se habían dirigido, y ni siquiera conocían sus nombres o sus nuevos aspectos; con certeza les sería imposible dar con su paradero. Y en especial porque Ulises tampoco había informado a Carlos de que iban en un avión dirigiéndose a Ámsterdam, pues suponía que hacerlo sólo traería problemas. Había decidido actuar por su cuenta, como cuando tras haber averiguado que en su primer nacimiento había nacido muerto había proyectado la imagen del *Gran Ojo* sobre la cara visible y anaranjada de la espaciosa Luna.

Sin embargo, Pierre Montier y Guillaume Tarry si sabían hacia dónde volaban. Ellos mismos habían ayudado a Elena y a Fransuá a adquirir nuevas identidades y apariencias distintas. Pero ahora estaban arrepentidos de haber obrado así y de no haber acudido a las autoridades, porque mientras el avión en que viajaba Elena estaba aterrizando se enteraron de que Luigi Nelco y su socio, dos italianos de lo más eficientes, habían sido asesinados en su estudio clandestino situado en un barrio alejado del centro de París. Por eso, antes de permitirse ni siquiera expresar su dolor llamaron sin dudarlo a Lourdes Santos. Sabían que ella iba de la mano de Carlos y sabían que ambos andaban tras los pasos de Elena, pero también sabían que Ulises había prometido no hacerla ningún daño. Los que habían asesinado a sus amigos eran otras personas; gente muy peligrosa que por algún motivo había averiguado que Elena portaba un tesoro en su vientre, un tesoro más valioso que la carga de todos los navíos naufragados en los vastos océanos, un tesoro que encerraba el futuro del mundo y que no estaban dispuestos a dejar escapar.

Pero el aviso había llegado tarde. Para cuando la policía holandesa rodeó el aeropuerto en la noche del miércoles, los tres hombres de Yuri ya se habían marchado. Se habían llevado a Elena con tal autoridad que Fransuá y su acompañante no habían tenido ninguna posibilidad de reaccionar. Los dos se imaginaban que la única razón por la que seguían vivos todavía era porque todo había sucedido en un lugar atestado de público, y porque los captores de Elena no tenían el deseo de llamar la atención. Y así había acabado llegando la noche de aquel miércoles; con Fransuá y el otro italiano del estudio arrestados en Ámsterdam, y con Elena retenida y oculta no muy lejos de donde residía la pareja de holandeses obesos, la que era ficticiamente dueña de una caravana que pronto iría otra vez camino de Galicia con una vaca dentro, la misma pareja que cada día regaba con cuidado las flores de su casa, cerciorándose de no derramar ni una sola gota de agua por fuera de los tiestos.

Aquella misma noche, un poco después de que la policía se llevará a Fransuá hacia sus dependencias en el centro de Ámsterdam, Ulises aterrizó en la ciudad con el siguiente avión. El único equipaje que llevaba en sus manos era un pesado libro. En sus páginas se encerraba la historia de un hombre que se había empeñado en seguir el rastro de lo que de verdad creía que era injusto. Y Ulises pensaba hacer lo mismo. Pero antes de seguir con su misión se paró en una de las boutiques de ropa. Allí se procuró una muda completa para el día siguiente, y también un pijama bien limpio. Y después de pagar todo esto con dinero del bueno siguió su camino.

Cuando por fin salió al exterior del edificio, su fino olfato detectó indicios de tensión en el aire y supo de inmediato que Elena estaba sola; ya no podría seguirla por medio de Fransuá, pero indudablemente había otros recursos. Y para activarlos ahora le sería necesario descansar y soñar con los hombres que había en la caverna, porque necesitaba averiguar ciertas cosas que estaban ocurriendo. Y después también debería de hablar con Fransuá e indagar en su mente, porque allí se encerraban detalles importantes que él mismo no sabía que sabía.

Mientras Ulises dormía y soñaba en un hotel de una ciudad llena de bicicletas y canales con un pijama limpio, y los hombres de Yuri retenían a Elena esperando instrucciones, la presentadora de *Tele France* se levantaba temprano con el objeto de acudir al trabajo. Aquella noche no había hecho el amor con su novio como ella pensaba, o mejor dicho, sí habían hecho el amor, pero de otra manera. Su cuerpo no había sido sacudido por las fuertes descargas de sexo y sudor que ella creía que necesitaba, sus células no habían caído rendidas de éxtasis como ella esperaba, ni había podido olvidar que deseaba ser madre por encima de todo, pero la chica se encontraba tranquila, porque habían hecho un amor diferente, un amor consistente en un núcleo flotante de susurros y abrazos, y también de tristeza, como si aquella noche hubiera transcurrido en un universo fabricado de éter, donde la gravedad ya no tenía poder, ni tampoco influencias. Y con esa sensación muda y reconfortante llegó hasta los estudios, y allí relató durante todo el día los sucesos de aquel cuarto día:

«Después de las movilizaciones que tuvieron lugar ayer por la tarde en París y en muchas otras capitales de Europa, millones de mujeres con sus hijos e hijas han decidido esta mañana no acudir al trabajo y arrojarse a las calles en señal de protesta —decía la presentadora orgullosa de la actitud que habían tomado sus homólogas—. La mayoría sospechan que detrás de estas informaciones hay alguna potencia mundial intentando hacerse con los derechos de la maternidad. Un comité ejecutivo, a través de su portavocía, ha declarado que ellas esta vez no están dispuestas a dejarse engañar: ¡Ya basta de abusos y violencia! —decían sus eslóganes—. Llevamos siglos soportando dolor y menosprecio por la única razón de proteger a nuestros pequeños vástagos y ahora nos los quieren quitar; de ninguna manera vamos a tolerarlo, hasta ahí podíamos llegar. Si no tenemos hijos a los que alimentar no penséis que iremos a las fábricas ni a ningún otro sitio. Esto se ha terminado. Guardaremos tres días de luto y de silencio y si para el domingo la situación no ha sido revertida estaremos en guerra con el mundo que han creado los hombres, o al menos la mayoría de ellos.»

Mientras tanto, los gobernantes de todos los gobiernos juraban que no tenían nada que ver con lo que había ocurrido e invocaban a la responsabilidad pidiendo que hasta que se esclarecieran los hechos la gente continuara con sus vidas normales. A esas horas los mercados financieros, ante el temor de un posible derrumbe de las cotizaciones, habían decidido no iniciar sus sesiones. En Estados Unidos sin embargo las reacciones habían sido distintas; muy pocas mujeres secundaron las movilizaciones y la cadena productiva apenas se vio afectada. Como contrapartida, una ola de fervor como nunca antes había sido vista se había propagado con violencia; por las tardes, después de terminar la jornada laboral, las iglesias se llenaban de fieles que escuchaban asustados las duras arengas contra los pecadores, ateos y demás gente de su calaña, o lo que era lo mismo; contra todos aquellos que no se apuntaban a defender el credo de los predicadores y que según ellos eran los responsables de la actual e irreprochable cólera de su Dios.

La iglesia católica por su parte continuaba llamando a la oración e insistía en que los fieles se reunieran en Roma para escuchar al Papa. En China y Corea del Norte las autoridades habían pasado de decir que ellos no eran los responsables a negar totalmente los hechos, aduciendo que se trataba de propaganda de los países capitalistas para intentar recuperar la hegemonía perdida. En Australia, como si se tratara de una isla enorme e independiente del resto del planeta, sus habitantes se dedicaban a arrojar bumeranes, pensando que con aquel simple gesto todo se arreglaría.

El mundo musulmán continuaba acusando a Occidente de lo que había ocurrido y había comenzado una campaña para arrebatarles a las mujeres los pocos derechos que con tanta lucha habían logrado en las últimas décadas. Los hinduistas de la India lloraban amargamente por la imposibilidad de continuar con la cadena interminable de reencarnaciones que desde hacía siglos les mantenía clavados en la autocomplacencia. En Rusia las mafias se frotaban las manos ante la expectativa de un gran boom en el tráfico ilegal de personas. Tanto era así que ya habían comenzado a organizar secuestros múltiples en casas de acogida y orfanatos de todo su territorio y países vecinos. En Polonia habían vuelto a instaurar la ley marcial y el ejército ocupaba las calles. En África las gentes continuaban muriéndose de hambre, pero nadie hablaba ya de ellos; sus hombres y mujeres eran más bien proclives a pensar que aquello no sería una cosa tan mala. Quizá de esa manera no tendrían que asistir cada día a la muerte de veinticinco mil personas por falta de comida; no nacer sin duda era mucho mejor que no poder vivir.

Ante tanta desgracia, a la hora del almuerzo, la presentadora de *Tele France* estaba ya agotada y al borde de sufrir un ataque de nervios; aquello era demasiado para ella y a pesar de que trataba de acordarse de la noche anterior, no era capaz de hacerlo, como si las caricias y arrullos de su amado no hubieran sido ciertas y hubiera en realidad dormido abrazada a una roca de hielo. En varios momentos, durante la mañana, estuvo a punto de arrojar la toalla y marcharse de allí; le hubiera gustado pasar por el bufete de su novio, recogerlo en un taxi, e irse por fin a Normandía, donde las olas del mar le harían olvidar y donde la falta de memoria le impediría saber que dentro de ella ya no habitaba ni un atisbo de vida. Sin embargo no se marchó de allí; era necesario continuar con las informaciones. De haberse ido, un hombre habría ocupado su lugar y hubiera seguido refiriendo noticias, pero ni hubiera llorado igual que ella delante de millones de personas ni habría podido transmitir de ninguna manera los mismos sentimientos. Y por eso, después de haber seguido recibiendo durante la comida cientos de mensajes de apoyo y solidaridad, se repuso y dijo con mucha calma enfrentándose otra vez a las cámaras:

«Señoras y señores, lo que ahora les voy a relatar no es ninguna noticia de las de última hora, ni tampoco ninguna de las primicias de las que solemos alardear con frecuencia, se trata sólo de lo que una mujer corriente como yo piensa de todo esto

—y después de detenerse un instante, coger aire con fuerza y mirar hacia el espacio infinito que tenía delante, continuó diciendo—:

»Yo no soy una persona religiosa ni tengo una moral que me haga creer en el pecado ni en un recompensa o un castigo situado más allá de la muerte, sólo soy una chica normal y enamorada que deseaba ser madre y ya no puede serlo, y eso, créanme por favor, me entristece hondamente. Si me paro a pensarlo, lo primero que me viene a la cabeza es que mi vida ya no tiene sentido. Y por eso me dan ganas de dejar el plató y unirme a mis compañeras que han tomado las calles, porque yo también creo que robarnos la capacidad de engendrar es equivalente a robarnos el alma. Sin embargo, si me paro a pensar un poco más me doy cuenta de que, tal y como está el mundo, desear tener hijos no deja de ser más que un acto sumamente egoísta, al menos en mi caso.

»¿Qué es lo que yo pretendo?, ¿acaso necesita el planeta o la especie que yo me reproduzca?, ¿no hay ya bastante gente encima de esta Tierra? y sobre todo, ¿no hay suficientes niñas que no saben ni lo que es el calor de un hogar como para que yo tenga que dedicarme a traer más juguetes? Yo amo con locura a mi pareja y sé con certeza que soy correspondida; ¿qué es entonces este hueco infinito que se ha abierto en mi alma y que no hay alimento que lo pueda saciar?, ¿no estaremos manteniendo la rueda de la vida sólo para perpetuar este vacío del cual no sabemos librarnos? Soy una mujer simple y sólo hablo en nombre de mí misma, aunque, por lo que sea, sé que tengo el poder de hacerlo delante de las cámaras, al menos durante estos pocos minutos en los que todavía parece que desean mantenerme en antena. Pero en estos momentos me pregunto si lo que ha pasado no tendrá un significado más profundo de lo que nos creemos. Quizás el ser humano necesite replantearse de manera apremiante su futuro.

»Es verdad que las mujeres somos siempre las víctimas y que también podría interpretarse así en esta ocasión, pero digo yo, y lo digo sin ánimo de que se ofenda nadie y sólo por el derecho que me otorga el ser una mujer que ha perdido el poder de ser madre: ¿no será que en realidad esto nos deja solas ante nuestros destinos y estamos asustadas?, ¿no será que de tanto desear cuidar a nuestros hijos no sabemos qué hacer con nuestra propia vida?, ¿no será que esto nos hace invulnerables y no queremos tomarnos la pequeña molestia de aceptarlo? Yo todavía lo ignoro, pero para poder vivir aún me permito plantearme estas cosas. Muchas gracias por su valioso tiempo, y también por el apoyo que me han venido demostrando. Dentro de unos minutos continuaremos con las informaciones.»

Cuando la chica terminó su alegato, el realizador y los responsables de los informativos se quedaron petrificados y sin saber qué hacer. La noche del lunes, después de que ocurriera aquel fenómeno, la chica se había puesto a llorar inesperadamente. Tras unos segundos de desconcierto, decidieron interrumpir el programa y pasar a la publicidad. Sin embargo aquello había sido un grave error. Al ver llorar a la presentadora con tanto sentimiento, las audiencias se habían disparado y cuando cortaron la emisión la cadena comenzó a recibir miles de llamadas acusándolos de no tener corazón y de ser insensibles al no permitir a una mujer expresar su entendible dolor.

A partir de esa hora su programa se había convertido en el noticiario más seguido de Francia, e incluso, poco después, se había comenzado a emitir subtitulado en bastantes países. Sin querer, aquella presentadora cuyas anchas caderas le habían impedido en el pasado ser una actriz famosa, era un referente mundial del sufrimiento que las mujeres estaban padeciendo. Miles de mensajes y cartas llegaban cada día a la redacción con sentencias de apoyo hacia la chica y rogando encarecidamente que fuera sólo ella, sin injerencias ni censura ninguna, la que continuara informando. Sin embargo la presentadora, que era consciente de esta fama que le estaba llegando así de pronto, no le daba importancia.

Tal vez hacía algunos años, cuando iba dando tumbos entre agencias de casting y obteniendo papeles de personajes que siempre se mostraban ocultos entre muebles y sombras, le hubiera hecho ilusión, e incluso quizás hubiera renunciado al amor por tenerla, pero no ahora. Ahora le pillaba a destiempo, o mejor dicho, le pillaba en un tiempo donde la fama consistía en ser feliz y vivir en la costa normanda rodeada de caricias y de un mar olas. Y por eso estaba tranquila y decidida a decir todo lo que pensaba, porque no le importaba que por meter la pata o por decir cosas inconvenientes pudiera quedarse sin trabajo. Y precisamente también por ello, y porque no tenía miedo de decir la verdad que anidaba en su pecho cansado y de mujer normal, nadie quería que les abandonara, porque era importante que una mujer corriente informara de las cosas extraordinarias que estaban sucediendo y que habrían de transformar el mundo, a pesar de que el mundo, si por *él* fuera, no querría cambiar, porque el dolor soportado, aunque fuera terrible, de tanto arrastrarlo a cuestas durante tantos siglos se había hecho amigo de los hombres y parecía normal.

Sin embargo en la televisión no se decían muchas de las verdades que estaban ocurriendo, porque sólo unas cuantas personas estaban al corriente de lo que sucedía, y todas ellas, cada una por sus propios motivos, o bien no querían contarlas o bien, como en el caso de Elena, no podían hacerlo aunque hubieran querido.

Capítulo 21

Un Airbus A320

El miércoles por la tarde, justo a las cinco y media, Elena Moncada, bajo el nombre de alguien que no era real, había accedido sin contratiempos al avión que iba a realizar el vuelo AF 8240 con destino hacia Ámsterdam. Ocupaba el asiento 9C de un Airbus A320 configurado para ciento cincuenta pasajeros en cuya producción se habían empleado más de catorce meses. Aquel asiento no era en sí mismo más que un simple asiento, pero cada centímetro que lo rodeaba había sido planificado al detalle por un buen motón de ingenieras parecidas a ella. Ingenieras que habían hecho un trabajo exhaustivo para que aquella máquina de aspecto imponente pudiera elevarse en un aire cuya densidad era casi inmedible.

Muy pronto, el combustible almacenado en sus alas comenzaría a alimentar los motores CFM 56 que darían impulso a la nave, y poco después, cuando la velocidad sobre la pista principal alcanzara los 350 kilómetros por hora, ésta despegaría. Así de sencillo. Y a la vez así de complicado. Pero por muy interesantes que pudieran parecer aquellos datos, Elena no pensaba ni por asomo en todas esas cosas. Ella sólo pensaba en poder salir de allí lo antes posible con Fransuá y su otro acompañante. Sabía que Ulises se encontraba muy cerca y que no se detendría bajo ningún concepto hasta que pusiera a buen recaudo lo que ella tenía. Y sabía también que la policía los estaba buscando desde hacía tres días.

Por suerte, algunas personas amables se habían ocupado de ayudarlos y gracias a ellas habían logrado zafarse de esa amplia red que les iba cercando. Pero la situación en cualquier momento podría sufrir un gran cambio y torcerse. Y por eso deseaba ardientemente que aquellos motores comenzaran a rugir lo antes posible y que el avión despegara para llevarles lejos. Mientras estaba allí sentada esperando a que sus oídos se llenaran de ese ruido desmesurado y sordo pero a la vez tan esperanzador, Elena ignoraba que la persona que le había cortado el pelo con tanta eficacia hacía sólo algo más de una hora yacía desangrada en el suelo de su estudio con un mechón de su propio cabello sellándole los labios. Y también ignoraba que los tres tipos corpulentos que habían entrado en el avión en el último instante eran hombres de un hombre que también la buscaba, y no precisamente para hacerse su amigo.

Aquellas personas no llevaban ningún equipaje de mano y ni siquiera miraron a su alrededor al ocupar sus amplios asientos de categoría, o al menos eso ella no pudo percibirlo. Y Fransuá por supuesto tampoco. El joven iba seis filas más atrás. El otro italiano, el que por el momento se había librado de la muerte, viajaba al fondo del avión. Desde su sitio tenía una perspectiva completa de todo lo que pasaba dentro de la cabina. Por eso cuando aquellos hombres abordaron la nave y ocuparon el pasillo, él sí percibió sus miradas atentas, dándose cuenta al instante de que estaban buscándolos, y también de que él solo, ayudado únicamente por un chico de buen corazón, no tendría ninguna posibilidad de enfrentarse con ellos. Y fue por eso por lo que se quedó allí sentado; porque imaginaba que no se moverían hasta llegar a Ámsterdam.

En efecto, cuando al cabo de una hora el avión aterrizó en la pista y fue conducido hasta la pasarela, ellos no se movieron. Y cuando se detuvo y la gente comenzó a abrir los compartimentos superiores donde guardaban sus bolsas de viaje tampoco se movieron. Pero cuando el pasaje comenzó a desembarcar, uno de ellos se situó justo detrás de una mujer morena con los ojos muy negros; su pasaporte decía que era estadounidense, pero la realidad era que era española. El segundo hombre se colocó en el pasillo delante de Fransuá, y el tercero fue a bloquear el paso al italiano. El avión de repente se había convertido en una ratonera sin salida, y por desgracia la trampa había sido preparada para ellos.

Cuando Elena salió del aparato, el hombre que tenía detrás la cogió con fuerza del brazo y la amenazó diciendo que si se movía o gritaba matarían a sus dos compañeros, y ella no tuvo más remedio que creerle y dejarse atrapar. Ahora estaba encerrada en una habitación de una casa situada a las afueras de la ciudad de Ámsterdam, en un barrio tranquilo donde los vecinos cuidaban de sus plantas con esmero y sonreían con amabilidad a la gente extranjera, porque pensaban que su país era un país bonito y porque deseaban que vinieran más turistas a gastar su dinero. Pero aquellos hombres no habían llegado hasta allí para ver monumentos. Aquellas personas sólo esperaban unas instrucciones que tendrían que venir a través de la taiga y que una vez llegaran deberían cumplir.

A Elena la llevaron hasta aquel lugar en el interior de un vehículo oscuro. A todos los efectos parecía que aquel coche hubiera sido fabricado a propósito para aquellos matones, como si éstos, en vez de en un concesionario, lo hubieran adquirido hecho a medida en la tienda de un sastre. Durante el trayecto, a Elena, a pesar de que protestaba con insistencia y preguntaba por qué la retenían contra su voluntad, no le dirigieron ni una vez la palabra. Ni tampoco hablaron entre ellos. Pero ella sabía muy bien que aquellos individuos no eran policías y que tampoco trabajaban por la cuenta de Ulises, pues por lo que había comprobado él no utilizaba la violencia de forma gratuita. Aquellos hombres, aunque no hubieran hablado más que lo imprescindible, desprendían por todos sus poros un tufillo salado, como si sus corazones estuvieran recubiertos por escarcha marina y desearan profundamente infligirle algún mal.

Cuando un poco más tarde les escuchó hablar, después de que la hubieran hecho tragar unos somníferos y de encerrarla en una habitación, confirmó lo que había supuesto. Desde allí, antes de comenzar a perder el sentido, pudo oír con claridad cómo mantenían una conversación. Elena no entendía nada del idioma que usaban y por tanto no pudo saber lo que estaban diciendo, pero al reconocer una de sus palabras sintió como si algo duro le lacerara el pecho. Entre todos aquellos sonidos Elena había podido distinguir sólo uno: *klinica*, y éste, estando en esas circunstancias, le pareció un sonido terrible, pues al escucharlo tuvo la certeza de que alguien pretendía someter a su cuerpo a algún experimento. Pero antes de que pudiera seguir reflexionando sobre esta cuestión tan acuciante, Elena empezó a marearse y se tumbó en la cama, que parecía ser una cama mullida y muy confortable.

Los hombres que la retenían eran serbios. El que había hablado con Elena en español había estado en la cárcel durante muchos años. Hacía tiempo, durante la guerra de Bosnia, tras una emboscada de su unidad rebelde a un blindado de las fuerzas militares de UNPROFOR, una mujer habilidosa le había apuntado con el arma que le había arrebatado de las manos y los había obligado a subirse a su propio vehículo. Y después él acabó en prisión. Y desde entonces no les tenía ninguna simpatía a las mujeres procedentes de ese país lleno de toros que lindaba con Francia. Con mucho gusto a esta preciosa hembra en particular la hubiera obligado a abrir las piernas y a gritar de dolor. Pero ahora todo eso estaba fuera del alcance de sus pretensiones, porque aquella mujer era intocable para cierta persona y eso la convertía en un ser que debía proteger incluso con su vida.

Aquella persona no tenía miramientos y raramente pronunciaba palabras, pero cuando lo hacía, sus órdenes eran incuestionables. Alguien en su nombre les había mandado que a la mañana siguiente llevaran a Elena a cierta clínica situada en el centro, no muy lejos de donde Ulises se encontraba durmiendo a la vez que soñaba, y tampoco muy lejos de donde Fransuá estaba retenido. A la chica, para no tener que dejarla amordazada durante la noche, la habían sedado a base de pastillas. Y ella no tuvo más remedio que sumirse en un sueño profundo. Pero a eso de las cinco de mañana de aquel jueves se le pasó el efecto de los fármacos y volvió a abrir los ojos. Cuando lo hizo se quedó muy quieta en la cama, intentando escuchar los sonidos que había a su alrededor y a la vez pretendiendo pasar inadvertida, al menos todo lo inadvertida que podría pasar una mujer secuestrada por unos bandoleros en un piso de Holanda.

A medida que se le iba despejando la cabeza y se iba haciendo consciente de sí misma, aquella sensación lacerante regresó hasta su pecho. Poco a poco unas ganas enormes de levantarse de esa cama mullida y de gritar y aporrear la puerta fueron apoderándose de ella, y también de llorar y deshacerse en lágrimas. Pero Elena no permitió que sus músculos se movieran ni un solo centímetro; sabía que hacer eso no serviría de nada. Superado ese primer momento de rabia, en el que además le habitó un miedo desgarrador, se puso a pensar en cómo salir de aquella ratonera. Entonces su pánico se transformó en fuerza y claridad mental y supo inmediatamente lo que tenía que hacer, aunque para poder hacerlo debería dormir.

Elena sabía que su única posibilidad sería intentar soñar con Ulises. Estaba segura de que aunque aquel hombre no permitiría que sus óvulos fueran fecundados, era la única persona con poder suficiente para sacarla de aquel atolladero. Así que Elena cerró los ojos y con toda la fuerza de su voluntad se dijo así misma que quería dormirse y se puso a soñar:

Se encontraba encima de una cama en una habitación de una casa de Ámsterdam. Había sido raptada por una pareja de holandeses obesos que eran propietarios de una caravana y a los cuales les encantaba el camping. Ambos eran maniáticos de la limpieza y de las plantas y la tenían retenida con el objeto de que fuera su esclava. El día anterior le habían mostrado cómo realizar todas las tareas domésticas con precisión y diligentemente. Y también le habían enseñado a regar las macetas con pulcritud y mentalidad de ahorro. Para ello habían insistido mucho en que al hacerlo era muy necesario no derramar ni una sola gota de agua por fuera de los tiestos. Y después la habían amenazado: caso de negarse a cumplir sus demandas la entregarían de nuevo a los rusos, que en realidad eran serbios y vecinos del barrio. Aparentemente los dos se habían deslizado en su vivienda durante la noche y habían logrado llevarse a la mujer sin ser detectados. A pesar de que ambos pesaban más de ciento veinte kilos, se desplazaban en la noche como fantasmas, sin el menor atisbo de ruido y como cubiertos por un velo traslúcido que los confundía con la humedad del aire. Después de que Elena hubiera pasado el día trabajando y cumpliendo resignadamente todas sus exigencias, les pidió permiso para irse a dormir. Y la pareja, que aunque no estaba dispuesta a dejarla marchar ni a cejar en su empeño, era muy comprensiva, se lo permitió. Y entonces se fue a su cuarto y se acostó en una cama mullida semejante a la cama en que estaba soñando. Y estando en esa otra cama tuvo a su vez otro sueño distinto:

Un sueño que le pareció muy real y en el que se encontró con Yali Mabel, el nieto de Yali Mabel, que estaba encerrado en una caverna con otros seis hombres. Y allí mismo, por las inmediaciones de la gran higuera que daba acceso a la cueva, estaba el mismísimo Ulises; el hombre que la perseguía y el único que podría ayudarla a escapar de ese trance. Y los dos al verse se reconocieron como seres libres y dignos de respeto. Pero cuando ya estaban a punto de comenzar una conversación que ambos habían deseado mantener desde hacía ya tiempo, Elena se tuvo que marchar. En su cama mullida del piso que ocupaban los serbios uno de aquellos hombres había entrado en su cuarto y la había sacudido para que despertara. Y su cuerpo por supuesto había obedecido. Pero ese breve contacto había sido suficiente como para que Ulises supiera dónde

150

estaba, y aunque a partir de él no sería capaz de rastrear sus pasos, por allí podría quizás empezar a buscarla.

Eran las ocho de la mañana y el grupo había decidido ponerse en movimiento. Después de despertar a Elena le dieron tres minutos para salir del cuarto y cinco para que fuera al baño. Luego la llevaron al garaje y la obligaron a meterse en el vehículo oscuro. Desde allí la llevaron a una clínica de fertilidad donde habitualmente tenían lugar transacciones de bajo pelaje. Y donde también se comerciaba con tejidos humanos y se alquilaban úteros por precios irrisorios. Tal como Yuri había ordenado, a las nueve en punto Elena estaba ya en la puerta del quirófano, encima de una camilla y con su cuerpo desnudo envuelto en un camisón blanco. Todo estaba sucediendo demasiado deprisa como para que ella pudiera digerirlo. Por eso apenas se había resistido, porque después de haberse encontrado con Ulises y de ver que no había sido rescatada había caído en el desánimo.

Lo suyo sólo había sido un sueño, y aunque hubiera sido a todas luces un sueño esperanzador y lleno de belleza, la realidad era que nadie había acudido a liberarla y que aquellos hombres y aquél médico que ahora mismo se enfundaba unos guantes de látex le iban a robar algo que le pertenecía y que tenía muy dentro. Porque en sus miradas no había detectado ni la menor sombra de duda ni de misericordia, y quizás era porque no la tenían. Entonces, la anestesista se acercó hasta donde ella estaba y le cubrió la cara con un paño de negrura y silencio. Y Elena cayó de nuevo en ese sueño profundo y carente de huellas, aunque esta vez fue incluso más profundo que el de la noche antes.

Capítulo 22

El cuarto sueño

Al principio del tiempo el pájaro le ganó a la serpiente y el hombre murió, y desde entonces el mundo se pobló de fantasmas. Por eso mi pueblo no tuvo más remedio que aplicarse a la guerra, porque aquellos espíritus que vagaban sin rumbo deseaban habitar nuestros cuerpos, y también nuestras almas.

Desde que era pequeño aprendí a manejar diestramente mi lanza, y con ella ensarté a un enemigo a la edad de diez años. Y también aprendí a disparar con el arco y las flechas, y con ellas maté muchas bestias, y también muchos hombres. Tanto era así que cuando aún era joven era ya muy temido. Por eso cuando mi padre murió en el transcurso de una fiera batalla fui escogido por todos para guiar a mi gente a través de los tiempos cambiantes que se avecinaban.

Antes de que viniera el gobierno indonesio en los años sesenta a robarnos los cerdos y a tratar de hacernos abrazar el Islam, hacía mucho tiempo que los neerlandeses ya se habían marchado. Sus misioneros se dieron por vencidos al ver que no había forma de obligarnos a creer en su Dios y a adorar a su Cristo; nuestra guerra y sus muertos eran demasiado importantes y era perentorio que los aplacáramos. Las mujeres se cortaban los dedos para mantenerlos alejados de casa y nosotros nos comíamos la carne de sus cuerpos yacentes para evitar que pudieran vengarse. Y además nos cubríamos el pene con los duros *kotekas*. Esa era nuestra vida y a nadie le era dado cambiarla. Excepto por supuesto a una mujer que se llamaba Yilvu y que quiso tenerme porque un día vio cómo comía con asco la muñeca de un hombre. Estaba cansada de vernos morir y tener que enterrarnos. Y por eso me arrojó su *koteka*, el que había fabricado ella misma y manchado de sangre, para que yo la mirara y supiera que ella no era igual que las otras y que bajo ningún concepto dejaría a sus hijos luchar, ni tampoco a sus hijas llorar y cortarse los dedos.

Yo acepté su regalo, y mientras ella se tapaba los ojos me ceñí el *koteka* alrededor del pene y nos fuimos al bosque. Y allí copulamos hasta el amanecer. Y allí nos amamos hasta que de nosotros no quedó ni una huella. Porque aquel primer día nos fundimos en un mundo distinto, gobernado por unas reglas nuevas ancladas en sistemas antiguos. Y entonces nuestro pueblo comenzó a encontrar otra vez su camino y a vivir en la paz que existía al principio, cuando el pájaro aún no había conseguido humillar a la necia serpiente.

Pero durante todo este largo periplo yo también olvidé muchas cosas, como por ejemplo las palabras que la vaca le dijo a mi abuelo el gran Yali Mabel cuando en su sueño se encontraron en una orilla lejana, donde había una costa angulosa, y también prados verdes sembrados de hierba, de una hierba silenciosa y oscura. Y por esos olvidos y por todo lo que vino después ahora estamos aquí, encerrados en esta caverna y esperando la noche. Y entonces la cuarta noche llegó y el cuarto hombre soñó.

Beneplácito Mabel estaba siendo dirigido por una fuerza desconocida que le había poseído durante la noche. Un pariente lejano se había acercado a él con ropas muy similares a las suyas y le había propinado un fuerte golpe en toda la cabeza. Desde ese momento ya no supo quién era. Una gran pesadumbre lo embargaba y le reconcomía la conciencia. Ahora se preguntaba si toda su vida no habría sido un cúmulo de errores aún peores que los de su antepasado.

Tal como Calixto le había ordenado, había convocado a sus fieles por la radio y ahora se acercaba la hora. Beneplácito se había pasado el día en calzoncillos, mirándose al espejo y observando lo grotesco de su imagen humana. Cuando por las mañanas iba al cuarto de baño siempre lo hacía ya vestido con sus ropas divinas y hacía años que no veía su reflejo. Sus prendas eran como una especie de barrera de acero, como un tanque de Rommel bregando en el desierto; a la vez que aquel tanque le protegía del fuego y los disparos también le convertía en un ser insensible, insensible al dolor, a la desgracia, e incluso hasta a la misma muerte. Y en medio de la noche había surgido alguien con rostro transparente y le había despojado de ese traje de hierro, exponiendo su carne a una laceración insidiosa y constante, similar a un vía crucis de dolor de verdad, no como los que había conocido hasta entonces.

En calzoncillos, sentado en su mesa de trabajo, tomó verdadera consciencia de los siglos pasados. No le hizo falta consultar sus archivos para saber cuántos dislates habían cometido, ni de cuánta gente habían abusado, ni cuántas veces habían mirado en otra dirección, ni en cuántas ocasiones habían defendido a los tiranos y oprimido a los pobres. Ni cuántas riquezas tenían en sus arcas, ni cuántas acciones en sus bancos suizos, ni cuántas propiedades en cientos de países. Beneplácito sabía todo eso porque tenía una cabeza brillante, igual que el anillo de oro que llevaba en su dedo y que la gente besaba con respeto.

Y allí mismo, sentado en calzoncillos, con la misma indumentaria con la que Cristo había muerto en la cruz y predicado, decidió que iba a realizar su confesión. Una confesión inversa y pública donde el sacerdote hablaría arrodillado y los fieles escucharían su interminable lista de pecados. No esperaba ser absuelto, ni esperaba ser tampoco comprendido, y menos perdonado. Lo único que deseaba era poder liberarse de la carga que sentía desde que recibió el golpe de Calixto.

La multitud rugía al otro lado del balcón del Pontífice. Llevaban cerca de tres horas esperando, lanzando cánticos y oraciones al viento, jubilosos por obtener la bendición de Su Presencia, deseosos de escuchar sus palabras en esos momentos en los que el mundo se encontraba perdido. En varias ocasiones Beneplácito se acercó hasta las puertas, asió los picaportes e hizo el gesto de abrirlas y dar un paso al frente y salir al balcón a recibir ese baño de masas, pero no fue capaz. Justo en el mismo instante en que lo iba a hacer se miraba las piernas. Aquella blancura y aquella rechonchez de una piel que no había sido expuesta al sol durante muchos años le hacían sentir vergüenza. Sin duda, él no era digno del amor de sus fieles. Y por eso llevaba tres horas de retraso. Sin embargo, de repente, se acordó otra vez del Papa transparente y de su báculo, y sin pensarlo más abrió las puertas y salió a la gran plaza en calzoncillos, más desnudo y más avergonzado que cuando salió del vientre de su madre.

Al principio los devotos no estaban seguros de qué estaba pasando. Los que se hallaban más lejos del balcón no acertaban a distinguir bien la figura del hombre y se preguntaban qué haría allí un tío en calzoncillos. La gente se volvía a su alrededor esperando la reacción de los otros; ¿deberían emitir un clamor en señal de protesta?, ¿o por el contrario deberían acoger a aquella persona ridícula al igual que lo hizo Jesús con una prostituta? No sabían qué hacer. Y como no sabían qué hacer se quedaron callados.

Los que estaban en las filas cercanas, tras el primer impacto de asco al ver esas carnes tan poco firmes y blancuzcas, se dieron cuenta de que aquel era de verdad el Pontífice. Después de unos minutos de estupor y de guardar silencio comenzaron a caer de rodillas allí mismo, sobre el sucio asfalto de la plaza. Pensaban que aquello era un milagro y que todos habrían de hacer un voto de pobreza. Un rumor comenzó a recorrer la muchedumbre; se miraban entre ellos y ellas desde el suelo y asentían con gestos de certeza. Y así el rumor se convirtió en clamor. A todo esto Beneplácito intentaba hacer su confesión de manera ostensible. Juntaba las manos en señal de oración y pedía perdón arrodillándose, pero no lograba hacerse escuchar, pues tal era la cantidad de gente y tal el ruido que ni el mejor equipo de sonido lo hubiera conseguido.

La multitud, viendo al hombre en aquella actitud de sumisión, entendió finalmente el mensaje y, uno a uno y una a una, se fueron despojando de sus ropas. Fieles de todas las edades, condiciones y razas se aunaron en esa mística tarea. Mientras lo hacían entonaban plegarias, abogando por la humildad y la pobreza. Primero se quitaron los abrigos de entretiempo, después los jerséis y las camisas, después los pantalones *y las faldas, y cuando ya estuvieron todos y todas en sus ropas más íntimas, se miraron y vieron que aquello no era suficiente. Aquella muchedumbre, para ser digna de su líder, se dijo a sí misma que debía ir más lejos. Entonces, en la memoria colectiva se dibujó la imagen del mismísimo San Francisco caminando en pelotas por Asís y esto les decidió.*

Las mujeres fueron las primeras en despojarse de los sujetadores. Una cantidad infinita de pechos de todos los tamaños y formas se desparramaron por aquel santo lugar, alegres y contentos después de tantos siglos de haber permanecido cautivos y proscritos. Aquellos pechos bamboleantes animaron al resto. Los hombres se quitaron los calzoncillos y después las mujeres las bragas. Lógicamente allí también había miembros de todas las formas y tamaños, tal y como Dios lo había dispuesto. Y allí estaban los fieles, arrodillados, felices y más desnudos que cuando salieron del vientre de sus madres. Entonces, todos los que formaban aquella multitud alzaron la cabeza y miraron al balcón del Pontífice, que se había levantado y estiraba los brazos. Ya no intentaba articular palabra sino que estaba arrojando algo hacia la misma plaza. Desde la distancia pareciera que fueran caramelos de distintos sabores, pero no lo eran. Eran preservativos. Beneplácito los tenía en grandes cantidades. Habían sido incautados por la iglesia en lejanas misiones. Ahora los entregaba con generosidad, y al tiempo que lo hacía, la gente de las primeras filas se los iban pasando a los que tenían detrás. Mientras seguía repartiendo condones, Beneplácito comenzó su confesión:

—Queridos fieles y "fielas", he de reconocer que al principio sentía mucha vergüenza de salir al balcón en esta guisa; tan blanco, tan grasiento y tan desnudo, pero al ver vuestra reacción he pensado que la cosa sería más fácil de lo que yo creía. Como ya dije por la radio, un descendiente directo de San Pedro me ha visitado en sueños y me ha dicho que ya es hora de acabar con todas las mentiras.

Al oír estas palabras, la muchedumbre rugió en un grito unánime de vítores y de celebración, y como si éste hubiera sido el pistoletazo de salida comenzaron a abrir nerviosos y nerviosas los condones y a mirar a su alrededor a ver con quién podrían entregarse al acto de la fornica-

ción, que por lo que veían estaba a punto de ser bendecido por su líder. *Efectivamente, mientras muchos y muchas se entregaban a los placeres de la carne tantos siglos malditos, el Pontífice seguía perorando:*

—Veo que me habéis leído la mente y habéis comprendido a la primera que follar, mientras se haga entre personas adultas y con consentimiento, no tiene nada malo. Es más, está demostrado que es muy beneficioso. Tampoco es que yo apoye que el acto se realice en sitios públicos, pero habida cuenta del tiempo que llevamos refrenándonos sirva esta ocasión para compensar el pasado reciente. Otra cosa que os quería decir es que no existe el pecado, ni tampoco el infierno, y que Dios no está nunca cabreado.

Pero lo que quería hacer sobre todo era pediros disculpas en nombre de la Iglesia por tantos siglos de mentiras y abusos, y aunque el arrepentimiento no podrá nunca compensar por las faltas y las vidas robadas servirá sin duda para entrar en un sociedad mejor y más igualitaria, donde la paz, el amor y el perdón no serán el coto privado de unos cuantos. Así que hijos míos e hijas mías, ahora podéis marcharos a seguir con vuestro esparcimiento en sitios más discretos, porque no está bien que todo el mundo os vea las vergüenzas.

A todo esto el acto estaba siendo retransmitido por todas las televisiones del mundo y las reacciones no se estaban haciendo esperar. En China, por ejemplo...

Pero entonces, a muchos miles de kilómetros, un chorro de luz penetró por el techo de una oscura caverna; el cuarto anciano se había despertado. Cuando lo hizo, seis pares de ojos negros le miraban. Allí sentados y en silencio esperaban pacientes la llegada de la quinta noche. Este había sido el cuarto sueño.

Capítulo 23

Un hotel de los buenos

Una vez en el exterior de la terminal 3 del aeropuerto de Schiphol, en Ámsterdam, Ulises se saltó la cola de los taxis. Lo hizo con tal autoridad que el hombre de negocios al que le había quitado el turno no tuvo más remedio que quedarse callado. Y es que con su enérgica actitud no sólo había impedido que de su boca saliera alguna palabra de protesta, sino que además le había provocado un ataque de culpa al acordarse de que todos los días hacía cosas ruines, como embargar viviendas o engatusar a gente con hipotecas falsas.

El conductor del taxi, que en la cara de aquel señor con traje había reconocido los rasgos inequívocos de un explotador, se alegró mucho de que Ulises hubiera actuado de esa forma. Luego atendió sus demandas y lo llevó hasta un hotel de los buenos que se hallaba en el centro. Cuando veinte minutos más tarde pararon enfrente de la puerta, Ulises le pagó la carrera y se bajó del coche.

Durante el trayecto habían charlado en inglés sobre los acontecimientos de los últimos días. El chófer era un inmigrante ilegal trabajando de extranjis que se pasaba jornadas enteras conduciendo por un salario pírrico. A él no le parecía mal lo que estaba pasando, más bien era al contrario, le parecía que bajo estas nuevas circunstancias las cosas sólo podrían mejorar. Y por eso había aprobado lo que había hecho Ulises al darle al hombre de negocios con la puerta de su taxi en las mismas narices, porque en su mirada limpia veía que era una persona campechana que se ganaba el pan con el fruto de su propio trabajo, y no mediante técnicas de explotación modernas que ordeñaban a otros para tener sus casas rebosantes de leche. Y por eso tampoco quiso aceptar dinero. Pero Ulises no se lo permitió con un gesto rotundo y sin ambigüedades. Cuando se bajó de aquel taxi llevaba en una mano la bolsa con la muda de ropa y el pijama y en la otra el libro del Quijote. El viejo volumen, aunque grueso y pesado, se balanceaba en el extremo de su brazo con suma ligereza, como si en realidad fuera un libro de mentira fabricado de aire.

Al entrar en el hotel, Ulises se dirigió con rapidez al mostrador que había en el vestíbulo, donde después de pedir la llave de la mejor habitación que hubiera disponible, la recepcionista, una chica grandota y con pecas, se la entregó sonriendo sin pedirle a cambio su nombre ni ninguna otra seña. Con la llave en el bolsillo, se marchó con paso decidido hacia las escaleras y subió hasta la cuarta planta. Por suerte aquel hotel no había contratado los servicios de un portero apestoso y en el ambiente se respiraban suaves fragancias de geranios y rosas. Tras recorrer un largo pasillo cubierto con alfombras, entró en su habitación. Una vez en el interior de aquel lujoso cuarto, Ulises se puso el pijama que llevaba en la bolsa. Después se acostó en la cama y se cubrió el cuerpo con una fina colcha. Al hacerlo se dio cuenta de que aquella cama era sin duda una cama mullida y muy confortable. Y entonces Ulises se alegró mucho de haber escogido aquel hotel que con certeza se trataba de un hotel de los buenos. Y en cuanto cerró los ojos se puso de inmediato a soñar.

Su mente tardó menos de tres segundos en llegar hasta Yiwika, aunque en realidad no llegó hasta el poblado mismo, sino sólo a sus proximidades, donde Yilvu vivía apartada con algunas mujeres tras haber decidido abandonar la aldea.

En ella los hombres se hallaban desde hacía ya tiempo inmersos en un estado nebuloso, absorbidos por la televisión, dejados de sus buenas costumbres para participar en rituales programados por agencias de

turismo extranjeras, olvidados de lo que habían vaticinado sus ances-
tros y que resultaba ahora que se estaba cumpliendo. Entre otras cosas
Yilvu y sus compañeras no deseaban tener nada que ver con aquel apa-
rato que emitía sonidos resonantes, ni con las ceremonias celebradas a
base de comidas de cerdo importado de Australia, ni con nadie que vi-
niera a hacerles recordar que su pueblo después de haber matado a un
enemigo se sentaba alrededor del fuego a comer carne humana. Ella
había decidido mantenerse al margen de aquellas novedades, porque
cuando eligió a Yali Mabel como su compañero lo hizo para que los de
su clan entraran en razón y dejaran de una vez de asesinarse. Y es
cierto que tras arrojarle el koteka que había fabricado con un calabacín
manchado de su primera sangre el hombre se avino a poseerla, y desde
entonces, siguiendo el curso de innumerables cópulas y charlas, los
hombres del pueblo de los Wani se fueron ajustando a las razones que
les daba su líder, que no eran otra cosa que las razones que venían tam-
bién de una mujer sensata y deseosa de paz y que estaba cansada de
enterrar a sus hijos. Y fue así cómo durante muchos años vivieron bajo
unas reglas nuevas que estaban adheridas a sistemas antiguos, y cómo
crecieron en buen número, y también en madurez y amor hacia sus
hijos vivos, pues ya no era necesaria ni la venganza ni el rito caníbal de
la ley de los muertos.

Pero sobre los mismos años en que la sonda Voyager 1 fue lanzada
al espacio eso también comenzó a derrumbarse, porque a la vez que esa
nave salía con dirección hacia una de las lunas de Júpiter, muchísimas
personas de tez blanca y lechosa comenzaron a llegar a su aldea, como
si allí buscaran desesperadamente algo que no pudieran encontrar en
sus casas.

Y entonces todo comenzó a sustentarse sobre creencias huecas, y
sobre fotografías de revistas impresas en papeles procedentes de árboles
derribados y muertos, y sobre los sonidos e imágenes que salían de unas
cajas fabricadas en lugares lejanos, donde las cosas no volvían de nuevo
a la tierra cuando ya no servían. Y eso era algo que Yilvu no estaba
dispuesta a consentir, porque aunque ya era mayor y se acercaba el

final de su vida no quería morir de manera distinta a como había vivido; orgullosa y templada, y también libre de influencias nefastas. Y en el momento en que Ulises en sus sueños divisó a aquella anciana cuya mirada atravesaba el tiempo le preguntó en una lengua que ella sí comprendía:

—Dime mujer, ¿qué puedes tú contarme de la Mujer Caníbal?

Yilvu, que en ese momento estaba preparando en el fuego unas tortas a base de mazorcas, sin sorprenderse lo más mínimo y manteniendo su mirada clavada en los alimentos que estaba cocinando, le contestó:

—Te estaba esperando, hombre de tez morena pero de rasgos blancos. Por lo que veo has sido tú el que ha dado un golpe de autoridad en la mesa del mundo, y yo en cierto sentido te estoy agradecida. Tú has hecho despertar a nuestros compañeros de un sueño muy profundo y duradero; tan profundo como las oquedades de este valle perdido, y tan duradero como los pedernales que encienden nuestros fuegos. Sin embargo también nos has robado algo. Y como muestra de mi agradecimiento te diré que encontrarás a la Mujer Caníbal al lado del mũgumu, y como muestra de mi desprecio te diré que te marches de aquí lo antes posible, pues has privado a mis nietas del poder de dar vida. Y a continuación, antes de despedirle, le describió con detalle la ruta para llegar al árbol.

Ulises, tras haber escuchado con entereza las palabras de Yilvu y sabiendo que tenía razones para estar enojada, se limitó a asentir y a prestar cuidadosa atención a cada uno de los pequeños detalles que la mujer le iba dando sobre el arduo camino, y cuando terminó de hablar, sin intercambiar ninguna otra frase, cumplió sus deseos y se marchó en silencio. Y entonces se fue en busca de la higuera gigantesca que parecía un baobab y que estaba a siete horas de camino de donde estaba ahora. Ulises, aunque estaba soñando, tendría que recorrer toda la ruta andando, pues así había sido dictado por las reglas del juego. Por eso lo primero que hizo fue seguir el arroyo que salía del pueblo hasta llegar a las fuentes saladas, donde tuvo que detenerse a lavarse los pies. Des-

pués remontó las escarpadas laderas del valle de Baliem y recorrió las cimas de los montes que formaban su circo, hasta que se topó de frente con una roca en forma de triángulo. A partir de ese punto el camino dejaba de existir y se iniciaba un rápido descenso entre piedras y bosques. Entonces Ulises, al igual que hizo Yali, comenzó a guiarse por un mapa conformado de palabras antiguas, transmitido por boca de hombres que hacía tiempo que dejaron sus cuerpos. Y después de siete horas de viaje, a eso de las siete de la mañana de la hora de Holanda, llegó a la altura del mûgumu, el árbol rodeado de niebla irrefutable que parecía sacado de un cuento diminuto. Pero aun sabiendo que allí estaban los soñadores Ulises no se pudo acercar ni un solo paso más; aquellos hombres estaban protegidos por sus tótems y mientras que con ellos rodearan sus penes él no podría inmiscuirse en sus asuntos de ninguna manera. Así que Ulises no tuvo más remedio que sentarse a esperar los acontecimientos, pues según lo que Yilvu le había comentado allí se encontraría con la Mujer Caníbal. Y por eso esperaba, y por eso miraba a través de sus sueños los contornos del bosque.

Y efectivamente, al cabo de una hora Elena apareció saliendo por la puerta en forma de triángulo que atravesaba la corteza del árbol, porque ella si había podido acceder a la gruta, pues era la mujer que estaba destinada a entretejer los sueños. Pero la realidad era que en esta ocasión no quiso hablar con Yali, pues estaba dormida y metida en aprietos, y lo que deseaba era comunicarse con el hombre que había desatado fuerzas descomunales a través de la luna, porque paradójicamente él era el único que podría ayudarla bajo esas circunstancias. Y al verle allí sentado, lo primero que hizo fue mirarle a los ojos y ver que su mirada era limpia e inmensa, y entonces, cuando los dos iban a comenzar una conversación largamente esperada, Elena notó que una mano agarraba su brazo y la zarandeaba para que despertara, y no tuvo otra alternativa que marcharse al lugar donde la pareja de holandeses obesos no tenían la menor intención que limpiara su casa, y donde se hallaba retenida contra su voluntad en un barrio de Ámsterdam. Pero antes de perder de vista a Ulises quiso gritarle algo; quiso gritarle una palabra

que llevaba clavada en el centro del pecho y que la violentaba, una pala-
bra que había escuchado de la boca de un serbio, una palabra que ella
sabía que era muy importante, pero que fue una palabra que, aunque
movió los labios, finalmente no logró pronunciar: k...

En cuanto Elena se marchó de su sueño moviendo aquellos labios que sólo consiguieron decir una letra pequeña, Ulises volvió a tomar consciencia de su propia materia. Con un gesto veloz lo primero que hizo fue despojarse de la colcha que cubría su cuerpo, quitarse el pijama y ponerse la muda que había adquirido con dinero del bueno. Aparte de ropa interior y calcetines, en el *duty free* se había comprado un pantalón negro y una camisa blanca, la cual llevaba ahora puesta de manera impecable. Sobre ella, una chaqueta de entretiempo le abrigaba del frío. Luego se calzó los zapatos, cogió el libro de encima de la cómoda y salió por la puerta.

Eran las ocho de la mañana y debía dirigirse de inmediato a la casa en la que Elena estaba retenida; alguien la había despertado y quería llevársela hasta un lugar extraño, y seguramente con el fin de causarle algún daño y robarle sus óvulos, y eso era algo que Ulises no estaba dispuesto a tolerar, pues la misión de salvar el planeta se desplegaba bajo la premisa de que la vida humana debía cercenarse, y aquellos ovocitos eran una amenaza flagrante para tales principios. Pero tampoco estaba dispuesto a permitir que unos hombres vulgares provocaran dolor a una mujer que en todos los aspectos era una persona digna de admiración y celo. Y por eso al cabo de media hora se encontraba a las puertas de aquella casa en un barrio donde la gente era amable y sonreía a todos los extranjeros, y donde vivía una pareja de gordos holandeses pirrados por las plantas y por las caravanas.

Capítulo 24

Una granja de vacas

El jueves por la mañana, en el camping de la costa de Francia, después de levantarse, Héctor se había quedado a solas con la vaca Ramita. Mientras ella se aplicaba a rumiar en silencio su hierba predilecta, él permanecía sentado en el banco de la mesa de roble. Un rato antes le había pedido a Henri un cigarrillo y se dedicaba en esos momentos a fumárselo de manera pausada, como si aquella ociosa y en apariencia nociva actividad fuera a constituir el último acto de su vida consciente.

Por algún motivo, y aunque llevaba años sin hacerlo, le habían entrado de pronto unas ganas enormes de llenar sus pulmones con el espeso humo blanco del tabaco, como si necesitara limpiárselos por dentro de algo pegajoso que tuviera incrustado. Por lo que fuera, le había venido la imagen de que ese humo arrastraría hacia el exterior todas las partículas contaminantes adheridas a sus alvéolos y que de no hacerlo así no estarían dispuestas a marcharse de allí. Y al parecer el mecanismo estaba funcionando, porque a medida que expulsaba aquel vapor viscoso su pecho se llenaba con una presencia fresca y expansiva, como si en vez de alquitrán y nicotina estuviera inhalando esencias mentoladas de eucalipto y aromas de azahar.

Cuando Héctor acabó de fumar y antes de que los últimos vestigios de humo se disiparan en medio de la atmósfera, se dio cuenta otra vez de con cuanta generosidad *ella* absorbía nuestras inmundicias sin ni un solo gesto de reproche. Durante los últimos cien años las máquinas, la deforestación, la ganadería y la agricultura intensiva habían expulsado hacia ese manto benéfico y azul de mil kilómetros de altura una cantidad incalculable de toxinas, impurezas y gases corrosivos. Conocía los datos, pero sin embargo no había sido hasta ese mismo instante, en el que esa última bocanada de humo abandonó su boca, que tomó plena consciencia de que aunque su vida, de acuerdo con sus propios principios y en comparación con las vidas de otras muchas personas, no consistía en el abuso sistemático de la naturaleza, él era tan responsable de esta situación como el más abusador de los empresarios dedicado al negocio del petróleo y de la industria química. Con su conducta indolente Héctor estaba permitiendo que todo esto ocurriera, sin tratar de evitarlo, retirado en un pueblo, trabajando lo justo, enamorado y exento de toda responsabilidad, tal y como sabía que denunciaba Carmen en sus disertaciones.

Cualquiera podría decir que su modo de vida era correcto; utilizaba la bici la mayor parte de las veces para ir al trabajo, vivía sin grandes lujos ni hábitos dañinos, meditaba cada día y apenas comía carne. Sin embargo para él todo eso ya no constituía una excusa creíble. Ahora se daba cuenta de que aquello se trataba tan sólo de una gruesa capa que le abrigaba de las inclemencias de su propia conciencia y de que todo eso no podría durar ya mucho más. Su mundo se había quebrado de repente y su existencia bucólica tocaba ya a su fin. Ahora que el sistema no podría perpetuarse a través de las generaciones futuras con su consentimiento, los desfavorecidos se alzarían reclamando su parte del pastel y su derecho a vivir de forma holgada y sin penalidades. Y él, aunque en teoría abogaba por la libertad y la autoafirmación de cada ser humano, tenía un miedo profundo a perder su estatus y su tranquilidad. Un estatus que le permitía vivir rodeado de una burbuja idílica pero que en realidad estaba hecho tan sólo de apariencias. Y entonces, mientras esa última voluta de humo desaparecía tragada por la enorme generosidad de un mar de aire que no por inmenso sería capaz de absorber todos nuestros desechos, Héctor, que no había pegado ojo en toda la noche pensando en Elena y en los riesgos que sin duda corría, animado por un presentimiento se levantó y se dirigió a Ramita:

—Es hora de marcharnos; hay que encontrar a Carmen.

—Muy bien, Héctor, me alegro de que por una vez no sea yo la que te tenga que decidir adónde vamos. Con tantas instrucciones empezaba a sentirme como una madre. A este respecto...— pretendió sin éxito continuar diciendo la vaca, cuyos ojos justo en ese momento habían dejado de brillar por cuarta vez sin que nadie se hubiera percatado.

—Vamos, Ramita, ya me contarás más tarde lo que opinas tú sobre la maternidad, pero ahora mueve el trasero y dirígete hacia la parcela donde está la caravana de Daniel; no hay tiempo para tus discursitos ni para tus chorradas.

Rami, que vio en Héctor una determinación como nunca antes la había visto en nadie a pesar de su larga vida, no pudo hacer otra cosa que obedecer sus órdenes y, eso sí, dando un último bocado a la hierba del prado en señal de protesta, se encaminó sin demora hacia el lugar que le había indicado.

Una hora más tarde, los dos estaban listos para iniciar esta nueva etapa de su largo viaje. Aunque Héctor sabía que los estaban buscando y que había una orden internacional de busca y captura contra él y su vaca, no estaba preocupado por la posibilidad de que los detuvieran. Desde que había aprendido a manipular las mentes con rayos de pensamiento similares a los que usaba Ulises estaba muy tranquilo.

La técnica había funcionado a las mil maravillas con los pilotos la noche en que encerraron a Elena en la tuneladora, y después la había practicado y perfeccionado aún más con las gentes del camping y del pueblo cercano. Por lo tanto, si alguien se atrevía a pararles, les arrojaría un bucle de código infinito que les haría creer que en vez de una caravana conducida por un muchacho y con una vaca dentro se trataba de una alegre pareja de holandeses obesos camino de un baile de disfraces con banquete incluido. Héctor en realidad no tenía ningún miedo de hacer ese viaje, pero sí de que durante el mismo la vaca no lo dejara en paz, pues por razones obvias no tenía la cabeza para grandes arengas. Para tratar de evitar esa eventualidad, como ya había hecho anteriormente en Lugo, apiló en el interior del vehículo un buen montón de paja con el único ánimo de que Ramita se encontrara a sus anchas. Tenía la esperanza de que de esa manera fuera dormida casi todo el trayecto. Pero aunque no fue así, a pesar de que estaba entusiasmada y con muchas ganas de compartir todo lo que iba viendo, fue respetuosa y por una vez se mantuvo con la boca cerrada.

Tres días atrás, después de haberse despedido de Héctor y Elena en el puerto, Carmen, junto a los dos pilotos, se había dirigido otra vez a la obra a encontrarse con Lourdes. Cuando llegaron allí, al parecer ésta ya se había ido al silo a recoger a Carlos. Después de haber pasado el resto del día sola y angustiada, puesto que todas las comunicaciones seguían colapsadas, ya entrada la tarde pudo por fin hablar con Fransuá y advertirle de lo que había pasado.

De alguna manera, escucharlo le había tranquilizado. Desde que se habían despedido en Rouen no había podido dejar de pensar en el joven. Después de haber confesado delante de la vaca y de sus amigos que contrariamente a lo que le indicaba su lógica se sentía atraída por él, ya no le sonaba a algo tan absurdo. Parecía que haber pronunciado en voz alta aquel pensamiento inaceptable había convertido lo que antes era una imposibilidad manifiesta en algo que podría llegar a ser factible. Y ahora, al volver a oír su voz e imaginárselo moviendo sus manos de aquella manera tan didáctica, ese sentir había vuelto con renovadas fuerzas. El chico no era de su tipo y ni siquiera había acabado de estudiar, pero sin duda empezaba a gustarle. Sin embargo, según los acontecimientos del día se iban sucediendo y a la vista de que todavía no habían recibido noticias ni de Héctor ni de su amiga Elena, comenzó a preocuparse de verdad y a olvidarse de él. Y entonces, en la noche del miércoles, como si alguien estuviera tratando de ayudarla, Carmen tuvo otro sueño; y esta vez tampoco fue un sueño cualquiera, sino que fue una especie de recuerdo de sus antepasados:

Carmen no había nacido todavía pero ya era pequeña. Se encontraba en una finca que su abuelo tenía en un pueblo del norte y en la cual tenía una granja de vacas. Ocupaba alrededor de diez hectáreas y no muy lejos de la entrada principal se elevaba lo que en aquella época era todavía una mansión pero que luego se había transformado en una casa vieja y destartalada. A escasos treinta metros de una de las fachadas había un gran abeto y junto a él un pozo que tenía la particularidad de ser poco profundo, tan poco profundo que una vez abierto parecía una simple piscina excavada en la roca.

En el sueño de Carmen era verano y hacía un calor terrible. Ella estaba pasando unos días de agosto con los padres de su madre, aunque ésta en su sueño ni siquiera existía. Aquel día se encontraba ella sola; al parecer, sus abuelos habían tenido que ir a hacer unos recados. Entonces la niña aprovechó y salió a pasear por los alrededores.

Carmen, cuyos progenitores la habían inculcado que sentir curiosidad por los hechos más simples era siempre muy sano, miraba hacia todas partes embobada. No podía creerse que estuviera allí sola y con tantas maravillas casi al alcance de sus pequeñas manos. En sus correrías primero se topó con los establos, pero estaban vacíos y en el aire flotaba una atmósfera densa, como si todas las vacas hubieran muerto como consecuencia de una gran epidemia. Tras continuar andando unos doscientos metros, se paró junto a un silo en cuya parte superior había una cúpula y una lanza de bronce. Aunque nunca había visto ninguno, aquello le recordó a un submarino ruso. Luego continuó ca-

minado a lo largo de un pequeño bosquecillo de zarzas que mostraban unos frutos brillantes. Tenían una pinta exquisita y Carmen se metió algunas de las moras en la boca; estaban amargas pero también eran dulces y gustosas. La niña, masticando aún la fruta y sintiendo ya ardientes sus pies a través de sus finas sandalias, decidió encaminarse de nuevo hacia la casa. Cuando pasó junto al brocal del pozo un sonido muy leve le llamó la atención. Como era muy curiosa y aquel sonido no pertenecía a la clase de sonidos que normalmente habría en una granja de vacas en una tarde calurosa de agosto, la niña se detuvo para tratar de escucharlo mejor. Al hacerlo se dio cuenta de que aquello sonaba como si alguien estuviera manejando un serrucho y cortando un gran tronco, lo que pasaba es que aquel ruido le llegaba un tanto acorchado, como si estuviera teniendo lugar en un recinto cerrado y con eco; sin lugar a dudas provenía del interior del pozo.

Carmen, que aunque sólo estuviera en un sueño seguía interesándose por cualquier cosa extraña, quiso asomarse al interior de ese sitio escondido, pero le fue imposible. El brocal de piedra, que era más o menos de su misma estatura, le impedía ver lo que allí se ocultaba. No obstante, aquel sonido persistía y picaba su curiosidad como lo haría un enjambre de abejas zarandeadas por la zarpa de un oso. La niña entonces miró a su alrededor en busca de algún objeto que le permitiera mirar lo que había allí dentro. Por suerte, un cubo de madera se encontraba allí mismo ya puesto del revés; bastaría con empujarlo unos metros y encaramarse en él para poder realizar la misión que se había propuesto.

Y en cuanto estuvo subida encima del poyete y abrió la tapa del pozo que estaba oxidada, Carmen pudo comprobar que allí dentro no había nadie manejando un serrucho o cortando maderos, porque en verdad allí quien estaba era Yali Mabel, el nieto de Yali Mabel, afilando su lanza contra la dura piedra.

Él también era bajito, pero no blanco como una paloma mensajera, sino negro como una bala de cañón. Allí dentro, a la luz de aquella tarde de verano, portando su koteka, sumergido parcialmente en lo que se asemejaba a una piscina excavada en la roca, parecía un trozo de

carbón extraído de las minas de Perm. Cuando el fuerte hombrecillo
escuchó aquel chirrido dejó de hacer ese ruido cortante y miró para
arriba, y encontrándose allí con los ojos de Carmen le dijo de manera
grave:

—*Niña, necesito hablar con el hombre que ama a la Mujer Caní-*
bal; sólo él conoce el secreto que le dijo la Luna y sólo él será capaz de
leer en los primeros sueños. Anda, ¡ve y tráelo hasta aquí enseguida!

Y entonces, la verdadera Carmen se despertó y supo que era
muy necesario encontrarse con Héctor. Imaginaba que la *Mujer
Caníbal* era su amiga Elena y que él era su compañero. Estaba
segura de que una vez se reunieran los dos, primero encontrarían el pozo y hablarían con Yali, y después, con su ayuda o sin
ella, salvarían a Elena.

Capítulo 25

Ricksmaaan...

El jueves por la mañana, mientras soñaba todavía que se encontraba en Júpiter, a James Ricksman alguien le despertó con un leve susurro. Al principio creyó que su mujer había vuelto con él. Después pensó que sus hijas gemelas eran todavía pequeñas y deseaban gastarle una broma. Luego creyó que había sido la voz de un vecino que llegaba borracho. Y cuando por fin desechó por erróneas todas estas falacias, se dio cuenta de que aquello había sido un murmullo lejano, proveniente de un mundo donde no existía el viento, donde todo era gris y las huellas se hundían en un cieno de polvo; la voz de la Luna estaba susurrándole dentro de su cabeza.

—*Ricksmaaan, despiiiertaaa* —*le había dicho varias veces sin conseguir despertarlo. Y como veía que no le hacía caso al cabo del rato le volvió a repetir*—: *Ricksmaaan, despiiiertaaa, soooy yooo, la Luuuna.*

Como es lógico, a casi nadie en el mundo se le habría podido ocurrir que la Luna *hablara* y que además lo hiciera estirando muchísimo los sonidos vocales, tanto que a veces era muy difícil entenderla. Sin embargo, por muy extraño que pudiera parecer, para cuando Ricksman se hubo por fin despertado ya sabía perfectamente que era la Luna la que estaba intentando comunicarse con él. En efecto, cuando salió al balcón de su pequeño cuarto allí estaba *ella*, sumida en el cielo entre los blancos reflejos del incipiente alba, mostrando su cuerpo vestido casi lleno y sin duda ninguna dirigiéndole a él sus susurros de plata.

—Vaya vaya, Luna —dijo James sin llegar a emitir sonido ninguno— así que eres capaz de *conversar*. Después de todo tenía razón Elsa. Pero dime —le preguntó Ricksman, que aunque albergaba todavía recelos estaba acostumbrado a razonar siempre con eficacia—, ¿qué es lo que está ocurriendo?

Y entonces la Luna le contó que la fuerza que había podido detenerla había sido la fuerza mental de seis mil quinientos millones de personas concentrada por la lente de Ulises. Y también le dijo que no existía remedio para lo que había pasado. Pero luego, como el Sol ya se disponía a iluminar esa parte del mundo con sus fulgentes rayos, la Luna tuvo que despedirse:

—*Y ahooora me teeengo que maaarchaaar* —dijo retomando su *forma favorita de comunicarse*— *mañaaana vooolveréee por aquíii.*

Después de esta *conversación*, Ricksman se quedó pensativo; no dudaba de que hubiera sido la Luna la que le había *hablado*, pero le había sorprendido mucho y aún le parecía paradójico que hubiera sido el mismísimo Ulises, utilizando nuestra propia fuerza, quien había organizado todo ese lío para castigarnos.

Cuando al cabo de unos minutos terminó por fin de asimilar estas revelaciones, se fue al baño, se dio una buena ducha y se vistió para volver al edificio principal. Por supuesto no podría contarles a sus colegas de dónde había sacado esa teoría tan increíble y con tan poco rigor científico. Por mucho que fuera un director respetado no era cuestión de presentarse allí de pronto y decir: «¡hala venga!, vamos a trabajar en esta idea que esta noche me ha contado la Luna. *Ella* es mi amiga desde hace varios años, y aunque nunca me había dirigido la palabra nos apreciamos mucho.» Esto estaba claramente fuera de toda cuestión. Sin embargo, aunque la hipótesis fuera descabellada en todos los sentidos, al menos era una hipótesis y valdría la pena investigarla. Al fin y al cabo lo que había sucedido también era increíble y no obedecía de ningún modo a la leyes normales de la física.

Y con estos ánimos, por cierto muy distintos a los ánimos con que había andado James la noche antes, se encaminó resuelto hacia el observatorio. La mañana era incluso más fría que la noche anterior, el aire era quizá todavía más puro, los aromas incluso más fragantes, y sus pulmones, en el momento en que se dieron cuenta, se llenaron de dicha. Al tiempo que respiraba James caminaba despacio, y mientras lo hacía notaba en el límpido cielo la ausencia de su amiga la Luna.

James Ricksman era un tipo alto y simpático, como la mayoría de los hombres y mujeres nacidos en un país en el que la comida abundaba y la naturaleza esparcía sus dones con generosidad. Su padre había poseído una granja de maíz en el corazón del estado de Illinois, donde compaginaba las labores agrícolas con la cría de ganado vacuno. Su madre, infatigable trabajadora allí donde las hubiera, siempre había deseado que su único hijo tuviera una vida distinta, alejada de esa solitaria llanura en la que durante los inviernos las horas parecían transcurrir de un modo agónico, como si allí todos los relojes estuvieran aquejados de alguna enfermedad terminal. Por eso, en cuanto le fue posible, lo envió a un internado de Chicago; no es que no lo amara, sino que lo amaba demasiado como para dejarlo morir de aburrimiento. Él al principio se resistió a marcharse, pero tras un par de meses, al ver el animado ambiente del colegio y el bullicioso ruido de la ciudad cercana, pensó que después de todo aquello sería lo mejor.

Durante los primeros años de su época escolar a James apenas le gustaba el colegio. Aprobaba los exámenes con buenas notas pero no se esforzaba. La mayor parte del tiempo lo pasaba leyendo y dibujando cómics, escuchando la radio y soñando con un futuro donde él sería un gran héroe que salvaría el planeta. Más adelante, cuando por navidades recibió el telescopio, James descubrió el mundo que desde pequeñito se había imaginado. En él, siempre con graves riesgos y enormes sacrificios, luchaba encarnizadamente en aras de la ciencia y de lograr la paz. Algunas veces sus misiones implicaban la conquista de lejanos planetas; en otras ocasiones los líderes de un conglomerado de países le encargaban la tarea de entrar en contacto con otras civilizaciones; y en las más peligrosas, se embarcaba en larguísimos viajes espaciales sin posibilidad alguna de retorno.

Fue en esta época de sueños e ilusiones cuando Ricksman decidió que de mayor sería un gran astrónomo, momento a partir del cual comenzó a destacar en el colegio. Con diecisiete años, tras haber terminado la escuela secundaria y después de haber pasado un fantástico verano en las tierras de sus padres observando los cielos, empacó su ropa y sus escasos libros y se fue a San Francisco. Allí estuvo cinco años y allí conoció a la mujer que sería la madre de sus hijas, y también la persona con la que compartiría muchos bellos y agradables momentos.

Cuando por fin se presentó en el centro de control con sus andares desgarbados, Ricksman estaba eufórico y lleno de energía. Enseguida reunió a todos sus colegas y les expuso una conjetura que según él había concebido durante un sueño extraño. No les dijo que en verdad lo que había pasado era que había visto las auroras de Júpiter, y también los volcanes de Ío, y un poco más tarde la erupción del gigantesco Loki. Ni tampoco les contó que había sido en realidad la Luna la que se lo había confesado. No es que no confiara en su equipo de mujeres y hombres, sino que desconfiaba de su propia capacidad de contar la verdad sin que sonara a burla, aunque bien pensado, en aquel mundo estéril cualquier cosa podría suceder.

Y entonces aquellas personas se pusieron a hacer cálculos sumamente complejos y comenzaron a pensar que tal vez, si existiera la fuerza capaz de generar una onda electromagnética de frecuencia contraria, podrían regenerar lo que había sido dañado con anterioridad. Pero esas mentes brillantes no tenían razón; Ulises se había encargado de que el proceso no tuviera remedio, ya que de otra manera no tendría lugar el cambio de nivel de consciencia. Y además, si es que en todo caso lo tuviera, ¿quién sería capaz de aunar de nuevo un haz de energía mental tan numeroso?, ¿y quién podría otra vez radicalizar su foco sobre un punto concreto?, ¿y cuál sería esta vez la reacción que tendría la Luna? Ante toda aquella avalancha de datos y cuestiones, el personal del observatorio estaba decaído; se habían dado cuenta de que no existía en la Tierra la tecnología que podría salvarles.

Pero Ricksman tenía todavía una leve esperanza; la Luna le había dicho que la noche siguiente le contaría más cosas. Y esta vez estaría despierto para oír sus secretos.

Capítulo 26

Desviaos afuera y esperad que aclare el día

Ulises había llegado a la casa en la que Elena había sido retenida mediante el mismo taxi que lo había llevado desde el aeropuerto hasta el centro de Ámsterdam. Al parecer, el chófer había decidido levantarse temprano y esperar a ese hombre campechano que había abordado su coche apartando a un explotador en medio de la gente y de la policía. Le había caído simpático y por su expresión severa y mirada febril se le había ocurrido que tal vez estuviera metido en algún lío y que quizás necesitara ayuda. Ulises, al verlo enfrente del hotel haciéndole señales, cruzó sin dudarlo la calle con potentes zancadas y se subió en el taxi. Por muy raro que pudiera parecer no pudo darle ninguna dirección, sino sólo el par de coordenadas que había registrado al encontrarse con Elena mientras los dos soñaban. Por suerte, el taxista, aunque ganaba poco trabajaba para una empresa líder y su vehículo estaba dotado con un sistema de navegación ultrasofisticado.

En cuanto introdujo las coordenadas en el software el nombre de la calle apareció escrito en la pantalla y el conductor puso rumbo al lugar, pues por la cara de su acompañante intuyó enseguida, tal como por otra parte ya había sospechado, que se trataba de una cuestión de vida o muerte. Y la verdad es que había dado en clavo, porque el hombre en ese mismo momento le contó que iba en busca de una mujer que había sido raptada y que estaba en peligro y que por ello debía acelerar al máximo.

A las ocho y treinta y cinco minutos, Ulises, fiel a sus principios de no usar el timbre, llamaba con los nudillos a la puerta de la casa donde estaban los serbios, pero allí, o no se encontraba nadie, o quien estuviera dentro no tenía la menor intención de dejarle pasar. Ulises, que para entonces ya había comprendido que lo que tenía delante era un portón de altísima seguridad y que no le iba a ser fácil franquearlo, sin alterarse lo más mínimo y sin que aquello pareciera un gesto destinado a hacer frente a esa situación tan adversa, se sentó en el poyete que había debajo de la entrada, abrió al azar el grueso volumen que llevaba en las manos y se puso a leer con su voz grave:

—«*Caballeros, o escuderos, o quienquiera que seáis: no tenéis para qué llamar a las puertas deste castillo; que asaz de claro está que a tales horas, o los que están dentro duermen, o no tienen por costumbre de abrirse las fortalezas hasta que el sol esté tendido por todo el suelo. Desviaos afuera, y esperad que aclare el día, y entonces veremos si será justo o no que os abran...*»[2]

Y en el mismo momento en que terminó de pronunciar aquellas frases, el sol, que había permanecido oculto detrás de un edificio por ser todavía muy temprano, apareció de repente e iluminó el quicio de la puerta blindada, y ésta, al recibir la luz de lleno sobre su superficie, se abrió sola, como si en vez de haber sido impactada por unos simples rayos de fotones hubiera sido arremetida por el mismo Don Quijote que fuera cabalgando a Rocinante a todo su galope. Sin embargo este último no fue evidentemente el caso, sino que había otras razones secretas y que nadie conoce y que no es posible relatar en este mismo instante por las que el redicho portón se comportó de forma tan insólita. Así que una vez abierto y ante los ojos atónitos del conductor del taxi, Ulises, sin mayor dilación, penetró en el interior de aquella *fortaleza*.

Al entrar, lo primero que percibió fue un tufillo salado como escarcha marina, lo segundo que notó fue el orden extremo en que se encontraban las cosas, y lo tercero fue que allí adentro no había huellas de nada. En efecto, todo había sido limpiado de manera metódica, como si aquel espacio perteneciera a una persona aprensiva y pulcrísima. A pesar de ello, Ulises examinó con todo detalle la sala principal de la vivienda; allí no había pista ninguna. Después inspeccionó con cuidado la cocina y los baños; allí tampoco había rastro de nada. Por último revisó los cuatro dormitorios, el cuarto de los cuales carecía por completo de huecos o ventanas. En medio de esa habitación, que por cierto era más bien pequeña, había una cama con un colchón desnudo que tenía un aspecto bastante confortable.

A pesar de no tener iluminación exterior, la estancia no era nada sombría. Sus paredes estaban pintadas de distintos colores que daban al ambiente un contraste de calma. Además, el cuarto estaba decorado con cuadros que representaban paisajes luminosos. Por lo que Ulises sabía de pintura, bien podrían haber pertenecido a la escuela de los paisajistas flamencos del siglo XVII, pero aunque este dato no tuviera la menor trascendencia sí la tenía el hecho de que uno de ellos le había llamado la atención.

Sobre el cabecero de la cama se desarrollaba una escena campestre donde aparecía un rebaño de vacas, y justo encima de ellas, entre las grises nubes, se desataba una fuerte tormenta. Por mucho que Ulises hubiera querido pensar que aquello se trataba de una casualidad, algo en su cerebro le indicaba que no, y por eso se quedó mirando esa pintura fijamente, porque pensaba que allí se escondía una clave de vital importancia. Y cuando hubo escudriñado hasta el último centímetro sin haber encontrado nada que le diera una pista se dio cuenta de un pequeño detalle; el marco estaba levemente inclinado, apenas un milímetro, pero lo suficiente como para romper el orden impuesto en aquella guarida de ladrones.

En cuanto se percató de este hecho, fue enseguida a mirar qué había detrás de ese cuadro torcido donde muchas Ramitas pastaban bajo una tormenta de rayos y truenos. Y un instante después, cuando tras haber soltado el libro encima de la cama lo acabó descolgando, pudo ver que había una palabra escrita de forma chapucera en aquella pared: *kravich*. Al parecer alguien la había grabado allí con un objeto romo.

Y es que Elena, antes de que le hubieran hecho efecto los somníferos, había podido escuchar dos palabras en varias ocasiones. La primera fue la que le despertó el pánico. La segunda fue la que la indujo a pensar que aquel sonido repetido podría ser el nombre de un lugar o de alguna persona. Entonces, tras obligarse a soñar y encontrarse ante Ulises y ante su mirada, justo después de que la despertaran y durante el breve instante que la dejaron sola, se arrancó un botón de la bragueta y grabó lo más rápido que pudo la que le pareció que era más importante, porque sabía que no le daría tiempo a escribirlas las dos.

Cuando después de haber cogido otra vez el libro del Quijote, Ulises salió al exterior, el taxista estaba aún esperándole. A la vez que se apoyaba en la puerta del coche se fumaba un cigarrillo de manera nerviosa, como si estuviera de verdad implicado y esperando noticias.

—La mujer ha querido dejarnos una pista y ha escrito la palabra *kravich* en una de las paredes de su cuarto —le espetó nada más verlo, ya que para entonces confiaba más en él que en toda la justicia—. ¿No sabrá usted por casualidad de qué idioma se trata y qué querrá decir? —añadió intuyendo que por algún motivo el taxista lo podría saber.

Al oír aquel nombre el conductor se quedó mirando a Ulises con cara de terror, incapaz de mover un solo músculo del rostro ni de hacer ningún gesto. Al cabo de un minuto, su boca, que de tanto aguantar la respiración había comenzado a adquirir una tonalidad morada, tuvo finalmente que prorrumpir en toses por haberse atragantado con el humo del cigarro que se estaba fumando; porque aquella palabra se trataba en realidad de un nombre que había escuchado infinidad de veces en su tierra natal, y lo peor de todo era que cada vez que lo había hecho había venido acompañado de noticias funestas. Y es que por pura casualidad el taxista era de un pueblo cercano a la ciudad de Perm. Había huido de allí hacía muchos años escapando del frío y del también mal pagado trabajo de las minas. Y mira tú por dónde que ahora, a miles de kilómetros de su primer hogar, volvía a escuchar ese apodo cuya sola pronunciación le provocaba el pánico, un pánico que pareció disolverse tan pronto como Ulises le puso encima de su hombro una mano que lo tranquilizó y que a la vez transformó su miedo en un deseo de poder hacer él también imperar la justicia.

El conductor del taxi, al sentir cómo esta nueva energía inundaba su alma, comenzó a relatarle lo poco o mucho que sabía de aquel compatriota suyo despiadado y silente. Pero por muchos datos que conociera de él, de ninguna manera podría haber sabido adónde habrían podido sus secuaces conducir a la chica. Y entonces Ulises, sabiendo lo que debía hacer, saltó dentro del taxi y diciéndole a Vladimir, pues tal era su nombre, que él hiciera lo mismo, le dio instrucciones para que le llevara lo más pronto posible a la comisaría donde Fransuá se hallaba retenido. Y por supuesto esta vez también le dio sólo un par de coordenadas.

En cuanto se sentó al volante, Vladimir, que jamás se había visto en una carrera como aquella, se puso a toda velocidad y comenzó a superar coches y bicicletas con una facilidad extraordinaria, como si delante de ellos se hubiera situado una máquina quitanieves y estuviera apartando los vehículos a base de embestidas. El ruso, después de haber asistido a la apertura de la puerta como si hubiera sido la mismísima entrada de la cueva de Sésamo, ya se imaginaba que su extraño cliente podría tener algo que ver con este hecho, y por eso no aminoró la marcha ni se detuvo ante ningún obstáculo, porque intuía que no tendría problemas. A eso de las nueve y cuarto de la mañana, el taxista y Ulises aparcaban el coche en un parking de la Avenida Damrak y se dirigían con prisa hacia la puerta de la comisaria. Esta vez Vladimir lo seguía de cerca; por nada del mundo estaba dispuesto a perderse lo que fuera que pudiera perderse.

La comisaría en cuestión ocupaba un modesto edificio en pleno centro de la capital situado en la calle Beurstraat número 33, apenas a tres cuadras de la orilla del Amstel. El inmueble hacía esquina y tenía cuatro plantas y un sótano. Una vez hubieron entrado en el vestíbulo se encontraron con dos policías sentados detrás de un mostrador. Ambos tenían una pinta increíble de holandeses; altos y fuertes, rubios y de rasgos angulosos pero también suaves.

En cuanto entraron, Ulises le dijo al que parecía el de mayor rango que necesitaba interrogar a Fransuá Romero por un asunto urgente. Sin ni siquiera haber terminado de escuchar sus palabras, el policía se levantó como un resorte y con un solo gesto les indicó que debían seguirle; había cogido ya las llaves y se dirigía rápidamente al sótano. En realidad no se habían presentado cargos en contra de ese joven y sólo estaba retenido bajo suposiciones, justo al contrario de lo que le pasaba al tercer italiano. A ese le habían visto el plumero y por eso se lo habían llevado enseguida a la sede de la agencia holandesa.

Una vez en el pasillo, el carcelero rubio los condujo directamente hasta donde estaba el preso. Después de rebuscar en el manojo escogió una de las llaves y les abrió la puerta. Cuando los tres entraron en el cuarto, Fransuá se encontraba sentado en un camastro. Se le veía muy triste y su rostro anchuroso estaba surcado por arrugas profundas; no se podía perdonar que alguien desconocido se hubiera llevado a Elena delante de sus ojos. Se sentía el máximo responsable: «Tal vez si me hubiera colocado junto a ella podría haber alertado a las autoridades y la historia sería ahora muy distinta. No debí conformarme con el plan del señor italiano. Puede que de disfraces y pasaportes falsos supiera un rato largo, pero de lo que es evitar raptos no tenía ni pajolera idea; hasta un niño pequeño hubiera sabido que era mucho mejor sentarse todos juntos. Pero bueno, ya no hay nada que hacer, Ulises al final se salió con la suya.» Y justo cuando acababa de pensar todas esas palabras, escuchó que alguien hurgaba en la cerradura y que intentaba entrar: ¿quién demonios sería?

Después del secuestro de Elena, cientos de policías habían aparecido en el vestíbulo. El italiano y él se fueron hacia ellos en cuanto los hombres que les amenazaban los dejaron marchar, pero lo único que habían conseguido fue que los detuvieran. Después le habían interrogado y había dicho todo lo que sabía. Había confesado que viajaba bajo un nombre inventado huyendo junto a Elena Moncada de un tipo peligroso, pero que por lo visto éste había conseguido al final sus propósitos y la había raptado. Por supuesto no les habló de la vaca Ramita, ni del monje normando, ni de otras muchas cosas extraordinarias que estaban sucediendo y que aún ignoraban, pues eran demasiado secretas para que él las contara.

Los agentes de inteligencia, viendo su pinta inofensiva y pensando que no sabía nada del paradero de Elena Moncada ni de Ulises San Juan, al que la policía norteamericana ya había denunciado por traición, lo dejaron en paz y se centraron sobre el tipo italiano; aquel si parecía sospechoso y con cara de saber más de lo que decía.

Así que allí estaba Fransuá, sentado en aquella cama tan poco confortable, henchido de tristeza y pensando que su vida no valía un pimiento. Y cuando vio que se abría la puerta y que un policía rubio entraba con Ulises, al cual había conocido brevemente en el piso de Rouen, y con un señor con cara de minero, se imaginó que sus días estarían contados.

—Levántate que tenemos que irnos —le ordenó Vladimir en inglés, que había recibido instrucciones de Ulises de cómo debía proceder—: te necesitamos para encontrar a Elena.

Fransuá, que al ver al hombre que supuestamente había secuestrado a su amiga, al principio se había imaginado lo peor, al oír aquellas palabras comenzó a albergar esperanzas. Y es que sin él saberlo estaba empezando a caer bajo el influjo mental de ese tipo con melenas que ahora le dirigía la palabra:

—Hay algo que cuando me gaseasteis coloqué en tu cerebro y debo examinar; a todos los efectos se trata de una grabación de todo lo que has visto y oído desde entonces. Pero salgamos de aquí y vayámonos al taxi cuanto antes.

Fransuá, al que sin saber por qué le había invadido de repente una confianza absoluta en aquel individuo, recogió las cuatro cosas que tenía encima del camastro y se fue con ellos, dispuesto a hacer cualquier cosa, incluso a que otra vez le usaran como cebo, como cuando sus queridos amigos diseñaron la trampa de gases asfixiantes.

Una vez en el taxi y sin él esperárselo, Vladimir, con una de sus enormes manazas, le dio tal golpe que le hizo desmayarse. Sólo de esa manera Ulises tuvo total acceso a todos sus recuerdos; y examinando con rapidez aquella sarta interminable de imágenes y voces, escogió aquellas en las que los serbios, después de haberles soltado a él y al tercer italiano, estando todavía muy cerca de Fransuá, se juntaron y hablaron en voz baja. Y a pesar de que en verdad hablaron muy bajito, Ulises pudo claramente escuchar sus palabras, entre las que dijeron: «klinica Fertmed».

Capítulo 27

Diario del Mundo: jueves por la tarde

El jueves por la tarde en París soplaba una brisa que acariciaba con suavidad las orillas del Sena. Paseando por sus anchas riberas multitud de mujeres se asomaban a sus aguas tristemente tranquilas, esperando el momento de marcharse a sus casas, porque después de una larga jornada de haber estado expresando su dolor hacia afuera había llegado el momento de vivirlo hacia adentro, y porque ese dolor no era un dolor figurado ni falso, sino que era como una férrea aflicción, dura e inevitable como el alma de acero de la Torre de Eiffel.

Aquella estructura de trescientos metros construida sobre el Campo de Marte, se había convertido de pronto en un símbolo mundial de la unión y el hastío. La gente estaba cansada de luchar para no tener tiempo. Toda su vida habían madrugado con la ilusión de que sus hijos vivirían en paz y de que también podrían disponer de un futuro. Pero ahora resultaba que todo esto era una historia ficticia. «¿Por qué habría yo de continuar trabajando por un salario indigno si ya no tengo que alimentar a nadie?», se preguntaban muchas. «¿En virtud de qué principios he de saldar mis deudas si éstas morirán también el día en que yo me marche de esta próspera tierra?, ¿quién va a necesitar de todos mis esfuerzos? Yo quiero descansar y llorar por el tiempo perdido, porque estaba engañada y pensaba que era tiempo que ahorraba. Y por eso ahora me he quedado sin fuerzas y triste, aunque también alegre, porque es en este momento que empiezo a vislumbrar que mi vida no tenía sentido. Yo sólo deseo caminar despacio a orillas de este río infinito que no atiende a razones; yo sólo quiero mirar tranquilamente lo alto de esta torre de hierro que se hunde en el cielo; yo sólo anhelo abrazar a la gente que como yo está hueca, porque ese vacío existía ya antes pero estaba ignorado, y ahora es necesario atenderlo, como si fuera un niño dormido que anidara en mi pecho.»

Y mientras eso ocurría en las calles del centro, en los estudios de las afueras de París, la presentadora de *Tele France*, antes de recoger sus cosas para marcharse a casa, anunciaba las siguientes noticias:

«Se acrecienta el temor de que la demanda mundial de artículos considerados como *no básicos* vaya a caer de manera brutal. Ante esta amenaza y debido también a la falta de obreras, muchas fábricas han empezado a parar o a recortar procesos. En China se habla ya del advenimiento de una debacle comercial sin precedentes y sus autoridades exigen a la ONU que desmienta los rumores sobre la esterilidad. Afirman disponer de la tecnología apropiada para arreglar las cosas y piden que a cambio la gente consuma sus productos.

»Los miembros de la OPEP se han reunido de urgencia y pretenden aprobar un recorte importante de la producción de crudo ante las expectativas de la caída masiva del transporte terrestre. A pesar de las llamadas a la calma, en algunos países ricos comienzan a faltar alimentos debido a la acumulación compulsiva y al temor al desabastecimiento. Las autoridades están comenzando a imponer cuotas en los supermercados y tiendas de comida. En los países pobres no existe este problema, pues sus gentes continúan compartiendo lo poco que siempre han poseído.

»Mientras tanto, la iglesia católica sigue tratando de justificar los hechos ocurridos en Roma y que estaban siendo retransmitidos por la mayoría de las cadenas hasta que la Televisión del Estado Vaticano dejó de enviar la señal por los repetidores. Según aseguran, el Papa había sido secuestrado por un comando anarquista y un impostor en calzoncillos, en un ataque de locura y aprovechando un momento de debilidad moral de los creyentes, les había conducido contra su voluntad hacia un comportamiento blasfemo, pecaminoso y evidentemente contra toda natura.

»En otro orden de cosas se informa de un aumento espectacular de las peticiones para contraer matrimonio, aunque es verdad que a raíz de los últimos escándalos protagonizados por el Sumo Pontífice ahora casi todas las demandas son para casarse en juzgados y muy pocas para hacerlo en iglesias. También se han observado largas colas en los registros de parejas de hecho. Parece que por toda Francia ha cundido un ataque de amor y pasión repentinos, y por lo que se ve el resto del mundo nos está secundando. Las solicitudes de adopción de niños y niñas desbordan a los organismos internacionales y se ha decidido de manera unánime paralizar todos los expedientes. Continúan las desapariciones y secuestros de menores a nivel planetario. Los australianos han dejado por fin de arrojar bumeranes y han salido también en silencio a las calles.

»En Sudamérica, a estas horas se han organizado grandes marchas en contra de la iglesia católica. Les reclaman por los engaños a los que han sido sometidos durante cinco siglos, desde el tiempo en que llegaron allí los españoles a joderles la vida, aunque hay que recordar que en Brasil fueron los portugueses. En esas tierras las mujeres también son las que más protestan; al fin y al cabo son ellas las que han soportado la violencia doméstica alentada por las leyes de un dios inventado por un grupo de hombres. Muchas de ellas están embarazadas porque en su vida no han hecho otra cosa que parir a la fuerza a pesar de ser pobres, y aunque ahora sonríen y bailan al saberse agraciadas, siguen muy enfadadas y se mofan de los grandes calzones del Papa, y también de sus carnes rechonchas y blancas.

»En el mundo islámico, numerosas mujeres se han librado de sus ropas sexistas y se han tirado a las calles. No tienen temor porque los hombres ya no pueden amenazarlas con matar a sus hijos. En todo el planeta parece que esta tarde reina una tristeza cóncava que proviene de dentro y que mata a los dioses verdaderos y falsos, y que las cadenas que oprimen al mundo han comenzado finalmente a fundirse, como si la muerte de cada útero hubiera dado lugar al nacimiento de una estrella candente.»

Y mientras la presentadora contaba estas noticias y cientos de miles de personas oían sus palabras para calmar sus ánimos, pues tal era la paz que transmitía y tanta la sensatez de sus afirmaciones, Pierre Montier y Guillaume Tarry volvían a sus casas en la ciudad de Rouen.

El día anterior, tras haberse enterado de la muerte de Nelco y a pesar de que sabían que Lourdes Santos trabajaba mano a mano con Carlos del Río para encontrar a Elena y entregársela a Ulises, Montier había llamado a la exagente con la esperanza de que fueran ellos quienes primero dieran con su paradero. Cualquier cosa sería mucho mejor a que cayera en las garras de esos hombres sangrientos. Aunque Ulises daría buena cuenta de los óvulos que llevaba en su vientre, estaban seguros de que con él Elena no correría peligro. Sin embargo, contrariamente a lo que le habían contado al respecto de las lealtades de Lourdes, parecía que ahora ya estaba liberada, porque aunque desde el momento en que había visitado el silo no había tenido más remedio que permanecer a la sombra de Carlos, en el instante en que Ulises comprendió que Elena había sido raptada por una fuerza oscura y que la policía había fracasado decidió suprimir el rayo que le nublaba el juicio; sabía que al hacerlo buscaría a la chica con mucho más ahínco, pues en vez de tener que hacerlo de una forma forzada lo haría por amor y eso la convertía en algo mucho más peligroso para ciertas personas.

Efectivamente, en cuanto cesó el rayo que la tenía confusa Lourdes se confrontó con Carlos sin reparos y de forma violenta. Habían sido amantes durante un tiempo fugaz y sin duda seguía enamorada, pero no por ello estaba dispuesta a traicionar a una mujer sencilla y de la cual se había encariñado tan sólo con mirarla.

—*Carlos, por desgracia no tengo poder sobre mis sentimientos, pero te aseguro que cuando acabe todo esto no te hablaré jamás. Y ahora que has demostrado ser un incompetente déjame hacer a mí; he de encontrar cuanto antes a esa chica que buscas —le dijo mientras lo arrinconaba por detrás de su mesa.*

Pero antes de que Carlos pudiera, quisiera o se atreviera a contestar, fue cuando Lourdes recibió la llamada de Pierre Montier desde Rouen contándole todo lo que había pasado. Primero le contó lo de los hombres muertos, después le dio los nombres falsos con los que Elena y Fransuá viajaban en avión con destino hacia Ámsterdam, y por último le dijo también que tenían motivos poderosos para irse a París; él y su amigo Guillaume necesitaban recuperar a toda costa una cámara que había oculta en el estudio de los tres italianos. Era muy probable que todo hubiera quedado registrado y deseaban poder ver la grabación de manera inmediata.

En cuanto salió del despacho donde Carlos se había quedado sin poder decir nada, Lourdes llamó enseguida a la agencia francesa, la cual ya había sido informada dos días antes de que ella, aunque ya jubilada, estaba trabajando duramente en el caso. Tras encargarse de que sus agentes en Francia fueran a investigar la escena de ese crimen, se ocupó de obtener los permisos para que Pierre y Tarry pudieran entrar en el estudio. Cuando dos horas después de su llamada llegaron al lugar, fueron directos al panel que escondía la cámara y el disco silencioso que guardaba el secreto de cómo los dos hombres habían recibido sus sangrantes heridas. Y con aquella información crucial, en el centro francés de inteligencia y esta vez sin la opaca intervención del jefe de aduanas, pudieron ver las terribles imágenes que se habían grabado, y escuchar los cruentos aullidos que se habían oído, y también contemplar las caras desnudas de los asesinos.

Al cabo de apenas otra hora, los franceses ya habían podido identificar a los serbios y a la organización para la que trabajaban. Era la mafia rusa, la famosa *Russkaya*, que en los últimos años había adquirido un inmenso poder. La *Bratva*, como también era comúnmente llamada, aunaba un conglomerado de familias criminales que tenía repartido un enorme pastel de ingredientes podridos: prostitución, drogas y delincuencia, todo ello perpetrado a una escala fantástica. Muchos de sus líderes eran antiguos miembros del KGB que apenas se movían de sus ricos cuarteles, situados en medio del frío de un país orgulloso y en el que la palabra extradición ni siquiera existía.

Aquellos tres hombres trabajaban por cuenta de algunos de estos zares. Estaba claro que se enfrentaban a un monstruo poderoso. Para poder actuar como habían actuado debían poseer una red formidable; ¿de qué otra manera si no hubieran podido averiguar que Elena Moncada portaba algo importante?, o mejor dicho, no sólo algo importante, sino algo más valioso que todos los tesoros escondidos en los fondos marinos, o que todas las piedras preciosas incrustadas en las rocas de Kimberley, o que todo el acero erigido en los Campos de Marte.

Y mientras Pierre y Guillaume veían y averiguaban todo esto en la noche del miércoles en Francia, el jueves, mediada la mañana en Madrid, Lourdes había hablado por teléfono con Carmen mientras iba de camino a la granja de vacas a encontrarse con Héctor. Lo primero que Lourdes le dijo fue que su intención no había sido nunca traicionar a su amiga, sino que había sido Ulises el que había logrado subyugarla al ir al silo a recoger a Carlos. Para cuando Carmen escuchó sus palabras supo que eran sinceras, y por eso continuó al teléfono mientras conducía y escuchaba de la boca de Lourdes las funestas noticias del secuestro de Elena y de la muerte de los dos italianos. Y cuando oyó todo aquello no tuvo más remedio que pararse y llorar. Lloraba porque se imaginaba el dolor que podrían causarle, y porque se arrepentía de no haberse ido a Francia con Elena y con Héctor. Y sus lágrimas empapaban la falda plisada que cubría sus piernas, y su tristeza le estallaba en el pecho, al igual que lo haría la erupción de un volcán en las lunas de Júpiter.

Y entonces, cuando su llanto ya no pudo seguir por la falta de fuerzas, se acordó de Yali Mabel y del pozo que no era profundo que existía en la granja. Y también recordó las palabras de Rami cuando le dijo que debía permanecer allí para algo importante. Y entonces Carmen, agarrada con fuerza al volante levantó la mirada, y después de arrancar el motor se puso de camino al encuentro de Héctor, y con suerte los dos hablarían con Yali, y con suerte aquel hombre pequeño les diría qué hacer para encontrar sana salva a su amiga del alma.

Capítulo 28

Dos líneas oblicuas

La mañana del jueves, Yuri Salísnikov se miraba al espejo en la intimidad de su mansión de Perm. Hacía más de diez años que no lo había hecho y al volver a mirarse comprobó lo que él ya sabía; que sus ojos eran sólo dos líneas oblicuas dibujadas sobre un rostro prestado de un padre que había sido durante toda su vida un hombre melifluo. Se daba cuenta además de que por esas ranuras que nunca se sabía si estaban abiertas o si estaban cerradas había visto muchas veces acercarse a la muerte, y que en varias ocasiones ésta incluso había estado a punto de transportarle con sigilo hasta un mundo oscuro pero que él no temía.

Pero esta vez Yuri se miraba de manera distinta. Porque ahora le parecía que aquella cara ya no era prestada, sino que se trataba en realidad de la cara de un hombre orgulloso y que además era astuto. Y también se decía que quizá lo que estaba ocurriendo en esos momentos era el verdadero propósito de haber llevado una vida tan fría, y a la vez tan violenta, y a la vez tan carente de enemigos que fueran temidos. Y por eso se miraba al espejo, porque anhelaba obtener las respuestas que en los últimos años, a medida que en su alma se instalaba el hastío, se le habían negado. Y ahora, al oír hablar de Ulises y de lo que había hecho, un rayo de esperanza había surgido de esos ojos oblicuos, y para verlo bien se había acercado al único espejo que tenía en su casa y se había mirado. Y se puede asegurar que lo que allí vio no le dejó impasible.

Porque veía que aunque tuviera más de setenta años sus prominentes pómulos aún seguían pegados totalmente a sus huesos, y que la barba recortada y el bigote afilado todavía eran fuertes, y que su mirada seguía pareciéndose al hielo, y que sus hombros eran anchos y recios, y que aunque sus cejas gruesas y paralelas a sus ojos torcidos habían adquirido ya el tono gris de la gente mayor, su pelo rapado todavía era negro. Negro como su corazón y como las largas noches que se aproximaban. Y también negro como el carbón.

Un carbón que su padre había extraído con mucho ahínco y con poca fortuna de las minas de Perm. Y es que al final se había demostrado que todo su trabajo por la revolución no sirvió para nada. Aunque lo peor no había sido eso, sino que el pobre hombre se lo había creído y durante muchos años estuvo convencido de que luchaba en aras de una sociedad que sería más justa. Pero luego se dio cuenta que no. Porque antes de que muriera, Yuri se había encargado de enviarle al olvido y al hambre de un campo en Siberia. Un campo raquítico en el que por fin todos los esclavos trabajaban igual. Un campo congelado en donde el frío no entendía de clases. Un campo en el que acabó comprendiendo que había hecho muy mal dejando que sus hijos mayores abusaran de su hijo pequeño, aunque para entonces Salísnikov ya se había vengado, porque a los doce años, mientras sus hermanos soñaban quizá con el proletariado, Yuri los mató a los dos de un fuerte martillazo.

Pero eso había pasado hacía mucho tiempo. Y ahora que se miraba de nuevo al espejo después de tantos años comprobó que sin duda estaba preparado para enfrentarse con el hombre que al parecer había venido al mundo para ponerlo a prueba. Y por eso miraba a través del cristal los abetos del bosque, porque no le importaba morir y porque sabía muchas cosas que nadie más sabía.

Y es que para él resultaba evidente que una vez que Ulises había condenado al mundo dejándolo inservible, el sujeto en cuestión iba ahora tras los pasos de una sola mujer. Una mujer que por alguna razón misteriosa era todavía capaz de traer hijos a este mundo mezquino. Y muy probablemente, si él estaba en lo cierto, esa chica, Elena Moncada, que había sido raptada con éxito por su red delante los ojos de la misma Interpol, del Pentágono y también de la CIA, era la única hembra humana que aún poseía óvulos fecundables. Así que tenerla a ella constituía a todos los efectos una doble ventaja.

Por un lado era como poseer un gran imán que atrajera a ese hombre que parecía de hierro y cuyo paradero todo el mundo ignoraba, y cuyas artimañas eran de tal calibre que nadie hasta entonces había sido capaz de contenerlo. Un hombre cuyo poder Yuri anhelaba por encima de todo. Un hombre al cual deseaba tener a sus pies para hablar de las cosas comunes que seguro tendrían, porque por lo que intuía ése era el único hombre que había entendido también que la civilización merecía morir.

Pero por otro lado tener a esa mujer era además tener un gran tesoro por el que la humanidad entera estaría dispuesta a pagar una enorme fortuna, y aunque Yuri no quisiera dinero sí deseaba atestiguar cómo un buen montón de políticos y de gente que pensaba que tenía poder llegaban a su puerta a pedirle migajas. Así que a las nueve de la mañana de aquel jueves normal, en el que Elena había sido sacudida para salir de un sueño y en el que había sido arrastrada hasta una clínica en Ámsterdam para que una mujer le cubriera la cara con un paño negro de olvido y silencio, Yuri Salísnikov puso en marcha su plan, que era un plan meditado y también muy oscuro.

Porque precisamente a esa hora, Elena yacía anestesiada y desnuda encima de la camilla de un quirófano dotado con toda clase de aparatos modernos. Y aunque no lo pareciera todos ellos estaban destinados a ahuyentar a la muerte. Y estaba muy claro que aunque sus pretensiones eran robarle algo, Kravich necesitaba que esa mujer permaneciera viva, y estaba muy claro también que no admitiría ningún tipo de error.

El equipo formado por un cirujano, una anestesista y dos enfermeras estaba muy nervioso, porque a pesar de tener todos ellos cuentas bancarias abultadas en lugares secretos y de que sus familias gozaran de una buena salud, todo eso podría cambiar en un solo instante si salía algo mal. Pero eso no podría pasar. Porque la intervención que iba a tener lugar la habían realizado en cientos de ocasiones sobre mujeres jóvenes. Mujeres las más de las veces dispuestas a vender algo que ellas habían recibido por duplicado y gratis. Unas veces por pura necesidad y otras muchas porque sabían que el hecho de conservarlo sólo les traería un inmenso dolor. Pero en esta ocasión esa chica no recibiría dinero, sino que se quedaría sólo con un gran vacío donde antes había residido una gran esperanza, y también un gran número de vidas latentes.

El doctor que la iba a operar llevaba muchos años en la nómina de aquel zar de las *Rusias*. Kravich lo había reclutado de los escombros de una guerra genocida en la que mucha gente inocente había muerto de manera brutal a manos de soldados ruines, y en la que la mente de muchos de los hombres se había retorcido hasta tal punto que ya veían normal lo que no era normal. Y aquel médico sin duda era uno de ellos. Y desde que Salísnikov le había sacado de un lugar donde con certeza habría sido juzgado y encerrado de por vida en la cárcel, siempre había hecho lo que él le pedía.

Aquel doctor, con el cuantioso dinero que tenía en un banco legal, se iba de vacaciones a lugares ilícitos, donde de forma impune abusaba de niños y violaba a mujeres, y donde también practicaba toda clase de conductas abyectas. Porque aquel hombre, además de un cirujano sangriento, era un cerdo integral. Y lo era tanto que antes de comenzar a abrir a esa chica indefensa que tenía delante, se permitió quitarle la sábana que tapaba su cuerpo y mirarlo de manera lasciva, y con sus manos desnudas palparle sus pezones rosados, y con sus dedos obscenos abrirle su sexo dormido. Todo esto lo hizo a sabiendas de que los serbios no podrían chivarse, porque allí donde estaba no podían entrar, ni tampoco mirar, y porque él era el único rey de esa clínica aséptica y limpia, pero que a la vez era sórdida y sucia.

Cuando el médico decidió que había tocado suficiente se puso los guantes, cogió el escalpelo y se preparó para la intervención que tenía que hacer: una *ooforectomía lateral urgente por vía laparoscópica*, o lo que era lo mismo; extirpación sin permiso de los ovarios de una joven mujer raptada en la ciudad de Ámsterdam.

El médico, que como todo hijo de vecino había escuchado las noticias de los últimos días, se imaginaba que si el ruso quería las gónadas de esa chica era porque sabía que todavía eran fértiles, pero por muy extraordinario que aquello pudiera parecer eso le daba más o menos lo mismo; él no estaba triste por las mismas razones que lo estaba la gente, sino porque se daba cuenta de que a raíz de esos hechos su negocio boyante se hundiría tan aprisa como si fuera una bolsa de plomo, pero sobre todo porque dentro de muy pocos años ya no podría violar a mujeres impúberes, ni por poco dinero abusar de menores, ni tampoco grabar sus hazañas y jactarse de ellas.

Pero así y todo en esos momentos él no tenía otra opción que acabar lo que había empezado, porque a pesar de estar deprimido no quería morir. Y por eso lo primero que hizo con aquel bisturí fue una incisión de unos pocos centímetros a lo largo de la línea del ombligo de esa chica inconsciente. Y por eso después introdujo por allí un endoscopio, porque para robar lo que quería robar necesitaba iluminar aquel sitio oscuro.

A continuación, el cirujano, por cuya cabeza no parecía ni remotamente que se fuera a asomar ni una pizca de remordimiento, cogió aquel cuchillo, y con un gesto rápido y hábil le practicó a Elena una segunda incisión en la parte del abdomen que hay por debajo de las falsas costillas. Al igual que la primera, ésta apenas sangró, y en cuanto la enfermera cauterizó los vasos y desinfectó la herida aquel hombre vil introdujo por allí un objeto similar a un garfio de hielo. Y lo hizo porque para cortar lo que quería cortar necesitaba tener allí dentro un objeto cortante. Y sin más dilación, ese ser execrable le practicó a Elena la tercera incisión, situada esta vez un poco por encima de la ingle derecha de esa chica rendida. Lo hizo porque por aquel sitio deseaba a toda costa meterle unas pinzas. Pero estaba muy claro que este último debía de tratarse de un lugar más sensible, porque tan pronto como aquella cuchilla afilada atravesó su carne, Elena, aunque estaba drogada, gimió de dolor, y justo después un gran chorro de sangre manó de esa herida en señal de protesta, como si su cuerpo supiera muy bien que iba a ser profanado.

Pero aquel equipo ultra profesional sabía hacer bien su trabajo, y sin atender a las razones que su cuerpo les daba, y sin percatarse de que aquel río de sangre era en verdad un manantial de pena, aplicaron de inmediato sus remedios y técnicas y en menos de un minuto lograron parar lo que parecía que iba a ser imparable. Acto seguido, la otra enfermera introdujo por aquel agujero algo parecido también a un garfio de hielo. Y lo hizo porque para extraer lo que quería extraer necesitaba tener allí dentro unas pinzas de una forma adecuada.

En cuanto los tres artilugios estaban dispuestos conectaron la cámara, y en una pantalla gigante que tenían delante aparecieron las imágenes que tanto anhelaban. El médico, dotado de unos ojos expertos, buscó y rebuscó por aquellas entrañas hasta que con la pinzas agarró suavemente el ovario derecho de esa chica silente, porque era consciente de que aquello era algo de verdad delicado, y también un tesoro del que dependía que él siguiera con vida. Entonces, con suma pericia, mientras con las pinzas sostenía ese pequeño órgano con forma de huevo, con el garfio cortante buscó el primero de los ligamentos que lo sostenían, aquel que lo unía con el fondo del útero. Y con esa herramienta especial y cauterizante lo cortó de una sola tajada. Luego hizo lo propio con el suspensorio. Y para terminar cortó también el tendón meso ovárico. Y de esa manera logró por fin separar aquel huevo de aquel vientre materno, donde hasta ese momento había vivido apartado de todo peligro, y también alejado de cualquier catástrofe. Y mientras el cirujano sostenía aquella maravilla de la evolución, una de las enfermeras, ayudada por algo parecido a unos fórceps, abrió más la herida que ya no sangraba y prestando atención a la enorme pantalla, el doctor tiró de las pinzas y extrajo el ovario, como si aquella cosa sanguinolenta y laxa se tratara de un quiste maligno, en vez de una fuente saludable de estrógeno y vida.

Una vez extraído, mientras el médico suturaba de forma eficaz las heridas de Elena, una de las enfermeras se ocupaba con sumo cuidado de conservar el órgano en condiciones óptimas. Para ello lo primero que tenía que hacer era intentar evitar que el ovario sufriera una falta de riego, porque la isquemia en esos instantes era sin duda la mayor amenaza. Y por eso aquella enfermera de manos expertas lavó con esmero el ovario de Elena y después lo emplazó dentro de una cubeta impregnada con una solución de glucosa y potasio. Y luego, para asegurarse de que no moriría, lo colocó en una cámara provista de una bomba de sodio, y también de un sistema de perfusión de frío.

Y de aquella manera era como Yuri esperaba dividir la atención y las fuerzas de Ulises, porque mientras que el cincuenta por ciento de las células fértiles de Elena Moncada viajaba con rumbo a un destino que ni él mismo sabía para ser trasplantadas, el otro cincuenta, todavía en su vientre, viajaría muy pronto hacia un lugar helado en el centro de Rusia, donde los abetos arrojaban sombras, y donde los ríos nadaban sumidos en sus aguas negras.

Durante la noche anterior, mientras Elena dormía bajo el efecto de los potentes fármacos, los serbios le habían extraído una muestra de sangre. Con ella, otro equipo de médicos se había dedicado en las últimas horas a buscar y encontrar en su base de datos una mujer receptora que fuera compatible. A esas alturas la red del ruso llevaba innumerables años dedicada con éxito al tráfico ilegal de órganos humanos, de tal manera que todas las prostitutas que explotaban sus zares habían sido sometidas a un examen genético. Entre las miles de fichas de que disponían, había resultado que una de aquellas chicas, residente a la fuerza en uno de sus burdeles situado en una zona del sur de Berlín, reunía los antígenos necesarios e idóneos para hacer el trasplante.

Así que mientras la mitad del futuro del mundo iba camino de Alemania custodiado por una enfermera y dos de los serbios, Elena, aún dormida y llevando en su seno justo la otra mitad, iba hacia el aeropuerto en una ambulancia bajo la supervisión y la atenta mirada de la otra enfermera. Allí, en una de las pistas privadas, esperaba un avión. Porque éste había sido el plan concebido por Yuri, aunque en realidad, desde que una mañana se había levantado diciéndose que no estaba dispuesto a soportar más golpes, su plan siempre había consistido en la misma estrategia: divide y vencerás, como al parecer había hecho Julio César para labrar su imperio. Y por eso aquel día, con sólo doce años, esperó hasta la noche a que aquellos hermanos que le propinaban sonoras palizas se quedaran dormidos. Y aprovechando que la oscuridad cubría sus pasos y que la lluvia mitigaba los ruidos, Yuri Salísnikov mató a sus dos hermanos con un gran martillo.

Pero al mismo tiempo que tenían lugar todos estos viajes, en la clínica, después de que la anestesista hubiera recogido y arreglado sus bártulos y se hubiera largado, sólo quedaba el médico.

Se encontraba en su despacho destruyendo papeles. El ruso, por este último encargo de carácter urgente le había pagado un montón de dinero, y él, a resultas de los hechos que inquietaban al mundo, había decidido marcharse enseguida a vivir a Tailandia. Pero antes deseaba eliminar los rastros, no fuera a ser que ahora, bajo esas circunstancias, la justicia ya no estuviera dispuesta a quedarse callada. Y por esa razón, por querer poner orden y arreglar sus asuntos, se entretuvo lo justo para recibir en su limpio despacho la visita de Ulises.

Capítulo 29

Lo que le dijo Yali Mabel a Yali Mabel

—Estaba estipulado que mientras esperáramos la llegada de la antepenúltima noche, en la que uno de nosotros volvería a soñar con las cosas del mundo que tendrán que morir, debía recordaros de manera precisa aquello que me dijo mi padre y que él a su vez escuchó de mi abuelo, y que yo por un tiempo precioso olvidé pero que ahora recuerdo —dijo Yali Mabel a la vez que miraba los rostros de aquellos seis hombres. Lo hacía a la luz de un rayo de luz que entraba por una oquedad situada en el techo de esa oscura caverna con aroma a café, y que después de incidir en una calavera aplastada de vaca rebotaba en sus paredes pulidas y cársticas, alumbrando al hacerlo las caras de sus seis compañeros, que eran negras y hoscas, y también comprensivas y claras—. Y para que podáis entender lo que quiso decir de verdad —continuó diciendo en voz alta mientras acomodaba su esquelético cuerpo encima de la estera—, he de contároslo forzosamente de tal manera que parezca que yo fuera ellos —y entonces reprodujo el dialogo que su padre y su abuelo tuvieron:

—*Querido Yali, es importante que siempre recuerdes estas mismas palabras y que seas capaz de decírselas de manera concisa a tu hijo, que es ahora mi nieto. Así que por favor presta atención y deja de pensar por un rato en la guerra —le dijo Yali Mabel a su hijo Yali Mabel.*

—*No te preocupes padre —le contestó su hijo enseguida mientras dejaba a un costado su arco y el carcaj con las flechas—, mi memoria es de piedra al igual que mi lanza. Puedes estar tranquilo que lo recordaré todo —y a continuación, mientras se hurgaba los dientes podridos con un palo seco, puso cara de circunstancias y se dispuso a escucharle.*

—Pues bien, el día que nació Yali, después de que la vaca terminara de explicarme en mis sueños lo que iba pasar en un tiempo futuro, se dio lentamente la vuelta y se puso a comer. Por lo que parecía se había enfadado porque quise matarla, y por mucho que me arrastré y le rogué por favor que olvidara lo que había pasado, la muy testaruda no quiso escucharme. Y sin poder remediarlo llegó el alba y tuve que despertar. Pero todo esto ya tuve a bien contártelo, y aunque no me creíste, tu mujer, que es más lista que tú, sí que quiso creerme.

—Padre —le respondió su hijo—, dices muy bien cuando dices que no te creí porque así ha sido siempre, y porque así sigue siéndolo ahora. No obstante, tengo que obedecerte y recordar tus palabras, porque aunque la ley de los muertos no puede obligarme a creer tus memeces, si me obliga a prestarte atención. Así que por favor date prisa y termina, que primero he de ir a matar enemigos, y después he de marcharme a comerme su carne.

Yali Mabel, que conocía bien el brusco carácter de su hijo, no se ofendió por que dijera esto, pues al fin y al cabo había sido el responsable de que fuera tan fiero. Para él era evidente que no se podía criar un león pretendiendo después que fuera una dócil oveja, por mucho que en sus tierras no hubiera leones ni ovejas, y mucho menos ganado vacuno, pero como sabía que su hijo estaba obligado a escucharle le siguió contando la parte de la historia que él aún no sabía.

—Sin embargo, ayer noche volví a encontrarme a la vaca, y aunque seguía enfadada, esta vez sí me habló y me dijo que era muy necesario que tres días después de que el Gran Ojo hubiera aparecido en el aire del cielo, mi nieto, Yali Mabel, y que es también tu hijo, estando en la caverna y justo después de haber asistido a la confesión pública de un hombre en calzones, o lo que era lo mismo, justo después de que el cuarto sueño hubiera sucedido, debería irse hasta un pozo que era poco profundo y esperar que una niña asomara su cara, y entonces mi nieto debería pedirle que fuera hasta allí lo antes posible con el hombre que amaba a la Mujer Caníbal, porque sólo él podría revelar el secreto que escondía la Luna, y porque sólo él podría comprender los primeros seis sueños.

—Muy bien padre, todo esto me parece una loable misión que sin duda alguna encomendaré a mi hijo cuando sea mayor, pero ahora, si me lo permites, cogeré mi lanza y me iré a ensartar enemigos con mi fiel puntería, que es mejor que la tuya —respondió ásperamente el hijo de Yali Mabel que ignoraba que ya tenía treinta años y que iba a morir más bien pronto que tarde.

—Lo siento Yali, no te puedes marchar todavía, pues hay una cosa más que ha de ser recordada.

—¿Y cuál es? si se puede saber, te repito que ando con cierta prisa.

—Pues se trata de esto: tu hijo Yali deberá decirle al hombre de la Mujer Caníbal dos cosas cruciales —y cuando estuvo seguro otra vez de tener su atención, continuó diciéndole—:

»La primera cosa que tendrá que decirle es que después de que llegue el sexto brillo a los ojos de Rami, el hombre que ama a dicha mujer deberá pedirle a la vaca que le cuente de una sola tacada los primeros seis sueños que hasta entonces habremos soñado y que tiene grabados en su calavera sin ella saberlo. ¿Crees que podrás acordarte de esto querido hijo Yali? —le preguntó su padre sin mucha convicción.

—Ya te he dicho antes que mi memoria es de piedra.

Ante esta respuesta su padre adquirió una expresión más que dubitativa, pero como no quería entrar en discusiones se limitó a asentir y continuó:

—Está bien hijo mío, confío en que aunque no me creas al menos cumplirás tu papel de transmisor preciso. Por eso te digo que lo segundo que tu hijo Yali le tendrá que decir al amante es que será necesario que le diga el secreto que le contó la Luna cuando era pequeño al hombre que se habla con ella, ese hombre que tuvo dos hijas gemelas con una mujer que pasó a mejor vida y que conoce muy bien el espacio, y también los planetas, y también cómo no las auroras de Júpiter. Porque la Luna, aunque le habla de cosas, no le cuenta la más importante, y no es que no quiera, sino que no cree que ésta sea importante.

—¿Y qué secreto es ése? —le preguntó esta vez su hijo de verdad intrigado, el cual, a pesar de que lo que había dicho su padre había sido todo un trabalenguas, lo había entendido a la primera.

Yali Mabel, su padre, sorprendido ante esta pregunta le dijo con cara muy seria:

—Eso nadie lo sabe, y ni siquiera él será capaz de acordarse hasta que vea la cara de tu hijo Yali en el pozo excavado en la roca mientras, afilando su lanza, haga un ruido cortante similar a un serrucho cortando maderos.

Y una vez Yali Mabel hubo reproducido fielmente el diálogo que habían mantenido su padre Yali Mabel y su abuelo Yali Mabel, guardó silencio y volvió a mirar con vehemencia a sus seis compañeros, esperando paciente la llegada del quinto sueño y de la quinta noche.

Capítulo 30

Una clínica en el centro de Ámsterdam

A las diez de la mañana del jueves, Ulises, tras haber examinado la mente de Fransuá, ya había logrado averiguar que un tal Kravich, el hombre tenebroso que había raptado a Elena, la había mandado llevar a una clínica en el centro de Ámsterdam, lugar al que se habían dirigido de inmediato y a toda velocidad montados en el taxi de Vladimir.

Cuando llegaron a la clínica *Fertmed* eran las diez y veinte. Lamentablemente y sin ellos saberlo, hacía escasos diez minutos que por la puerta del garaje había salido una ambulancia conducida por uno de los serbios y en cuya parte posterior iba Elena aún drogada y dormida, acompañada en todo momento de una enfermera que vigilaba sus constantes vitales.

Al mismo tiempo que este vehículo giraba en dirección al aeropuerto, los otros dos serbios salían por la puerta principal junto con la otra enfermera y con la cámara de perfusión de frío. En cuanto salieron al exterior, cruzaron la calle, se montaron en un coche oscuro y se fueron de camino a Hannover; allí pensaban entregar el paquete a los dos individuos que habían sido encargados por Yuri de disponer las cosas para hacer el trasplante.

Además de estas dos salidas, un minuto antes de que llegara el taxi, la anestesista había abandonado el edificio cargada con sus bártulos. Por lo tanto dentro de la clínica a esa hora sólo quedaba el médico, ocupado en destruir papeles, y también en poner orden en sus turbios asuntos.

Y entonces, a las diez y veinte de la mañana de ese jueves tan largo, Ulises, que por supuesto seguía llevando el libro todavía en sus manos, se apeó del vehículo y subió a toda prisa los cuatro escalones que le separaban de la puerta de entrada, que consistía en una costosa corredera de cristal de dos hojas que estaba cerrada.

Al otro lado de la misma se veía un mostrador desierto. En la pared exterior, la luz de un vídeo portero parpadeaba con destellos esféricos. En el panel principal había un teclado de letras y números. Ulises, que al principio pensó en un utilizar el libro e invocar de nuevo a Don Quijote, decidió primero intentarlo usando simplemente su sentido común. En efecto, en cuanto presionó la tecla de apertura, la corredera se deslizó hacia un lado, circunstancia que él aprovechó para entrar en el hall.

La clínica estaba muy limpia y olía a desinfectante. Las paredes eran de color blanco y los espacios diáfanos y tranquilizadores. En la planta baja sólo se encontraban las salas de espera, el susodicho mostrador y varias consultas rotuladas con lo que parecían los nombres de los médicos. Allí reinaba un silencio total, como si se tratara de un lugar que hubiera sido puesto en cuarentena por un hecho grave. Al llegar al final del pasillo, Ulises se encontró con los ascensores y con las escaleras. Llegado a ese punto pareció escuchar algo. Al aguzar el oído oyó un ligero zumbido, como el que podría emitir una fotocopiadora que se hallara muy lejos.

Escuchando con atención, Ulises se dio cuenta de que aquel ruido venía de la planta de arriba. Cuando acabó de subir las escaleras se encontró delante de un corredor muy largo. A derecha e izquierda se desplegaban los amplios despachos, delimitados por medios tabiques y cristales translúcidos. Todos estaban vacíos excepto el penúltimo: en su interior se distinguía la figura de un hombre que iba y venía desde un lado del cuarto hasta la máquina que desprendía el sonido que le había alertado. Ahora que veía la escena, Ulises se dio cuenta de que se trataba de una trituradora. Sin hacer ruido avanzó hasta la puerta. Él estaba protegido por la penumbra y aquel tipo estaba expuesto por las luces que brillaban en el interior de su limpio despacho; parecía que la balanza comenzaba a equilibrarse del lado del hombre que era el hombre más justo, aunque no por ello se podría decir que fuera el menos peligroso.

Cuando estuvo a la altura de la estancia, Ulises abrió la puerta de sopetón, clavándole al mismo tiempo su mirada felina, como si con ese gesto estuviera ensartando con un palo a un insecto. El médico se quedó espantado al ver al intruso. Su primera reacción fue la de intentar correr y coger la pistola que guardaba en su mesa. Sin embargo no pudo lograrlo. Aquella mirada lo había dejado petrificado en el sitio y sin poder moverse. Esta vez, Ulises no había utilizado el típico rayo de pensamiento que a estas horas resulta ya tan visto, sino que utilizó un rayo paralizante que no subyugaba la mente, sino sólo los músculos. Lo hizo así porque deseaba que aquella persona actuara por miedo y no por pensar que estaba delante de un hombre sumamente simpático. Y estando en estas circunstancias, Ulises le preguntó rudamente y sin circunloquios:

—Señor médico, se lo voy a preguntar sólo una vez —dijo en inglés—: ¿dónde se encuentra Elena Moncada?

El doctor, que vio en su mirada una fuerza incluso más brutal de la que había contemplado muchas veces en los ojos de Yuri, sabiendo de antemano que no le creería, le contestó con una voz quebrada por el miedo:

—Va camino del aeropuerto en una ambulancia, pero se encuentra bien. No la hemos tocado. Créame, se lo ruego.

Ulises, que de inmediato percibió un titubeo en esta última frase, se acercó al médico y sin previo aviso le cruzó la cara con el grueso libro que llevaba en la mano. Fue un golpe rotundo y sin contemplaciones, pero también comedido, porque era consciente de que tenía que dosificar sus fuerzas para no desmayarlo.

El médico, que no esperaba esa reacción tan repentina pero que aunque la hubiera sospechado no habría podido moverse de ninguna manera, recibió el tremendo golpe en uno de sus pómulos. En cuanto el libro de tapa dura impactó en su cara y al mismo tiempo que la sangre comenzaba a manar a borbotones, un dolor intensísimo le penetró en los huesos.

—¿Qué le habéis hecho a la chica?—preguntó Ulises de nuevo con su voz imperiosa.

Entonces, el cirujano le explicó toda la operación sin omitir ni un detalle, y también le contó que aquel ovario viajaba ahora hacia un destino desconocido para ser trasplantado, y que Elena iba camino de la casa del ruso, y que él estaba dispuesto a ayudarlo en todo lo que fuera posible para dar con la joven.

Pero Ulises no quiso contestarle. Porque por primera vez desde que había descubierto quién era en realidad, un ataque de furia infinita le había asolado el corazón, como si de verdad fuera humano y fuera capaz de albergar sentimientos. En ese momento, la rabia que sintió hacia aquel médico fue de tal magnitud que todas las cosas de aquella habitación empezaron a temblar por sí mismas. De inmediato, el ambiente de aquel despacho se cargó con los signos inequívocos de una fuerte tormenta y un intenso olor a humedad invadió de repente el espacio.

Entonces Ulises cogió al médico por los brazos y según estaba lo obligó a meter las manos en la trituradora, que seguía todavía funcionando y emitiendo su tenue zumbido. Aquel médico, al ver las intenciones de quien él pensaba que era un auténtico loco, comenzó a chillar de forma desmedida, y también a pedir clemencia con todos sus alientos. Pero ya era tarde; el no tuvo compasión con esa chica y Ulises por supuesto tampoco la tendría. Así que primero quitó la rejilla de protección y luego puso allí la mano derecha de aquel hombre vil. Y en cuanto sus dedos entraron en contacto con las cuchillas un gran chorro de sangre salió despedido, tiñendo de rojo las blancas paredes y manchando también los cristales translúcidos.

Sin embargo, el médico, que ahora sí estaba bajo la influencia de la mente de Ulises, no sentía dolor. Tan sólo miraba extasiado como sus dedos se iban convirtiendo en tiras de carne y hueso de un grosor milimétrico. Cuando Ulises acabó con la mano derecha, que para esos momentos estaba hecha trizas, comenzó con la izquierda. Pero esta vez lo hizo con tanta saña y tanta rapidez que apenas se podría asegurar que en realidad pasara. Pero lo que sí se puede afirmar es que aquel médico ya no podría volver a operar nunca más a nadie indefenso.

A continuación, Ulises, que todavía no le había permitido sentir ningún dolor e intuyendo que aquel hombre guardaba todavía multitud de secretos, le preguntó al cirujano qué solía hacer en su tiempo libre y en sus vacaciones. Y él, sin poder evitarlo, le contó que solía ir a lugares remotos donde desnudaba niños y abusaba de ellos, y también a lejanos prostíbulos donde pagaba dinero por violar a mujeres impúberes, y donde grababa sus conductas abyectas para masturbarse en silencio cuando regresaba a su casa de Ámsterdam. Y entonces Ulises, al que por primera vez desde hacía muchos años le embargó la tristeza, se dijo que ese hombre merecía morir antes que ningún otro, porque aunque él había condenado al ser humano a la desaparición, hasta ese momento lo había hecho pensando en todo un sistema y no en un hombre en concreto. Pero este que tenía delante confirmaba de manera rotunda que estaba obrando de la forma correcta, porque ni un millón de personas honestas podrían compensar todas juntas las acciones depravadas de esa rata con piernas.

Así que Ulises, después de haber parado las hemorragias con dos torniquetes, puso a ese hombre encima de la mesa de su propio despacho y le arrancó la ropa. Aunque la bata verde del médico, al igual que las paredes y el resto de la sala, estaba embadurnada de arriba a abajo por los escapes de su propia sangre, la ropa de Ulises seguía inmaculada. Sorprendentemente, tanto su camisa blanca como su chaqueta ligera de entretiempo seguían impolutas, como si acabara de salir con ellas de la tintorería. Y por ello no se podría decir que Ulises fuera en absoluto una persona sucia, ni que lo que le iba hacer a ese hombre fuera a ser una operación carente de limpieza, aunque tal vez sí pudiera calificarse como de monstruosa.

Porque en ese momento, Ulises agarró un escalpelo de los que tan celosamente guardaba ese médico en una vitrina y lo operó de la misma manera en que él lo había hecho a esa chica dormida. Lo primero que hizo Ulises con aquel bisturí fue rajarle el escroto, y lo segundo fue extraerle por aquella incisión los blandos testículos. Al salir de su residencia habitual, éstos mostraban quizá una forma similar al ovario de Elena, pero seguro que no eran iguales. Aparte de ser bastante más grandes eran más alargados, y aunque también tenían pinta de ser delicados, Ulises, en vez de tratarlos como si fueran objetos de inmenso valor, cogió ese amasijo sanguinolento y laxo y lo arrojó al canasto de la trituradora, donde los huevos del médico yacieron junto a sus manos muertas, y también junto a un montón de papeles relacionados con turbios asuntos.

Después, para cerciorarse de que aquel hombre no haría más cosas horribles, le hundió la cuchilla en ambas retinas, justo lo suficiente para dejarlo ciego sin hacerle más daño. Luego, Ulises, que durante la mili había sido destinado en la enfermería, le cosió las heridas con suma destreza. Pero si lo hizo así no fue porque sintiera ninguna compasión, sino con el único fin de que aquel cuerpo todavía no dejara la Tierra, porque aunque mereciera morir también merecía vivir de forma miserable. Además, antes de marcharse de aquel otrora limpio y ordenado despacho, Ulises liberó totalmente su mente, de tal manera que aquel doctor pudo sentir en ese momento un dolor similar al que había infligido a sus múltiples víctimas, aunque ni así obtendría un perdón que no estaba destinado a la gente sin alma.

Cuando a los pocos minutos, Ulises abandonó la clínica lo único que llevaba en sus manos, al igual que al entrar, era el grueso volumen del Quijote. A pesar de la gran carnicería el libro también continuaba impecable, como si lo acabara de sacar de una biblioteca especializada en autores antiguos. Entonces, antes de dirigirse hacia el taxi donde Fransuá y Vladimir aún lo esperaban, empezó a preguntarse seriamente las razones por las que ese tal Kravich había decidido extraer la mitad de la carga genética de Elena para trasplantarla en otra mujer.

¿Acaso no hubiera sido más útil para lograr sus fines dejar los óvulos donde estaban seguros? Al fin y al cabo, un trasplante, salvo en el caso de que se realizara entre personas con lazos de consanguinidad, entrañaba siempre un gran riesgo. En no pocas ocasiones el receptor rechazaba el órgano donado —seguía razonando Ulises para sí—. Tal vez lo que pasaba era que el ruso había vendido el ovario por una cantidad ingente de dinero, pero no lo creía. El hombre ya era rico y casi un anciano y seguro que lo único que anhelaba era tener poder, más aún del que ya poseía. Entonces a Ulises se le ocurrió que Yuri podría haber obrado así sólo para multiplicar sus opciones.

Después de todo, era probable que la CIA y el Pentágono averiguaran muy pronto que esa chica llevaba en sus entrañas el futuro del mundo. Quizás incluso lo habrían averiguado ya a través de Lourdes Santos, a la que ya había liberado de su influjo y que sin duda estaría en esos momentos tratando de encontrarla. Kravich no sería tan ingenuo de pensar que las grandes potencias, cuando conocieran los hechos, iban a dejarlo tan tranquilo en su casa en medio de la nieve. Una cosa era permitir que un criminal campara a sus anchas cometiendo los mismos delitos que ellos cometían y otra bien distinta era dejarle tener la mercancía más valiosa que hubiera existido jamás sobre la Tierra.

Ulises estaba convencido de que ese hombre tramaba algo más allá de una simple transacción a gran escala, aunque todavía no era capaz de imaginar de qué podría tratarse. Y entonces una idea distinta iluminó su mente: ¿no sería que Salísnikov anhelaba en realidad su poder? Su red de información era enorme y a estas alturas, si había sido capaz de averiguar que Elena andaba suelta y cargada de ovocitos fecundos, y si además había podido capturarla delante de las mismas narices de toda la Interpol, ¿no sería lo más probable que conociera la existencia de Ulises y que él había sido el causante de todo? ¿Qué haría un hombre de su naturaleza en tales circunstancias? ¿No le intentaría atraer hasta sus dominios confiando en que dividiendo sus fuerzas pudiera doblegarle? Y para ello, ¿no querría menguar sus poderes ocultando un gran as en su manga? Sí, esa era la respuesta: aquel criminal deseaba atraparlo y tenerle a su merced para que actuara de acuerdo con sus fines, que serían los de poner al mundo entero a su disposición.

Pero su plan tenía un punto débil. Porque el ruso ignoraba que él había logrado averiguar lo que estaba tramando y no se podría imaginar que iría preparado. O tal vez si lo haría, en cuyo caso tendría que andarse con cuidado. ¿Qué debía hacer entonces? —se preguntaba Ulises—. ¿No sería mejor seguir los pasos de la chica para evitar que la hicieran algún daño y aniquilar sus óvulos de manera pacífica?, pero de hacerlo así ¿no estaría permitiendo que otra mujer en algún lugar, una vez tuviera el órgano de Elena, pudiera ser sometida a un tratamiento de fertilidad y produjera un par de cientos de óvulos fecundables? En ese caso esas células podrían ser implantadas en los úteros de múltiples madres y dar lugar a muchas nuevas vidas. Y entonces sólo sería cuestión de tiempo antes de que la Tierra volviera a sufrir los embates de una especie sumamente voraz. Y eso Ulises

216

no estaba dispuesto a tolerarlo. Y por eso pensó que sin duda tendría que ir primero detrás de ese cincuenta por ciento; sabía que mientras tanto Kravich no le haría daño a la mujer que portaba lo más valioso que jamás hubiera poseído.

Antes de llegar al taxi donde Vladimir y Fransuá lo esperaban, Ulises ya había tomado su determinación: iría detrás de los serbios y de la enfermera, y detrás de esa cámara provista de una bomba de sodio, y también de aquel coche oscuro fabricado en la casa de un sastre, aunque de este último todavía no tenía constancia. Pero Ulises no tenía ni idea de por dónde empezar. Y por eso llamó a Lourdes Santos, porque aquella mujer quería a esa chica mucho más que a sí misma, y porque haría todo lo necesario para protegerla, incluso dejar a su amado, mentir a la CIA y engañar al Pentágono.

TERCERA PARTE
Viernes y Sábado

Capítulo 31

Diario del mundo: viernes

El viernes por la mañana, en Ámsterdam se había instalado una neblina inquietante y atípica. Sus calles y canales, normalmente bullentes de vida, se encontraban desiertos; apenas unos cuantos ciclistas se habían aventurado a salir en el día en el que el mundo entero lloraba por su pérdida, a medida que los hechos anunciados el miércoles se iban confirmando por la ausencia de nuevos embarazos, y también por la incapacidad de las autoridades de dar explicaciones. Pero no todas las personas pensaban de igual forma. Por todo el planeta se había comenzado a levantar un movimiento en pro de lo que estaba sucediendo: muchos hombres y mujeres empezaban a ser conscientes de que la familia se había convertido en los últimos tiempos en una trampa absurda, una trampa hecha por uno mismo a su propia medida y de la cual sólo con mucha dificultad se podía escapar. Porque, ¿cuál era el sentido de seguir procreando?, ¿para qué traer criaturas al mundo fruto de un amor que en muchos casos al poco tiempo dejaba de existir?, ¿o es que en realidad ese amor era sólo una gran fantasía?

Quizás el simple hecho de que durante cien milenios el ser humano se hubiera estado reproduciendo en aras de la supervivencia, condicionaba de tal forma nuestro comportamiento que nos impedía ver que existieran otras maneras de encarar el futuro. Según los defensores del nuevo movimiento, tal como la sociedad estaba conformada, los hijos se habían convertido en obstáculos que había que sortear, en verdaderos absorbedores de tiempo y de dinero, un dinero que casi siempre había que ganar a costa de la felicidad.

Desde la revolución industrial, durante la cual a base de carbón, petróleo y máquinas se habían empezado a generar grandes cantidades de energía sobrante, el ser humano no se había dedicado a otra cosa más que a fabricar nuevas formas de ocio, que luego por supuesto aspiraba a vender. Y fueron los propios obreros los que cayeron en la trampa de empezar a comprarlas, y desde entonces fue tanta la avidez por consumir que a nadie le bastaba con tener la barriga bien llena y la casa caliente. Entonces quisimos dedicarnos a conocer el mundo y a explorar todas sus maravillas. Y también a querer utilizar todo tipo de objetos que nos daban la falsa sensación de estar viviendo una vida infinita.

Por una parte estaba claro que todo esto había sido bastante necesario, porque el ser humano a través de este, podría así llamarse, vía crucis personal, había aspirado a una vida más plena. Pero por otra resultaba evidente que todavía no habíamos querido aprender la lección, porque a pesar de darnos perfecta cuenta de que este ocio sólo se conseguía a través de una cantidad ingente de tiempo del que no disponíamos, seguíamos empeñados. Y mientras todo esto pasaba preferimos no amarnos, aunque quizá también se podría muy bien decir que en realidad nunca lo habíamos hecho. Porque las verdaderas razones de por qué una pareja se constituye y luego procrea permanecen veladas, ocultas a nuestros ojos bajo una capa social y de costumbres que jamás ha llegado a rasgarse del todo.

Y quizás Ulises, aunque muy poca gente estaba al corriente de que él hubiera sido el verdadero artífice de lo que sucedía, había venido al mundo para que el ser humano acabara despertando por fin a tales evidencias. Porque era absurdo que gente que decía que se amaba no tuviera tiempo para poder amarse. Y porque en todo esto sin duda había gato encerrado. Y por eso ese viernes un montón de personas comenzaron a alzar sus voces y a decir que lo que estaba pasando era en realidad algo muy necesario. Porque de otra manera no sólo el ser humano acabaría su vida de forma desolada, sino que acabaría también destruyendo el planeta. Y aunque estas personas compartieran también la tristeza reinante, estaban ya comenzando a despertar a una gran esperanza.

Pero en esa mañana neblinosa de Ámsterdam, Lourdes Santos tenía cosas que resolver bastante más urgentes. El día anterior, al poco tiempo de haberse sincerado con Carmen, había recibido la llamada de Ulises. Al escuchar su voz lo primero que recordó fue la conversación que habían tenido en lo alto del silo. La discusión había sido acalorada. En ella, Lourdes le había dicho bien claro y con muy malas pulgas que al contrario que Carlos ni entendía sus razones ni pensaba consentir que nadie perjudicara a Elena. Ulises, que así de primeras le había lanzado uno de sus potentes rayos para evitar que la mujer se pusiera en su contra, al cabo de unos minutos había decidido que sería mejor para sus intereses intentar convencerla de que la buscara mientras estuviera en posesión de todas sus facultades, lo cual evidentemente no había conseguido.

Lourdes ahora recordaba que ante sus argumentos el hombre se había limitado a sonreírla y a decirle que no se sulfurase, que estaba convencido de que antes de lo que imaginaba y por propia voluntad estaría ayudándole a buscar a la joven, porque con toda seguridad estaría muy pronto sometida a peligros mucho más inminentes. Pero luego una gran nube negra se había apoderado de sus pensamientos dejándola confusa. Y no había sido hasta el día anterior que había despertado. Y solamente ahora, libre ya de ataduras, al escuchar a Ulises se había dado cuenta de que estaba en lo cierto. Y por eso se había mostrado más que dispuesta a cooperar con él.

Y era justo por aquella razón que Lourdes se encontraba la mañana del viernes en la niebla de Ámsterdam, dirigiéndose hacia la sede de la agencia holandesa con el ánimo de entrevistarse con el otro italiano. Porque ese hombre, aunque todavía no había cantado parecía que había visto algo.

En efecto, en cuanto Lourdes apareció por aquel lugar y en privado le dijo que era amiga de Montier y de Tarry y que sus socios, Luigi Nelco y Pietro Malvezzi, habían sido brutalmente asesinados en su estudio de Francia, el tercer italiano comenzó a decirle todas las cosas que aún no había dicho. Y es que cuando los tres serbios se llevaron a Elena en un coche oscuro, antes de que le hubiera arrestado la propia policía, acertó a vislumbrar la marca y la matrícula del vehículo en el que se escapaban.

Lo primero que Lourdes hizo tras averiguar este dato fue contarle a todas las agencias que San Juan había huido en un coche de tales atributos, y que además había sido visto la mañana anterior en las inmediaciones de una clínica en Ámsterdam, donde al parecer había torturado a un doctor inocente. Con ello lo que Lourdes pretendía era que pusieran todos los recursos disponibles para hallar el vehículo, porque la CIA, la Interpol, el CNI, la NASA y también el Pentágono se habían vuelto locos buscando al hombre que había sido capaz de detener la luna y condenar a los humanos a una muerte segura. Y porque era bien cierto que por mucho que habían intentado seguirle los pasos, aquel tipo se desvanecía en las sombras como si fuera un verdadero mago. Tanto era así que incluso después de haber atacado el silo con toda clase de gases lacrimógenos, helicópteros y carros de combate, no pudieron pillarle. Así que multitud de organismos estaban esperando recabar noticias del susodicho hombre como agua de mayo, y en cuanto fueron informados de que existía la posibilidad de que estuviera huyendo en el interior de un vehículo, pusieron todos sus recursos para intentar localizarlo sin reparar en gastos.

Pero además, Lourdes Santos, desde el momento en que recibiera su llamada el día anterior y supiera que había un ruso llamado Yuri detrás de todo aquello, no había perdido el tiempo y había exprimido a todos sus contactos. Antes de marcharse hacia Ámsterdam, donde había quedado en encontrarse con Ulises aquella misma noche, se había puesto en comunicación con Vádim Vladimirovich Andrópov, antiguo director del KGB y al que había conocido al compartir, después de la caída del muro comunista, varias misiones de inteligencia bajo el paraguas de los cascos azules en los viejos Balcanes.

Cuando Lourdes al fin pudo localizarlo a primera hora de la tarde, después de intercambiar unos breves saludos, le preguntó sin miramientos si seguía teniendo relación con Yuri Salísnikov, alias *Kravich*, al que según los expedientes confidenciales que había consultado había tenido bajo su mando a principios de los años ochenta.

Andrópov, que como todo buen ruso era muy amigo del teatro y del drama, y que además jamás contestaba una pregunta a la primera, al principio se limitó a guardar un extenso silencio. Durante unos segundos interminables, al otro lado de la línea sólo pudo escucharse el carraspeo característico de su ronca respiración. Todo el mundo sabía que Vádim era un fumador empedernido de puros, y también que Castro se los seguía mandando desde Cuba en un avión privado, un viejo Túpolev que por algún milagro todavía volaba. Lourdes, a pesar de que el silencio era cortante y de que sus entrañas le pedían a gritos volver a repetirle la pregunta, se pudo contener. Conocía al viejo; una vez que había movido ficha ella tendría que esperar que llegara su turno, de lo contrario Vádim comenzaría a hablarle de su gran bodega de vinos españoles y estaría perdida, sin posibilidad de volver sobre el tema. Así que Lourdes, en contra de todas las vísceras que la espoleaban, aguantó callada. Y después de otro buen montón de tiempo interminable Andrópov acabó contestando.

—No *madame* Santos, por fortuna hace años que no guardo relación con ese hombre —dijo Vádim con su siempre presente sorna francesa a pesar de ser ruso hasta los mismos tuétanos—, ¿por qué me lo pregunta?

—Pues se lo pregunto porque el tal Salísnikov ha secuestrado en Ámsterdam a una mujer que es amiga mía, o quizá debiera decir mejor, a una mujer que es como mi propia hija —le contestó Lourdes intentando cargar las frases con toda la emoción de que era capaz.

—Vaya vaya, así que el viejo Kravich sigue metido en el negocio de la trata de blancas. Sinceramente, lo siento por su hija, *madame* Lourdes, cuando Yuri le echa el guante a algo o a alguien es muy difícil que lo deje escapar, al menos mientras permanezca con vi...

Pero antes de que Andrópov terminara la frase con lo que parecía evidente que iba a decir y que Lourdes no estaba por la labor de escuchar, le interrumpió diciendo:

—Te aseguro Vádim que no va a ser el caso, así tenga que abrir la tumba de Yeltsin y agarrarle de los huevos hasta que su nariz roja de borracho se le ponga morada. Esta vez voy en serio —le dijo Lourdes con una voz que no dejaba lugar para las dudas—. Te pido por favor que me ayudes, o si no quieres hacerlo al menos que trasmitas a quien tú ya conoces que en unas horas voy a empezar a airear trapos sucios que mucha gente no quiere que se aireen. ¿Me comprendes verdad?

—¿No estará amenazándome?, *madame* Lourdes —contestó el viejo—. Con todo lo que está sucediendo, ¿piensa usted que nos vamos a preocupar por una simple chica? Estará bromeando.

Y entonces Lourdes, a sabiendas de que estaba corriendo un gran riesgo, decidió contarle a aquel exagente del KGB lo que estaba pasando, porque por lo que había intuido de sus contestaciones éste no debía tener a Salísnikov en su lista de amigos. Y aunque Vádim le dijo que iba a intentar ayudarla además de guardar el secreto, Lourdes ni mucho menos las tenía todas consigo, porque un tiburón como él nunca se sabía cómo iba a actuar, ni siquiera en el caso de que te jurara que estaba de tu lado.

Por suerte para Elena, cuando Yuri ostentaba el cargo de jefe del 1er Alto Directorio y Andrópov el de Director Supremo del KGB, Salísnikov había intentado asesinarlo en varias ocasiones, y aunque Vádim Vladimirovich había sido incapaz de reunir las pruebas suficientes para incriminarlo, al final, gracias a sus influencias, lo habían expulsado, momento desde el cual la enemistad había sido incluso más acérrima. Sin embargo, al caer la URSS y buscar cada uno por su lado como salvar su culo, las viejas rencillas se habían enfriado. Y por eso después de la conversación que mantuvo con Lourdes y a pesar de la que estaba cayendo, Andrópov, con discreción y sin ruido, se puso a hacer pesquisas. Y al cabo de dos horas fue él quien llamó a la española para informarle de que aquel coche oscuro que había denunciado había sido visto muy cerca Hannover.

Con esta información, Lourdes llamó enseguida a Ulises, el cual, sin perder un instante, sobre las seis de la tarde del jueves se montó en el taxi de Vladimir y se marchó junto con él con destino a la conocida población alemana, que distaba seiscientos kilómetros y pico de la ciudad de Ámsterdam.

Fransuá, que cuando Lourdes llamó aún estaba con ellos, manifestó su deseo de acompañarlos. Sin embargo Vladimir, por indicación de Ulises, le dijo que aquello era imposible, que su misión sería la de ir con la mujer a ver al italiano, que por lo que había podido intuir en la grabación contenida en su mente quizás supiera algo. Y eso fue justo lo que pasó, aunque no se hubiera mencionado hasta ahora que cuando el italiano cantó Fransuá estaba presente.

De esa forma fue como el viernes por la mañana, Ulises y Vladimir, tras haber conducido de un tirón, estaban ya en Hannover esperando noticias frescas y datos importantes que les permitieran dar con la pista del ovario de Elena.

Y estando así las cosas, a esa misma hora en París, la presentadora de *Tele France*, que esa mañana había ido un poco tarde a los estudios por estar muy cansada, contaba estas noticias:

«Señoras y señores, parece ser que, tras las manifestaciones que ayer tuvieron lugar por toda Europa de manera pacífica reivindicando el derecho de las mujeres a poder concebir, hoy el mundo se ha levantado con un signo distinto.

»Por todos los lugares comienza a despertarse el sentir de que lo que ha pasado es en realidad lo que nos merecemos. Muchas mujeres que ayer mismo lloraban hoy se han unido a este movimiento porque dicen que han comprendido cosas que antes no sabían y que sólo a través del dolor han podido saber. De repente se han dado cuenta de que sus existencias, desde casi el mismo momento en que tuvieron por primera vez consciencia de sí mismas, han estado condicionadas por el hecho de que quizás en un futuro fueran a engendrar una vida en su seno, y también de que debido a ello cada paso que han dado lo han dado irremediablemente poniendo las cosas en la balanza de la maternidad.

»Desde sus primeros juegos, en los que criaturas de plástico salían de sus vientres de niñas para poder cuidarlas o para defenderlas de todos los peligros. O desde la pubertad a la hora de imaginarse el amor y el tipo de hombre que sería el padre de sus hijas. O teniendo que tomar medidas para no quedarse embarazadas porque no era el momento. O habiendo tenido que abortar después de una noche de haberse dejado llevar por la pasión y el fuego, o por la vergüenza de no poder decírselo al mundo con sólo quince años, o por no disponer de dinero ni medios, o por miedo a morir escarmentada a golpes, o sólo por no querer ser madres a pesar de que su cuerpo se empeñaba en quererlo, o por otras mil causas que nadie se imagina.

»Y también por no haber sido capaces de poder ir tranquilas por la calle en medio de la noche porque podría haber algún hombre pretendiendo violarlas. O por haber tenido que decidir sus carreras en función de que luego fueran a tener tiempo de cuidar de sus hijos. O porque no había elección y que por ser mujer le tocaba parir en una sociedad donde no existía la posibilidad de hacer lo que una quisiera. Y de tantos y tantos condicionantes que las mujeres tenían sólo por la casualidad de haber nacido dentro de un cuerpo que tenía una raja en medio de las piernas. Una raja con millones de significados ocultos. Una raja rebosante de enigmas y secretos. Una raja ambicionada y capaz de desatar las más violentas guerras y en la que se escondían los misterios de miles de millones de años de evolución de la vida en la Tierra. Una raja insondable que ahora, bajo la perspectiva de no poder cumplir una de sus funciones, aparecía quizá como algo más ecuánime, algo que no había nacido ya con una deuda amarga, algo que ya estaba en paz con el mundo porque no se podía ni afirmar ni negar en su derecho a dar a luz porque no lo tenía, y porque al no tenerlo ya no podía ser doblegada, ni exigida, ni torturada, ni violentada. Y tal vez, como este nuevo movimiento defendía, el ser humano necesitaba un toque de atención. Y créanme señores cuando les digo que yo misma me empiezo a cuestionar si es verdad que no tendrán razón.»

Porque Camille, pues tal era el nombre de la presentadora, como ya había expresado la mañana anterior enfrente de las cámaras, empezaba a dudar de que sus anhelos y sueños se fueran a cumplir a través de la maternidad. Y porque sin ella pretenderlo, ese movimiento del que ahora hablaba como si hubiera surgido en alguna otra parte, se había conciliado después de que millones de personas en cientos de países hubieran escuchado sus palabras.

Porque efectivamente sus intervenciones corrían como la pólvora en la redes sociales, subtituladas en todos los idiomas y reconocidas en todos los lugares. Porque su mensaje había llegado al corazón de muchísima gente, pero no porque contuvieran más verdad que otros muchos mensajes, sino porque contenían la belleza de un alma que sufría por todos, y que además de sufrir reconocía su vulnerabilidad y su gran ignorancia. Porque aquella cavidad cárstica de paredes pulidas de la que había hablado llevaba siglos instalada en la Tierra, quizá desde el momento en que la primera persona tuvo por primera vez conciencia de sí misma. Y era muy probable que esa primera mota que atravesó el umbral de la inconsciencia hubiera sucedido en el mismo momento en que una mujer daba a luz a una niña, porque ese había sido sin duda el primer instante en que la bestialidad de un dolor infinito había confluido con la humanidad de un amor que también era eterno.

Y después de haber dicho todo esto, Camille, mientras cerraba sus ojos ovalados y dejaba de manera fugaz entrever las pequeñas heridas de sus preciosos párpados, recogía sus cosas para marcharse a casa.

Y allí arriba la Luna estaba descansando antes de que al llegar la noche se asomara otra vez y volviera a susurrar el nombre de Ricksman. Y la policía alemana seguía buscando el coche en el que se fueron los serbios de camino a Hannover. Y Ulises ya estaba tras su pista.

Y a cientos de kilómetros de allí, Elena había sido llevada en ambulancia hasta un avión y después transportada por aire hasta una mansión situada al pie de los Urales, cerca de las tierras heladas de la ciudad de Perm, donde las hileras de abetos que formaban la taiga se confundían con filas interminables de guerreros dispuestos a conquistar el mundo, y donde un hombre con los ojos oblicuos le miraba la cara cuando estaba aún dormida.

Capítulo 32

El quinto sueño

Una mañana hace ya muchos años mi primo Yastun Mabel me dijo que deseaba marcharse; su mujer había muerto y según me contaba se aburría muchísimo. Al parecer, entre la multitud de inquietudes que habitaban en él, estaba también la de querer conocer el mundo de esos seres que paseaban en ropas ridículas sin cubrirse los penes.

Yastun sabía de sobra que para ello tendría que alejarse muchas lunas de casa. Y también que debía cruzar un mar que era muy inestable, a la par que ondulado, donde nuestras armas no servían de nada y en el que los muertos aprovecharían la menor ocasión para amedrentarle. Aun así se empeñó y yo por supuesto no quise oponerme, pues por aquel entonces estaba seguro de que volvería más pronto que tarde.

Pero Yastun Mabel jamás regresó. Porque cuando quince años después volvió por la aldea ese no era su nombre. Un día se presentó con un grupo de lo que él decía se llamaban turistas, algo así como gente cansada de estar en sus casas que pensaban que lo que les faltaba lo iban a encontrar en las casas de otros. Y nosotros les abrimos las puertas porque fue emocionante encontrarnos a un primo que tenía otro nombre, y que ya no llevaba *koteka*, y que contaba extrañas historias de mundos redondos donde había personas viviendo en la luna y en los que existían aparatos que rompían el silencio del bosque con voces llegadas de ciudades lejanas.

Un primo que traía periódicos fabricados con árboles muertos donde aparecían incontables imágenes de cosas que no eran reales, porque era imposible que todo aquello existiera sin nosotros saberlo. Porque de ser verdad sin duda nuestros muertos nos lo habrían contado. Y no lo habían hecho. Y por eso al principio nos pareció muy gracioso todo lo que decían, como si fuera un gran chiste para ser recordado al calor de un buen fuego. Pero al final resultó que sí era verdad y que todo existía, y también que mi primo regentaba un negocio, y que trajo más gente, y que nosotros les seguimos abriendo las puertas y aceptando dinero.

Luego, con aquellos billetes que nos proporcionaban a cambio de darles comida y dejarles dormir al calor de una choza, nos compramos revistas, y después una radio, y por último y a pesar de que Yilvu se opuso, encargamos una Black Trinitron de catorce pulgadas. Y en ella vimos muchos partidos. Y también muchas series. Y por eso hoy estamos aquí, encerrados en esta caverna a la espera de que llegue otro sueño a ver si con ello podemos hacer que vuelvan las cosas a ser como antes.

Y así efectivamente llegó el quinto sueño.

El día en que Horacio Mabel cumplió treinta años le ocurrió algo fantástico. Porque después de toda una vida de pedirle a su Dios que le diera un empleo mejor, al final sucedió. Él era de Cuba, pero aunque creía ciegamente en el régimen, también se quejaba. Se quejaba porque hasta entonces, aun habiendo trabajado desde que era un chaval en los campos de caña, no había tenido ni remotamente la posibilidad de adquirir un vehículo. Porque estaba claro que Horacio soñaba con ser transportista, y con ser empresario, y con poseer una furgoneta que no fuera una vieja tartana fabricada detrás del telón comunista. Y no es que tuviera prejuicios, sino que no podía evitar tener cierto gusto por lo americano, y aunque sabía que si le escuchaban decir esto en voz alta sería acusado de traición a su patria, él en su corazón seguía siendo fiel a Fidel, aunque no por ello podía refrenar sus impulsos y dejar de querer dedicarse al transporte, porque Horacio, a pesar de creer ciegamente en la Revolución, era un hombre moderno.

Y debido a sus interminables oraciones y a la extraordinaria pasión con que vivía su fe, el día en que cumplió treinta años, Horacio Mabel fue teletransportado al centro de España. Y allí, al igual que un pariente lejano que habitaba en un valle escondido de una isla olvidada, por fin pudo regentar su propio negocio y tener, no una sino dos furgonetas. Y de esta manera durante cuatro años, a pesar de sentir todavía nostalgia por Castro y por Cuba, Horacio fue básicamente feliz, transportando todo tipo de enseres, y también conociendo todo tipo de gente. Y también de esta forma, con el paso del tiempo y del duro trabajo Horacio fue poco a poco ascendiendo por la tortuosa escalera de la escala social. O al menos eso es lo que creyó en un principio.

Porque un buen día, aprovechando las grandes rebajas tuvo la feliz idea de entrar en un banco y pedir un gran crédito. Y el banquero, al ver que aquel hombre tenía una pinta excelente y una cara estupenda, se lo concedió. Lo que pasa es que aunque fue un préstamo cuantioso apenas le alcanzó para comprar un pisito interior, sin ventanas ni luz. Ni que decir tiene que aquella modesta casita no podía costar en ningún país del mundo esa inmensa fortuna, pero el señor tan amable que tuvo la bondad de atenderlo, le dijo que eso eran minucias, y que no habría problemas, que la cuota sería tirando a pequeña, y que además si así lo quisiera dentro de muy poco tiempo lo podría vender y obtener pingües beneficios. Y él, que era por naturaleza un ser confiado, le creyó a pies juntillas.

Para obtenerlo, Horacio tuvo que firmar un montón de papeles, y también que llevar a unos cuantos amigos dispuestos a ser avalistas cruzados. Según el señor, todo esto eran cosas normales, meros trámites que la democracia exigía a los bancos para poder ayudar a la gente con pocos recursos. Pero por lo que dijo, a él, a pesar del gran trabajo que le suponía, eso no le importaba, pues creía de veras que todos los pobres eran seres humanos y merecían formar parte de la sociedad, y por supuesto también tener el derecho de acceder a sus dádivas. Y cuando Horacio hubo reunido todos los requisitos y firmado en el banco, el notario y el subdirector de la sucursal le tendieron la mano como si se tratara de un hombre importante, y como si en poco tiempo fueran a hacerse amigos y a quedar los domingos para ir al hipódromo a ver los caballos. Y Horacio salió de allí lleno de valentía, y también orgulloso, porque ahora sin duda podría traerse a sus padres de Cuba.

Un año más tarde, Horacio se quedó sin la empresa porque sus clientes no quisieron pagarle. Y entonces el subdirector lo llamó a su oficina y le dijo que por desgracia necesitaba el piso para otro cliente que también era honrado. Y Horacio, como era una persona de hondos principios y era consciente de que no había pagado las últimas cuotas, le entregó la llave. Pero aquel señor le dijo que no era bastante, que cuando hacía años fue teletransportado no lo hizo su Dios, sino que fue el Diablo, y que éste ahora a cambio le pedía su alma, al igual que el banquero le pedía dinero además de su casa, porque en los contratos la letra pequeña siempre era importante.

Y entonces Horacio, cansado ya de ser decoroso y modélico, y también cansado de dorarle la píldora a la democracia y a la Revolución, sacó una pistola y le pegó un tiro al subdirector. Y también al notario, que tuvo la mala fortuna de andar por allí resolviendo papeles. Y al día siguiente Horacio se teletransportó él solo hasta Cuba. Lo hizo con un billete de primera clase sin letra pequeña en un vuelo de Iberia directo a La Habana. A los pies de su cómodo asiento descansaba una bolsa de ropa corriente; no llevaba nada, tan sólo billetes de dinero negro que le había prestado el banquero muerto.

Después de que hubiera tenido lugar este quinto sueño, Yali Mabel se dispuso de nuevo a marcharse a aquel pozo excavado en la roca que era poco profundo, y una vez allí, le diría al amante de la *Mujer Caníbal* todas las cosas que su padre dijo y que había buenamente escuchado pero no creído.

Capítulo 33

Aquel pozo excavado en la roca

El viernes por la mañana, Héctor y Ramita, después de que el día anterior hubieran cruzado la frontera con Francia y de haber hecho noche en las inmediaciones de un prado inmenso, llegaron a Galicia. Por mucho que lo había intentado y a pesar de que Ramita se había mantenido con la boca cerrada, durante el trayecto no había podido dejar de preocuparse y de hacerse la misma pregunta una y otra vez: ¿dónde estaría Elena en esos momentos? Supuestamente, a esas horas debería encontrarse junto con Fransuá dentro de un avión con destino hacia Darwin, pero ¿lo habrían conseguido?, ¿habrían podido eludir a Ulises y a las autoridades?

Héctor tenía muchas dudas. Sabía que la estaban persiguiendo y que el primero no cejaría en su empeño de atraparla e invalidar sus óvulos, y aunque aquel individuo le hubiera prometido que no le haría ningún daño, no acababa de convencerse de que Elena no corriera peligro. Aun así, Héctor, reuniendo toda su capacidad práctica y sabiendo que sólo por darle vueltas al asunto no iba a arreglar nada, se las había apañado para poder dormir y descansar al menos unas horas antes de reemprender la marcha.

Héctor había hablado con Carmen el día anterior y ésta le había relatado el encuentro que en sus sueños había tenido con Yali Mabel en lo que parecía una antigua explotación de vacas de sus antepasados. Al escuchar de su boca los detalles de la descripción del lugar, se dio cuenta de que se trataba de la misma finca donde había estado retenido. Como consecuencia de esta conversación, ambos habían quedado en verse al día siguiente en la plazoleta de la localidad a la que él había llegado el día en que logró liberarse de las garras de Ulises, desde dónde luego planeaban dirigirse al lugar.

Carmen, que cuando hablaron por teléfono ya sabía que Elena había sido secuestrada, no había tenido el valor de confesárselo. «Ya se lo diré mejor cuando lo vea; saberlo ahora no le va ayudar en nada, ni a ella tampoco», había pensado tratando de justificar la angustia que sentía por tener que trasmitirle noticias tan terribles. Cuando a la una de la tarde por fin lo vio de espaldas junto a la fuente de cuatro caños que había en el centro de la plaza, se acercó hasta él y lo abrazó.

—¡Qué alegría! —dijo Héctor en cuanto se percató de que era su amiga la que estaba colgada de su cuello. En ninguno de los dos quedaba vestigio alguno de lo que había pasado entre ellos cinco meses atrás. Ambos habían pagado su precio por aquella experiencia y en el fondo sabían que había sido necesaria, pero ahora pertenecía al ámbito de las cosas lejanas y de los recuerdos. Ahora lo único importante era la pura urgencia del presente: Elena estaba en manos de la mafia y faltaban apenas dos días y medio para que terminara el plazo de presentarse en *Yiwika*.

—Tengo que contarte algo muy grave —dijo ella después de abrazarle un poco más fuerte.

—¿Qué quieres decir?, ¿qué es lo que pasa, Carmen?— contestó él con la cara descompuesta por la incertidumbre.

—Cálmate, Héctor, Elena está viva —dijo ella pensando que quizás se hubiera temido lo peor y al tiempo que le cogía las manos para tranquilizarlo.

Y entonces, mientras al oír las palabras de su amiga, Héctor se sentaba desfallecido en el suelo, Carmen comenzó a contarle todo lo que había pasado: primero que Elena había sido tomada por la fuerza por uno de los mayores capos de la *Bratva* y después conducida hasta una clínica en la que le habían extirpado uno de sus ovarios; y luego que sus secuestradores habían matado a dos de los italianos del estudio de París y que en esos momentos era Ulises, tras haber averiguado lo que estaba pasando, quien ayudado por Lourdes Santos estaba intentando rescatarla.

A medida que iba escuchando su relato, Héctor pasó del dolor más profundo al estupor más genuino, y si no se derrumbó fue gracias a que una de las principales cualidades de Carmen, si no la más destacada, era la de contar historias involucrando a su audiencia hasta las más hondas honduras de su alma. Mientras hablaba, Carmen le sujetaba las manos mirándole fijamente a los ojos, escudriñando con interés cada una de sus reacciones y atemperando sus palabras según su capacidad de absorber las noticias.

Sin embargo, aunque le contaba las cosas con suma ternura, Héctor, de forma comprensible, parecía que aún no había asimilado la nueva situación ni entendido que había algo que debían hacer en aquel pueblo para intentar revertir el estado del mundo, y quizás así lograr que Elena se salvara. Y entonces Carmen, viendo que las cosas estaban como estaban y sospechando que encontrándose allí en medio de la acera podrían llamar la atención, le propuso a Héctor marcharse a un lugar más discreto. Pero Héctor seguía siendo incapaz de reaccionar.

Al cabo de unos minutos, Carmen logró que se levantara y lo llevó hasta la caravana donde estaba Ramita y que tenía aparcada no muy lejos de allí. Después condujo hasta un descampado que se encontraba próximo y parecía seguro. La zona estaba desierta y a la chica le pareció que sería el lugar idóneo para seguir hablando. Mientras que ellos dos se sentaron en un banco junto a un campo de fútbol, a Ramita decidieron dejarla dentro de la roulotte. Una vez acomodados, Carmen le recordó a Héctor que, tal y como le había contado el día anterior por teléfono, el hombrecillo negro que se había encontrado en sus sueños le había dicho que ambos debían presentarse ante la boca del pozo que había en la finca de Ulises lo antes posible, porque él, Yali Mabel, tenía que decirle algo muy importante.

Y después de haberle contado todo esto, Carmen guardó silencio y se quedó a la espera de algún signo que mostrara que había podido procesar dentro de su cabeza todas las averiguaciones que con tanto dolor le había transmitido. Pero pasaron dos largos minutos y Héctor no decía nada. Tan sólo le apretaba las manos y permanecía con su vista fija en algún punto detrás de una de las porterías que había en aquel campo, como si estuviera buscando a un niño perdido que sólo un momento antes hubiera estado allí jugando a la pelota. Pero allí lógicamente no había habido nadie. Sin embargo ella no se atrevió a romper ese silencio sacro, porque intuía que lo necesitaba tanto como sus pulmones el día anterior habían necesitado el humo del cigarrillo que se había fumado. Y gracias a esa mudez acompañada, Héctor se pudo al fin recobrar y le pudo contar a su vez una historia a la persona que le había ayudado a pasar a través de la puerta de lo que había sido sin duda el trago más amargo de su vida, una historia que rezaba lo siguiente:

—Cuando yo era apenas un chaval y vivía en la India al lado de mis padres, muchas veces, en los pardos anocheceres colmados del silencio tan sonoro del trópico, hablaba con la Luna. Y *ella* jamás me respondía, o al menos no lo hacía de la forma en que yo deseaba que lo hiciera. Pero después, también con frecuencia, mientras soñaba por las noches me encontraba con *ella*, o mejor dicho, soñaba que un jabalí salvaje me guiaba hasta el interior de una oscura caverna perdida en una jungla, donde, a través de una oquedad practicada en el techo, podía ver el *Gran Ojo* y la Luna me contaba un secreto.

»Pero lo que pasó es que este sueño se quedó encerrado en mi memoria y que no fue hasta la mañana en que volvimos al puerto después de haber sacado a Elena sana y salva de debajo del mar que pude recordarlo. Y si lo hice es porque ese secreto que me contó la Luna ha de ser importante, y aunque aún no haya sido capaz de evocar sus palabras estoy convencido de que cuando vea a Yali Mabel esas frases vendrán a mi cabeza sin remedio, y lo harán sólo porque es necesario que lo hagan, al igual que ha sido necesario para cada uno de nosotros dos recorrer todo el largo camino de nuestras existencias para llegar hasta el punto en que nos encontramos. ¿O es que no lo crees así? —acabó preguntándole mirando todavía hacia el campo de fútbol y dando por sentado que la respuesta sería un sí como una catedral.

Así que para las tres de la tarde de aquel viernes de dolor de la pascua de Ulises, Carmen y Héctor se fueron hacia la caravana con el ánimo de contarle a Ramita las últimas noticias, y también con el deseo ferviente de saber qué era lo que ella tendría que decir a todo esto. Al verles entrar, Ramita, que aunque estaba cansada de estar allí dentro, escuchó atentamente, lo único que dijo después de oír el relato fue esto que sigue:

—¡Pues no sé a qué esperáis!, parece evidente que tenemos que encontrar ese pozo y hablar con Yali Mabel, al abuelo del cual conocí hace ya tiempo y al cual le dije exactamente las mismas palabras que habéis repetido, siendo esto la prueba fehaciente de que los *Wani* tienen una memoria oral fuera de toda cuestión.

Al oír esto, los dos se miraron estupefactos, como si no dieran crédito al hecho de que Rami hubiera sabido todo aquello desde siempre y no se lo hubiera revelado hasta ese momento. Ante esta reacción, la vaca puso cara de circunstancias y encogió un poco las patas, limitándose a dar esta sencilla explicación:

—Lo siento amigos, pero le prometí al padre de Ulises que sólo le diría aquellas cosas al abuelo de Yali, a pesar incluso de que aquel sujeto no contaba con mi amistad, pues en nuestro primer encuentro intentó matarme con una lanza fabricada de piedra que había traído de su tierra natal. Como bien sabéis y ya os he repetido varias veces, yo no puedo contravenir mi código —y tras darle una dentellada a unas hebras de la bala de paja que andaba por allí, dio por zanjada la discusión.

Y estando así las cosas y habiendo comprendido que Ramita no estaba dispuesta a continuar hablando, se subieron al triple asiento delantero y se fueron camino de la finca que en los sueños de Carmen había pertenecido a sus antepasados pero que en realidad pertenecía a Ulises.

Cuando llegaron allí, las unidades de la policía que vigilaban el perímetro desde la última vez que habían intentado asaltar el silo, se habían retirado. Lourdes había dado la orden a sabiendas de que la pareja se dirigía allí y tendrían que entrar. El panorama que se encontraron fue el mismo que había encontrado la exagente tan sólo unos días antes: vestigios de bombas lacrimógenas y huellas de carros hendiendo el fértil suelo en el que hacía muchos años Ramita había pastado. Nada más cruzar la verja exterior, aparcaron el vehículo, justo al lado de la vieja mansión. A su derecha, a escasos treinta metros de una de las fachadas, había un gran abeto, y detrás de él, en la penumbra de su alargada sombra, se distinguía un brocal de piedra.

Y entonces Carmen, a la vista de lo que ahora veía tuvo una visión, una visión que fue incluso más real que su sueño anterior.

Iba caminando de la mano de su abuela y tenía ocho años. Las dos jugaban a arrastrar los pies por el sendero de tierra y grava que rodeaba la casa, dibujando con ellos surcos planos por los que luego regresarían dejando sus huellas, como si fueran las primeras mujeres que hollaban la superficie de un planeta vacío. Era una hora bien temprana y el resto de la familia aún dormía en sus cuartos, ajenos a sus locuras y al devenir de los primeros rayos de sol de aquella primavera.

La lluvia de la noche había humedecido el suelo y la incipiente hierba y sus aromas aún flotaban por toda la extensión de la parcela. De repente su abuela se detuvo, como en un gesto de querer discernir algún sonido de entre los muchos que la recién estrenada estación comenzaba a brindarles. Carmen hizo lo propio. En el rostro de su abuela no había ningún signo de angustia o de temor. Tan sólo se trataba de una actitud de profunda atención, como esa que normalmente se pone cuando alguien intenta oír los latidos de un amante dormido.

Y entonces ambas lo escucharon. Lo escucharon por detrás de los cantos de los pequeños pájaros, lo escucharon por debajo del chirriar de las tenues cigarras, lo escucharon a la sombra del ulular del viento, y también a escondidas del temblor de las hojas de los viejos árboles. Se trataba de un sonido apenas audible pero muy marcado, como si fuera el sonido de una persona que, manejando un serrucho, cortara maderos...

Y era eso precisamente lo que ahora escuchaban, lo que pasa es que el sonido les llegaba un tanto acorchado, como si estuviera teniendo lugar en un recinto cerrado y con eco. Y entonces Héctor y Carmen dieron la vuelta al abeto que ahora tapaba con sus grandes ramas el brocal del pozo y lo descubrieron. Y se dieron cuenta que de su interior era de dónde provenía ese ruido cortante. Y entonces, sin perder más tiempo, abrieron la tapa que estaba oxidada y vieron a Yali, y éste, que estaba afilando su lanza contra las paredes de piedra pulida, miró para arriba y les repitió de manera grave todas las palabras que había escuchado de su propio padre pero no creído. Y en ese momento, cuando Héctor vio a aquel hombrecillo sumergido hasta la cintura en ese pozo que era poco profundo y que estaba excavado en la dura roca, recordó al instante las palabras que con tanto celo la Luna le dijo cuando por las noches soñaba con *ella*:

«Héeector, Héeector, ¿Saaabes túuu por casuaaalidaaad quéee tieneee el triáaangulooo y cuáaandooo volveeeráaa?»

Y entonces Héctor, al recordar nítidamente estas palabras, cayó, por primera vez desde que había empezado todo, en la cuenta de que algo se le estaba escapando. Con el frenético desarrollo de los acontecimientos, no se había parado a pensar que detrás de esos sucesos debía haber una mano negra que lo estaba orquestando todo de manera precisa. ¿Cómo si no habría sido posible que Aquémenes hubiera vaticinado unos hechos que habrían de ocurrir casi tres mil años después?, ¿cómo era posible que Ramita le hubiera transmitido al abuelo de Yali una información que sería fundamental descubrir ahora? Se suponía que Ulises había planeado sus acciones de acuerdo en parte a las instrucciones recibidas de su padre mediante aquellos cuadernos que estudiaba con ahínco, pero, ¿no habría acaso alguien más que le hubiera a su vez transmitido a su padre lo que debía decirle a su hijo?

Héctor empezó de pronto a sospechar que la clave de todo estaba ahí y que sería fundamental averiguarla para poder rescatar a Elena con vida y hacer que las cosas volvieran a la normalidad, aunque sobre este último punto no estuviera convencido si de verdad sería positivo. En cualquier caso tendría que empezar seriamente a pensar en el tema a partir de ahora. Además, estaba bastante seguro de que Ramita escondía información crucial y de que sabía más de lo que aparentaba. Ahora no parecía que estuviera por la labor de hablar, pero a su debido tiempo ya se ocuparía de engatusarla; pues tras haber pasado tantos momentos junto a ella ya empezaba a saber cómo manejarla a su conveniencia.

Capítulo 34

Las terribles imágenes

Aquella mañana de viernes, después de haber interrogado al italiano y de haber obtenido la descripción del coche en el que viajaba el ovario de Elena, Lourdes le pidió a sus compañeros de la agencia holandesa que le mostraran las terribles imágenes que habían sido grabadas en el estudio de París. Fransuá, que había acudido hasta allí a instancias de Ulises, estaba compungido. Después de haberse enterado de lo que le habían hecho a su amiga, ahora acababa de averiguar que las personas que les habían ayudado habían sido asesinadas expeditivamente por su culpa.

Para él, todo aquello estaba comenzando a adquirir unas proporciones que excedían su capacidad de aguante. No podía entender que alguien estuviera ejerciendo toda esa violencia contra personas inocentes sólo para obtener poder. Su mundo fantástico, aunque estuviera lleno de profecías que auguraban el fin del mundo, no tenía cabida para la muerte de personas reales ni para que los malos acabaran ganando. Todo lo que imaginaba era que a través de señales poderosas el ser humano tomaría finalmente la senda de la paz y la concordia, y que de esa manera dejaría atrás el sufrimiento de una vez para siempre. Pero las cosas no estaban resultando de la forma en que él esperaba.

La mujer a quien debía proteger había sido secuestrada y dos de los falsificadores que le habían ayudado yacían ahora muertos. Nada de aquello le gustaba. Era verdad que cuando Ulises entró por la puerta de su celda una especie de euforia le había poseído, y también que después se había sentido orgulloso de que gracias a él éste hubiera podido averiguar los detalles del lugar en el que estaba Elena, pero tras separarse, esa grata sensación se había desvanecido.

Ahora se daba cuenta de que en realidad Ulises había sido el causante de todo, aunque quizá no hubiera sido él, sino el despropósito de la suma de todas las acciones que el ser humano había llevado a cabo en los últimos siglos. Y aunque deseaba ayudar y le había pedido a Lourdes que le dejara mirar esas imágenes por si podía encontrar alguna pista, ella se lo impidió. Le dijo que de ninguna manera le dejaría asistir a esas atrocidades. Aquello no era una mera ficción sacada de una película de gánsteres, sino que era una historia real en la que dos personas habían muerto de forma sangrienta. Y Fransuá era demasiado joven para ver esas cosas.

Pero Lourdes sí que quería ver aquella grabación, porque quizás allí habría algún detalle de vital importancia que se hubiera escapado a la mirada experta de los que habían identificado a esos asesinos. Hubiera preferido librarse de aquel trago, pero no era posible. Y es que tenía muy claro que conforme se hacía mayor también se hacía menos resistente a la violencia. Una cosa era entrar en acción y buscar al novio de una chica que había sido secuestrado por un supuesto loco, como le había pedido hacía sólo una semana su buen amigo Jaume, y otra muy distinta era enfrentarse a un despiadado dirigente de la mafia rusa que deseaba convertirse en un dios.

Una vez que Lourdes se hubo acomodado en la silla, hizo una pequeña seña con la mano para que comenzaran. En cuanto el agente al cargo puso en marcha el reproductor, se oyó un gran estruendo. Aunque no salía en la imagen, era evidente que la puerta había saltado hecha pedazos. Luigi Nelco, que estaba tan tranquilo barriendo con la escoba, alzó la cabeza y miró hacia la entrada. Y entonces se quedó pálido como la misma muerte. Después se escucharon disparos y cayó al suelo aullando de dolor. También se oyeron los gritos de otro hombre. Se trataba de Pietro Malvezzi, falsificador experto y padre de familia, como le había contado el amigo que había tenido la suerte de haberse marchado con Elena. Y entonces Lourdes lo vio.

El hombre se había acercado y hablaba con Luigi. Le decía que si no le daba la información sobre la chica mataría a toda su familia. Después giró la cabeza y su cara quedó iluminada por el neón del techo. Lo reconoció a la primera. Tenía quince años más, pero conservaba la misma cara de niño inexpresivo. La frente ancha, los ojos azules y penetrantes y el desprecio grabado en su rostro, como si con su férrea mirada pretendiera pisotear las flores de un hermoso jardín. Era Marko Radovic, el capitán de la unidad serbia que les había detenido en Yugoslavia, al cual había despojado de su arma y apuntado a la sien. Él había obedecido sus órdenes porque sabía que de lo contrario perdería la vida. Y luego se lo llevaron como rehén y acabó juzgado y recluido en una prisión militar española.

Siete años después, con la guerra ya terminada, lo extraditaron a Serbia para que allí cumpliera el resto de su pena. Pero no lo hizo. Nunca llegó a la cárcel. Desapareció en el camino como por ensalmo. Sin embargo, a Lourdes esto no le había sorprendido, es más, estaba preparada para ello. Porque en el juicio aquel hombre le dijo que cuando saliera de allí, por muy viejo que fuera, lo primero que haría sería matar a sus seres queridos. Y después a ella misma. Y por eso, antes de que lo extraditaran Lourdes le hizo llegar un mensaje de manera discreta: si le pasaba algo a ella o a alguien de su entorno su hermana pequeña moriría. Y también sus padres. Y toda su familia conocida. Lo había investigado a fondo y le dio los detalles de dónde se encontraba cada uno. Y parece que había funcionado, porque después de otros siete años todos seguían con vida.

Pero ahora estaba allí de nuevo, en un estudio fotográfico alejado del centro de París, a punto de asesinar a dos hombres inocentes para después secuestrar a Elena y robarle su vida. Debía haberlo matado. Lo supo entonces pero no fue capaz. Pero ahora sin duda lo sería. Entonces Lourdes se acordó de una cosa; aquel tipo tenía un primo en Hannover. Lo recordaba bien porque se sabía su expediente de memoria. Cada seis meses lo sacaba de la caja fuerte de su casa y volvía a aprendérselo. A esas alturas era ya una rutina. Llegado un momento, su mente comenzaba a ponerse intranquila, y entonces sabía que era hora de repasar aquellos datos, no fuera a ser que los necesitara en una situación en la que no tuviera los papeles delante. Y mira tú por dónde que dicha situación había llegado hoy.

De inmediato supo que aquella era una buena pista; tenía comprobado que curiosamente los peores asesinos solían ser los hombres a los que más les importaba la familia. Así que Lourdes, en cuanto acabó de ver esas imágenes, cogió el teléfono y llamó a Ulises para darle todos los pormenores de aquel primo que quizá podría ayudarle a averiguar el paradero de la cámara que contenía los óvulos, y también le dijo que si encontraba a Marko le diera un mensaje de su parte similar al que él mismo le había dado el día anterior al médico de Ámsterdam. Y entonces Ulises, que estaba esperando junto a Vladimir las noticias de Lourdes, en cuanto supo la dirección y el nombre de ese otro elemento de la misma familia, se fue en su busca para darle un recado dirigido a su primo que quizá no fuera a ser del todo de su agrado.

Cuando Lourdes salió de aquella sala, casi se dio de bruces con Fransuá. Se le veía con una expresión desconocida. Su rostro brillaba como si hubiera sido atacado por la fiebre y sus ojos mostraban una determinación que hasta ahora no había visto antes. Y es que Fransuá se había cansado de ser siempre el mandado, aquel que sólo hacía lo que otros pedían, aquel que se dejaba gasear y golpear sin tan siquiera un signo de protesta, aquel que parecía conformarse con todo lo que la vida le ponía delante. Se había cansado de recibir órdenes para que luego al final Elena hubiera sido primero secuestrada y después privada de parte de su cuerpo. Y también de que las mujeres le vieran sólo como a una persona muy amable, especialmente Carmen. Y por eso lo que pretendía ahora era tomar sus propias decisiones, porque estaba convencido de que de haber seguido sus impulsos durante el vuelo a Holanda, la situación no sería la misma, y porque sabía que podría ayudar más a Elena marchándose él mismo a la aldea de *Yiwika*.

Entonces, nada más toparse con Lourdes al salir de la sala, Fransuá le dijo con firmeza que quería continuar con el plan de volar hasta Darwin para después cruzar a Papúa y presentarse allí en la fecha prevista.

Lourdes vio tanto brillo en su mirada y tanta convicción que lo único que pudo hacer fue arreglar las cosas para que un vehículo oficial le llevara hasta Schiphol, desde donde podría coger el próximo avión con destino hacia Australia. Y fue así como al cabo de tres horas Fransuá ya estaba de camino, deseando llegar a tiempo a su destino y esperando con ello que la vida de Elena pudiera ser salvada, y también de paso que su amiga Carmen se fijara en él de manera distinta.

Pero por si no fuera poco todo esto, Lourdes, que en aquel corto día ya había vivido intensas emociones, justo después de haberse despedido de Fransuá recibió la llamada de Carmen. Por lo que le contaba, después de haber abierto el pozo en la finca de Ulises, Yali Mabel, el hombrecillo que había visto en sueños, les había dicho que debían encontrar a un hombre que había tenido dos hijas gemelas con una mujer que pasó a mejor vida, y que conocía muy bien el espacio, y también los planetas, y también cómo no las auroras de Júpiter, y que además, sorprendentemente, se hablaba a escondidas con la luna llena.

Tras oír toda aquella sarta de disparates, Lourdes se quedó boquiabierta. Reconocía que si le hubieran contado todas esas cosas hacía tan sólo una semana habría informado del caso a los loqueros para que fueran de urgencias a buscar a una mujer con un brote psicótico. Sin embargo, al haber ocurrido todo lo que había ocurrido y al haber sido testigo ella misma en los últimos días de cosas que ni por asomo podrían ser consideradas como medio normales, lo que hizo fue decirle a Carmen que mantuviera la calma, que trataría de buscar a esa persona que, caso de existir, ella podría con seguridad localizar de algún modo. Y antes siquiera de que hubieran transcurrido unos cuantos minutos, a Lourdes le vino a la mente el nombre de Ricksman. Porque como ahora recordaba de manera clara, Carlos le había hablado de él diciendo que James era el jefe de Ulises. Y como pudo comprobar de forma inmediata desde la oficina de la agencia holandesa, ese hombre sí tenía dos hijas gemelas y una esposa muerta.

Capítulo 35

El secreto que se olvidó la Luna

—Sí, mayor Carman, lo ha entendido a la perfección —le dijo Ricksman al militar que había acudido a su despacho la noche del jueves tras habérselo solicitado telefónicamente—. Ulises ha utilizado la energía mental de todos los habitantes del planeta para detener la rotación de la luna y lograr con ello la creación del pulso esterilizador. ¿Qué cómo sabía él que tendría ese efecto?, eso es algo que aún ignoramos.

—Pero sabrán al menos en qué leyes físicas se han basado sus acciones, ¿no? —le preguntó Carman intrigado. Llevaba allí veinte minutos, y aunque había logrado entender las sucintas explicaciones del astrónomo y aún estaba perplejo, necesitaba conocer los máximos detalles para poder rendir su informe. Porque Michael Carman, además de ser militar era también físico y estaba capacitado no sólo para seguir los razonamientos de Ricksman sino también para poder contribuir desde su lado científico al esclarecimiento de los hechos.

—Más o menos —replicó James—, mire usted estos cálculos —continuó diciéndole mientras le pasaba varias hojas de papel llenas de fórmulas —. Creemos que se pueden utilizar las leyes de Snell sobre la convergencia de la luz para hacer una simulación. En estas ecuaciones, los rayos de luz representan los haces de pensamiento generados por cada ser humano que contemplaba el *Gran Ojo* durante el último parpadeo. Descontando a la población infantil y a toda la gente que por diversas causas no lo estuviera viendo, hemos calculado unos seis mil quinientos millones de rayos. Mire bien estas dos líneas por favor —le dijo Ricksman a Carman al tiempo que se las señalaba con el índice.

»Si consideramos que el punto de fuga está en el infinito y sustituimos los valores por haces de pensamiento en vez de fotones, obtenemos el tamaño y la potencia de la lupa mental empleada por Ulises para radicalizar su foco sobre el Cráter de Copérnico. Como verá, resulta algo de proporciones inimaginables. Jamás podríamos construir algo similar que tuviera la posibilidad de revertir el proceso —siguió explicándole Ricksman mientras el militar miraba los papeles con ojos de experto.

—Aquí pone que la lente necesaria para parar la luna durante una milésima de nanosegundo tendría más de un kilómetro de diámetro, ¿pero cómo diablos San Juan ha podido hacer tal cosa? —dijo Carman mirando alternativamente a Ricksman y a las hojas con una expresión situada en algún punto entre la sorpresa y la rabia —. ¡Tenemos que detener a ese tipo sea como sea! Permítame por favor llevarme estos cálculos, pondremos ahora mismo a nuestros mejores científicos a trabajar en ello. No sé de dónde se ha sacado usted esa teoría, pero si resultara cierta sería espeluznante. ¿Cómo se le ocurrió?

—¿Quiere que le diga la verdad? —replicó James Ricksman con una sonrisa irónica, y antes de que su interlocutor le dijera que sí, respondió a su pregunta—: me lo contó la Luna ayer de madrugada.

El militar, que ya no sabía muy bien discernir entre lo que era la realidad y lo que era pura fantasía, no supo qué contestar. Tan sólo se limitó a sostenerle la mirada y, tras agarrar los papeles, se dispuso a abandonar la oficina y a dirigirse hacia el helipuerto, donde un aparato de su gobierno le estaba esperando. Pero antes de atravesar el quicio de la puerta del despacho se volvió y dijo secamente, no sabiéndose si lo decía en serio o no:

—Señor Ricksman, la próxima vez que hable con la Luna le ruego que nos lo comunique; si no lo hiciera, tal vez estaría incurriendo en un grave delito. Buenas noches —después de lo cual

Carman y su uniforme repleto de medallas desaparecieron de su vista, haciendo que el astrónomo respirara aliviado.

Porque en efecto, sólo cuando James se quedó solo en su despacho pudo al fin relajarse y sentirse tranquilo durante unos minutos. Desde que por la mañana se hubiera comunicado con la Luna, no había dispuesto de un solo segundo de silencio. Durante todo el día, su equipo no había dejado de realizar cómputos utilizando diversas formulaciones físicas, hasta que, ya muy entrada la tarde, dieron con la que podría ajustarse más a lo que había pasado. Sin embargo, a pesar de que los cálculos cuadraban, no dejaban de ser todo conjeturas, porque al fin y al cabo ¿cómo podría contener un haz de pensamiento toda la energía que ellos habían supuesto? Si fuera todo tan fácil la telequinesia sería algo habitual entre los humanos y no una rara excepción o incluso un mito, como muchos científicos creían. Esa era la razón por la que Ricksman había querido informar enseguida al pentágono y despacharles lo antes posible, porque esa noche pensaba preguntarle a su amiga la Luna y no estaba dispuesto a llegar a tarde.

Trascurridos quince minutos, que aprovechó para descansar y ordenar sus ideas, se fue al ala destinado al alojamiento del personal de seguridad y se encerró en la misma habitación que había utilizado justo la noche antes, donde se quedó esperando en el balcón hasta que volviera la Luna a contarle secretos. Cuando a las tres de la madrugada estaba a punto de quedarse dormido, una *voz* susurrante le dijo al *oído*:

—*Ricksmaaan, despiiiertaaa, soooy yooo, la Luuuna.*

Pero esta vez James Ricksman la *escuchó* a la primera, y aunque la Luna hubiera preferido *hablar* todo el rato estirando muchísimo las vocales como solía ser su mayor gusto, al final no lo hizo en aras de un mejor entendimiento.

—Luna, me alegro mucho de volver a *hablarte.*

—Buenas noches, James, yo también me alegro, pues hay muchas cosas que quiero contarte.

Entonces Ricksman, al que como astrónomo le hubiera gustado preguntarle por los detalles de la formación de cada uno de sus cráteres y de todos sus mares, lo que hizo fue preguntarle en vez por lo que llevaba años queriendo saber.

—Oye Luna, ¿te acuerdas de Elsa? ¿La mujer que te solía *hablar* y que me decía que no podrías estarte callada?

Y la Luna, que por supuesto sí la recordaba, le dijo con una voz dulce y también pausada:

—*¿Cómo no acordarme de tu amada Elsa?, la mujer valiente que me interrogaba y que me pedía un día tras otro que cuando se fuera te dijera cosas para que supieras que la vida siempre merece la pena. Y también que hablara durante sus sueños a las dos gemelas para que tuvieran paciencia con ella, porque era su madre, y aun estando muerta en todo momento estaría con ellas.*

Y entonces James Ricksman, apoyado en la barandilla del balcón donde había esperado esa larga noche, se sumió en el llanto, porque todo lo que la Luna le estaba contando supo que era cierto, y porque sus hijas cuando eran pequeñas le decían siempre que no se apenara, que su amada Elsa aun no estando viva se encontraba cerca.

Porque sus dos hijas gemelas, que ahora estudiaban en San Francisco, habían sido la razón por la cual había logrado superar el inmenso dolor que le había causado la muerte de su mujer. Y también porque cuando se había sentido abatido, mirando la Luna se le había pasado. Y por eso James ahora lloraba unas lágrimas que no estaban hechas de un mar de tristeza, sino de un océano de agradecimiento hacia un ser que amó pero no olvidó.

Y es que, a los dos años de la muerte de Elsa, viendo que todo lo que veía a su alrededor le recordaba a ella, James aceptó un empleo en un centro de la NASA en España y se fue con sus hijas a Madrid, a cambiar de aires y en busca de un lugar en el que, si no encontrar la felicidad, si podría al menos ahuyentar su dolor.

Unos minutos más tarde, cuando Ricksman terminó de derramar sus lágrimas, una fuerza como nunca había experimentado antes inundó su cuerpo. Sentía la presencia de su mujer muy cerca de él, y estirándose cuan largo era y con el rostro encendido miró para arriba y le *habló* otra vez:

—¿Querrás ahora Luna contarme cuáles son tus secretos?

Y entonces la Luna le contó a ese hombre cómo había asistido al alumbramiento de aquel ADN en el vasto océano, y cómo durante mil años estuvo mirando a ver qué pasaba, hasta que una noche, estando *ella* llena, mientras con sus brazos de luz plateada acunaba el mundo, la vida nació, y cómo pasadas incontables horas, otra noche clara, mientras observaba a esas criaturas apenas erguidas de sus cuatro patas, un enorme rayo descendió del cielo y les impactó. Y cómo, a partir de entonces, esos mismos seres que antes eran mudos ahora comenzaban a balbucear, primero sonidos de lo más extraño y después palabras, y cómo la Tierra al cabo del tiempo empezó a cambiar bajo sus pisadas. Y luego la Luna le siguió contando cómo después fueron extendiéndose y quemando el bosque hasta que una noche, no hacía mucho tiempo, alguien de una fuerza inconmensurable la hizo detenerse, provocando que la misma Tierra contrajera el núcleo y que desatara una suave onda que trajo con ella a la oscura muerte.

Durante horas, hasta que llegó el amanecer y la Luna se tuvo que marchar a iluminar la parte del mundo en la que era de noche, James y *ella* estuvieron *hablando* sin parar. Contestando a sus preguntas le contó cómo se habían formado todos sus cráteres y mares, y también cómo la Tierra y la vida habían sobrevivido a catástrofes verdaderamente catastróficas. James por supuesto estaba fascinado. Aparte de haber averiguado así de pronto que la conciencia se había originado a partir del efecto de un rayo y no de una manera progresiva como estaba ya universalmente aceptado, supo cuándo y en qué momento tuvieron lugar las grandes extinciones y los grandes cataclismos que habían ayudado a moldear el planeta desde que hacía cuatro mil quinientos millones de años comenzara su andadura. Y también *hablaron* largamente de Ulises y de por qué había decidido hacer lo que les había hecho. Y la Luna le dijo que aunque lo comprendía no le había gustado que aquel hombre la utilizara sin consultarle primero, y que por eso, si la gente prometía arreglar el problema de la capa de ozono, y el de las basuras, y el cambio climático, *ella* tal vez les ayudaría, aunque mucho se temía que la cosa, tal y como estaba, no podría arreglarse.

Pero la Luna, por pensar que no era importante, no le habló de lo que hacía años le dijo insistentemente al pequeño Héctor mientras que jugaba entre los castaños y los altos ceibos. Y por eso Ricksman no pudo saber lo que al parecer era necesario, pues según el abuelo Yali sólo una persona que conocía bien el oscuro espacio, y que había tenido dos hijas gemelas con una mujer que había pasado a una mejor vida, podría entender el significado de aquellas palabras que por un descuido la Luna no dijo. Así que cuando llegó el alba, James Ricksman, quizá de manera errónea, se fue a la cama pensando que difícilmente se podría hacer nada.

Sin embargo, unas horas después, a las tres de la tarde del viernes, su secretaria se encargó de avisarle cuando Lourdes Santos llamó desde Ámsterdam para darle un mensaje urgente en relación con Ulises San Juan. Aunque Ricksman se encontraba profundamente dormido, en cuanto escuchó el nombre de su empleado fue corriendo hasta su despacho para atender la llamada.

Después de las consabidas presentaciones, Lourdes le informó de que en unos minutos un helicóptero aterrizaría en el centro espacial con el fin de recogerle y llevarlo hasta un pueblo de Lugo. Al parecer allí le estarían esperando Héctor Serra y Carmen García, el novio y la amiga de Elena Moncada, para transmitirle un secreto que la Luna se había olvidado de contarle.

Ricksman, que al principio no entendió muy bien de lo que estaba hablando, reaccionó enseguida y se mostró dispuesto a hacer lo que le pedía; al fin y al cabo ¿quién podría saber si no que la Luna *hablaba*? Así que sin poner en duda las palabras de aquella mujer que se había presentado a sí misma como compañera de Carlos del Río, James Ricksman esperó en el helipuerto la llegada del aparato, y poco después, subido a bordo, puso rumbo al lugar en el que quizás se fuera a dirimir muy pronto el futuro del mundo.

Tan pronto como la nave aterrizó no muy lejos del pequeño puerto que Héctor había divisado el día en que escapó del silo, él y Carmen, mientras Ramita les seguía los pasos, se acercaron al hombre alto y desgarbado que se acababa de bajar y comenzaron a ponerle al corriente de lo que querían de él.

—Señor Ricksman, le agradecemos mucho que haya venido tan pronto —le dijo Carmen estrechándole la mano—. Espero que lo que le ha contado Lourdes no le haya sonado a una locura, porque de ser así usted no sería nuestro hombre.

—De ningún modo, señorita García, todo lo contrario, me han sonado a palabras celestiales. No sabe usted la sensación que se le queda a uno después de haber estado *hablando* toda la noche con la Luna y no haber podido compartirlo con nadie. Me alegro de no ser yo el único que la puede *escuchar*.

—Así que usted es la persona que *habla* con *ella* y que tiene dos hijas —le interpeló Héctor, a quien no le pareció una buena idea lo de mencionar a la mujer muerta—. ¿Y qué le ha contado la Luna de los hechos recientes?

—Me lo ha contado todo, pero mucho me temo que la cosa ya no tiene arreglo.

—Creo que sé a lo que se refiere. Sin embargo, para nosotros en estos momentos eso es sólo algo secundario. Lo que en realidad deseamos es encontrar a nuestra amiga —dijo Carmen con rotundidad y dirigiendo la conversación hacia el asunto que les interesaba.

Entonces, antes de revelarle las palabras que había dicho la Luna, Carmen y Héctor le contaron a Ricksman la parte de la historia que no conocía; le hablaron de Elena, y de Yali Mabel, y del manuscrito, y de todos sus sueños y encuentros con aquella vaca que estaba a su lado y que les hablaba con la boca llena; y James a su vez les dio los detalles de cómo Ulises había conseguido parar a la Luna y de cómo después le habían informado de que el ser humano estaba viviendo sus últimos días. Y cuando ya se habían puesto al día retomaron los tres la conversación:

—Héctor, ¿cuál es entonces el secreto que te dijo Yali que debías contarme? —empezó diciendo Ricksman, puesto que ya hacía rato que habían empezado a tutearse—. No comprendo por qué se le olvidaría si es tan importante.

—No tengo ni idea, pero te aseguro que a mí sus palabras no me dicen nada.

—Me tienes en ascuas —replicó James alargando mucho el cuerpo hacia arriba como si con ello pretendiera alcanzar el cielo.

—Pues lo que me dijo fue exactamente esto: «*Héeector, Héeector, ¿saaabes túuu por casuaaalidaaad quéee tieneee el triáaangulooo y cuáaandooo volveeeráaa?*» —. ¿Entiendes lo que significa? —añadió expectante mientras agarraba de la mano a Carmen que mostraba también en su rostro una gran impaciencia.

Pero James no dijo nada. Porque en cuanto escuchó la frase cerró los ojos con el ánimo de que aquello reverberara en su interior y despertara las claves que se suponía que sólo él sería capaz de desvelar. Entonces se imaginó que estaba flotando en medio del espacio sideral vestido con unos simples tejanos y una camisa a cuadros como la que su padre usaba mientras recogía el heno para su ganado. Llevaba las manos en los bolsillos y lucía un gran sombrero. A lo lejos se divisaba la cara de la blanca Luna, y a su alrededor, como si fueran las nubes de su inexistente atmósfera, flotaban desordenadas las palabras que Héctor había pronunciado y que *ella* le había *dicho* hacía muchos años.

A medida que se aproximaba en su viaje hacia e*lla*, James observaba cada vez con mayor claridad cómo movía la boca y repetía una y otra vez las mismas frases, como si fuera uno de los bucles de código infinito de los que Ulises lanzaba a sus víctimas y de los cuales Héctor, según le había contado, se había convertido ahora también en un experto. Pero aquellas palabras no le decían nada. Se introducían en la negrura de su cerebro y rebotaban contra sus paredes como si fueran pelotas de tenis arrojadas por una máquina de entrenamiento fuera de control. Entonces Ricksman, ondulando en aquel vacío vestido de vaquero, quiso darse la vuelta y volver hacia casa, pero cuál sería su sorpresa que al girar sobre sí mismo comprobó que la Tierra se había desvanecido.

Allí donde hacía no mucho tiempo la había visto emitir sus destellos azules, ahora sólo había un profundo hueco, un hueco aún más negro que todo el espacio circundante, y también que el interior de su oscuro cerebro. Y viendo que aquello sólo le podría conducir a la locura, en un esfuerzo inusitado para él, logró desembarazarse de sus fantasías y abrió los ojos. Y justo enfrente de él se encontró con los rostros de aquellos dos chicos que acababa de conocer y que lo miraban con la misma expectación que un niño miraría las fauces de un león hambriento.

—Lo siento, Héctor, por mucho que he rebuscado en mi mente no le encuentro significado alguno a tus palabras. Sin duda hay algo en ellas que yo debería ser capaz de comprender, pero no sé qué es, al menos de momento. Creo que lo mejor será que esta noche le pregunte a la Luna.

—Pero es que esta noche será demasiado tarde. Elena se encuentra en un peligro enorme y yo debo hacer algo —dijo medio sollozando al darse cuenta de lo vanas que habían sido todas sus esperanzas. Tengo que ir en busca de Ulises; es el único que podrá salvarla.

Y entonces Héctor dio un enorme brinco y le dijo a Carmen:

—Me voy a Alemania en busca de Elena. Tú tendrás que quedarte para que Ramita te cuente *los primeros sueños*.

Rami, que hasta entonces había guardado silencio por estar dando buena cuenta de la jugosa hierba que por allí crecía, al oír su nombre se dio la vuelta y le dijo a Héctor sin dejar de mascar:

—Eso es del todo punto improcedente. No es que Carmen no sea una persona a la que yo no tenga en una alta estima, como tú bien sabes, pero no está escrito que sea ella la que deba escuchar los famosos sueños que están encerrados en mi calavera y que desconozco —dicho lo cual se dio otra vez la vuelta y se puso a pastar de forma silenciosa.

Capítulo 36

La mirada de Elena

La mañana del viernes, cuando Elena comenzó a recuperar la consciencia, lo primero que notó fue que estaba tumbada en una cama mullida y muy confortable. Lo segundo fue que en la estancia en la que se encontraba había un delicioso aroma a bosques lejanos. Y lo tercero que notó fue que alguien le sostenía la mano con firmeza, como en actitud de que no hacía falta que se diera prisa en abrir los ojos y contemplar el mundo.

Aquella se trataba sin duda de una mano antigua, plagada de certezas y de rotundidad, y también nutrida de principios feroces. En su tacto cálido, Elena no encontraba nada repulsivo, pero tampoco podía detectar ni la más insignificante brizna de esperanza. A pesar de que aún estaba bajo los efectos sedantes de la anestesia, ella sabía que aquel hombre era Kravich y que sus esbirros la habían llevado hasta allí por la fuerza después de que su cuerpo hubiera sido violentado. Entonces, con estas brumosas sensaciones que a la vez eran de lo más reales, decidió abrir los párpados.

Y al otro extremo de su mirada se encontró con los ojos de Yuri. Dos líneas rasgadas de las cuales no podría decirse si estaban abiertas o cerradas, pero sí afirmarse que la observaban de forma implacable y que podían taladrar su alma. Esos ojos estaban inmersos dentro de un rostro que parecía prestado pero de inmensa fuerza, como si hubiera sido moldeado por martillos neumáticos en el interior de un horno siderúrgico. Tenía el pelo rapado, a excepción de un mechón negro que le caía por la frente. Era un hombre mayor pero no envejecido, y aunque no despertaba su miedo, Elena sabía que debía temerlo. Aun así no intentó zafarse de su mano; no serviría de nada resistirse y quizá de esa forma averiguaría más pronto la verdad.

Cuando Yuri vio que la chica recuperaba el sentido y que abría los ojos, pudo ver cómo sus emociones le hacían pensar justo lo que él deseaba que pensara. Y cuando vio que ella no tenía la menor intención de resistirse porque era muy consciente de que sería inútil, le dijo de manera clara en un casi perfecto castellano:

—Elena Moncada, te voy a informar de lo que te ha sucedido ya y de lo que muy pronto te sucederá. ¿Estás lo bastante lúcida como para entenderlo?

Por toda respuesta, Elena cerró los ojos y asintió moviendo suavemente la cabeza, como queriendo ahorrar unas energías que sin duda le harían falta para escuchar las palabras de aquel hombre rudo que ella intuía que apenas hablaba, y mucho menos de forma gratuita.

—En Ámsterdam has sido operada y uno de tus ovarios te ha sido extirpado. Ninguna de las dos cosas amenaza tu vida, puesto que el órgano gemelo permanece contigo y es capaz de suplir la ausencia de su hermano. ¿Has comprendido? —dijo Yuri utilizando la mínima energía requerida para darle el mayor de los énfasis.

Elena volvió a asentir, pero esta vez añadió un sí que no por haberlo pronunciado bajito estaba exento de significados.

—Adónde se dirige ahora ese órgano es algo que no estoy dispuesto a revelarte, pero te aseguro que va en busca de cumplir la función para la cual fue creado.

Cuando Elena escuchó esto, se zafó de la mano del ruso. Luego, tras incorporarse en la cama, comenzó a mirar a su alrededor buscando alguna visión agradable que la ayudara a pasar por aquel trance que ya comenzaba a intuir como algo nefasto.

El cuarto donde se hallaba era amplio y espacioso. Las paredes y el suelo habían sido construidas con tablas de madera de un color similar al de los arces canadienses que Elena había visto en Wisconsin. Enfrente de ella había un inmenso ventanal. El cristal era tan grueso que parecía la luna de una enorme pecera para criar delfines. El techo era blanco y estaba lleno de bombillas halógenas que, aunque apagadas, parecían iluminar la habitación con su sola presencia. A su derecha había un cuadro inconfundible de Sorolla con un marco extremadamente refinado. Elena imaginó que casi con toda probabilidad sería auténtico. En él se representaba un paisaje valenciano.

Tres niñas corrían a lo largo de la línea de playa. Una arena plateada y húmeda reflejaba la escena. Elena miraba aquel cuadro como si mirara un oasis en medio del desierto, con ganas de zambullirse en él y beber de los frescos aunque a veces amargos recuerdos de su Madrid natal, recuerdos de su infancia cuando iba con su padre y su madre de la mano a visitar el museo de la calle General Martínez Campos, no demasiado lejos de su casa pero tampoco lo bastante cerca como para poder ir sola.

Fue en aquel entonces cuando comenzó a darse cuenta de que los adultos eran un cúmulo de contradicciones, personas frustradas porque sus hijos eran más libres que ellos mismos y porque la llave que les había encerrado en su prisión era la misma que abría la de sus esperanzas. Pero Elena ahora se decía a sí misma que quizá se había equivocado; «¿por qué si no me iba encontrar en esta situación?, ¿qué hay de erróneo en mí para que yo tenga que estar en esta cama sola y el resto del mundo pueda llorar su pena acompañado? Quizá sólo esté pagando las consecuencias de mi obstinación y de mi equivocada libertad. Quizá todo lo que he construido no habrá servido para nada excepto para que ahora pueda sentir los efectos devastadores de su demolición. Pero imagino que ya es demasiado tarde para arrepentimientos, y por eso no tengo más remedio que continuar como si todo lo hecho hubiera sido lo mejor y lo único que podía haber hecho...»

Cuando Elena volvió la vista hacia Yuri después de haber visto en aquel cuadro muchas más cosas que una simple escena luminosa de un día cualquiera en la costa española, lo miró de una forma distinta, como haciéndole entender que ella tenía más fuerza que lo que su aparente fragilidad podía trasmitirle. Y Yuri pareció comprenderlo.

—Ya veo que no te arrogas el papel víctima, mejor así. Esto es sólo un juego y a cada uno le han tocado sus fichas. Ahora te diré lo que va a sucederle al ovario que aún conservas en tu vientre. ¿Estás lista para escucharlo?

Pero esta vez Elena sí que pretendía responderle. Para ello se incorporó aún más en su cómodo lecho. Al hacerlo sintió cómo las heridas de su abdomen se tensaban; no llegaban a dolerle, pero por vez primera percibió su inequívoca presencia, y entonces una ola de desesperanza recorrió su cuerpo de arriba abajo, como un terremoto cuyo epicentro se encontrara en el hueco que le habían dejado. Pero aun así Elena reunió las fuerzas para no cortar su intención de responder a aquel hombre con el alma de hielo:

—Eso ya me lo ha preguntado antes y le he dicho que sí. Además, ¿dejaría de decírmelo si dijera que no?

Yuri sin embargo hizo caso omiso de las palabras de Elena. La expresión de su rostro no cambió ni un ápice, y tampoco la templanza de su voz cuando continuó hablando.

—Con ese ovario que te queda me vas a dar un hijo, o quizás una hija. Con seguridad ya tengo muchos pero a ninguno he querido conocer —dijo Salísnikov mientras desviaba él también su mirada hacia el cuadro, queriendo con ello quizás indicar su intención de que esta vez sí ejercería como padre.

»No pienses que voy a violentarte, no será necesario. Tú misma te ofrecerás a mí a cambio de que Héctor y Carmen continúen con vida. Considéralo como un simple experimento en pro de la humanidad, no como algo personal entre tú y yo. Al fin y al cabo, como ya he dicho antes, esto es sólo un juego —dijo Yuri muy lentamente y dejando a propósito arrastrar sus palabras para que penetraran en la mente de Elena sin demasiada violencia—. Dime cuando te consideras preparada, pero no tardes mucho.

Y entonces Yuri se levantó y antes de marcharse, sin ni siquiera volverse a mirar a Elena, ordenó a la enfermera que se ocupara de que la chica estuviera bien y alejada de cualquier peligro.

Al escuchar las últimas palabras de Yuri, Elena se había quedado desarmada. Por muy mala que le hubiera parecido su situación al principio, aquello superaba con creces cualquier expectativa. Hubiera preferido un millón de veces ser violada por la fuerza a que hubieran amenazado de muerte a las dos personas que le importaban más. Con gusto se dejaría extirpar todos sus órganos antes de que eso pasara. Y lo peor de todo era que aquel hombre no la había amenazado, sino que tan sólo se había limitado a informarle.

De repente un espasmo gigante le sacudió el estómago, y si no llegar a ser porque no había comido nada en las últimas horas, con certeza habría vomitado todo cuerpo solido que hubiera tenido en el estómago, pero por su boca sólo pudo salir un pequeño reguero de bilis viscosa. La enfermera, atenta a todo lo que pasaba, la ayudó a incorporarse. Después de asearle la boca con un paño húmedo le dio a beber un poco de agua, límpida y fresca como los abetos que se adivinaban en la lejanía. Elena sabía que se rendiría ante él, pero no era eso lo que la angustiaba, ni tampoco el temor de tener que engendrar en su vientre a un ser que sería al fin y al cabo sólo pura inocencia. Lo que le angustiaba era saber que nadie sabía que se encontraba allí, y que nadie podría acudir en su ayuda ni averiguar que le había pasado, ni siquiera Ulises, pues si lo supiera hubiera venido sin duda a buscarla, aunque sólo fuera con la intención de que aquel ruso de rasgos mogoles no pusiera en peligro lo que con tanta determinación había planeado.

Ese hombre de melena negra que decía que tenía tanto poder, y que la había mirado en sus sueños y asegurado con un gesto leve pero contundente que iría a rescatarla, no había aparecido, y tampoco había trazas de que lo fuera a hacer. Kravich ni había pronunciado su nombre ni tampoco había hecho referencia a que se hallara cerca. «¿Qué querría decir eso? Si había averiguado que ella era la última mujer fértil del planeta debería conocer la existencia de Ulises y también su poder. ¿O era posible que esto no fuera así?» Elena no sabía la respuesta y tampoco sabía cuál de ellas sería mejor para sus intereses. «Más valdrá que intente apañármelas sola; no creo que nadie me pueda proteger de la persona que me ha secuestrado y que pretende poner su semilla en mi cuerpo», y entonces, Elena comenzó de nuevo a pensar como si estuviera en grandes apuros en su última obra.

«¿Qué podría hacer para salir de aquí? La enfermera no parece muy fuerte, quizá pueda abalanzarme sobre ella y reducirla sin que nadie me oiga. Y después tal vez pueda neutralizar a los dos gorilas que he oído que vigilan la entrada. Y más tarde quizá me pueda abrir camino hasta el exterior y escapar a través del oscuro bosque. Aunque pensándolo bien, todo eso parece demasiado improbable, al menos en el mundo en que yo vivo justo en estos momentos. Lo mejor será entonces que cierre los ojos y trate de soñar otra vez con Ramita; hasta ahora nunca me ha fallado y estoy segura de que no será ésta la primera vez que lo haga —y cuando Elena estaba ya resuelta a seguir este plan en busca de una tibia esperanza, se le ocurrió algo—: Yo sólo le sirvo a Kravich en la medida en que puedo quedarme embarazada, no se ha tomado todas estas molestias simplemente para abusar de mí. ¿Qué pasaría entonces si me viniera en este instante la menstruación? Si no es tonto, ya sabrá que estoy en la mitad del ciclo y que es un momento propicio para fertilizarme. Además, seguro que en la clínica me extrajeron el DIU; saben muy bien lo que se hacen y el terreno que pisan. ¿Cómo podría lograr que sucediera?»

Y entonces Elena comenzó de repente a pensar en la Luna. Porque cuando estaban en el barco de regreso al puerto después de que la hubieran sacado de la tuneladora, Héctor le había contado que él, cuando era pequeño, soñaba con *ella*, y que *ella* en sus sueños le contaba secretos, aunque no supo decirle de qué se trataban. Sí, eso era lo que haría, esperaría a la noche, y cuando la Luna, que estaba todavía en su cuarto menguante, apareciera por detrás de ese inmenso cristal, le pediría con todas sus fuerzas que atrajera a su próximo óvulo hacia su vagina y que le permitiera desprenderse por adelantado de la pared del útero.

«Sí —volvió a decirse Elena para sí—, estoy convencida de que funcionará. Tengo que beber mucha agua para facilitarlo», concluyó de manera rotunda. Y con las mismas, le dijo a la enfermera en inglés que por favor le diera más de esa agua límpida y fresca como los abetos que se distinguían en la lejanía. Y después de beber un gran sorbo y de pedirle que dejara allí cerca un vaso, que era de plástico para evitar accidentes o ideas perturbadoras, le dijo que ya estaba dispuesta a hablar con el ruso.

A los diez minutos Yuri regresó. Al entrar por la puerta, la miró con esas rendijas que tenía por ojos, pero no dijo nada ni hizo gesto alguno. Tan sólo esperó a que la chica hablara. Entonces Elena, sentada en la cama, le dijo que por la mañana ella estaría lista, y como si fuera un juego de póker le dijo también que Ulises vendría y que no habría nada que él pudiera hacer para detenerlo. Y entonces el ruso por primera vez le enseñó los dientes, mostrando con ello que sabía reírse, y le dijo a Elena que eso era precisamente lo que deseaba. Y luego se marchó dejándola sola.

Y esa misma noche, Elena le pidió a Luna que por favor se pusiera cerca y que la ayudara, porque no sabía qué otra cosa podría salvarla.

Y la Luna, que al instante supo quién era esa chica, se acercó al cristal desde donde hablaba y le contestó en voz muy bajita que no había problema y que se durmiera, que un poco más tarde, cuando despertara, eso que pedía se le cumpliría.

Capítulo 37

El primo de Hannover

Ulises y Vladimir llegaron a la puerta del primo del serbio el viernes a las tres de la tarde. No tocaron el timbre, sino que se limitaron a aporrear la puerta con los nudillos. No tardando mucho tiempo y sin necesidad de tener que insistir, al otro lado se escucharon primero pasos y después una voz que preguntaba en alemán mientras ellos veían como se oscurecía la pequeña luz de la mirilla:

—¿Qué desean?

Vladimir, que chapurreaba aquella lengua por ser un idioma cercano al holandés, fue el que le contestó:

—Estamos buscando a nuestro perro, un vecino suyo nos ha dicho que ustedes lo tienen retenido —dijo lo más alto que pudo para incomodar a la persona que estuviera detrás.

Porque Vladimir, aunque no se vanagloriara de ello, durante un tiempo se había dedicado en su patria al robo de domicilios y sabía que aquella técnica nunca fallaba. A nadie en su sano juicio le gustaba que lo acusaran de haber robado una mascota en voz alta y delante de todos sus vecinos. Y por eso la gente en general abría la puerta indignada y rechazando efusivamente esas afirmaciones. Y entonces Vladimir aprovechaba para entrar y robarles las pocas pertenencias que tenían. Pero de todo eso ya hacía mucho tiempo y estaba arrepentido, aunque esta vez se sentía orgulloso y deseaba con toda su alma que aquella persona cayera en la trampa, como en verdad pasó.

Porque al cabo de veinte segundos se oyó cómo se descorrían los cerrojos y cómo aquel hombre abría la puerta, no mucho, apenas unos centímetros, pero lo suficiente como para quedar atrapado por la mente de Ulises. Y todo lo demás fue coser y cantar. Allí había dos tipos más que al cabo del rato ya estaban también bajo su influjo y presentes mientras escuchaban las preguntas que él hacía y que Vladimir trataba de traducir como podía.

—A ver, ¿quién de vosotros es el primo de Marko Radovic?

El que les había abierto la puerta hizo entonces un claro gesto de que era él.

—Muy bien, necesito saber dónde se encuentra.

—Hace más de tres meses que no tengo noticias suyas, pero según lo que he oído parece que está de vuelta en España para ajustarle las cuentas a la mujer que le metió en la cárcel —dijo el hombre tratando de agradar al máximo a su anfitrión, pues ese era el efecto que solían tener los rayos de Ulises.

—Pues no, resulta que está en la ciudad. ¿Cuál es su local favorito? —preguntó a continuación sabiendo que los criminales solían ser animales de costumbres.

El primo, que de apellido también era Radovic y se llamaba Slatan, en cuanto oyó la traducción de Vladimir dijo que cuando viera a Marko le iba a caer una buena regañina por no haberle informado de que se hallaba cerca, y también que le parecía una fenomenal idea la de ir a buscarle, porque había un club que solía frecuentar por tener allí a una chica que le gustaba más que ninguna otra que hubiera conocido. Pero también les dijo que las tres de la tarde era una hora un poco intempestiva y que sería mejor esperar hasta pasadas la nueve de la noche, hora en que el club abriría sus puertas. Y eso fue precisamente lo que hicieron.

Cuando llegaron al local, pidieron una mesa en un rincón desde donde se veía la puerta de entrada y desde donde se dominaba casi toda la barra. Para ir pasando el rato y no llamar mucho la atención, mientras bebían cerveza pidieron una baraja y se pusieron a jugar a las cartas, cosa que a Vladimir se le daba de maravilla por haberse dedicado al juego en una época pasada y de la cual también se había arrepentido.

Había chicas por todo el local. Enseñaban gran cantidad de carne aunque no iban desnudas. Todas vestían estrechas minifaldas y tops, aunque nadie habría podido decir que aquellas prendas fueran ninguna de su talla. Tenían instrucciones de no entablar conversación con los clientes ni de acercarse a ellos a menos que se lo requirieran. En ese sentido las reglas eran inquebrantables. En el club sonaba una música suave, algún tipo de jazz que tiraba más bien a lo sinfónico. La gente vestía con elegancia y en general hablaba en voz baja. La luz era ambigua, pero una claridad nítida iluminaba cada esquina del lugar, como evitando a propósito la creación de zonas en penumbra. Por el ambiente que se respiraba, parecía que en vez de en club de alterne estuvieran en la recepción de un hotel de los caros. Pero no lo estaban.

Marko Radovic entró por la puerta posterior, la que daba al almacén situado detrás de la barra. Desde allí se asomó a escondidas al interior del local. Estaba entrenado para ser desconfiado, y mucho más en las circunstancias en las que se encontraba. Quería ver a su chica, a la que hacía tres meses que no visitaba, pero eso no lo convertía en un idiota. Todo lo contrario. Estaba más alerta que nunca. Con los mismos ojos de experto con los que había escudriñado el avión en el que viajaban Elena Moncada y sus acompañantes, ahora inspeccionaba la sala. Un extraño olor flotaba en el aire, como si fuera algo así como escarcha marina. Y entonces los vio. Allí estaba su primo, en una de las mesas del rincón, y a su lado, jugando una partida de cartas y conversando con él y sus camaradas, estaba aquel tipo, Ulises San Juan, al cual su jefe quería atrapar desesperadamente.

Yuri les había alertado sobre él. Les había enseñado una fotografía y advertido de que quizás aquel hombre estuviera persiguiendo el ovario que le habían extraído a la chica. Y también que era muy peligroso y que podía manipular las mentes y doblegar el tiempo, pues así se lo había chivado su contacto de Washington. Por lo que parecía, su jefe había dado en el clavo, pues allí estaba, en compañía de su primo Slatan, el cual tenía muchos defectos pero sin duda no el de ser tan estúpido como para ir por allí con un desconocido. No importaba, Marko estaba preparado. Su agente de la agencia francesa les había informado de que los que habían ocultado al chico francés que viajaba con Elena habían logrado gasearlo con éxito y lo habían mantenido fuera de combate durante varias horas. Y por eso en Ámsterdam su equipo de apoyo le había dado una pistola con dardos soporíferos. Actuaban en apenas diez segundos. A Ulises le sería imposible reaccionar a tiempo. Pero él no podría acercarse hasta allí de ninguna manera. Era demasiado arriesgado. Pero su chica sí que podría. Confiaba en ella. Le había enseñado a defenderse y a utilizar un arma, y sabía mantenerse tranquila. Por eso le gustaba, porque era fría como un témpano de hielo siberiano y a la vez era ardiente como el fuego que consumía los tanques enemigos durante la guerra.

Así que Marko subió por la escalera interior para encontrarse con ella en el piso de arriba. Lo estaba esperando, aunque sólo hacía una hora que la había avisado. Cuando la encontró no tuvieron tiempo para las bienvenidas, «eso quedará para más tarde», le había dicho él. Le explicó que tendría que acercarse a la mesa que estaba al lado de la de su primo sin dejarse ver mucho. Sería mejor que usara una de sus pelucas, las tenía a cientos, era su pasatiempo favorito, disfrazarse de cualquier persona que se le ocurriera. Y ahora aquella afición le vendría a él que ni pintada, a pesar de que muchas veces había pensado que era una solemne tontería.

El problema era dónde esconder el arma. Con certeza aquella minifalda no podría ocultarla, y mucho menos el exiguo top. Tampoco podría ir tapada, eso llamaría la atención de Ulises.

Aquel hombre no era tonto, de eso no cabía duda. Entonces se le ocurrió lo de la caja de bombones. No era poco frecuente que las camareras invitaran a los clientes generosos a chocolates. De todos era sabido que los alemanes aparte de por la salchichas se pirraban por ellos. Y así fue como lo hicieron. Diez minutos más tarde, Katia salía de su cuarto con una peluca discreta y morena. En sus manos llevaba una caja con la tapa a medio cerrar. En la habitación había practicado varias veces el movimiento que tendría que hacer. Bastaría acercarse a la mesa de al lado, hacer el gesto de ofrecer un dulce y entonces darse la vuelta al tiempo que abría la caja, cogía la pistola e inflaba el cuerpo de Ulises con los dardos somníferos hasta que cayera al suelo como un saco de patatas. Se armaría un buen lío, pero eso sería lo de menos.

Así que allá iba, resuelta y con la sangre más fría que una bolsa de hielo. Estaba dispuesta a impresionar a Marko. Aquel hombre le gustaba de verdad y quería irse con él y dejar el tugurio. Salió por detrás de la barra con la caja en ristre pero cerca del cuerpo. No quería que nadie intentara alcanzar un bombón por el camino. Avanzó con paso decidido hacia la mesa contigua a la de Ulises. La tenue luz le abrigaba de miradas extrañas. Caminó quince metros. Cuando llegó se puso justo a la espalda de aquel hombre. Éste seguía jugando a las cartas y vigilando la puerta de entrada. No se había percatado del peligroso movimiento de la chica. Y entonces fue cuando ella se dio la vuelta y le disparó tres dardos por la espalda. Tal y como habían planeado, a los diez segundos Ulises cayó al suelo como un hombre muerto. El lío que se armó fue tremendo. Aunque no había hecho apenas ruido, la gente de alrededor había visto la pistola y se había levantado despavorida. Algunos gánsteres que había en el local sacaron sus armas. Hubo unos momentos de incertidumbre, instantes donde aquello se podría haber convertido en una carnicería. Pero no fue así. Tan sólo había una persona en el suelo que parecía desmayada y ninguna sangre corría por ningún lado.

En cuanto Marko vio que el hombre había caído acudió a toda prisa, tenía que llevárselo lo antes posible. Les pediría ayuda a su primo y sus amigos, que probablemente ya habrían salido del trance en el que se encontraban. Lo primero que hizo al llegar al lugar fue darle la vuelta al cuerpo de Ulises, que había caído de bruces contra la baraja. Y entonces se dio cuenta de su tremendo error. Aquella cara no pertenecía a San Juan. Aquella persona, aunque él no podía saberlo, era Vladimir. Pero ya era demasiado tarde para reaccionar. El verdadero Ulises, el que en todo momento había permanecido oculto haciendo que su cara se viera reflejada en el rostro de Vladimir, estaba junto a Marko y le agarraba el brazo. Y sólo se limitó a decirle a él y a su primo Slatan que cogieran al pobre taxista que había actuado de señuelo y que salieran de allí lo antes posible. Irían de nuevo a la casa de Radovic. Allí Ulises le haría a Marko unas cuantas preguntas, y más le valdría conocer las respuestas.

Capítulo 38

Diario del mundo: sábado

En la mañana del sábado, en París, ciudad desde donde Camille presentaba las noticias, despuntaba un día espléndido. Los cielos azules se extendían hasta el infinito y la atmósfera parecía contenta, como si fuera consciente de que las cosas iban a comenzar a mejorar muy pronto. Un gran número de bandadas de aves migratorias cruzaban de manera atípica el espacio, lanzando graznidos que no se perdían en el aire, como si en vez de avanzar hacia el norte estuvieran suspendidas con hilos y no se movieran.

Aquél día la chica había madrugado, o mejor dicho, aquella noche Camille no había dormido. Todas esas horas las había pasado hablando con su novio y ya lo tenían decidido. Esa misma mañana se despediría y se irían a vivir a Normandía; primero en un modesto hotel, y en cuanto pudieran en una casita de alquiler al lado de la playa. Desde que había salido de su casa de camino al estudio, se estaba preguntando cómo le daría la noticia a la cadena. Y por fin había decidido que se lo diría primero a todos los millones de personas que en los últimos días la habían apoyado. Sus jefes no tendrían más remedio que enterarse en directo. Estando las cosas como estaban no importaba ya mucho, porque ¿quién podría saber cuánto duraría el mundo sin que tuvieran lugar grandes transformaciones?, o ¿quién podría ni siquiera garantizar la paz? Quizá la Guerra Global de la que tanto se había hablado en las últimas décadas estuviera ya a punto de desencadenarse.

Pero en cualquier caso ella no estaría allí para narrarlo. Porque además de cansada estaba enamorada, y porque anhelaba poder vivir tranquila mientras fuera posible. Los dos habían hablado de cómo iban a hacerlo. Querían tener un huerto y dedicarse a cultivar la tierra. Compartirían sus ahorros con los vecinos de los alrededores, irían caminando a todas partes porque ya no había tiempo que desperdiciar ni deseaban continuar contaminando el aire. Sí, quizá ya sería tarde para arreglar el mundo, pero sin duda no lo era para arreglar sus vidas. Ella no podría ser madre, pero él tampoco llegaría a ser padre. Al fin y al cabo quién podría afirmar que un hombre no lo pudiera desear tanto como una mujer.

La noticia había sido muy dura para ambos. Casi desde el momento en que se conocieron habían pensado formar una familia. Tan sólo estaban esperando a reunir unos cuantos ahorros y poder abandonar el bullicio de esa enorme ciudad que asfixiaba a todos sus habitantes. Y ahora los dos se arrepentían de no haberlo intentado hacía algunos meses. Si hubiera sido así, quizá Camille ya habría concebido. Pero ahora ya no sería posible. Y por eso dentro de la pareja se había instalado esa cavidad cárstica de paredes pulidas, un hueco silencioso que penetraba en la corteza del mundo con raíces que se extendían hasta el albor del tiempo, cuando el ser humano ni siquiera comprendía el acto de la reproducción, cuando todo era una necesidad biológica que empujaba por la supervivencia en aras de que la especie progresara y se hiciera más fuerte, hasta el punto de haber transformado el planeta y de haberlo llevado a un lugar del cual sólo un milagro podría rescatarlo.

Un milagro como el que había sucedido hacía ya seis días, cuando un ojo gigantesco de mujer se había proyectado sobre la propia Luna y había hecho que todos los óvulos se volvieran estériles. Resultaba paradójico que la combinación de un ojo femenino con un satélite considerado en todas las culturas como la representación de la mujer y de la Madre Tierra, hubiera terminado con la especie. La figura de la *persona que cuida* había sido la responsable de que todo acabara. ¿No estaría ahora también ejerciendo el mismo papel y salvándonos de nuestra ceguera?, ¿no tenía una madre muchas veces que reprender a sus hijos para que volvieran al camino acertado? Sin duda había sido así. Sólo una inteligencia cósmica podría estar detrás de todos estos hechos. Camille lo sabía y por eso dejaba su trabajo y se iba al lado del océano. La vida había comenzado allí y allí terminaría para ella, y esperaba poder vivir felizmente los años que quedaban, porque la existencia no merecía la pena si no podía vivirse con amor. Y entonces decidió que primero daría las noticias del día y luego ya vería. Estaba segura de que las palabras correctas brotarían de su interior como siempre pasaba, sin necesidad de preparar un discurso o leer una carta, porque al fin y al cabo ella se había limitado a compartir lo que tenía muy dentro, y ahora no sería diferente.

«Por primera vez en su historia los chinos y las chinas se han puesto de acuerdo y han decidido no acudir a las fábricas los sábados; quieren disponer de tiempo libre para ver a sus hijos. Le han dicho al gobierno que aquello no es el comienzo de una revolución, sino el nacimiento de una nueva forma de encarar el futuro. Por lo demás seguirán trabajando entre semana, el trabajo les gusta y no quieren ser la causa de que el mundo sufra más de lo necesario.

»En Estados Unidos, los radicales religiosos siguen atizando el fuego del infierno. Insisten en que todos los que no escuchen sus palabras arderán en las calderas del averno, y aunque parece ser que cuentan con muchos seguidores están perdiendo fuerza. Los mercados de valores han cerrado sus puertas; nadie sabe si volverán a abrir pero a nadie le importa. Los católicos de Europa, después de la confesión pública del Papa, dicen que este domingo asistirán a misa en sus hogares. Los oficiantes serán los propios fieles y el cuerpo de Cristo estará en un sencillo pan que salga de sus hornos. ¡No más intermediarios! —se les oye gritar— nos basta con cumplir un solo mandamiento y no hace falta saber latín para entenderlo.

»En Sudamérica, la gente dice que esto ha sido la primera señal del final de los tiempos. Allí se ha producido un hermanamiento de los pueblos como nunca en su historia y no sólo están renegando de su credo católico, sino que pretenden rescatar a las deidades mayas, aquellas que habían predicho que al principio del siglo XXI el hombre moriría a todo lo anteriormente conocido y que la mujer recobraría la importancia perdida.

»El mundo musulmán parece que empieza a comprender que Alá reside en cada uno de ellos y que tampoco necesitan a nadie para decirles lo que tienen que hacer. Las mujeres han dicho que ellas piensan seguir yendo a las mezquitas pero que no aceptarán los corrales en donde los hombres las tienen recluidas; sus proclamas insisten en que Dios es igual para todos. Parece ser que los judíos de todo el mundo han entrado en un estado de depresión conjunta; al principio pensaban que su dios Yahvé les había librado del castigo y que ellos serían los únicos que podrían seguir teniendo hijos, pero con el paso de los días han podido comprobar que no es así y que por mucho que protesten no pueden dejar de pertenecer a la misma especie que todos sus hermanos. Como consecuencia de ello, el gobierno Israelí ha comenzado a relajar sus leyes; parece que van a permitir a los palestinos que trabajen en paz, al menos mientras no se confirme que alguna de las suyas se haya quedado embarazada en los últimos días.

»Australia ha abierto sus fronteras y ya no pone reparos en que entren personas de cualquier nacionalidad, color o religión. Dicen que antes actuaban por miedo pero que aquella tierra ahora pertenece tanto a los que se las quitaron a los aborígenes a base de diezmarlos como a cualquier otra persona que viniera después. Sin embargo, este llamamiento no ha causado furor. Ya nadie desea dejar a su familia y a sus seres queridos. Sólo la necesidad empujaba a esos hombres y mujeres a abandonar sus casas. Sólo el deseo de un futuro mejor. Pero eso ha cambiado con los hechos recientes.

»En África parece que la situación se está aliviando un poco. Muchas personas han comenzado a donar unos bienes que quizá dentro de pocos días ya no tendrán valor. Algunos gobiernos están mandado alimentos y medicinas comprados con el dinero ahorrado en no importar petróleo. Otros han dicho abiertamente que el hambre y el sida habían sido necesarios para mantener a raya la población de todo el continente, pero que ahora las cosas son distintas; «cada ser humano que muera desde hoy sin razón sería una gran pérdida», afirman con vehemencia. Es lo que se conoce como la economía de las almas humanas. En Rusia…sólo dios sabe lo que sucede en Rusia. Allí los más mayores dicen que ellos lo habían advertido hacía mucho tiempo, que la religión era el opio del pueblo y que todas esas creencias sólo traerían problemas.

»Y esto señores y señoras es a grandes rasgos lo que pasa en el mundo, pero ahora me gustaría compartir con ustedes por última vez lo que pasa en mí alma, pero no porque sea importante, sino por agradecimiento a sus gestos de apoyo y para que les quede claro que si me marcho a casa es precisamente para poder hacer todo lo que hasta ahora he venido contando. Porque este hueco infinito que noto cada vez que me miro al espejo tiene que investigarse, y eso sólo lo puedo hacer tratando de escuchar ese sonido que me llega de dentro y que sin duda ha de enseñarme algo, y que también sin duda ha de darme un mensaje que debo comprender antes de que mi corazón se pierda sin remedio en el dolor que siento.

»Ese sonido que no me deja en paz. Ese sonido que pareciera provenir de una especie de pozo. Algo así como si fuera una piscina excavada en la roca desde la cual saliera ese ruido cortante apenas audible pero muy marcado, como el que haría una persona que, manejando un serrucho, estuviera allí abajo cortando maderos. ¿No lo oyen ustedes? ¿No se dan cuenta de que nunca hay silencio? ¿No es la pura verdad que siempre queremos cubrir la soledad con ruidos? Si no es con la televisión es escuchando música, y si no escuchando la radio. No hay ningún sitio público que sea silencioso; ni los bares, ni los supermercados, ni las peluquerías, ni siquiera las propias bibliotecas. Parece que hay un gran pánico a que alguien pudiera oír lo que el alma nos grita, como si acudir en su auxilio fuera algo que pusiera en peligro nuestro modus vivendi, aquel que nos impele a no quedarnos quietos, a movernos aprisa, a gastar el dinero más rápido de lo que lo ganamos. Parece como si estuviéramos en todo momento huyendo de la muerte y creyéramos que por no dedicarnos a escuchar sus acuciantes pasos iba a pasar de largo para llevarse a otro. Y yo ya estoy cansada de este estúpido juego y de ir corriendo a todos los lugares. Ya no me sale a cuenta.

»La gente ya no quiere cumplir con compromisos que no vienen a cuento. No quieren ir a bodas que no les apetece porque en el fondo no saben si detrás de todo ese despliegue de trajes de etiqueta y de comida hay algo que de verdad importe. La gente está cansada de las obligaciones creadas a partir de cosas que contravienen la naturalidad. Y yo lo estoy también. Yo sólo quiero pasear en silencio y sonreírle al mundo mientras oigo las cosas que me cuenta ese siniestro pozo, mientras averiguo el porqué no poder ser madre me aniquila por dentro, mientras que le doy la mano a mi hombre y le miro a los ojos, y le digo que sigo estando sola, pero que ahora la soledad no duele como antes porque ya la he sacado del cuarto oscuro donde quise injustamente que viviera encerrada.

»Señoras y señores, mañana me iré con mi novio a Normandía a mirar cómo el mar nos cura las heridas, a cultivar la tierra, y también a ver cómo los niños juegan en las aceras, ajenos a que el mundo sólo los podrá ver durante poco tiempo. Señoras y señores, me despido de ustedes. Sepan que les tendré siempre en mi corazón y que no olvidaré el tiempo que he tenido el honor de pasar con vosotros, porque ahora que me marcho ya puedo tutearos y daros otra vez las gracias por haberme escuchado.

Y entonces Camille, mientras recogía sus cosas de la mesa y mientras sus parpados heridos se iluminaban con luz fosforescente, comenzó a llorar otra vez enfrente de las cámaras, pero esta vez en su rostro no se veía tristeza, sino agradecimiento.

Y mientras todo esto ocurría en París, Fransuá acababa de aterrizar en *Wamena*, capital del territorio *Wani* y distante menos de veinte kilómetros de la aldea de *Yiwika*. Si no pasaba nada estaría en el poblado aquella misma noche, un día antes de que expirara el plazo. Una vez allí alguien daría con él. Es verdad que ese alguien esperaría a una chica, pero no dudaba de que le encontrarían, y entonces, con la ayuda de Yali y de los siete sueños, salvarían primero a Elena y después devolverían al mundo la cordura perdida. Porque la mente de Fransuá seguía siendo fantasiosa en extremo y no quería aceptar que la situación estaba de lo más peliaguda.

Y por eso mismo, y porque Lourdes Santos sabía que las cosas no serían tan fáciles, el viernes por la tarde, después de haberse despedido del chico se había vuelto a poner en contacto con Vádim Vladimirovich Andrópov, que casualmente se hallaba fumando uno de sus inmensos puros:

—Vádim, necesito un último favor —le dijo Lourdes en cuanto le acabó de contar que su hombre en Hannover, que no era otro que el mismísimo Ulises, ya estaba tras la pista y a punto de dar con el paradero del famoso paquete.

—*Madame* Santos, ¿no cree que está usted abusando de mi confianza?

—No piense que lo hago por gusto, señor Vladimirovich —respondió ella intentando evitar que el ruso se sintiera ofendido por su trato familiar del principio. «Con estos soviéticos de la vieja escuela una nunca sabe cómo ha de proceder.» Lourdes estaba segura de que si se hubiera dirigido a él de modo más formal, éste le hubiera reprochado que después de tantos años de colaboración estrecha no le llamara por su nombre de pila. Pero la exagente no tenía más remedio que seguirle el juego y bailar al compás de su música.

—Ya me lo imagino, señorita Santos, porque si no me equivoco usted no está casada, ¿no es así?

—Así es, querido Andrópov, y no sólo no estoy casada sino que estoy disponible —le desafió Lourdes sabiendo que a aquel viejo le encantaban las conversaciones con dobles intenciones. ¿Tiene usted alguna sugerencia?

—Querida *madame*, en mi país abundan los hombres que pueden satisfacer los deseos de toda una mujer como usted, podría darle el nombre de muchos, aunque quizá con el mío ya tenga suficiente... —y tras unos segundos de tenso silencio Vádim continuó diciendo:

»¿Y de qué se trata si puede saberse?

—Necesito los planos de la casa de Kravich y también conocer con cuántos guardias y con qué tipo de armamento cuenta... si fuera posible.

—En Rusia todo es posible, *madame* Santos —dijo el ruso—, pero permítame que me ría a gusto.

—¿Qué he dicho que sea tan gracioso?

—Todo lo que dice usted lo dice con gracia, pero lo de las armas es realmente un buen chiste, porque la pregunta correcta sería de qué tipo de arma carece. Con eso se lo digo todo. ¿No estará planeando entrar en nuestro territorio de manera ilegal?

—Mi hija está en peligro, haré lo que sea para rescatarla.

—Yo que usted me olvidaría de ella, al igual que se olvidó de su marido.

Lourdes entonces ahogó un suspiro; aquellas palabras sí que le habían dolido. Decir eso había sido un golpe bajo. Aquel tiburón al otro lado de la línea, mientras se fumaba su gran puro recién importado de Cuba con el dinero de los contribuyentes, la acusaba se no haber atendido a su familia, pero lo peor de todo es que los dos sabían que tenía razón.

»¿Ya no está usted con el señor del Río? — insistió Vádim al ver que su anterior torpedo había dado en el blanco.

—Usted sabe de sobra que no lo estoy y que en realidad tampoco lo estuve nunca, pero eso da igual, ¿me va a enviar los planos? A este lado del en teoría demolido pero todavía existente telón, no tenemos información sobre esa casa que es más bien como una fortaleza.

—Por supuesto que no la tienen, señora Santos, aquí nos gusta guardar la intimidad. Intentaré mandarle lo que pide. Ya sabe usted que Kravich me la tuvo jurada y que no me importaría verle sufrir en sus últimos días, aunque permítame dudar de que vaya a lograrlo.

Y antes de que Lourdes tuviera tiempo de contestar sus últimas palabras, Andrópov cortó la comunicación, lo cual parecía un buen síntoma partiendo de aquel ex KGB un poco maniático pero muy eficiente.

Mientras esperaba a que Vádim le mandara la información que le había pedido, Lourdes decidió que era el momento de regresar a España. Estaba al corriente a través de Carmen de todo lo que había pasado en la finca de Ulises y sabía que, tras su encuentro con Ricksman, éste no había podido descifrar el mensaje que le diera la Luna a Héctor cuando era un chaval. «Mejor será que me marche a encontrarme con ellos», había pensado tras su

conversación. Así que tan pronto como pudo, pidió que la llevaran a Schiphol, donde cogió un avión que la llevaría primero a
Barajas y luego a Santiago. Desde allí se fue directa a Lugo; a
esas horas ya la estaban esperando en la casa de Elena. La caravana, con Ramita todavía dentro, la habían aparcado en un lugar
muy próximo. De tanto en tanto bajaban a ver qué tal estaba, no
fuera a ser que llegara el momento de que Héctor tuviera que
escuchar los *primeros seis sueños*.

Así que el sábado por la mañana, mientras Camille explicaba noticias y se despedía de toda su audiencia, y mientras
Fransuá, en una tierra donde ya era de noche, buscaba a su contacto en la aldea de *Yiwika*, Héctor, Carmen, Ricksman y Lourdes esperaban sentados alrededor de una mesa a que el tiempo
pasara, pues en realidad de momento no había ninguna otra
cosa que pudieran hacer.

Capítulo 39

El sexto sueño

Yali Mabel, siguiendo las instrucciones que su abuelo le dio a través de su padre, había ido dos veces a visitar, entre sueño y sueño, ese pozo excavado en la roca que era poco profundo y que estaba situado en la finca en la que su antepasado se encontró con la vaca. La primera de las dos veces, una niña pequeña había abierto la tapa y le había mirado. La segunda, la misma niña volvió, pero lo que era distinto era que a pesar de que apenas había trascurrido una sola jornada esa niña ya no era una niña, sino una mujer de treinta y pico años. Una mujer que tal como le había pedido Yali el día anterior había traído a un hombre; aquel que se suponía era el amante de la *Mujer Caníbal* y al cual le debía contar lo que su abuelo dijo. Y Yali Mabel había cumplido su misión. Pero eso no quería decir que entendiera lo que estaba pasando, aunque era cierto que ahora sí lo creía.

¿Qué tenía que ver la Luna en todo esto? Que él supiera, aquel astro que había contemplado tantas veces alrededor del fuego no era capaz de hablar, y mucho menos de guardar un secreto. Nadie en su sano juicio creería tamaño disparate. Por eso todo el mundo se había reído de su abuelo en sus tiempos, excepto su mujer, que al parecer era una hembra muy lista, al igual que su Yilvu. Y tampoco entendía porque aquella chica, la que se había encontrado en sus sueños con el hombre que había proyectado el *Gran Ojo* sobre la luna llena, era conocida por el apodo de la *Mujer Caníbal*. «¡Qué nombre más raro! —se decía a sí mismo—. ¿Acaso esa mujer blanca tiene la mala costumbre de comer carne humana?»

A Yali Mabel aquello le resultaba de verdad muy extraño. Él, cuando era más joven, después de haberle quitado la vida a un insigne enemigo, solía comerse sus manos, pero siempre con asco, aunque como era obligado por la *ley de los muertos* no dejaba entrever que no fuera un manjar de su gusto. Pero ella, ¿a santo de qué se comería un cadáver? Tendría que estar loca, y además en su mundo sería enviada directa a la cárcel. Así que allí estaba Yali, transmitiendo instrucciones y soñando sueños que no comprendía en una caverna al lado de un árbol sacado de un cuento. Y el hombre que había venido buscando a la chica, aunque ella quería que él la encontrara, no estaba dispuesto a dejar que el vaticinio se fuera a cumplir ni a permitir que el curso del mundo volviera a sus cauces normales. Lo había visto en su rostro. Ya incluso antes de que llegara en sueños había podido sentir su presencia. Pero estaba claro que gracias a sus *kotekas* no había podido atravesar el árbol, ni entrar en la gruta, ni averiguar del todo lo que estaba pasando.

Sin embargo sus intenciones tampoco eran malvadas. Había leído en sus ojos que en su afán de proteger la Tierra él sólo se guiaba por una voluntad que estaba fuera de los convencionalismos y de lo que era normal, y que sus principios eran tan lícitos como los de aquellos que pretendían restablecer las cosas. ¿Pero cuál era en realidad el orden de las cosas? —se preguntaba Yali Mabel mientras se rascaba la barba pensativo y se atusaba el pelo—. «¿Acaso no es mejor que dejemos ya de traer hijos al mundo? Yo mismo me encontraba drogado y ahora estoy muy despierto. ¿Y no ha sido esto posible sólo porque el *Gran Ojo* se ha manifestado? Aunque pensándolo bien, nadie ha dicho nunca que eso de la caverna y de los siete sueños fuera a resolver nada. Tal vez la cosa no tenga solución y estemos asistiendo de verdad a los últimos días. ¿Quién sabe en realidad lo que está por venir? Pero yo ahora no puedo hacer otra cosa que esperar aquí dentro a que lleguen *los sueños*.»

Y fue así como aquella noche Yali Mabel asistió a lo que habría de ser el sexto de *los sueños*.

George W. Mabel se hallaba en su rancho de Texas cabalgando un pura sangre inglés y persiguiendo reses. Hacía pocos minutos alguien le había informado de que entre las quince mil vacas de su inmenso rebaño había una que tenía la facultad de hablar. Al parecer el animal estaba pasándole información confidencial a un grupo de radicales españoles que planeaban dar un golpe de timón al rumbo de la política y de las finanzas. Lo pensaban hacer de forma pacífica, convocando grandes acampadas y manifestaciones frente a los principales capitolios del mundo, cosa que a él le parecía peligroso en extremo.

Sus agentes especializados le habían dicho que la vaca hablaba sólo castellano, y por eso George le había pedido a un íntimo amigo suyo, conocido en sus círculos con el nombre Ánsar, que acudiera en su ayuda. El hombre había nacido en Madrid pero inexplicablemente hablaba español con acento de México. Como quiera que Ánsar no sabía montar, lo habían subido en un carro tirado por cuatro percherones.

Así que por un lado estaba George W. montando su caballo con sus ayudantes y por otro Ánsar con el carromato a toda pastilla adelantando vacas y preguntándoles a todas si ellas, como él, también pensaban que tomarse unas copas de vino antes de conducir era algo normal. La táctica de Ánsar era impecable; estaba seguro de que si la res en cuestión entendía la pregunta pondría cara de extrañeza, y entonces sabría que era ella. Nadie podría esperarse que corriendo por el campo le lanzaran un interrogante tan absurdo, ni siquiera una vaca parlante infiltrada en una manada de quince mil cabezas. Él sabía que la iba a pillar y G. W. confiaba en la estrategia de su amigo, sobre todo después de haberse bebido juntos dos enormes botellas de vino de rioja.

Y efectivamente Ramita cayó en la trampa, aunque para decir la verdad también se dejó atrapar porque tenía curiosidad por conocer la prisión de Guantánamo por dentro y se moría de ganas de llevar uno de aquellos uniformes naranjas. Subida en un helicóptero atravesó volan-

do los Estados Unidos de sur a norte y vio lo maravilloso de sus tierras y de sus habitantes. En el trayecto se cruzaron con un Túpolev ruso cargado de puros que iba camino de Moscú, y también con una bandada de mariposas monarca en plena emigración. Cuando llegaron a Cuba los interrogadores de la prisión le enchufaron las ubres a unos cables y le dieron corrientes. Ella estaba encantada, no sabía cómo, pero habían adivinado que la electricidad la animaba muchísimo. Lo único malo de eso fue que gracias aquellas descargas había dejado de producir leche, aunque mirándolo bien aquel hecho podría constituir una enorme y conveniente ventaja.

Ramita estaba tan contenta que lo confesó todo. Y como recompensa, los interrogadores le dieron descargas cada vez más potentes. También le decían que todo lo que les estaba contando era una sarta de mentiras y que querían que les diera los nombres de los cabecillas, pero ella no entendía nada. Al cabo de dos semanas, Rami se aburrió de hacer todos los días lo mismo y se volvió a su patria. Y allí se dijo que no volvería a cambiar nunca sus praderas de hierba por el pasto de Texas. Al cabo de los años, los americanos averiguaron que todas las confesiones de Ramita habían sido ciertas, y que España lideraría un movimiento planetario y pacífico que iba a cambiar el mundo.

Y cuando el sexto anciano después de soñar abrió los ojos en aquella caverna, la calavera de la vaca apagó sus luces por sexta vez. Y entonces Ramita ya estuvo preparada para contarle al amante de la *Mujer Caníbal* los *primeros seis sueños*.

Capítulo 40

La ínsula de Barataria

Una vez en el domicilio de Slatan Radovic, mientras sus amigos metían a Vladimir en la cama, Ulises se puso a interrogar a Marko. Lo tenía paralizado y sentado en una silla; quería que sintiera el miedo que con certeza había sentido Elena cuando la secuestraron. Para empezar, Ulises le contó cómo había casi matado a su amigo el médico de Holanda. Se lo dijo sin dar ningún énfasis a sus palabras y sin dramatismos, como si en vez de describiéndole un asesinato le estuviera dando los detalles de un partido de fútbol. Y Marko pareció comprender su mensaje, porque de inmediato le dijo que él ya había entregado el paquete a la gente que había venido de Berlín y que no sabía nada. Sería inútil que lo torturara, en su cabecita no había más información que la que ahora le acababa de dar —afirmó convencido.

Pero Ulises no estaba contento con esa respuesta. Y por eso lo que hizo fue coger el libro del Quijote y romperle los dientes. Fue un golpe seco con uno de los cantos, tanto que a Radovic no le dio tiempo ni a darse cuenta de lo que había pasado; en un momento estaba hablando y al momento siguiente sus dientes habían saltado por los aires, impulsados por una fuerza descomunal que le había provocado un dolor como jamás había sentido antes.

—No quiero que me digas lo que no sabes —dijo Ulises con una voz que era apenas un susurro—, lo que quiero que me digas es lo que sí sabes.

El serbio entonces comenzó a hablar de nuevo, pero esta vez escupía sangre a la vez que pronunciaba las palabras en un castellano perfecto pero sibilante.

—No sé nada más, te lo juro. No les conocía. Solo sé que venían de Berlín y que a lo mejor iban a llevar allí el ovario. ¿Por qué te iba a engañar?

Cuando Marko acabó la frase, a pesar de estar paralizado, hizo un gesto de defensa con la mirada, como presintiendo que por algún lado le iba a llegar otro pepinazo como el de antes. Pero no pasó nada, al menos durante diez segundos. Porque después sí que pasó. Ulises, que al volver del club se había detenido un momento en la cocina del pisito, sacó un cuchillo de esos que se utilizan para descuartizar y de un solo golpe le cortó una mano de cuajo, la mano derecha para ser más exactos. Al instante, un inmenso chorretón de sangre comenzó a salir de la muñeca seccionada, como el espray que se forma cuando se revienta una tubería por efecto del frío. Pero el serbio no se desmayó de dolor porque Ulises no quiso. Éste, que toda su vida había sido un hombre pacífico, estaba comenzando a descubrir la droga en que podía convertirse la violencia. Pero no, él no actuaba movido por la rabia. Ni tampoco por motivos oscuros o traumas infantiles. Él tan sólo quería averiguar algo que era importante y aquello era sólo un medio para llegar a un fin, al igual que en el caso de que tuviera sed se bebería un refresco. Pero Marko seguía insistiendo en que no sabía nada, aunque pensándolo bien sí que podría decirle cómo se llamaba el prostíbulo donde vivía la mujer que iba ser receptora del ovario, porque él allí tenía otra chica favorita que se lo había contado, una de esas que eran tan frías por fuera como ardientes por dentro.

Y decirle eso a Ulises fue lo correcto, porque con aquella información él creía que podría encontrarlo, y porque de paso Marko dejaría de sufrir inútilmente. O tal vez no. Porque daba la casualidad de que Lourdes Santos, a la que Radovic se la tenía jurada, quería que Ulises le diera un recadito de su parte. Así que éste, casi desde el principio, sabía que aquel hombre iba a morir allí, en casa de su primo, sentado en una silla de madera de pino.

Y lo que hizo Ulises por no ensañarse mucho más con él y por ser un método que ya conocía, fue bajarle los pantalones y con el mismo cuchillo cortarle los testículos, permitiendo que se desangrara como un pobre cerdo, chillando tan alto que los vecinos con toda seguridad pensarían que al final era cierto que aquel hombre les había robado su mascota. Y luego cogió a Vladimir y lo metió en el taxi junto con su libro y condujo hasta Berlín, que distaba tan sólo trescientos kilómetros de donde se encontraban.

Cuando llegaron al burdel, pues milagrosamente Vladimir se había despertado a mitad del trayecto, se pusieron enseguida a registrarlo. Tras deambular un rato por el edificio, en uno de los sótanos encontraron un quirófano clandestino completo donde varios médicos estaban a punto de comenzar una intervención para trasplantarle el ovario de Elena a una chica que reunía los antígenos apropiados para recibirlo. A Ulises aquello no le gustó nada, pero esta vez no quiso entretenerse cortando muñecas o arrancando testículos, porque aparte de que ya estaba cansado de esas prácticas tenía otros planes para castigar a aquellos hombres. Y por eso lo que hizo fue limitarse a coger la cámara de perfusión de frío mientras que dejaba paralizados a aquellos depravados para que al final acabaran muriéndose de sed, excepto a la chica a la cual por supuesto dejó que se marchara.

Después de salir del prostíbulo, volvieron al taxi. Ulises tenía la cámara en sus manos y la abrió para comprobar su contenido: allí se encontraba el cincuenta por ciento del futuro del mundo. Después de volver a cerrarla con cuidado, puso las palmas de sus manos encima de aquel artilugio, como tratando de escanear con ellas su interior. Para ello cerró los ojos y cogió aire, dejándolo dentro de sus pulmones. Transcurridos unos segundos, enarcó las cejas. A raíz de este gesto una onda mental recorrió su cerebro y salió por sus palmas abiertas, produciendo un micro espasmo electromagnético similar al que había producido la Tierra al contraer su núcleo, pero de una escala infinitamente menor. Y entonces, dentro de aquella cámara se instaló un gran silencio, un silencio tan grande que hizo que los óvulos contenidos en aquel órgano se hicieran inviables. Ahora podría ir en busca de Elena para devolvérselo, y de paso aprovecharía para intercambiar algunas palabras con la persona que la había raptado. Porque en esos momentos tan solo tres mil quinientos kilómetros le separaban de la ciudad de Perm. Y Ulises ya tenía ideado un medio de transporte.

Capítulo 41

La bombilla de su mente astronómica

La mañana del sábado, Carmen, Ricksman y Lourdes estaban charlando con Héctor en torno a la mesa del salón de su casa. Por lo que parecía, Ulises se hallaba de camino a la ciudad de Perm, donde todos los indicios apuntaban a que Kravich tenía a Elena retenida confiando en que su mansión sería inexpugnable y que nadie se atrevería a tocarle mientras no se moviera. Lourdes le había explicado una y mil veces a Héctor que era inútil dirigirse hacia allí. Lo primero porque Ramita le había dicho claramente que tendría que quedarse para interpretar *los primeros seis sueños*, y lo segundo porque si Ulises no era capaz de rescatar a su novia nadie podría conseguirlo. A Héctor le había resultado muy duro asumir su papel, pero al final se había impuesto la lógica. Había estado con aquel hombre en su casa y no le cabía ninguna duda de que acabaría ideando algún plan para vencer al ruso. Además, hacía poco tiempo que Andrópov le había enviado los planos de la mansión a Lourdes y que ella a su vez se los había reenviado a Ulises, quien los había consultado en un cibercafé del centro de Moscú.

En su última conversación, le había dicho a la exagente que llegaría a la casa de Yuri ese mediodía por virtud de un medio de transporte especial que les permitiría recorrer en menos de seis horas los tres mil kilómetros que aún les separaban de la ciudad de Perm. Por otro lado, Fransuá seguía su camino hacia *Yiwika*, esperando obtener allí claves importantes que les pudieran ayudar a rescatar a Elena.

A todo esto, Ricksman se repetía una y otra vez el secreto que la Luna le había contado a Héctor cuando era pequeño. Estaba convencido de que a fuerza de hacerlo así su significado se le esclarecería, pero hasta entonces no lo había logrado. Notaba que había algo en el fondo de su mente que le quería gritar la solución, pero era como si alguien allí dentro le estuviera tapando la boca con una mordaza para que no hablara. Y entonces, cuando ya casi se había dado por vencido, a Ricksman se le encendió la bombilla de su mente astronómica. Antes de decir nada de lo que había pensado, les dijo a los demás que necesitaba urgentemente irse a dormir. Y sin pedir permiso se fue al cuarto de Héctor, cerró con suavidad la puerta y se metió en su cama, que era una cama mullida y muy confortable.

En el salón todos los demás se quedaron pasmados. La cosa se estaba embarullando por momentos y daba la impresión de que había demasiadas variables como para poder saber a qué atenerse. Sin embargo, al mismo tiempo tenían la certeza de que los acontecimientos discurrían en un orden lógico, como si todos ellos estuvieran siendo dirigidos por una mano invisible que lo tenía todo calculado al milímetro, algo así como un Dios al que le gustaran los juegos y los acertijos.

Después de que James abandonara el cuarto, Héctor fue el primero que reaccionó. De pronto dijo que él también tenía que marcharse, que sin duda alguna había llegado la hora de que Ramita le explicara los *primeros seis sueños* y también muchas otras cosas que sospechaba les estaba ocultando, o que al menos no había acabado de contarles. También dijo que tenía que hacer aquello solo y que seguro le llevaría un rato muy largo, habida cuenta de lo proclive que era el animal, aunque ella siempre lo negara, a enrollarse como las persianas. Y con estos ímpetus se levantó de la mesa y se fue a hablar con Rami.

Así que allí dentro, en torno a la mesa del salón de la casa, se quedaron Lourdes y Carmen, sorprendidas las dos y ávidas de saber lo que sucedería en las próximas horas, que parecía que iban a ser de importancia crucial para el devenir no sólo del futuro de Elena, sino también del mundo, como efectivamente así se pudo comprobar más tarde.

Capítulo 42

Un templo dedicado a la diosa Tanit

Después de haber abandonado el burdel con la cámara de perfusión de frío en una mano y el libro del Quijote en la otra, Ulises le pidió a Vladimir que le llevara a la estación central de ferrocarril de la ciudad, la *Berlin Hauptbahnhof*, desde donde partía una línea de tren de alta velocidad con destino a Moscú. Ulises por supuesto no tenía la menor pretensión de abordar uno de aquellos convoyes y desplazarse como si fuera un ciudadano vulgar y corriente. Ni mucho menos. Él iba allí con otras intenciones. Viajarían por tierra porque durante su viaje a Ámsterdam había descubierto que estando en el aire perdía sus poderes. Durante el vuelo, no había sido capaz de someter la mente del piloto para que diera más gas a los motores y llegar así antes de la hora prevista. Además, hasta pasado un buen rato después de haber aterrizado no sintió cómo sus facultades volvían a su cuerpo, como si todas sus células pensaran todavía que seguían en el aire. Este dato que ahora sabía y que en adelante tendría que tomar en seria consideración no había sido anotado en ninguno de los cuadernos de su padre, por lo que con toda seguridad debía haberlo ignorado. Por fortuna, aquel desplazamiento no había traído ninguna consecuencia y ahora que estaba sobre aviso no cometería otra vez ese error. Sin embargo, aquella circunstancia le hizo pensar a Ulises otra vez que había algo que estaba fuera de su control y que tarde o temprano necesitaría ocuparse de ello. Su misión era suya y no pensaba consentir que la persona o la cosa que estuviera intentando manipular unos hilos que parecían tejidos desde tiempos remotos se acabara saliendo con la suya. Quizás él, sólo fuera un engranaje más de una maquinaria mucho más complicada, pero quienquiera que estuviera detrás de los avisos y de las profecías que habían impedido que el mundo a estas horas fuera ya un mundo estéril tendría que andarse con ojo, porque no pensaba quedarse mirando tan campante mientras alguien venía y trataba de arruinarle los planes.

Cuando a eso de las cinco de la mañana llegaron a la *Berlin Hauptbahnhof*, le dijo a Vladimir que se encaminara hacia la terminal de carga de vehículos. Una vez que el empleado les franqueó la entrada sin hacerles preguntas se dirigieron hacia las rampas que daban acceso a cada uno de los distintos trenes. En el número tres estaba aparcado el convoy con destino a Moscú. Introdujeron el coche en la parte superior de uno de los vagones y se dirigieron al interior del tren.

Ulises seguía llevando la cámara en una mano y su libro en la otra; no pensaba separarse de ellos bajo ningún concepto. Mientras caminaban hacia la parte delantera no encontraron a nadie. Cuando llegaron a la máquina, Ulises vio lo que él esperaba: un panel de mandos tan reluciente que parecía que acabaran de sacarlo de la fábrica. Los letreros de los botones estaban todos en alemán, pero eso a él no le importaba lo más mínimo. Y es que Ulises, tenía también la facultad de reconocer el interior de cualquier aparato tan sólo con mirarlo, y a través de alguna de sus tomas eléctricas podía hacerse con su control, más o menos como lo hacía el robot R2-D2 en las películas de Steven Spielberg con las que había disfrutado tanto cuando era pequeño. Después de haber depositado el libro y el recipiente metálico en un armario, metió los dedos en uno de los enchufes de la máquina e hizo que la locomotora arrancara al instante.

Delante de ellos la vía estaba despejada. Ulises le dio a la palanca del acelerador y el tren se puso en marcha. El edificio de cristal de la estación central comenzó a desplazarse. La gente miraba en el andén con cara de extrañeza. Vladimir agitaba la mano en señal de despedida pero nadie correspondía a su gesto, ni siquiera los niños. El tren adquirió velocidad. Pronto dejaron atrás la terminal y atravesaron el puente sobre el río Spree. Circulaban a cuarenta kilómetros por hora. Ulises dio más potencia a la máquina. Todos los edificios a su alrededor comenzaron a moverse con rapidez, como si las aristas de sus esquinas fueran los contornos de un mundo dibujado con trazos muy gruesos. En menos de dos minutos alcanzaron la velocidad máxima permitida de trescientos kilómetros por hora, pero no por ello Ulises dejó de enviar más potencia a la locomotora a través de su cuerpo, ignorando que la palanca de mando había llegado al tope. Entonces Ulises, para evitar colisiones, creó un carril de tiempo paralelo por el que circular satisfactoriamente. Al aumentar la velocidad hasta los cuatrocientos kilómetros la máquina comenzó a traquetear y se oyeron chirridos, señal inequívoca de que había alcanzado sus límites mecánicos. Pero llegado a este punto Ulises no sólo no aflojó la marcha, sino que se aplicó en acelerar aún más hasta que el tren acabó rompiendo la barrera del sonido y el convoy por entero se convirtió en un ser silencioso, un ser que se iba tragando los kilómetros con tanto sigilo como una ballena que surcara el océano.

Al cabo de una hora estaban en Varsovia, al cabo de la segunda hora atravesaron Minsk. Después de recorrer otros setecientos kilómetros llegaron a Moscú, a las siete de la mañana hora local del sábado. Al entrar en la ciudad, Ulises aminoró la marcha. En los cristales de las ventanillas se reflejaban las cúpulas áureas de sus iglesias bizantinas, como dando a entender que aquellas tierras estaban llenas de contradicciones. Sabía que para coger la vía que le llevaría a Perm tendría que hacer varios cambios de agujas, pero no sabía cuáles. Y fue entonces cuando detuvo la locomotora para irse a un cibercafé a consultar los mapas. Y también de paso a mirar los planos de la casa de Kravich que Lourdes le había enviado unas horas antes.

Después de acceder a la cuenta de correo que secretamente le había facilitado la española, lo memorizó todo. Luego volvió al tren y lo puso en marcha. En las encrucijadas hizo los cambios pertinentes hasta confluir con la línea del Transiberiano, pero él no pretendía recorrerla entera; no le interesaba llegar hasta Vladivostok, ciudad situada a más de nueve mil kilómetros junto al Mar del Japón. Sus objetivos eran bastante más modestos. Él sólo quería cubrir con rapidez los mil quinientos que le separaban de la ciudad de Perm. Así que en cuanto estuvo en la vía correcta, le volvió a dar zapatilla a la locomotora, plantándose de esta forma en la ciudad de su amigo Vladimir en menos de lo que canta un gallo.

Llegaron sobre las diez de la mañana. Cincuenta kilómetros antes redujeron la marcha. Ulises quería familiarizarse con el entorno. Desde hacía una hora habían comenzado a distinguir a lo lejos la silueta de los Montes Urales, la cordillera de la que le había hablado la profesora de su facultad el día en que Penélope se sentó junto a él, el día en que creyó que había encontrado el amor, algo que le había esquivado desde siempre y que aquella vez también hizo lo mismo. Pero luego había entendido las razones y le parecieron justas. Porque no se podía tratar de eliminar a toda una especie y a la vez pretender vivir enamorado.

Por delante de aquellas montañas se extendía una inmensa llanura. En el horizonte, las chimeneas de las fábricas expulsaban un humo negruzco que el viento se llevaba hacia el sur, como si fuera un gran ventilador puesto allí con ese propósito. Los límites de la ciudad se difuminaban entre construcciones bajas y barrios famélicos. Desde esa distancia las aguas del ancho río Kama se veían muy negras. En sus márgenes, las hileras de abetos de la taiga vigilaban su sueño, como si se trataran de centinelas protegiendo los castillos de Sauron. La primavera estaba llegando, aunque el frío del invierno flotaba todavía en el aire; se resistía a marcharse a su casa del norte, reclamando así su derecho sobre esas tierras conquistadas cuando el carbón de sus cuencas ni siquiera existía.

El tren conducido por Ulises se detuvo lentamente en la estación. La gente que había en el andén miraba aquella máquina reluciente como si acabara de venir del futuro. Su morro aerodinámico no casaba con la decrepitud del edificio en el que se encontraban, ni tampoco con la vida anclada en las formas cúbicas de los *soviets* y en las viejas costumbres. Una vez el tren se hubo detenido, fueron a la parte posterior del convoy y cogieron el taxi. Vladimir se puso al volante y arrancó el motor. El suave ronroneo del Mercedes inundó el ambiente. Al escucharlo sonrió con malicia; siempre había adorado ese sonido y mucho más ahora, estando de vuelta en su país y en la ciudad que le había visto crecer.

Con esa sensación de felicidad Vladimir condujo en silencio. Enseguida se perdió por entre las casas del centro y los arrabales del complejo industrial. Disfrutaba como un niño atravesando calles que se conocía de memoria pero que eran distintas. Nuevos matices adornaban las fachadas de los burdos edificios funcionales, como si con ellos pretendieran lavarle la cara a una ciudad sucia aunque no carente de personalidad. Ulises le dio las coordenadas de la mansión-fortaleza de Kravich y Vladimir las metió en su navegador, aunque hubiera podido llegar hasta allí con los ojos cerrados.

Sentado en el asiento de atrás, acompañado de la cámara y del libro, Ulises repasaba mentalmente los planos. El edificio se hallaba en medio de una finca de cien hectáreas de bosque, rodeado de una alta empalizada y de fuertes medidas de seguridad. La mansión de Yuri tenía planta triangular. Cada uno de los lados medía cincuenta metros de largo. Según veía, dentro de este triángulo equilátero había insertados dos triángulos más pequeños, cada uno de ellos concéntrico al anterior. Los lados del que había en el centro medían doce metros y medio. A este triángulo le llamaban *el núcleo* y era inexpugnable. Se decía que ni una bomba atómica podría abrirse paso hasta su búnker, excavado en la roca a más de cien metros de profundidad con técnicas mineras. Kravich sin duda se encontraría allí dentro, protegido por sus estructuras y su guardia personal, y seguro que habría arrastrado a Elena consigo esperando que fuera a buscarla, como evidentemente estaba sucediendo. Ulises no tenía ni idea de cómo penetrar allí. Con certeza no le bastaría con acercarse a sus guardias y decirles: «Hala venga, llevadme hasta vuestro jefe que quiero hablar con él». De alguna manera Yuri le intentaría atrapar y neutralizar sus poderes.

A las once de la mañana, Ulises y Vladimir llegaron a la entrada de la finca. Para su sorpresa la cancela de hierro reforzado estaba abierta y las garitas de los guardias vacías. Daba la impresión de que Yuri los invitaba a entrar, como si quisiera que ellos mismos se metieran en la boca del lobo. Y precisamente eso fue lo que hicieron. Tras recorrer un kilómetro y medio por una carretera bien asfaltada llegaron hasta el muro perimetral de la mansión. Tenía tres metros de altura y estaba coronado por densas mallas de alambre de espino. El muro era de planta cuadrangular. En cada esquina se alzaba una torreta de defensa con potentes focos, aunque a esa hora estaban apagados. Las torretas también se encontraban desiertas. A pesar de lo alto que era, detrás la tapia se podía distinguir claramente la casa, al menos su parte superior. La primera base triangular, la más grande, tenía una sola altura, el segundo triángulo dos, y el núcleo tres, sobrepasando con creces la altura de la pared. Era allí donde Yuri tenía su despacho y era también allí desde donde, cuando quería desentrañar algún misterio, observaba con cautela el denso bosque de abetos y las aguas oscuras del negro río Kama.

La gran puerta automática que completaba el cerramiento del muro estaba abierta, en otra clara invitación a que Ulises penetrara en el complejo. Le dijo a Vladimir que detuviera el coche enfrente de la entrada. Prefería ir solo. Se llevaría el libro con él y dejaría la cámara a cargo del taxista.

Ulises atravesó la puerta. No había indicios de actividad humana por ningún lado; parecía que Kravich conociera su habilidad para subyugar las mentes y que no deseara proporcionarle ninguna ventaja. Tendría que estar atento, lo más probable era que de un momento a otro lo atacaran con gases. Estaba claro que Yuri había averiguado ya que de esa forma habían logrado dejarle fuera de combate durante varias horas en el piso de Francia. Por eso Radovic le había intentado desmayar con dardos soporíferos con la ayuda de aquella mujer con peluca. Pero Ulises estaba preparado para tal eventualidad. Con una de las últimas descarga eléctrica que se había aplicado, había logrado desarrollar la capacidad de aguantar la respiración todo lo que fuera necesario. Por eso estaba tranquilo, y también porque sabía que el ruso no deseaba matarle.

Efectivamente, en cuanto cruzó el umbral de la puerta de la primera subdivisión triangular, ésta se cerró detrás de él. Al instante siguiente los silbidos de una lluvia de bombas lacrimógenas cortaron el aire. El ambiente se espesó. A su alrededor se escucharon ruidos de pasos, y también el sonido metálico de los cargadores al entrar en sus armas. Pronto una fila de hombres uniformados lo rodeó, apuntándole al pecho con fusiles de asalto. Ulises permanecía de pie en el centro, entre el humo y los reflejos de la luz que penetraba por las gruesas ventanas. En el taxi se había despojado de la chaqueta de entretiempo y aparecía allí solo, con su camisa blanca impoluta y sus pantalones y mocasines negros. El pelo le caía sobre los hombros como si fueran las melenas de un animal salvaje. Sus ojos oscuros refulgían con un brillo similar al que desprendían las armas. En una mano llevaba el grueso libro, de aspecto antiguo, como si se tratara de un objeto que hubiera viajado muchas veces a través del tiempo. Ulises avanzó hacia aquellos hombres que habían osado amenazarle. Eran siete. Al primer paso que dio, seis de ellos cayeron al suelo; estaban paralizados. El séptimo, al ver desplomarse los cuerpos de sus compañeros, apuntó a Ulises al estómago y sin dudarlo disparó su arma.

Tenía órdenes concretas; si algo iba mal dispararía al hombre tratando de dejarle con vida. Se escuchó una fuerte explosión. Las ondas sonoras rebotaron contra los vértices agudos de la estancia y se multiplicaron, causando con su efecto un eco infinito. Al mismo tiempo la cabeza del séptimo hombre había volado por los aires. Con un movimiento rapidísimo, Ulises había tapado el cañón con El Quijote y había conseguido que el fusil saltara hecho pedazos, llenándole el cráneo de metralla.

Al principio había dejado vivo a ese hombre porque tenía la intención de que le dijera cómo acceder hasta su jefe sin correr ningún riesgo. Sin embargo, por algún motivo desconocido, su rayo de pensamiento no había podido actuar con rapidez y aquel soldado había disparado su arma contra él. Por suerte pudo detectar su movimiento y contrarrestarlo, pero en el futuro habría de andar con más cuidado. Las cosas se estaban poniendo serias y mientras hubiera óvulos correteando por ahí él no debía morir. Su misión era demasiado importante. La salvación de todo un planeta dependía de que su cuerpo continuara con vida.

Su padre así se lo había advertido en sus escritos y por eso le había dado las pautas para convertirse en un ser más poderoso cada vez. Él quería que les diera a los seres humanos una última oportunidad de redimirse, pero Ulises sabía que eso no iba a pasar, que tan pronto como se libraran de la amenaza la gente volvería a las andadas. No había nada que hacer. Sólo la certeza de la aniquilación total haría que cambiaran, y ni siquiera eso resultaba seguro. Así que él tendría que encontrar a esa chica. Primero porque necesitaba eliminar sus óvulos, y segundo porque ella merecía vivir el resto de su vida lo mejor que pudiera, a salvo de gente vil como la que había acabado secuestrándola. Era cierto que él no pertenecía a su mundo y que no tenía por qué entrometerse en asuntos que al fin y acabo no le concernían, pero no lo podía evitar, todo lo que había pasado le había tocado la fibra sensible y no estaba dispuesto a mantenerse al margen. Sin embargo, Ulises también se daba cuenta de que era un gran error, de que si empezaba a intentar resolver la injusticia nunca podría parar. Y por eso se prometió allí mismo que una vez resuelto aquel asunto no volvería a intervenir. Si la conciencia del ser humano estaba destinada a florecer lo tendrían que conseguir por sus propios medios, sin ayuda de nadie, resolviendo sus propias contradicciones y problemas. Él lo deseaba, pero su misión era de otra índole, como la del meteorito que hacía 65 millones de años asoló la Tierra y exterminó a todos los dinosaurios. No era una cuestión de moral, era únicamente una cuestión de equilibrio cósmico.

Cuando los gases se disiparon por efecto del sistema de ventilación, Ulises contempló la estancia triangular en la que se encontraba. La puerta de entrada estaba en el vértice exterior, que tenía forma de chaflán. Los dos lados que formaban la fachada se extendían hasta el fondo de la habitación, donde se unían con la pared interior. Cada uno de ellos tenía tres enormes ventanas, de unos siete metros de largo y tres de alto cada una. Los cristales eran gruesos, como los de los submarinos que habían bajado al fondo del mar a hacer las grabaciones del Titanic. Todo el espacio estaba lleno de plantas. Había árboles de todo tipo y enredaderas que se descolgaban desde el techo formando una maraña vegetal. El mobiliario era escaso, pero de suma elegancia y exquisito gusto. Si se miraba bien, la estancia parecía más un templo dedicado a la diosa Tanit que un refugio para hombres violentos.

A continuación, Ulises miró a su alrededor en busca de la puerta que según los planos daba acceso al siguiente triángulo, aquel que precedía al núcleo. Sin embargo allí no había ninguna salida. Entonces escuchó un zumbido. Procedía del fondo, de algún lugar junto a la pared ciega. Avanzó unos metros hacia allí, sigiloso, evitando tropezar con los cuerpos desparramados por el suelo y las armas. Pero antes de que hubiera podido llegar hasta la fuente de aquel sonido, Ulises vio cómo se abría una sección circular en el suelo. Era un ascensor que le invitaba a colocarse allí y descender hasta las mismísimas entrañas de aquella fortaleza. Y por supuesto Ulises aceptó la amable sugerencia.

Capítulo 43

Un amor olvidado

Después de que el miércoles por la tarde Lourdes le hubiera arrastrado hasta su despacho para enfrentarse a él, Carlos del Río se había quedado sumamente confuso. De repente había dejado de entender sus acciones de los últimos días. Recordaba que desde que había entrado en el silo de Ulises, hacía ya más de setenta y dos horas, un estado de euforia lo había dominado, como cuando antaño le habían ordenado misiones que él pensaba que salvarían el mundo, y como cuando siendo mucho más joven aún se creía que podría hacer feliz a una mujer veinte años mayor.

Aquella noche, tras haber asistido a la increíble aparición del *Gran Ojo* al lado de la persona que lo había proyectado sobre la luna llena, y también de haber visto como Ulises esquivaba los gases, se quedó convencido de que debía ayudarle. En esos momentos pensó que aquel hombre era sin duda un enviado de Dios, y que había venido a impartir una justicia que él llevaba dos decadas intentando impartir inútilmente, una justicia que sólo existía en los libros de texto, donde el poder y el dinero no imponían su ley.

Y por eso le había contado a Ulises lo de Elena Moncada, porque sabía que él sólo trataría de invalidar sus óvulos. Pero ahora resultaba que un viejo capo de la *Bratva* la había secuestrado, y que Lourdes, el amor de su vida a la que nunca había olvidado a pesar de que trató de hacerlo, le había despreciado por su enorme traición, y después le había jurado que no le volvería a dirigir la palabra. Y aquello había despertado en su interior un dolor como nunca, porque a pesar de saber que lo suyo era un amor olvidado era el único amor que Carlos quería recordar.

Y también por eso, cuando Lourdes le había acorralado en su despacho y le había dicho que ya se ocuparía ella de salvar a Elena, él no había podido responderle, ni tampoco mirarla. Luego llamó a sus superiores y les dijo que ella llevaría el caso, aunque ya se hubiera retirado hacía algunos años. Después recogió sus papeles y se marchó a su casa, o al menos eso era lo que tenía intención de hacer cuando salió de allí.

Pero aquella intención nunca llegó a cumplirse. Porque cuando después de haber aparcado en el garaje de su chalé adosado quiso entrar por la parte de abajo, alguien le golpeó y lo dejó sumido en una gran negrura, una negrura que al cabo de las horas cuando se despertó se convirtió en una gran blancura. Una blancura que se perdía en la lejanía de unos montes antiguos y que se veía a través de la ventanilla de un avión que parecía privado, pues allí no había ningún pasajero, excepto esos dos tipos grandes con cara de mafiosos que le miraban mientras él los miraba.

Cuando un poco después aterrizaron en medio de la taiga, a Carlos lo llevaron hasta una especie de mansión que más que una mansión se parecía a una fortaleza. Era una casa triangular llena de recovecos y de plantas, y de grandes ventanas con cristales tan gruesos que parecían sacados del Titanic. Después de haberle mantenido encerrado en una habitación similar a las que él usaba en sus interrogatorios durante casi un día, al final vinieron a buscarle. Al parecer alguien quería visitarlo en ese sótano en relación a un asunto del que probablemente sabía muchas cosas. También le dijeron que si no se avenía a cooperar era posible que pudiera pasarle algo muy malo a dos amigas suyas: Lourdes Santos y Elena Moncada, y que lo único que querían era información sobre Ulises San Juan, y que se fuera pensando si quería ayudarles.

Después de tres horas apareció aquel hombre de mirada de hielo y cuyo rostro parecía fabricado de hierro, y cuyos ojos nadie podría decir si los tenía abiertos o si por el contrario los tenía cerrados. Llevaba unos alicates en una mano y en la otra un gran vaso de agua. Luego le preguntó que si tenía sed y le dio de beber al decirle que sí. Carlos estaba atado en una silla y se había orinado. Llevaba en esa posición cerca de veinticuatro horas y ese era el primer sorbo de agua que ingería. Tenía la boca seca y los labios cortados. No sentía las piernas. Después de haber dormido en esa posición, se había despertado con el cuello torcido, le picaban los ojos, en fin, que a esas alturas estaba hecho un poema.

Tras darle de beber, Yuri le sonrió. Luego se acercó un poco, le cogió el meñique de su mano izquierda y lo introdujo entre los alicates mientras le decía en un buen castellano:

—A veces tengo mala memoria, pero se me pasa enseguida cuando siento dolor —dijo en un tono neutro, tras lo cual apretó con todas sus fuerzas aquella herramienta sobre el dedo de Carlos.

El aullido que pegó fue tan grande que se quedó más afónico que un tenor al final de una ópera, como si a la vez de machacarle el meñique le hubieran quemado la garganta.

—¿Tiene usted el mismo problema de memoria que yo? —le preguntó el ruso todavía sonriendo—. No se preocupe, este sistema nunca falla, se lo digo porque he atendido casos graves y siempre ha resultado milagroso —y tras decir esto le puso el alicate un poco más atrás, en una falange del mismo dedo que todavía no le había aplastado.

Pero antes de apretar le preguntó:

—¿Conoce usted a Ulises San Juan?, señor del Río.

Carlos por supuesto no podía hablar, y aunque casi ni podía pensar movió la cabeza afirmativamente.

—Me alegro de que así sea, dentro de una hora volveré para charlar con usted. Mientras tanto mis hombres le dejarán ducharse y cambiarse de ropa. Y también le darán de comer. Que no se diga que en Rusia no nos preocupamos de la hospitalidad —y después salió por la puerta con el mismo silencio con el que había llegado.

Al cabo de una hora le llevaron a un amplio salón desde donde se veía el bosque, y también las aguas oscuras de un río muy ancho. Y fue allí donde Carlos le dijo todo lo que sabía sobre Ulises San Juan. Le contó la misión que se había impuesto de salvar a la Tierra, y también le habló de sus grandes poderes, y de cómo había proyectado sobre la luna llena la figura del ojo, y de cómo había transportado el silo durante el ataque a un tiempo paralelo, donde todo era silencio y quietud, y donde ninguna bomba podría amenazarles.

También le contó cómo Héctor Serra, el novio de Elena Moncada, había logrado escapar del silo donde Ulises le tenía retenido a fuerza de arrancarse el ojo izquierdo y cortarse el nervio óptico, aunque al final esto último no había sido necesario para poder largarse.

Y luego le explicó cómo, estando en Rouen, unos franceses habían logrado ponerle fuera de combate arrojándole gases a traición y dejándole atado en el interior de un inmueble que tenía cinco plantas y un portero apestoso.

Cuando terminó su relato, el ruso se quedó mirando fijamente a través del cristal durante unos minutos, como si no hubiera escuchado nada de lo que le había dicho, o aún más extraño, como si todo aquello no le importara los más mínimo y le hubiera dejado hablar sólo para que no sintiera que le habían aplastado un dedo sin motivo. Después, cuando giró la cabeza y clavó su mirada en los ojos de Carlos a través de esas rendijas arenosas que tenía en la cara, le preguntó con un deje de hastío:

—Señor del Río, ¿conoce usted alguna razón por la que debería dejarle con vida?

Ahora el que guardó un silencio sepulcral fue Carlos. Le había contado todo lo que sabía y estaba seguro de que aquel hombre así lo había entendido. Lo había hecho porque en primer lugar aquella información podría salvar a Lourdes, y en segundo lugar porque no creía que Ulises estuviera en peor posición de rescatar a Elena habiéndolo contado; él tenía poderes suficientes para ganar al ruso. Así que Carlos no sabía en qué se había equivocado para que aquel tipo deseara matarle. Aunque bien pensado, eso quizá sería sólo una más de sus malas costumbres.

Pero antes de que Carlos contestara Yuri volvió a intervenir.

—No hace falta que me responda ahora. El señor San Juan viene ya de camino hacia aquí. Si recuerda algo más, hágaselo saber a alguno de mis hombres. Y piense en lo que le he dicho.

Y después se lo llevaron a una celda situada en un profundo sótano, donde había una cama que parecía mullida, y donde las paredes, de las que colgaban cuadros flamencos de paisajes campestres, habían sido pintadas con colores alegres.

Capítulo 44

Una sangre llegada a través de la Luna

El sábado por la mañana, cuando Elena se despertó, enseguida supo que la Luna había cumplido su promesa. No podía explicarse cómo había pasado, pero lo había hecho. De madrugada, sin ella darse cuenta, le había bajado una regla abundante que había manchado no sólo su ropa interior sino también las sábanas. A pesar de ello decidió no moverse. Esperaría a que alguien llegara y mientras tanto seguiría pensando. «¿Qué otros hechos extraordinarios podrían ocurrir?», se preguntaba de una forma extrañamente calma. Porque así era como se había despertado, embargada de una paz tan profunda como nunca antes la había imaginado.

Y es que estando en esa cama, con las sábanas impregnadas con la sangre que una vez le faltó, se sentía por primera vez sola y en paz consigo misma. Sola cómo cuando siendo una adolescente fue a aquella clínica de un barrio alejado del centro de Madrid y ordenó que la vida que llevaba muy dentro le fuera arrebatada, y cómo cuando salió de allí con un hueco tan grande que parecía el interior de una cavidad cárstica de paredes pulidas, una cavidad tan inmensa que no había substancia suficiente en el mundo para poder llenarla. Y en paz cómo cuando años más tarde se había despertado una noche en los brazos de Héctor, arrullada por el suave murmullo de su pecho dormido, alentada por la claridad de una mañana que ahuyentaba fantasmas. Y ahora se habían unido las dos cosas en una unión perfecta. De algún modo, tumbada en esa cama, a la vista de un cuadro de un pintor que conocía desde que era una niña, custodiada por hileras de abetos infinitos cuyas sombras inspiraban nostalgia, deslumbrada por las aguas oscuras de un río que era negro como el mismo carbón, aquella vieja herida había sido sanada.

Curiosamente, para que eso pasara alguien le había tenido que extirpar el mismo órgano en el que esa vida diminuta una vez germinó. Y curiosamente también, los óvulos que ella llevaba dentro eran los únicos que serían capaces de dar lugar a un nuevo nacimiento, porque estaba segura de que el otro cincuenta por ciento de su carga genética ya había sido neutralizado por Ulises. Lo sentía dentro de sus entrañas, al igual que sentía que por esa cavidad que ahora ya estaba llena circulaba una fuerza tan vital que nadie podría destruir, y que de algún modo, aunque no sabía cómo, se las arreglaría para sobrevivir.

Al margen de todas estas disquisiciones, cuando una hora más tarde Yuri entró por la puerta, Elena se limitó a decirle que ella ya estaba lista, pero que lo que él había planeado no tendría ya los frutos que había pretendido. Y luego le enseñó aquellas sábanas manchadas de una sangre que había llegado a través de la Luna, la misma sangre que hacía muchos años había derramado con un gran sufrimiento.

Salísnikov, que había visto muchas cosas extrañas en su vida, no dijo ni una sola palabra, ni tampoco mostró el más leve indicio de contrariedad; tenía todo el tiempo a su favor. Poco importaba que aquella mujer a base de artimañas hubiera logrado menstruar cuando no le tocaba. Ciertamente estaba impresionado. No entendía cómo aquello podía haber pasado, pero daba lo mismo. Lo importante sería enfrentarse con Ulises y salir victorioso. Después sus médicos ya se encargarían de extraerle sus óvulos y de evitar sus trucos.

Él jugaba una partida de ajedrez de largo recorrido que había comenzado en el mismo momento en el que había nacido, el día en que su madre murió de una fuerte hemorragia. En el tablero, por un lado estaba él, todavía con su rey y acompañado de la dama y múltiples peones, y por el otro estaba su enemigo, otro rey solitario que jugaba con unas normas nuevas, al parecer dotado de una movilidad fuera de lo común, como si su adversario pudiera mover las fichas sin respetar las normas.

Yuri estaba expectante, deseoso de encontrarse con aquel caballero, el cual, como había averiguado hacía unos instantes, había torturado de manera elocuente al médico de Holanda y había convertido a su equipo de Berlín en estatuas de sal, como a los prófugos que intentaron escapar de Sodoma y Gomorra.

Mientras miraba a Elena sin emitir palabras, Yuri pensaba que no dejaba de ser paradójico que Ulises proviniera de la mismísima patria del Quijote. Para él, el libro de Cervantes era sin duda la obra magna de la literatura, un libro que había leído ya dos veces y que seguramente no por casualidad había comenzado a releer por vez tercera una semana antes de que todo empezara. Yuri muchas veces se había imaginado cabalgando a Rocinante por las amplias llanuras españolas, aunque sus motivaciones no hubieran sido las de un hidalgo loco sino las de un hombre cuerdo que actuaba con premeditación. Al fin y al cabo el pobre Don Quijote no dejaba de ser siempre una víctima que nunca comprendía el porqué de las cosas. Y eso a Salísnikov sin duda no le hubiera pasado. Y ahora mismo, contrariamente a las leyes de la caballería, él era el que tenía cautiva a la doncella y quien esperaba con ansia la llegada de la persona que tuviera el valor de rescatarla.

Pronto vería si Ulises tenía las agallas de meterse en la trampa que le había tendido. Porque en realidad la maniobra de sacarle un ovario a la chica y enviarlo a Alemania había sido sólo una argucia con la que ganar el tiempo necesario para ultimar las cosas. Y es que con la información que le había sonsacado a Carlos del Río, Yuri había puesto a un equipo de investigadores a trabajar en un sistema para intentar neutralizar los poderes de Ulises. Y mientras perseguía el órgano de Elena, que a él le traía sin cuidado, el día anterior sus científicos habían instalado en su casa unos aparatos basados en los inventos inconclusos de Nikola Tesla, un genio croata engañado por Edison y por Westinghouse, individuos sin ética que le habían comprado sus valiosas patentes por cantidades ínfimas y que le habían dejado morir en la indigencia.

Así que durante todo el viernes y la mañana del sábado, sus secuaces habían estado pergeñando dos potentes condensadores que producirían un campo electromagnético resonante con el que esperaban poder neutralizar al hombre. De lo único que Yuri debía asegurarse era de hacer que Ulises se colocara justo entre los aparatos antes de conectarlos, ya que el campo creado tenía la particularidad de contener en su centro una polaridad neutra en la que ningún flujo de corriente podría tener lugar, algo así como el ojo de un gran huracán en el que existía un calma total alrededor del viento.

Aparte de esta trampa, Yuri contaba con una ventaja adicional que Ulises no esperaba. Y es que durante sus años en el KGB había recibido múltiples heridas, una de las cuales le había afectado a su ojo izquierdo, de tal suerte que se lo habían tenido que sustituir por uno de cristal. Como quiera que su mirada y sus ojos rasgados impedían que este detalle se notara, muy pocas personas conocían el hecho. Así que cuando Ulises se presentara ante él no podría ofuscarle la mente, ni apoderarse de su voluntad como hacía con otros.

Un poco antes de la una de la tarde, los centinelas apostados en el bosque le avisaron de que el hombre llegaba en un taxi holandés. Y fue en ese mismo momento cuando Yuri puso en marcha todo el teatro que le había montado. Primero le mandó una andanada de gases lacrimógenos, aunque sabía que estaría preparado para repelerla. Después le mandó a sus mejores hombres, uno de los cuales se había sacado el ojo para no poder ser manipulado, pero tal y como había previsto todos estaban fuera de la circulación. Y ahora le tocaba su turno. Así que le mandó el ascensor vacío para que se montara, porque sabía que aquel hombre no se detendría ante ningún obstáculo, al igual que él mismo tampoco se hubiera detenido.

Capítulo 45

Los primeros seis sueños

Una vez en la calle, Héctor se había subido al triple asiento delantero de la caravana y había comenzado su interrogatorio. Ya no le importaba que la vaca tuviera un código al que debía atenerse; estaba decidido a obtener las respuestas que necesitaba aunque para ello tuviera que pasarse allí metido el resto de sus días.

Ramita, viendo los grandes ímpetus con los que había llegado y sin hacerse esta vez de rogar, tras emitir un hondo suspiro y mientras que sus ojos comenzaban a brillar con luz fosforescente, comenzó su relato:

Primero le contó a Héctor cómo Omar Mabel había sido asesinado por fuerzas pacificadoras mientras custodiaba un cargamento de flores de adormidera blanca sólo para robárselas, y cómo después aquellos militares habían fabricado con ellas toneladas de heroína que luego habían vendido para comprar más armas y poder así justificar sus fines, y cómo esa misma droga había causado la muerte de cientos de sus hermanos negros. Y también cómo un buen montón de políticos y de banqueros blancos habían sonreído al mundo mientras contaban que todo lo que hacían lo hacían de acuerdo con la ley y por la democracia, y que gracias a sus ejércitos la paz sería finalmente instaurada en la Tierra.

Después Ramita le contó cómo Calixto y Beneplácito Mabel se las habían apañado para engañar al mundo durante muchos siglos con mentiras piadosas. Mentiras todas ellas destinadas a arrogarse el poder del mismísimo Dios, como si sólo ellos y su flagrante curia hubieran sido los únicos capaces de interpretar Su voz. Y luego le contó lo que él ya sabía; que cómo en Su

313

nombre habían asesinado a miles de personas, y cómo con su moral habían provocado que la gente viviera asustada por temor al infierno, y cómo con sus impuestos habían sido capaces de amasar una inmensa fortuna, y cómo gracias a ellos la culpa corroía a los humanos de tal forma que nadie parecía que tuviera derecho a unas simples migajas de felicidad sin su consentimiento, y cómo sus mentiras piadosas eran en realidad las peores mentiras que jamás se hubieran pronunciado. Y también le contó cómo el Papa había confesado en público todas esas patrañas, y cómo al final la gente se había liberado de su implacable yugo.

A continuación Ramita le contó a Héctor cómo María Mabel, una mujer que había vivido todo tipo de vidas, había sido sistemáticamente oprimida en cada una de ellas por un grupo de hombres nacidos en una sociedad patriarcal regida por unas leyes hechas a su medida, y cómo Horacio Mabel, inmigrante legal en un país democrático, había sido despojado de todo lo que con su arduo trabajo había conseguido sólo porque al firmar la hipoteca, sin él saberlo, lo que había firmado era en realidad su sentencia de muerte ante el mismo diablo. Y por último Ramita le contó cómo George W. Mabel estaba intentando desarticular, junto con otros imperialistas, a un grupo de españoles que lideraban un movimiento pacifista a nivel planetario que pretendía restaurar los valores más humanos de nuestra humanidad, y que deseaban abolir el poder del dinero y las clases sociales, y también que aspiraban a construir una sociedad que fuera igualitaria, donde los hombres y mujeres convivieran en paz, y donde el amor hacia el prójimo fuera lo natural y no sólo un producto de venta en las iglesias.

Durante su relato, los ojos de Ramita no habían dejado ni un solo instante de brillar con luz fosforescente. Mientras emitía sus extraños sonidos y regurgitaba paja, estaba como ausente, sumida en una especie de trance sideral, como si lo que hablaba le estuviera siendo transmitido directamente desde el centro más central de la galaxia y no estuviera saliendo de los propios huesos de su calavera. Héctor por su parte no había dejado de mirarla ni un solo momento y había permanecido concentrado durante todo el rato, como si las palabras de la vaca hubieran sido los granos contenidos en un reloj de arena y él necesitara tragarse cada uno de ellos para marcar el tiempo.

Una vez el animal se hubo detenido, Héctor siguió con su mirada clavada en la de ella. Y es que se estaba imaginando que su silencio era casi tan importante como lo que había dicho, porque para decir la verdad, aunque había entendido cada una de las cosas que Rami le había relatado, no había sido capaz todavía de interpretar el significado global de todo aquel tinglado, tal y como se suponía que sólo él sería capaz de hacer. Después, tras unos minutos de reflexión, se decidió por fin a conminarla a que le contara lo que seguía ocultando.

—Rami, ¡déjate ya de juegos y desembucha el resto de la historia! ¿Qué tienes que ver tú con las profecías de Aquémenes?, ¿cómo es posible que hace setenta años anunciaras al abuelo de Yali Mabel lo que iba a pasar y qué debían de hacer? Creo que eres tú la que estás manejando los hilos de esta historia y que por tu culpa Elena corre un grave peligro. Confiesa de una vez y dime qué hostias hay que hacer para poder salvarla.

—Muy bien, ¡tú lo has querido! —respondió la vaca cansada ya de jugar al ratón y al gato con aquel muchacho—. Que sepas que acabo de cumplir los tres mil años y que he sido yo la que ha orquestado todo desde el principio, y también, y mucho más importante para ti, que ha llegado la hora de comprobar si sabes de verdad lo que es el *Amor*. Para ello tendrás que impedir primero, y quizás incluso a costa de tu vida, que Elena regrese a España y lograr después que llegue a *Yiwika* antes del domingo a medianoche o ella morirá; la caverna es el único lugar en que estará segura. Y esto es todo lo que tengo que decirte por ahora. Lo demás son asuntos de los cuales no has de preocuparte —y tal y como se lo acababa de advertir, en ese instante Ramita dejo de masticar y se sumió en un lacónico silencio.

Capítulo 46

Un campo resonante

Después de que Ulises, con su libro todavía en la mano, se hubiera montado en el extraño ascensor y de que éste se hubiera activado produciendo el mismo tipo de zumbido metálico que cuando subía, comenzó a descender por una sección circular excavada en la roca. Una suave corriente mecía sus cabellos. Aquel hecho y la ausencia de cables le hizo pensar que el elevador probablemente se accionaba con aire comprimido, como los sistemas de transporte que se utilizaban en los grandes archivos para mandar papeles.

Al cabo de tres minutos llegó hasta la base del conducto. Una amplia sala se abría delante de sus ojos. Sentado en medio de la misma se encontraba aquel ruso. Era un hombre mayor pero no envejecido. Tenía un rostro ancho, llevaba barba y un bigote afilado. Sólo un mechón de pelo negro le caía sobre la frente, pues el resto de la cabeza la llevaba rapada. Los ojos los tenía rasgados y apenas abiertos, como si fueran las rendijas de alguna máquina diseñada para circular por un desierto arenoso. Entonces Ulises le lanzó uno de sus rayos y le dijo que le entregara a Elena, porque estaba cansado de tener que descuartizar personas de manera sangrienta.

Yuri primero sonrió y después le dijo que no había problema, que se la entregaría, pero que antes de eso le gustaría discutir con él algunas condiciones. Y entonces, en cuanto Ulises salió del hueco del ascensor y dio un paso hacia adelante pretendiendo acercarse, Yuri activó la trampa. Por un lado, los dos condensadores produjeron un campo electromagnético resonante que le dejó atrapado en un espacio neutro, donde todos sus poderes quedaron confinados, y por el otro, una campana de cristal ultrarresistente bajó del techo de la sala rodeándole por los cuatro costados y dejándole a merced de quién al secuestrar a Elena se había declarado su enemigo. Curiosamente parecía que había sido vencido tomando una fuerte dosis de la misma medicina que había utilizado para dejar al ser humano estéril. Sin embargo, Ulises tenía recursos que nadie sospechaba, y mucho menos Yuri. Pero antes de ponerlos en marcha y sabiéndose atrapado en medio de ese campo donde sus capacidades, al menos de momento, no le servirían para nada, decidió que deseaba hablar un poco más con Kravich; tenía curiosidad por sus motivaciones. Y entonces tuvo lugar este diálogo entre los dos hombres que quizás tuvieran en sus manos el destino del mundo, o como mínimo una buena porción:

—Así que tú eres Yuri, el ruso que anhela mi poder —dijo Ulises mientras tomaba asiento en medio del cilindro.

Salísnikov, como el hombre silencioso que era, al principio se limitó a sonreírle y a no decir palabra. Durante un buen rato trató de penetrar con su mirada la mente de aquel individuo, pero la oscuridad de sus ojos negros se lo estaba impidiendo. Estaba claro que aunque sus poderes estuvieran limitados por aquel campo de fuerza y aquel grueso cristal, Ulises seguía siendo muy peligroso. Debía actuar con extrema cautela.

—Veo que aunque has subestimado mi poder has podido adivinar mis intenciones. —Y sin darle a Ulises la oportunidad de responder continuó hablando—: En fin, dejemos ese asunto. Te propongo un trato: yo te doy a la mujer para que hagas con sus óvulos lo que a ti te parezca y tú a cambio me proporcionas el secreto de tu padre, el que dejó escrito en sus cuadernos y del que eres poseedor, aunque ahora mismo no te sirva de mucho.

—Así que has obligado a Carlos del Río a contarte mis cuitas —respondió Ulises, que ya se había imaginado de dónde había sacado la información—. No pasa nada, lamento decirte que mi poder no es algo que pueda compartir, y menos con alguien como tú.

—Señor San Juan, mírese, no creo que esté en situación de hacer tales afirmaciones, ¿no le parece? —dijo el ruso dejando de tutearle para acentuar con ello las distancias.

—¿Crees que con una simple campana de cristal y un campo de fuerza me puedes detener? —Y esta vez fue Ulises el que no le dio opción a responder. —Pero dejemos eso para más tarde, primero me gustaría saber qué harías tú con un poder como el mío —dijo tratándole de tú, pues no era momento para formalismos de ninguna clase.

—Yo quiero lo mismo que quiere Don Quijote —respondió Yuri en clara alusión al libro que le veía sostener entre sus grandes manos—. Este es un mundo de locos y necesitan una persona cuerda para que les dirija; la humanidad desea un verdadero líder y nosotros dos se lo podemos dar.

—Veo que admiras también al caballero andante, pero creo que no has comprendido su propósito. Y tampoco el mío. Cuando el mundo averigüe lo que ha sucedido las personas como tú ya no tendrán cabida. Y si no espera y verás.

—¿Y por qué has traído ese libro hasta aquí? —preguntó Yuri ignorando las amenazas de Ulises pero sin dejarlas de sopesar.

—Llegados a este punto y sabiendo que no te queda mucho tiempo de vida te lo puedo contar. Lo heredé de mi padre. Lo mandó imprimir en un papel hecho con pasta de la misma hierba que utilizó para darme la vida. A medida que aumenta mi fuerza, aumentan también los poderes del libro, pero es intransferible, así que no lo mires con ojos codiciosos, aunque veo que eres tuerto, ¿o es que todavía crees que puedes engañarme?

Yuri, que en el fondo de su mente se preguntaba por el tipo de estratagemas que podría estar ideando aquel hombre para zafarse de su trampa y matarle, guardó otra vez silencio. Sus ingenieros le habían asegurado que con aquel mecanismo tendrían un 99% de posibilidades de anular todas sus facultades, pero a él le preocupaba el otro 1%, al fin y al cabo había logrado sobrevivir durante todos estos años gracias a haber tenido siempre en cuenta los riesgos allí donde parecía que no los había. Y precisamente por ello, en cuanto sus centinelas le hubieron informado de que Ulises ya estaba en el interior de la mansión, ordenó a tres de sus hombres, los únicos a los que había permitido permanecer allí mientras todo ocurría, que cogieran a la chica y se la llevaran a un antiguo búnker militar que le pertenecía y en el que tendrían preparado un avión para ir a Galicia; si aquel gallego no quería compartir su secreto, él iría a robárselo a su finca de Lugo. Y por eso Yuri no quiso contestar a su pregunta, sino que se limitó a repetir su propuesta anterior:

—Decídete de una vez; la chica a cambio del secreto que escondía tu padre, de lo contrario comenzará muy pronto a donar docenas de sus óvulos. Conozco muchas mujeres que desean ser madres, y muchos más hombres que desean ser padres —y acto seguido se levantó y se retiró hacia la profundidad del resto de sus instalaciones, dejando a Ulises encerrado y todavía bajo los efectos del campo resonante.

Mientras tanto, los tres hombres de Yuri, después de haber recogido a Elena del interior del núcleo, se dirigían hacia la superficie. En esos momentos el complejo estaba casi vacío, pues el resto de la guarnición lo había abandonado con el fin de evitar que Ulises tratara de usurparles la mente. Carlos del Río sin embargo continuaba en su lujosa celda. Estaba solo. Este hecho, junto con el ajetreo que había escuchado hacía unos minutos, indicaba que el personal de seguridad probablemente se habría marchado, aunque no podía imaginar la causa. La puerta de acero de la estancia tendría al menos cinco centímetros de espesor y la cerradura carecía de pomo. Le iba a ser del todo imposible escaparse de allí. No había ni una sola ventana. Los únicos accesos al exterior lo constituían un pequeño conducto de ventilación y el desagüe del váter, pero eran demasiado estrechos como para poder deslizarse por ellos. No había nada que hacer. «Siendo objetivos y analizando bien la situación, lo único que me queda es esperar a que llegue la muerte», reflexionaba Carlos para sí, porque ¿acaso había podido encontrar alguna razón por la que Yuri no debía matarle? Por desgracia la respuesta a la pregunta que se llevaba haciendo desde que le habían vuelto a encerrar era siempre la misma: no tenía ninguna.

Y fue mientras andaba enajenado con estas reflexiones cuando se oyó el *clic*. Había sido la puerta. Seguramente venían por fin a despacharle. No importaba, creía que estaba preparado. Pero nadie llegó. En el exterior no se escuchan pasos ni ningún otro ruido. Pasaron dos largos minutos pero por allí seguía sin aparecer nadie. Y entonces, de repente, todo el vello del cuerpo se le empezó a erizar: el pelo de su cabeza se le había atiesado, como cuando uno se somete a un fuerte campo de electricidad estática; y es que unos metros más abajo, Yuri Salísnikov acababa de activar los condensadores que sin él pretenderlo habían abierto las puertas electrónicas de toda la mansión. Por un momento el agente no supo reaccionar, pero luego, al darse cuenta de que tenía delante de sus ojos la posibilidad de escapar, tensó enseguida los músculos del cuerpo.

Con sigilo deslizó sobre sus goznes la gruesa hoja de acero y atisbó en el pasillo; allí todo estaba desierto. Con los sentidos alerta salió de la celda y comenzó a buscar una salida. Tras doblar varios recodos y subir un tramo de escaleras, Carlos escuchó pasos y se ocultó detrás de una vieja armadura. Aquella coraza metálica brillaba encima de su pedestal como si hubiera pertenecido al mismísimo Cid. Su brazo derecho empuñaba una espada tan enorme que llegado el caso Carlos dudaba de que fuera a ser capaz de manejarla. Por si acaso decidió no tocarla;

no deseaba alterar nada de su entorno que pudiera llamar la atención de los que sin duda no serían amigos.

Tres hombres avanzaban en su dirección. Llevaban a una mujer con ellos, era alta y morena. A pesar del diferente color de pelo reconoció en ella enseguida a Elena. Para evitar ser descubierto, Carlos se ocultó aún más entre las sombras que arrojaba aquel podio. Los tres hombres y la mujer se encontraban a tan sólo unos pasos. Si quería hacer algo disponía de menos de un segundo para reaccionar, de lo contrario debería dejarlos pasar y buscar otra forma de rescatar a Elena. Atacarles sería temerario, y casi con total seguridad también contraproducente para ambos.

Pero aún llevaba clavada las palabras de Lourdes en el pecho. La amargura de saber que ella nunca más le volvería a hablar. Y por eso, cuando aquellos tipos pasaron junto a él, salió de su escondite y le propinó al que estaba más rezagado tal golpe en la nuca que cayó instantáneamente fulminado. Por suerte para él y por desgracia para los dos hombres que quedaban, éstos no portaban armas de fuego. Yuri no se lo permitía; el interior del núcleo era un espacio demasiado sagrado y sabía que las armas las cargaba el diablo. Sin embargo, sí que llevaban unos cuchillos enormes, y también un buen montón de malas intenciones.

Antes de que hubieran podido abalanzarse sobre él, en parte debido a que el cuerpo de su compañero se hallaba en medio de su trayectoria, Carlos ya había cogido la gran espada y la sostenía delante de él, a duras penas pero lo bastante amenazadoramente como para hacer pensar a sus dos oponentes. Elena, que en un principio había dado un grito, se había puesto en cuclillas junto a la pared y desde allí miraba la escena en silencio. Con una de sus manos se presionaba la ingle, había recibido un empujón y tenía miedo de que se le fueran a saltar las heridas.

Y entonces fue cuando todas las luces se apagaron; los equipos de Tesla absorbían toda la potencia de la casa. Carlos, que había memorizado la ubicación de los dos hombres, no dudó ni un segundo. Con todas sus fuerzas dio dos pasos hacia adelante y lanzó un mandoble oblicuo que impactó de lleno en el hocico de uno de aquellos cerdos. En el pasillo se escuchó un grito que contenía todos los estertores de la muerte. El otro hombre sin embargo había logrado escabullirse. Se escuchaba el siseo de su traje al cortar la negrura. Dos pasos laterales, un quiebro final y después una hoja. Una hoja de frío metal que le atravesó el pecho. Carlos primero sintió cómo se le rompían las costillas y después cómo el cuchillo le atravesaba un pulmón. La sangre y el aire se le habían escapado de repente, sin embargo pudo hacer un último movimiento con la espada y la cabeza del tercer hombre saltó hecha pedazos, a pesar de que en esa oscuridad nadie podría haberlo asegurado. Entonces Elena, que había tenido tiempo suficiente para reconocerlo, acudió a tientas hacia donde yacía. Cuando llegó, a Carlos apenas le quedaba un hilillo de voz. Sangre aún caliente manaba de su herida y una sola palabra salía de su boca: «Lourdes.»

Después de que por primera vez en su vida una persona muriera entre sus brazos, Elena, aún consternada pero sabiendo que quedarse allí no serviría para nada, se levantó y comenzó a buscar una salida. Deambuló a oscuras por pasillos y escaleras durante mucho tiempo. Sabía que había ascendido varios pisos, pero aún no distinguía la claridad del día. Finalmente encontró lo que parecía tratarse de una puerta cilíndrica de cristal. Recordaba que en su camino al núcleo habían utilizado un ascensor. Como quiera que la puerta estaba abierta, se introdujo en él y accionó la palanca. El sistema de aire comprimido aún estaba cargado, así que a pesar de que ningún aparato eléctrico funcionaba aquella máquina comenzó a desplazarse hacia la superficie. Dos minutos después había llegado hasta una de las salas laterales, y un poco más tarde salía al exterior. Eran las doce del mediodía hora local del sábado y disponía de sólo treinta y seis horas para llegar a *Yiwika*.

Capítulo 47

Vádim Vladimirovich

«¿**A**sí que la vaquita tiene en realidad tres mil años y ella es la responsable de todo este barullo? Ya sabía yo que detrás de ese dicharacherismo barato estaba ocultando infinidad de cosas. Y ahora va y se refugia en el silencio para evitar explicarse del todo. Pero bueno, lo importante antes de nada es rescatar a Elena, lo demás ya lo averiguaré a su debido tiempo», y entonces, con unas energías renovadas, Héctor se dirigió a encontrarse con Carmen, que en ese mismo instante salía de la casa para ir a buscarlo. Al parecer corría a darle la noticia de que el capo de la *Russkaya* que había secuestrado a su novia había llamado a Lourdes para cerrar un trato; le entregaría a la mujer a cambio de que le dejara entrar en el espacio aéreo español y le permitiera el acceso a la finca de Ulises, que sabía protegida por unidades especiales de la policía.

Después de hablar con Lourdes, Yuri Salísnikov había permitido que Elena se pusiera al teléfono y ésta le había comunicado que Carlos del Río había muerto intentando salvarla, pero que por desgracia su sacrificio había sido inútil, porque al salir de la mansión del ruso, el resto de su guardia personal la había rodeado y junto con un taxista holandés la habían conducido hasta una antigua base militar en la que se encontraba en esos momentos.

—Pero eso es imposible; ¡Elena no puede volver! —dijo Héctor más compungido todavía que cuando había terminado de hablar con la vaca—. Ramita dice que morirá si lo hace.

—¿Cómo?, ¿cuándo te ha dicho eso?

—Hace apenas un segundo, afirma que sólo estará segura en *Yiwika*.

—Dios mío, vamos dentro; creo que Lourdes ya ha aceptado sus condiciones —replicó Carmen mientras le tiraba de la camisa para que lo acompañara.

Cuando entraron en la casa se encontraron a la mujer llorando; no podía creerse que Carlos hubiera muerto, y además pronunciando su nombre. Lamentaba no haberse imaginado que la *Bratva* iría tras él para sacarle toda la información que poseía. Debía haberlo protegido. Otra muerte más que junto a la de su marido debía cargar a sus espaldas; justamente las dos únicas personas que la habían amado de verdad. Pero ahora tenía que recobrarse: no estaba dispuesta a que a Elena le pasara lo mismo.

Mientras tanto, Ricksman, que con el ajetreo se había despertado del sueño en el que se suponía que debía haber averiguado el sentido de las palabras de la Luna, miraba atónito la escena. No entendía nada de lo que ocurría a su alrededor, y mucho menos cuando oyó a Lourdes jurar en arameo.

—Ese puto Kravich me las va a pagar todas juntas; cuando me la entregue lo voy a matar con mis propias manos.

—¡Elena no puede regresar! —repitió Héctor según entraba por la puerta en compañía de Carmen y explicaba de nuevo las palabras de Rami.

—Si no la dejamos, Yuri la matará después de haberle extraído el segundo óvulo. Por lo visto ha conseguido confinar a Ulises en su mansión y se dispone a huir; nunca los podremos encontrar si lo hace.

—Llámale y dile que no hay trato. Él sólo quiere los cuadernos y ahora están en mi poder —contestó con furia.

Y es que Héctor, después de abrir el pozo y antes de abandonar la finca de Ulises, sospechando que en ellos podría encontrar la solución a muchas de las incógnitas que todavía tenía, había decidido pasar por el silo y coger todas aquellas notas. Estaba seguro de que contenían información crucial, y en el peor de los casos los podría utilizar como moneda de cambio, como ahora efectivamente quedaba confirmado.

—Están en la caravana —añadió después—. Llama al mamón ése y dile que yo mismo se los voy a llevar y que se los entregaré sólo cuando Elena esté a salvo en un avión de camino a *Yiwika*. Si no lo hace así, ya se puede olvidar de ellos. ¿Podrás organizar un vuelo para llevarme a Perm y otro para llevar a Elena desde allí hasta Papúa?

—Tal vez Andrópov podría, pero no va a funcionar, él nunca te la entregará. Si lo haces en su territorio se quedará con todo —contestó Lourdes, que había logrado reponerse de su dolor sólo porque la tarea que ahora tenía entre manos así lo requería.

—No hay alternativa, Ramita lo ha dejado bien claro. Te aseguro que Elena quedará libre; recuerda lo que hice con los pilotos. Además dispongo de varias horas para estudiar lo que Ulises aprendió de su padre, quizás el tiro le salga por la culata al rusito de mierda.

—Héctor tiene razón —añadió Carmen cerrando los puños y sabiendo que sería una trampa sin salida. Ella le acompañaría, esta vez no estaba por la labor de dejar a su amiga tirada. Ya vería cómo, pero convencería de algún modo a Héctor.

Lourdes no estaba segura, pero reconoció enseguida que desoír a la vaca sería la peor de las ideas. Tras meditarlo un segundo, cogió su teléfono y marcó el número que Yuri le había dado para futuras comunicaciones.

—¡Qué sorpresa!, no me imaginaba que deseara hablar conmigo después de lo que le contó su protegida sobre la lamentable muerte de su amigo.

—Hemos cambiado de opinión: la mercancía que usted desea se la llevaremos hasta allí y se la entregaremos a cambio de Elena —replicó Lourdes mordiéndose la lengua y aguantando el dolor.

—Vaya vaya, veo que el novio ha vuelto y quiere ser un héroe. ¿No había salido a hacer unos recados?

—Usted limítese a enviarme las coordenadas de su base. Mandaremos un avión para que recoja a la mujer, y en cuanto esté en el aire, Héctor Serra le entregará los cuadernos.

—¿No me habrá tomado usted por tonto, verdad?

Entonces Héctor, lleno de rabia y decidido a no permitir que Elena fuera traída de vuelta, le quitó a Lourdes el teléfono de la mano y se lo jugó toda a una carta.

—Señor Salísnikov, sé que yo ya estoy muerto, pero usted no conseguirá nada a menos que ella quede libre. Envíe las coordenadas y olvídese de lo demás; estaré allí dentro de siete horas, a las nueve de la noche de su uso horario.

—¿Y cómo sabré que son los auténticos?

—Lo averiguará en cuanto los vea, son treinta. Si no son de su agrado podrá matarnos —y después colgó rezando para no haberse equivocado.

Dos minutos más tarde, Lourdes recibía las coordenadas en su móvil. Después salieron todos a la calle, recogieron la caja con los treinta cuadernos de la caravana y una vez Héctor se hubo despedido, se marchó junto a Lourdes y Ricksman en dirección al helicóptero que había traído a este último para que les llevara a Torrejón de Ardoz. Desde allí saldría el avión militar que le llevaría a Perm y que Lourdes se disponía a gestionar.

Carmen, que se había empeñado en ir, al final comprendió que debía quedarse. La estratagema que Héctor había utilizado al decir que ella sería la única que podría entender a Ramita en caso de que necesitara informarles de algo había funcionado. Sabía de sobra que la vaca no pensaba añadir nada a lo que ya había dicho, pero llevarla hubiera supuesto ponerla en un grave peligro, y además lo haría todo mucho más complicado. Prefería tener que ocuparse sólo de una persona, así que no dudó ni un segundo cuando vio la oportunidad de engañarla con aquel argumento.

Durante el trayecto hasta la base de Torrejón y a pesar del estruendo de los motores, Lourdes habló por el intercomunicador con un coronel de las fuerzas aéreas que le debía favores y pudo organizar el vuelo de espaldas al CNI. Para esas horas la agencia estaba revolucionada y no paraban de entrarle llamadas que no respondía. No le había dicho a nadie lo de Carlos y no pensaba hacerlo hasta que Elena estuviera a salvo.

Cuando hubo recobrado el aliento se dispuso a llamar de nuevo a su amigo Vádim; tendría que ofrecerle algo muy suculento para que aceptara fletar el avión que necesitaban, pero creía que ya sabía qué.

—*Madame* Santos, qué alegría oírla. Precisamente quería hablar con usted. Por desgracia ahora no es sólo Salísnikov el que está interesado en su amiga—dijo Vádim como dando a entender que todo ese asunto empezaba ya a divertirle.

—¿Qué quieres decir?, ¿no te habrás ido de la lengua?

—Me decepciona que me haya dicho eso, señorita Santos, ¿cómo puede siquiera sugerirlo? ¿No habrá pensado usted que todo este revuelo se podía ocultar por mucho tiempo? Me temo que la CIA y el Pentágono ya saben lo que porta esa chica dentro de sus entrañas; nada menos que el futuro del mundo.

—Pero imagino que mientras esté en su territorio no podrán hacer nada, ¿no es así?

—Estos tiempos ya no son lo que eran, *madame*, ahora nuestros gobiernos quieren colaborar, al menos cara a la galería — respondió el ruso mientras le daba una sonora chupada a su puro importado—. Los americanos están a punto de informar a nuestro Primer Ministro a cambio de un acuerdo sobre la custodia de la mujer. En cuanto firmen, todo habrá terminado para ella.

—Necesito su ayuda, Vádim.

—¿Y por qué habría de dársela? Sólo saldría perdiendo.

—Porque usted odia a los políticos de hoy. La guerra continúa, pero nadie quiere pronunciar esa palabra. Sé de muy buena tinta que los hipócritas nunca hicieron carrera con usted.

Andrópov guardó silencio. Era cierto lo que decía aquella mujer. Esos gobernantes le traían al pairo. Eran títeres en manos de los poderes económicos, gente que como Salísnikov se había aprovechado de la caída del muro para hacerse inmensamente rica y cambiar de chaqueta. Él seguía creyendo en el partido y siendo comunista hasta la misma médula. Y por eso despreciaba a la *Bratva*, porque en muchos sentidos ellos habían sido los que había permitido hundirse a la nación.

—Está bien, señorita Santos, pero ¿qué me puede usted ofrecer a cambio?

—Un puñado de esos óvulos que todo el mundo quiere. Imagino que podría conseguir muchas cosas con ellos.

Héctor, situado a su lado, dio un brinco en su asiento al escucharla a través de ruido de los motores. ¿Cómo podía ofrecer algo de ese calibre? Eso era un disparate; Elena nunca lo consentiría. Sin embargo, enseguida se dio cuenta de que Lourdes había hecho lo correcto; salvarla era lo prioritario.

—Veo que me conoce bien. Por eso siempre me gustó trabajar con usted. ¿Qué quiere que haga?

Y entonces Lourdes le explicó lo que necesitaban.

Cuando todas las cuestiones apremiantes se hubieron dirimido y una vez tomaron tierra en la base, James Ricksman, que había permanecido callado todo el tiempo viendo que no podía contribuir en nada, se decidió por fin a tomar la palabra.

Por lo que ahora contaba, cuando había abandonado el salón unas horas antes y se había acostado en la cama de Héctor, aunque había logrado dormirse a la primera, se había limitado a tener el mismo sueño que había tenido unos días atrás a excepción de un detalle que no comprendía y quería estudiar.

Y es que en su sueño, habiéndose colado en el estrecho habitáculo de la *Voyager 1*, había conseguido como antes despegar sin que nadie se percatara de su terrible audacia. Y también había podido sobrevivir al lanzamiento y a la ausencia de aire. Y quince meses más tarde, mientras por la ventana admiraba los volcanes de Ío, se había fijado en que, allí soldada, bajo uno de los paneles principales, había una caja dorada de forma triangular en la cual anteriormente no había reparado. Pero su sorpresa no había sido sólo porque esta vez la hubiera visto, sino porque James hubiera jurado que aquel objeto no formaba parte de los equipos que fueron lanzados con aquella misión.

Cuando hacía ya años había ingresado en la NASA, poco después de conocer a Elsa, los dos habían colaborado con el grupo de seguimiento de la sonda espacial. Como parte de su formación previa se habían tenido que aprender de memoria los planos de la nave y cada uno de los mensajes y de los instrumentos que ésta contenía. Y de ninguna manera aquella caja dorada de forma triangular debía encontrase allí. Sin embargo era imposible que alguien la hubiera colocado en su interior después del lanzamiento, y así se lo hizo saber al resto de sus acompañantes antes de que Héctor se dirigiera al avión que habría de llevarlo hasta el centro de Rusia. Y por eso después le pidió a Lourdes que le llevara a su oficina en el MDSCC, donde esperaba poder desvelar prontamente el misterio.

Capítulo 48

La princesa Micomicona

Sobre las nueve de la noche del sábado, cuando el avión de Héctor estaba a punto de aterrizar en la base militar de Perm, a cincuenta kilómetros de allí, en la mansión donde Yuri Salísnikov había residido al abrigo de sus inmensos muros durante veinte años, Ulises había puesto finalmente en marcha sus recursos para librarse de la trampa en que los ingenieros de Kravich le habían hecho caer.

Después de que el ruso se retirara al interior del núcleo y desapareciera, Ulises esperó a que el sol se ocultara; aunque estaba a más de cien metros bajo tierra necesitaba el amparo de la noche para hacer lo que tenía que hacer. Cuando en el exterior reinó la oscuridad abrió de nuevo el libro del Quijote y comenzó a leer uno de sus potentes párrafos. Y el párrafo en cuestión no fue otro que aquel en el que se contaba cómo el gigante que tenía retenida a la única y verdadera princesa Micomicona[3], envuelto en la negrura del crepúsculo, alzaba la voz y de su garganta salían sonidos tan bestiales que hacían volverse sordas a todas las criaturas, y también aullidos tan agudos que provocaban la rotura de todos los cristales y ventanas del reino.

Y similarmente, en cuanto Ulises terminó de recitar el párrafo, el gran cilindro de grueso cristal, que hasta entonces había sido responsable de su confinamiento, comenzó a fracturarse. Primero tan sólo con pequeñas fisuras, pero luego con grandes y sonoras heridas, como si el mismísimo caballero de la triste figura estuviera haciéndola pedazos con poderosos golpes de su locuaz espada.

Una vez que Ulises se pudo liberar de su encapsulamiento lo demás fue sencillo. Bastó con avanzar un par de metros y salirse de la influencia del campo resonante producido por los condensadores del ingenioso Tesla para poder recuperar de pleno sus poderes. Ulises, que al desactivar la trampa había visto cómo todas las luces de la mansión volvían a encenderse, comenzó a registrar la casa. Sin embargo, al recorrer los pasillos y entrar en las habitaciones que componían el núcleo llevando todavía en una mano el libro que le había sacado de tantos contratiempos, allí no encontró a nadie, a excepción de los cadáveres de Carlos y de los tres sicarios.

En cuanto Ulises se percató de lo que había pasado se subió al ascensor y salió al exterior. Allí afuera todo estaba desierto. Tal como sospechaba, Yuri y sus hombres habían abandonado el lugar llevándose a la chica. Pero contrariamente a lo que podría pensarse Ulises seguía confiado, pues cuando su amigo Vladimir se hallaba inconsciente por el efecto de los dardos había introducido un bucle temporal en su cerebro y ahora era capaz de perseguir su rastro. Y estaba convencido de que el taxista no andaría muy lejos de donde estaba Kravich.

Capítulo 49

La caja dorada de la Voyager 1

Unas horas antes, poco después de haberse despedido de Héctor en Torrejón, Lourdes y Ricksman se fueron hasta el centro espacial. Allí la actividad continuaba de manera frenética. Nuevos científicos se habían unido a la colosal tarea de intentar encontrar la solución idónea que pudiera revertir los efectos del pulso, pero los resultados habían sido frustrantes.

Con los medios actuales era imposible conseguir parar la rotación de la luna y provocar con ello la contracción del núcleo. A una experta en telequinesia se le había ocurrido la idea de tratar de emular el proceso. Para ello sería necesario que la energía mental de los seis mil quinientos millones de habitantes del planeta fuera capaz de aunarse y proyectarse a la vez sobre el mismísimo Cráter de Copérnico. Pero no se trataba sólo de que toda la humanidad pensara a la vez en una misma cosa, lo cual ya en sí mismo sería muy complicado de lograr, sino de que además, al no disponer de una lupa similar a la mente de Ulises, cada ser humano consiguiera hacerlo converger en un punto, lo cual en el momento presente resultaba inviable.

La renombrada experta, que también era maestra Zen, afirmaba que para que fuera posible concentrar la descomunal energía que se requeriría, las mentes primero tendrían que limpiarse de todas sus negatividades, abandonar las guerras y vivir en silencio. Y no sólo las guerras que se estaban librando todavía con armas, sino todas las guerras. La guerra primordial que los hombres se empeñaban en seguir manteniendo contra todo aquello que fuera femenino. La guerra que los ricos querían perpetuar para no renunciar a sus riquezas ni a su clase social.

Las guerras que los hombres de Dios libraban en nombre de su Dios para traer la paz. La guerra que cada ser humano mantenía en su interior al no entender que sólo mirando en su corazón encontraría el sosiego. Las guerras que hacían tambalear al mundo y que de seguir así sólo terminarían cuando la especie desapareciera de la faz de la tierra.

«Y es por eso por lo que no estamos preparados para contrarrestar lo que Ulises nos tiene deparado —argumentaba ella—. Así que en lo que a mí respecta, creo que lo mejor es que comencemos a aceptar que lo único que podemos hacer es tratar de vivir nuestras vidas lo mejor que podamos. Yo me atengo a las palabras de Camille —pues era así, mediante su simple nombre, como ahora se la conocía en todos los lugares—, y como consecuencia me iré muy pronto a vivir al pueblo de mis padres. Allí sólo se escucha el ruido de la hierba al crecer en los largos veranos, y también el sonido de las pisadas de las salamanquesas en busca de refugio.»

Y estando así las cosas, lo que hizo Ricksman nada más llegar a su oficina fue consultar el archivo principal de la misión de la *Voyager 1*. Para acceder al servidor que la NASA tenía en California utilizó sus claves de acceso restringido. Lourdes se sentaba a su lado. No sabía qué buscaba aquel hombre, pero se imaginaba que sería algo sumamente importante. En la pantalla de su ordenador aparecieron los planos del interior de la sonda espacial.

Con sus ojos de experto, James revisó una por una las diferentes vistas. Después consultó lo que parecía ser una lista de equipos. Tras media hora de cotejar los datos con los que él tenía archivados en sus propios dosieres, se quedó convencido. Aquella caja dorada de forma triangular que había visto en su sueño y cuya existencia la Luna le había desvelado no debería en teoría encontrase allí dentro. Quizá fuera sólo una mala pasada de su imaginación, pero no lo creía. Así que según sus cálculos en algún lugar debería poder encontrar la explicación de este hecho tan raro. Por fuerza, alguien, aunque ya hubiera muerto, tendría que haber puesto aquel objeto en el lugar que estaba. Y James estaba decidido a averiguar quién de los responsables había sido el culpable. Y por eso, no importándole el tiempo que hubiera transcurrido desde la última vez que había hablado con Blastin, buscó en la agenda de la agencia y marcó su teléfono mediante la línea de asuntos de primera importancia.

Como marcaban los cánones, aunque ya jubilado, Jonás contestó a la primera. Él había sido el jefe del operativo de lanzamiento de las dos sondas en los años setenta. Para ello, y para que la misión hubiera sido un éxito, necesitaba haber tenido constancia de hasta el último gramo que hubiera estado a bordo de la nave. Con una diferencia de apenas unas onzas, habría acabado estampada contra algún asteroide. Pero no ocurrió así, y por lo tanto Jonás Blastin debía estar al corriente de todo aquel asunto. Así que Ricksman, jugándose sus bazas, cuando comenzó a conversar con él lo hizo como si ya supiera de lo que estaba hablando:

—Hola Jonás, soy Ricksman. Encantado de saludarte. Gracias por atender mi llamada a la primera, como ya habrás imaginado se trata de una cosa muy urgente.

—Sí, claro, para eso tenemos esta línea. Hoy no ha parado de sonar ni un momento.

—Ya me imagino —replicó James tratando de ocultar su nerviosismo—. Esto del *Gran Ojo* y la Luna nos tiene desquiciados. Pero no te llamo por eso, sino por lo de la caja dorada de la *Voyager 1*.

Blastin, que jamás se hubiera esperado que Ricksman pudiera estar al tanto de la existencia de algo que en su día había sido el secreto mejor guardado de toda la nación, decidió que sería mejor hacerse el despistado.

—¿La caja dorada de la *Voyager 1*?, ¿qué es lo que quieres decir exactamente?

—Vamos Jonás, no te hagas el tonto. Hay demasiadas cosas en juego para andarse con juegos. Sé que la caja existe. Tan sólo necesito saber cuál es su contenido.

Al otro lado de la línea, Blastin dudó un segundo. Si Ricksman todavía no sabía lo que había allí dentro es que quizás no debía saberlo. El presidente electo le había llamado esa mañana por la misma cuestión. Deseaba saber si había alguna forma de recuperar el millón de embriones humanos que habían sido lanzados al espacio sin autorización. En los años setenta, el congreso había votado en contra, pero el Jefe Supremo había dado luz verde para que se lanzaran junto con las demás claves que permitirían a quién la encontrara el desarrollo de nuestra civilización. Sin embargo era imposible hacerla regresar. La nave se hallaba a más de quince mil millones de kilómetros y ya no había manera. Y aunque pudiera hacerse, para cuando llegara ningún útero humano estaría en edad de engendrar una vida. Y tampoco había forma de salir a buscarla. Cualquier nave con la tecnología actual no podría ni siquiera alcanzarla, y mucho menos arrastrarla hasta aquí. Así que Blastin pensó que si Ricksman se enteraba de todo tampoco sería un drama. «Confío en él y sé que no utilizará la información para nada que pueda perjudicar al país o a nuestros intereses.» Y fue por eso por lo que después de su reflexión acabó confesándole a Ricksman que dentro de aquella caja se encontraban un millón de embriones humanos de todas las razas conocidas congelados a temperaturas cercanas al cero más absoluto y que además eran los únicos que no habían sufrido los efectos del pulso.

Al otro lado del teléfono, James Ricksman y Lourdes Santos se habían quedado sin palabras. Si aquello era verdad, como todo apuntaba a que lo fuera, quizá la humanidad aún tendría esperanza. Sin duda la profecía en la que el rey Aquémenes había predicho la historia del *Gran Ojo* y de la cual Odilon de Bernay se había hecho eco en el libro que narraba su vida, contemplaba también todos estos sucesos.

¿Qué cómo había sido todo esto posible? Estaba claro que James y Lourdes no tenían ni idea. Ellos dos eran simples científicos, cada uno en su campo, pero sólo gente que al fin y al cabo analizaba el peso de los hechos hasta encontrar las causas. Y era evidente que en este caso toda su buena lógica se había venido al traste. Porque era imposible que una vaca inmortal le hubiera dicho a un hombre negro de una tribu lejana que fuera y le dijera a un americano que vivía en España que habría de soñar con una nave que había sido lanzada con material genético por un gobierno que se había saltado los principios más básicos de su constitución. Y porque también era imposible que una sola persona hubiera sido capaz de detener la luna y condenar con ello a todos los humanos a un final prematuro, y que a través del manuscrito de un monje normando un grupo de individuos hubiera averiguado la forma en que los óvulos de una simple mujer podrían escapar de tan triste final. Y también que ellos mismos por medio de sus sueños supieran que todo aquel embrollo quizá podría arreglarse.

Y por eso Lourdes, desde el mismo despacho de Ricksman en el centro espacial, se puso en contacto con la cabina del avión en que Héctor viajaba y pudo darle a éste por fin la última pieza de aquel rompecabezas, la que quizás salvaría a su amada de tener que llevar en su vientre el futuro del mundo.

Capítulo 50

Un jet de color rojo

Durante el vuelo de seis horas hasta la base militar de Perm, Héctor había vivido innumerables cosas. Aparte de la gran angustia que sentía al pensar en todo lo que Elena había tenido que sufrir ella sola, se había dado cuenta de que su historia de amor iba a ser imposible. Ocurriera lo que ocurriera, si los dos seguían en el mundo después de las próximas horas, su vida de antes no podría volver. Cualquier otro escenario que se imaginara lo veía inviable, demasiado complejo como para que la humanidad entera no fuera a estar pendiente de lo que ellos hacían. Si salían de esta muy pronto la verdad sería conocida por demasiadas personas y Elena pasaría a ser un objeto demasiado preciado. Además estaba la cuestión de Ramita; si como afirmaba tenía más de tres mil años entonces había sido ella la que había dictado las palabras de Aquémenes y la que de algún modo habría manipulado al padre de Ulises para que trajera al mundo a un ser capaz de llevar a cabo sus fabulosos planes. ¿Pero por qué una vaca desearía hacer algo así?, ¿cómo podría ella haber previsto que la especie humana conduciría al planeta hasta un estado en el que se pondría en juego su misma supervivencia? Héctor no conocía las respuestas, pero sabía que fueran cuales fueran éstas tendrían un sentido más profundo de lo que alcanzaba a imaginar.

«En todo caso eso ahora no importa, ahora lo que tengo que hacer es leerme todos estos cuadernos a ver si encuentro la manera de salvar a mi chica», había pensado mientras cogía entre sus manos el primero de los treinta blocs de notas del padre de Ulises. Mientras leía, aunque iba asimilando todo lo que Santiago San Juan había allí escrito, pues ése al parecer era su nombre, seguían flotando en el fondo de su mente los seis sueños que Ramita le había relatado y que todavía no había sido capaz de interpretar. Tenía que lograr averiguar su significado antes de tomar tierra, y ahora pensaba que quizá la clave se pudiera encontrar en los textos que tenía delante.

A medida que avanzaba en la lectura e iba devorando uno tras otro cada uno de los manuscritos, según el padre de Ulises iba explicando los detalles de cómo había averiguado y utilizado el poder de los rayos y de la hierba que crecía en sus fincas, Héctor, a la vez que se sumía en un estado de profundo silencio se iba impregnando también de una especie de fuerza similar a la que la había poseído estando en su pradera sagrada con Elena. Pero lo que pasaba es que esta vez no se trataba de un poder instintivo arraigado en el sexo, sino de un chorro de energía que le entraba por la parte superior de su cerebro y le impactaba el pecho, haciendo que poco a poco su mente se aclarara, y que de súbito, en un fogonazo superlativo de clarividencia, lo comprendiera todo.

Porque fue en ese instante cuando finalmente vislumbró que en aquel lugar donde de forma tan salvaje habían yacido varias veces, unas hebras de aquella misma hierba silenciosa y oscura rebosante de vitalidad intrínseca habían conseguido penetrar sus torrentes sanguíneos y eso había provocado que hubieran sido capaces de entender a Ramita, y que él hubiera podido generar rayos de pensamiento, y que sus heridas hubieran sanado con tanta prontitud, y también que ahora pudiera comprender que en el silencio estaba la respuesta a todos los abusos que el ser humano estaba cometiendo y que habían sido descritos en los *primeros sueños*. Porque ¿acaso no había sido en el silencio donde él mismo durante toda su vida había hallado las respuestas a todo? Y porque además eso era justo lo que describían: todo el dolor que la humanidad había generado como consecuencia de la locura que habitaba en la mente y que sólo podría ser sanado cuando todo ese ruido se apagara de una vez para siempre. Y por eso también había sabido que Elena, fuera lo que fuese lo que tuviera que hacer en *Yiwika*, debía mantenerse callada y no decir nada, porque en ella anidaba un poder que no debía de ser contaminado con ninguna palabra, y porque todo lo que habría de suceder tendría que ocurrir en el mundo sin tiempo de sus ensoñaciones.

Cuando Héctor acabó la lectura estaban ya muy cerca de la base. La noche había caído y desde la ventanilla del avión sólo se veían las pistas iluminadas por los potentes focos. Antes de empezar el descenso había podido distinguir la silueta de los Montes Urales, recortada contra la claridad del cuarto menguante de la luna, impertérrita ante el paso del tiempo, aunque no ajena al devenir del mundo y a todos sus problemas.

En el extremo izquierdo de la pista estaba preparado el avión que había enviado Andrópov para recoger a Elena. Era un pequeño jet de color rojo con la hoz y el martillo pintados en la cola y con un morro puntiagudo que mostraba una boca abierta por la que asomaban unos dientes de sierra. Dos unidades del ejército lo rodeaban. Soldados vestidos de blanco y fuertemente armados inspeccionaban los laterales del recinto tratando de neutralizar posibles emboscadas. Parecía que Vádim Vladimirovich estaba muy interesado en recibir los óvulos que Lourdes le había prometido. Y a ser posible dentro del cuerpo de una mujer que estuviera aún con vida.

Los hombres de Yuri custodiaban la entrada de un gran hangar que había justo al otro lado del aeródromo. Diez camiones y dos helicópteros se ordenaban alrededor de su perímetro. Las inmensas puertas estaban cerradas, a excepción de una estrecha abertura central, suficiente en todo caso como para que un vehículo pudiera entrar o salir rápidamente.

Después de aterrizar, según las instrucciones que recibió el comandante de su aeronave, debían de rodar por la pista hasta llegar a unos cien metros del enorme almacén, punto en el que según lo acordado tendría lugar el intercambio: Elena subiría a una de las camionetas de Vádim y Héctor y los cuadernos se quedarían allí. Cuando su novia estuviera en el aire y a salvo, él haría la entrega y su gente y él mismo podrían abandonar la base. Así lo había negociado Kravich con Lourdes Santos mientras ellos volaban. El plan apestaba a encerrona, pero ya no tenían más remedio que seguir adelante.

Héctor sabía de sobra que Yuri no pensaba dejarlos escapar, pero tenía la esperanza de que Elena pudiera zafarse de la trampa. Para intentar conseguirlo había urdido un peligroso plan. Antes de despegar le había pedido al coronel algunos materiales y dos de sus mejores hombres. Uno de ellos, experto en explosivos, había sido el encargado de montar el chaleco cargado de Goma 2 con el mando de accionamiento de presión que ahora sostenía en sus manos.

Un poco antes de llegar, Héctor se habían embutido en el interior de un traje militar. Botas altas y un grueso pero ligero abrigo de plumas le protegerían de la fría intemperie. Cuando la nave se detuvo abrieron la compuerta; una ráfaga gélida se coló en el avión y le estremeció la piel debajo de la ropa, aunque dudaba de que hubiera sido enteramente por efecto del frío. Desplegaron la escalerilla y uno de sus dos escoltas fue el que bajó primero: las armas en ristre y el seguro quitado, cubierto con un pasamontañas y unas gafas de ventisca, aunque no había signos de que fuera a nevar.

El vehículo y los hombres de la unidad de Vádim se habían posicionado veinte metros a la derecha de su aparato, listos para acoger a la mujer y marcharse pitando. Un poco más cerca, diez metros a su izquierda, había una unidad blindada y un pequeño camión. En teoría Yuri y Elena estarían allí, pero no podía tener la certeza absoluta.

Héctor asomó la cabeza por el fuselaje y se armó de valor. Había llegado el momento. Por encima del plumífero que lo protegía del viento se había colocado a la vista de todos el arnés preciosamente adornado con 20 kilogramos de explosivo, suficiente para hacer volar por los aires todo lo que había a su alrededor en un radio de 35 metros. Bajó los peldaños uno a uno hasta tocar el suelo y avanzó cinco pasos. Detrás iba el segundo soldado, sujetando la caja con la mercancía que estaba también unida al cuerpo de Héctor con un cable de acero. Nadie podría llevársela sin su consentimiento, a menos de que quisiera organizar una buena y sangrienta algarada.

Uno de los hombres de Kravich se bajó del camión y se acercó hasta ellos. Sin intercambiar ni una sola palabra, el escolta le entregó los dos primeros de los treinta cuadernos. Yuri quería comprobar que lo que obtenía a cambio de Elena merecía la pena, aunque por supuesto no estaba dispuesto a dejarla marchar; lo que tenía en su vientre valía demasiado y además había demostrado valor, un valor que él deseaba ver cómo era doblegado.

El hombre se llevó los dos blocs hasta la unidad blindada y los depositó en una especie de ranura alargada. Allí dentro estaba Yuri, protegido no sólo por aquellas gruesas paredes de acero, sino por todo un despliegue de armamento que vigilaba cada milímetro de aire y de tierra en un radio de más de diez kilómetros. Nada ni nadie podría hacerle daño, ni siquiera un chaval español que se había sacado un ojo y que probablemente se había leído las notas que ahora tenía en sus manos. Yuri estaba preparado para cualquier contingencia y pensaba asegurarse de que no se escapara.

Salísnikov examinó primero las tapas de los libros; azules oscuras y ennegrecidas aún más por el paso del tiempo. Después miró las páginas, fechada la primera en 1965, cuando al parecer

Santiago San Juan descubrió el misterio de los saltamontes y de la hierba especial que los alimentaba. Después de leer durante unos minutos se convenció que aquello era lo que buscaba. Elena se sentaba a su derecha, atada y amordazada y bien envuelta en ropa. Justo a su lado estaba Vladimir, que en la mano tenía la cámara de perfusión con el órgano estéril. Elena le había dicho a Yuri que él debía acompañarla; le había traído de vuelta su óvulo y no estaba dispuesta a dejarlo tirado.

Yuri, que al principio pensaba que lo tenía todo bien calculado, ahora comenzaba a albergar ciertas dudas. La circunstancia de que Héctor tuviera puesto un chaleco con explosivos no cambiaba gran cosa, pero sí lo hacía el hecho de que, como le acababa de comunicar uno de sus hombres, Ulises se estuviera aproximando a toda pastilla en un taxi holandés y le quedaran apenas diez minutos para llegar a las inmediaciones de la base. Por el momento Yuri había ordenado no intentar abatirle, pues los disparos no harían otra cosa que llamar la atención. No sabía por qué, pero intuía que a pesar de que contaban con armamento pesado no sería tan fácil detenerle. Quizás había sido un error no marcharse de Rusia, pero ahora no podía hacer nada. Su plan original habría sido esperar sin moverse hasta que los hombres de Vádim se cansaran y se fueran por donde habían venido. Sabía que no abrirían fuego a menos de que se les disparara. Además, ahora que el gobierno estaba también tras la pista de Elena Moncada estaba seguro de que en un plazo máximo de dos horas Andrópov ordenaría el repliegue; si la mujer no conseguía salvarse no haría más que presentarle unas breves disculpas a la Sra. Santos. Pero ahora había otro factor, un factor altamente peligroso y con el cual no se podía jugar. Ahora tendría que utilizar una estrategia mucho más arriesgada para conseguir la caja y también a la chica, la primera para obtener poder, y la segunda porque quería que Elena engendrara a sus hijos.

El ruso por tanto permitió que Vladimir y Elena se reunieran con Héctor. A ella le habían quitado la mordaza, pero seguía con las manos atadas.

—¿Estás bien mi amor? Estoy seguro de que todo esto se trata de una trampa, así que pase lo que pase sigue mis instrucciones —le dijo Héctor mientras que con su mano libre le cortaba las ataduras y le daba un abrazo.

Sin embargo, antes de que hubieran podido decir nada más, el hombre de Yuri que los acompañaba empuñó su pistola, apuntó a Vladimir en la sien y le disparó. Al instante su gran cabeza de minero saltó por los aires como un melón podrido, desparramando sus sesos por todas partes y salpicando de sangre la cara y los uniformes de todos los que estaban a su alrededor. En ese momento se escuchó la voz de Yuri por la megafonía.

—Héctor, entrégame lo que quiero y os dejaré vivir.

Él jamás se habría esperado que todo ocurriera tan deprisa. Tenía un plan, pero aún no estaba preparado para ponerlo en práctica, necesitaba ganar algo de tiempo. Su mente cavilaba a toda prisa pero no podía encontrar las palabras. Al final decidió que lo mejor sería decir lo que el ruso deseaba escuchar.

—Está bien, se lo entregaré, pero deje que Elena se vaya con los hombres de Andrópov; ése era el trato.

—¿Y qué harás si no lo hago?, ¿accionar la bombita y matarnos a todos? Chico, esto no es una película de espías, mejor será que lo dejes correr.

Mientras escuchaba las últimas palabras de Yuri, Héctor seguía intentando por todos los medios concentrarse en fabricar rayos de pensamiento para neutralizar a todos esos hombres, pero no lo lograba, algo estaba fallando, no podían ser los nervios, hasta ahora los había tenido siempre bajo control.

—¡Ah!, y no te molestes en lanzarnos tus bucles de código, antes de morir Carlos me dijo lo que hiciste y todos estos hombres son tuertos por voluntad propia, y yo también lo soy, aunque eso sólo fue un accidente. *Too bad* —añadió en inglés mientras se reía de forma estentórea a través del megáfono.

—Será hijo de puta —murmuró en voz baja—. De acuerdo, le daremos los cuadernos a su hombre, pero tiene que dejar marchar al avión y a mi novia, ellos no les sirven de nada —gritó airado al tiempo que hacía un gesto con el mando que llevaba en la mano.

—Estás loco, si haces eso no podrás escapar —le dijo Elena con grandes aspavientos.

—Mi amor, confía en mí. Y ahora escúchame, tengo algo muy importante que decirte: cuando llegues a *Yiwika* haz lo que tengas que hacer pero no abras la boca, mantente en silencio, eso es lo que querían decir los *primeros sueños*. Y después, cuando hables con la Luna, dile que la *caja dorada* contiene el futuro del mundo y que necesitamos su ayuda para recuperarla —le susurró Héctor al oído al tiempo que la abrazaba.

—¿Cómo?, ¿qué significa...?— Pero antes de que Elena hubiera podido añadir nada más, la voz de Yuri volvió a rugir por la megafonía.

—Está bien, déjenlos marchar —, dijo en un intento de ganar tiempo y evitar que Ulises pudiera intervenir.

Al cabo de tres minutos, el avión con la tripulación española y los escoltas se alejaba por la pista para efectuar el despegue. Lo mismo ocurría con los hombres de Andrópov, que teniendo a Elena ya bajo su custodia, pues Héctor la había obligado a marcharse convenciéndola con uno de sus rayos, se dirigían al otro extremo del complejo para unirse al resto del escuadrón. Después de todo ese trajín allí afuera sólo quedaba él, amarrado a los documentos y rodeado por los hombres del ruso. A su lado estaba el cadáver de Vladimir, despojado ya de la cámara de perfusión de frío que Elena había recogido del suelo y se había llevado. Unos instantes más tarde, después de que tras haber cumplido Héctor su parte del trato los secuaces de Kravich hubieran depositado el resto de los manuscritos en el interior del vehículo blindado, Yuri habló de nuevo:

—Lo siento muchacho, has vuelto a perder...— Pero entonces, antes de que Salísnikov hubiera podido ordenar a sus soldados que detuvieran el avión en el que Elena pretendía escapar, Héctor sostuvo en alto el mando de accionamiento de los explosivos y se dispuso a realizar lo que en un principio parecía impensable. Acababa de comprender lo que Ramita había querido decirle; que él debía morir para que Elena se pudiera salvar.

—¡Adiós mi amor! —balbució mientras liberaba la presión de su mano y la bomba estallaba haciendo no sólo que todos los presentes saltaran por los aires, sino también que el camión estallara y que el blindado se desplazara hacia atrás con suma violencia. Sobre la pista, donde hacía un instante la noche cubría el cielo con su pesado manto, ahora una bola de fuego lo devoraba todo. Nadie daba crédito a lo que había pasado. Yuri, bien protegido por el fuerte blindaje pero aun así con algunos rasguños, maldecía en cirílico; «el niñato de mierda al final la ha jodido. Será mejor que me vaya de aquí antes de que llegue el gallego», y entonces, para evitar males mayores, ordenó que abrieran fuego sobre el taxi con el que Ulises había irrumpido en el recinto. Él no pensaba quedarse allí para ver cómo acababa todo. A lado del hangar uno de los dos helicópteros le esperaba para llevarle a su nueva guarida, situada esta vez en el este de Rusia, muy cerca del lugar en el que hacía muchos siglos sus antepasados mogoles habían levantado su poderoso imperio.

Elena, que había oído el estruendo de la explosión pero que no había visto nada de lo que había pasado, conservaba la calma. Y es que antes de despedirse, Héctor, con el mismo rayo que había utilizado para convencerla de que debía marcharse, la había hecho creer que de algún modo él lograría salvarse. Tres minutos más tarde el avión pintado de rojo con la hoz y el martillo despegaba con destino a Papúa.

EPÍLOGO
Domingo

Capítulo 51

Diario del Mundo: domingo

El domingo por la mañana, en París, el cielo había amanecido lleno de nubarrones negros. La presentadora de las noticias de *Tele France*, la chica que había sustituido a Camille, trataba de poner sentimiento a todo lo que decía, pero le era imposible. Aunque había pasado muchas horas junto a su compañera y a instancias de la cadena procuraba imitarla, se encontraba perdida. Sin Camille acompañándola se sentía como una colegiala a la que no hubieran ido a recoger a la puerta del cole; ¿cómo encontraría ahora el camino a su casa?, ¿qué múltiples peligros podrían acecharla? Ella no lo sabía. Se enfrentaba a su audiencia como si estuviera a punto de caer fulminada. Pero entonces, en vez de dejarse arrastrar por esa sensación, recordando las palabras de Camille, se dijo que todo estaba bien y pudo por fin comenzar a relatar noticias

«Señores y señoras, después del día de ayer en el que en todo el mundo se respiraba paz y una nueva ilusión por el futuro, el día de hoy ha amanecido negro. Lamentablemente les tengo que decir que esta madrugada han comenzado los conflictos armados. Los países árabes, como castigo a la inmoralidad de los imperialistas, han decidido no enviar más petróleo, y éstos, amparados en las leyes que ellos mismos dictaron, han denunciado su actitud ante la ONU y les han dado un plazo de veinticuatro horas para que se retracten. A estas horas el movimiento masivo de tropas hacia el Golfo Pérsico y el Mar Mediterráneo ya es un hecho patente.

»La quinta y sexta flotas americanas se dirigen a toda máquina hacia sus posiciones. Los submarinos nucleares del Reino Unido y Francia están siendo enviados al Peñón y a la base de Rota. Rusia permanece a la espera, con su arsenal atómico apuntando a ambos bandos; no quieren decantarse hasta ver que les conviene más. Tal vez lo que desean hacer es limitarse a mirar cómo sus enemigos se aniquilan para luego rapiñar sus despojos. China ha movilizado a todos sus ejércitos. Aunque están de camino a las fronteras lo único que pretenden de momento es seguir reprimiendo a su proletariado. No piensan tolerar que los trabajadores no trabajen los sábados. Permitirlo sería un síntoma evidente de su debilidad, y ahora que la opinión pública internacional mira para otro lado lo que quieren es reinstaurar cuanto antes el dictado del miedo.

»América del Sur, África y Oceanía han hecho llamamientos a la paz y no han tardado en declarar su carácter neutral. Tienen suficientes recursos para sobrevivir y no quieren verse involucrados en la devastación que tendría lugar, lo que no impide que allí los militares estén aprovechando para intentar recuperar un poder que perdieron a manos de lo que ellos siguen llamando las blandas democracias.

»Ante tales noticias la población del mundo ha sido conminada a permanecer dentro de sus hogares. Se han establecido sistemas de racionamiento de alimentos en todos los países y cortes programados de gas y electricidad. Los gobiernos saben que es mucho más fácil gobernar cuando se instala el pánico. De momento la gente permanece a la espera. Tienen miedo de que el ultimátum del Consejo de Seguridad de la ONU, orquestado por los países ricos del hemisferio norte, vaya a desencadenar por fin la tan temida Guerra Nuclear Global, en la cual miles de millones de personas acabarían muriendo, y en la que los que sobrevivieran tendrían que vivir en un planeta que ya estaría muerto.»

Y mientras el domingo por la mañana la nueva presentadora reunía el valor y la serenidad suficientes para continuar contando el terrorífico estado en que habitaba el mundo, el día anterior, cuando Fransuá lograba por fin llegar al centro de la aldea de *Yiwika*, le abordó una mujer muy anciana soltándole con muy malas pulgas una ristra de frases que, aunque eran incomprensibles, él milagrosamente sí pudo comprender. Y no es que estuviera familiarizado en absoluto con el idioma *Wani*, sino que la mujer, al tiempo que escupía las palabras a través de una boca sin dientes, movía las manos de una forma que era capaz de interpretar. Y por eso pudo entender a la primera que la anciana le estaba preguntando por la *Mujer Caníbal*, porque estaba previsto que llegara muy pronto y era ella, Yilvu, la que debía conducirla hasta la puerta de la oscura caverna donde los siete hombres la estaban esperando para *tejer los sueños y completar el rito*.

Y por eso Fransuá pudo también contestarle a la vez que movía sus manos de una manera que hacía que ella le pudiera entender, que la mujer que ella estaba buscando había caído en manos de unos desalmados y que de momento no podría acudir, pero que él estaba allí para ayudar en todo lo que fuera posible. Porque a esas horas, al otro lado del mundo todavía no habían ocurrido los hechos que iban a permitir que Elena fuera liberada y que después abordara un avión con destino a Papúa. Y tampoco a esas horas Ramita había revelado todavía el contenido de los *primeros sueños*. Y mucho menos Ricksman sabía que en la sonda espacial desde la que él una vez había vislumbrado las auroras de Júpiter, y observado también los volcanes de Ío, viajaban un millón de embriones humanos hacia el lugar donde los vientos solares se paraban, y donde la gravedad del Sol dejaba de sentirse.

Pero aunque Yilvu aún no supiera todo esto porque no había pasado, le dijo a Fransuá que no se preocupara, que el vaticinio tenía que cumplirse y que aquella mujer sin duda llegaría antes del domingo al dar la medianoche, que era la hora en que expiraba el plazo.

Cuando a las doce de la mañana del domingo el jet pintado de rojo aterrizó finalmente en el aeródromo de *Wamena*, Fransuá ya estaba allí esperándola. El joven, que unas horas antes había accedido a un teléfono en la capital del pueblo de los Wani, había podido contactar con Lourdes y ya estaba al tanto de que Elena se dirigía de camino hacia allí. Lourdes le dijo que por desgracia Héctor no lo había logrado, aunque según Elena, antes de que la bomba estallara, había podido utilizar alguno de sus trucos y se había escapado.

Cuando Fransuá vio bajar a Elena por las escalerillas, lo primero que hizo fue correr hasta ella y abrazarla con fuerza, pero no tardando mucho tiempo y sabiendo que no tenían un solo minuto que perder le dijo que era muy necesario que partieran ya mismo, pues había una mujer que le estaba esperando para llevarla hasta la misma entrada de la oscura caverna donde los siete hombres que habían convocado lo que luego se llegó a conocer como *la asamblea donde todo cambió* se disponían ya a *completar el rito*.

Una vez en el pueblo se reunieron con Yilvu, la cual le dijo a Fransuá mediante el lenguaje de sus extrañas manos que sólo ella y Elena irían a buscar la caverna, y que él debería quedarse.

Así que tan pronto como acabó de explicarle a Elena lo que Yilvu decía y sin tiempo para las despedidas, las dos mujeres se pusieron de camino a la cueva que distaba siete horas del centro de la aldea. Aunque Elena había sido operada recientemente, para su sorpresa se encontraba muy bien. Sus heridas apenas se notaban y no tenía dolor. Al parecer, sin ella saberlo, las hebras de hierba silenciosa que tenía en su sangre la estaban ayudando, al igual que lo habían hecho con Héctor tras la extracción del ojo.

Primero siguieron el arroyo hasta llegar a las *fuentes saladas*, donde se detuvieron a lavarse los pies. Después remontaron el valle de Baliem y recorrieron las cimas de los montes que formaban su circo. Al llegar a una piedra con forma de triángulo el camino dejaba de existir. Y entonces comenzaron a guiarse por un mapa formado de palabras antiguas. Tras bajar por una pendiente pronunciada y recorrer el bosque llegaron al *mũgumu*, el árbol rodeado de niebla irrefutable que parecía de cuento. Allí estaba la entrada. Tenía forma de triángulo isósceles. Sólo a Elena le había sido dado el penetrar allí. Para entonces ya eran las once de la noche del domingo, apenas una hora antes de que expirara el plazo.

Capítulo 52

La Mujer Caníbal

Al entrar en la cueva, lo primero que Elena detectó fue un fuerte olor a orines de caballo, aunque luego, pensándolo mejor, se dio cuenta de que tal vez se podría tratar de un tufo similar a las babas de un perro aquejado de rabia. Sin embargo este pensamiento no consiguió arredrarla y continuó la marcha. Pronto llegó a un rellano que le condujo hasta la boca de una galería. La galería tenía la altura de un hombre pequeño. Rayos esféricos de una pálida luz se colaban por los poros del terreno y creaban con sus contornos un ambiente espectral. El pasillo se inclinaba ligeramente hacia adelante, haciendo que en su avance Elena se hundiera cada vez más en la profunda tierra. Tras haber recorrido una distancia prudencial la angosta galería se transformó en una gran estancia. Allí había siete hombres sentados en esteras y distribuidos de forma equidistante. Sus negros rostros estaban iluminados tenuemente por el resplandor de un rayo de luna que penetraba por un hueco del techo. En el centro de la sala, encima de un poyete, se encontraba lo que parecía la calavera aplastada de una especie de vaca. En aquel lugar la caverna era acogedora y cálida, y para entonces su repugnante hedor se había transformado en un suave aroma de café recién importado de Colombia.

Cuando Elena llegó a aquella cavidad donde los siete hombres se sentaban en los siete nichos al pie de sus esteras delante de las siete ascuas del incienso sagrado, se acordó de lo que Héctor le había dicho en la pista y se limitó a quedarse callada. Entonces Yali Mabel, que con un gesto de asentimiento le había indicado que había comprendido que él tampoco debía decir nada, le señaló el poyete donde estaba la blanca calavera, pues allí era donde habían soñado los primeros seis hombres.

Cuando lo vio, Elena supo de inmediato que debía tumbarse. Antes de hacerlo depositó a su lado la cámara de perfusión de frío que contenía el ovario que le habían sacado y del cual no había querido separarse. Y en cuanto su cuerpo entró en contacto con la piedra pulida, Elena cerró los ojos y se puso a soñar el que sería el séptimo y último de *los sueños*.

Se hallaba sobre la superficie de Ío, en la cima del volcán Loki, a setecientos millones de kilómetros del planeta en donde había nacido. Estaba tumbada en una cama mullida y muy confortable. Se frotaba los ojos; por lo que parecía algo le había sacado de su profundo sueño, en el cual, según todavía podía recordar, había viajado a través del vacío en el estrecho habitáculo de la Voyager 1.

Hacía quince meses había logrado introducirse de incógnito en las instalaciones de la NASA de Cabo Cañaveral, desde cuyo interior, y gracias a su terrible audacia, había logrado acceder a las bodegas del cohete Titán III, que estaba preparado en su rampa de lanzamiento y listo para el despegue. Y ahora, habiendo completado ese largo viaje durante el cual su mirada se había comenzado a cansar de la triste negrura, y su corazón a aburrir del inmenso silencio, había llegado por fin a la cima de ese extinto volcán. Pero, ¿qué había sido lo que le había sacado de su lejano sueño?, ¿no había sido acaso algo así como una especie de murmullo cercano?

—Eleeenaaa, despiiiertaaa…—le había dicho la Luna con su forma favorita de dirigirse a las personas que eran de su mayor agrado.

Y aunque seguía soñando, Elena en su sueño se había despertado.

—¿Quién me está dirigiendo la palabra? —dijo ella, que aún no se había espabilado y no se imaginaba que tan lejos de casa fuera a encontrase a alguien.

—*Soooy yooo, la Luuuna* —*repitió la Luna tal como lo había hecho antes con el bueno de Ricksman.*

—*¿La Luna?*

—*Sí, sí, la Luna* —*dijo esta vez hablando normalmente.*

—*Pero, ¿cómo puedo escucharte estando yo tan lejos?*

—*Es muy sencillo, porque en tus sueños el tiempo y el espacio se encuentran detenidos.*

—*¿Es que no estoy despierta?* —*preguntó Elena, que iba de una sorpresa a otra casi sin darse cuenta.*

—*No, no lo estás, y por eso me puedes escuchar.* —*Y entonces Elena, que acababa de acordarse de lo que Héctor le había pedido que le dijera a la Luna cuando se la encontrara, añadió:*

—*¡Pues mira qué bien!, precisamente quería decirte que en la caja dorada se encuentra el futuro del mundo y que necesitamos de tu ayuda para recuperarla.*

Y entonces la Luna, que gracias a sus palabras había podido por fin comprender lo que contenía aquel triángulo dorado que ella vio salir hacia el espacio muchos años atrás, le dijo a su vez:

—*Pues quiero decirte que deseo ayudaros, porque es mi gravedad, aunada a la gravedad de las demás lunas, la que en todo caso os podrá salvar. Y ahora por favor vuélvete a dormir, pues en el silencio lo descubrirás.*

Y Elena entonces cayó de nuevo en un profundo sueño.

En ese momento, dentro de la caverna, Yali Mabel, que podía intuir los derroteros por los que discurría la mente de aquella mujer, dio un paso en su dirección y con mucho cuidado abrió la cámara de perfusión de frío que Elena había depositado junto a la calavera. En su interior se encontraba su delicado ovario. Entonces Yali, con sumo respeto, cogió aquella cosa entre sus negras manos y la puso debajo de la oquedad del techo, donde al instante quedó iluminada por un rayo de la humilde esperanza de la pálida Luna. Y a través de ese rayo la vida en su interior volvió a resurgir, tal y como le había sucedido al primer ADN hacía tres mil millones de años en el mar primordial. Ahora el ovario, todavía en las manos de Yali Mabel, brillaba con la misma luz fosforescente que había alimentado a *los primeros sueños*. Entonces, aquel hombrecillo, mientras que por su garganta emitía de manera grave un ruido cortante como el de un serrucho, abrió delicadamente la boca de Elena y colocó allí dentro ese huevo lleno de esperanza, el cual ella, estando aún dormida y haciendo honor a su condición de *Mujer Caníbal*, acabó tragándose.

Aquel órgano penetró primero por su fina tráquea y después por su largo esófago, y cuando finalmente llegó al fondo de su ancho estómago y lo digirió, aquellos ovocitos que habían vuelto a impregnarse de una cálida vida se mezclaron allí con la roja sangre y con las verdes hebras de la oscura hierba que iban circulando por sus blancas venas.

Y después de esto Yali Mabel le cerró la boca y siguió soñando.

Ya no estaba en la cima de un antiguo volcán lejos de su planeta, sino que se encontraba en el interior de un enorme pozo, un pozo que parecía más bien una cavidad cárstica de paredes pulidas en la que habitara un dolor profundo, tan profundo como el de una mujer que quisiera ser madre y que no pudiera. Entonces Elena, estando dormida e impregnada por aquella pena, pudo descubrir lo que estando despierta la Luna le dijo que descubriría.

Y es que dentro ese inmenso pozo excavado en la dura roca se encontraba toda la humanidad llorando al unísono, al unísono a la vez que lo hacía silenciosamente. Porque después de varios meses sin nuevos nacimientos en los que había reinado un caos casi absoluto, y tras haber estado al borde de la Guerra Global en varias ocasiones, parecía que por primera vez en su larga historia el ser humano deseara de verdad una paz total. Y había sido sólo entonces cuando la gente había comenzado a mirarse por dentro y a darse cuenta de la gran tristeza que los embargaba. Y de esa tristeza infinita había surgido una gran compasión. Y ahora, en aquella cueva, se habían reunido todos los hombres y todas las mujeres que habitaban el mundo y lloraban rendidos ante su dolor.

Y entonces la Luna, que los había visto por una oquedad a través del techo, se sintió apenada y les ayudó. Y por eso a continuación le dijo a su amigo Ío y a las demás lunas de los diez planetas, con las que no hablaba desde hacía milenios, que por favor unieran sus fuerzas y sus gravedades y mediante ellas trajeran de nuevo a la bella Tierra la sonda espacial, la nave que estaba ahora muy lejos de casa y en cuyo interior había un millón de embriones humanos de todas las razas.

Y después de esto Yali Mabel le tocó la mano y se despertó.

Tras abrir los ojos y darse cuenta de que ya era de día, Elena se incorporó lentamente y miró las caras de los siete hombres. Al hacerlo lo primero que sintió fue una gran sacudida y una leve quemazón en sus finos párpados. Pero transcurrido tan sólo un instante, en el que sintió como si el cuerpo de otra mujer la hubiera traspasado, la sacudida cesó y pudo ver sus rostros. Todos asentían mientras la miraban. Y es que, tras haber podido por fin *completar el rito*, volverían pronto junto a sus mujeres, pues habían ya hecho lo que el vaticinio les había pedido. Lo que luego ocurriera no estaba en sus manos.

Ahora tendría que comprobarse si el ser humano reunía la convicción necesaria para investigar en el interior de su propia alma y unirse en silencio, o por el contrario si se dejaría llevar por sus ambiciones y reinaría el caos hasta el fin del mundo. Porque lo que había soñado Elena Moncada en esa caverna había sido solamente un sueño, y sólo tal vez, si el hombre y la mujer de verdad quisieran, podría llegar finalmente el día en que se cumpliera.

Capítulo 53

En la costa normanda

La noche del domingo, en la costa normanda, en las inmediaciones del hotel donde Camille y su amante estaban alojados, se había desatado una fuerte tormenta. Un día que había sido claro se convirtió de pronto en algo muy oscuro. Se había ido la luz y su habitación estaba iluminada por una única vela. Los dos yacían desnudos, tumbados y abrazados en silencio. Mientras hacían el amor la mente de Camille vagaba por las sombras. Le quemaban los parpados. En aquella negrura le parecía que éstos eran translúcidos y que brillaban con luz fosforescente.

Según miraba a su alrededor a través de aquella piel finísima, el cuarto que tenía delante de sus ojos se iba transformando poco a poco en una gran caverna, una caverna en la que había siete hombres sentados en pequeñas esteras de forma equidistante. En el centro de la misma, iluminada por la luz de la pálida Luna que entraba por un estrecho hueco, había una mujer. La mujer estaba dormida y soñaba a su vez con un enorme pozo en el que se encontraban millones de personas que lloraban a un tiempo. Luego, el más anciano de los hombres se acercó hasta ella, le tocó la mano, y la despertó.

En cuanto abrió los párpados lo primero que hizo Camille fue mirarla a los ojos. A continuación, antes de que hubiera podido transcurrir ni siquiera un segundo, ambas sintieron una gran sacudida, una sacudida tan grande que para Camille fue como si alguien hubiera rellenado de pronto ese inmenso vacío que tenía muy dentro y que hasta ese momento no había dejado de causarle dolor.

Y entonces lo supo. Supo que aquella mujer y aquellos siete hombres habían estado acompañándola desde el mismo principio. Y también que al haber podido entre todos y con gran peligro *completar el rito,* ella, Camille Dupond, podría ahora convertirse en *Madre* y alcanzar *sus sueños.* Y es que Elena, a través del complejo sistema de galerías cársticas que se hallaba en el interior de ambas y que compartían, con el ovario que le habían sacado y después devuelto, había logrado transferirle el poder que todavía tenía, y aunque ella quizá no quisiera volver a concebir después de que con tanto sufrimiento lo hubiera hecho con sólo quince años, Camille, tal vez sí que querría.

***

Y poco después de que hubieran terminado de suceder los increíbles hechos hasta ahora contados, al otro lado del mundo, muy cerca de la aldea de *Yiwika,* Elena salía por la puerta en forma de triángulo de aquel árbol que parecía un baobab extraído de un cuento. Y cuando instantes más tarde Elena Moncada alzó la mirada, pudo ver a ese hombre que una vez vio en sus sueños y lo reconoció: Ulises aguardaba de pie enfrente del *mũgumu* mirándola a los ojos; por fin había llegado la hora de explicarle a esa chica cuál sería según su visión el futuro del mundo.

***

Y en medio de la taiga, en el este de Rusia, mientras miraba a través del cristal los abetos del bosque, Yuri Salísnikov esperaba con ansia la llegada de una fuerte tormenta.

1 Relativo al Karst: Formación de roca caliza en la que se suelen producir cuevas, simas y galerías por el efecto de la disolución de sus carbonatos.

2 Pasaje literal del Quijote, de Miguel de Cervantes.

3 Referencia a un pasaje figurado e inexistente del Quijote.

www.ingramcontent.com/pod-product-compliance
Lightning Source LLC
Chambersburg PA
CBHW051524250626
47156CB00001B/225